冰云——著

读奇书，论奇人
——水浒人物揭秘

中国出版集团公司
华文出版社

图书在版编目（CIP）数据

读奇书，论奇人：水浒人物揭秘/冰云著.—北京：华文出版社，2022.6
ISBN 978-7-5075-5534-9

Ⅰ.①读… Ⅱ.①冰… Ⅲ.①《水浒》研究—人物研究 Ⅳ.①I207.412

中国版本图书馆CIP数据核字（2021）第256552号

读奇书，论奇人——水浒人物揭秘

著　　者：	冰　云
责任编辑：	张明华
出版发行：	华文出版社
社　　址：	北京市西城区广外大街305号8区2号楼
邮政编码：	100055
网　　址：	http://www.hwcbs.cn
电　　话：	总 编 室 010-58336239　　发 行 部 010-58336267
	责任编辑 010-63421256
经　　销：	新华书店
印　　刷：	三河市龙大印装有限公司
开　　本：	710mm×1000mm　1/16
印　　张：	19.25
字　　数：	266千字
版　　次：	2022年6月第1版
印　　次：	2022年6月第1次印刷
标准书号：	ISBN 978-7-5075-5534-9
定　　价：	56.00元

本书若有印装质量问题，请与发行部联系调换

名家评说《水浒传》

《水浒传》文字,妙绝千古,全在同而不同处有辨。如鲁智深、李逵、武松、阮小七、石秀、呼延灼、刘唐等众人,都是急性的,渠形容刻画来,各有派头,各有光景,各有家数,各有身分,一毫不差,半些不混,读去自有分辨,不必见其姓名,一睹事实,就知某人某人也。

——《明容与堂刻水浒传》[①]

天下之文章无有出《水浒》右者,天下之格物君子无有出施耐庵先生右者。……

吾尝言:不登泰山,不知天下之高,登泰山不登日观,不知泰山之高也;不观黄河,不知天下之深,观黄河不观龙门,不知黄河之深也;不见圣人,不知天下之至,见圣人不见仲尼,不知圣人之至也。乃今于此书也亦然。不读《水浒》,不知天下之奇……呜呼!耐庵之才,其又岂可以斗石计之乎哉!

——《金圣叹批评本〈水浒传〉》[②]

我想《水浒传》是一部奇书,在中国文学史占的地位比《左传》《史记》还要重大的多;这部书很当得起一个阎若璩来替他做一番考证的工夫,很当得起一个王念孙来替他做一番训诂的工夫。

[①] 朱一玄、刘毓忱编:《〈水浒传〉资料汇编》,南开大学出版社,2012,第173页。
[②] 施耐庵著、金圣叹批评:《金圣叹批评本〈水浒传〉》,岳麓书社,2006,第11、293页。

我虽然够不上做这种大事业——只好让将来的学者去做——但我也想努一努力，替将来的"《水浒》专门家"开辟一个新方向，打开一条新道路。

……………………

《水浒传》不是青天白日里从半空中掉下来的，《水浒传》乃是从南宋初年（西历十二世纪初年）到明朝中叶（十五世纪末年）这四百年的"梁山泊故事"的结晶。

——胡适：《〈水浒传〉考证》①

金圣叹……自称得着古本，定"招安"为止是耐庵作，以后是罗贯中所续，加以痛骂。于是他把"招安"以后都删了去，只存下前七十回——这便是现在的通行本。他大概并没有什么古本，只是凭了自己的意见删去的，古本云云，无非是一种"托古"的手段罢了。但文章之前后有些参差，却确如圣叹所说，然而我在前边说过：《水浒传》是集合许多口传，或小本《水浒》故事而成的，所以当然有不能一律处。况且描写事业成功以后的文章，要比描写正做强盗时难些，一大部书，结末不振，是多有的事，也不能就此便断定是罗贯中所续作。至于金圣叹为什么要删"招安"以后的文章呢？这大概也就是受了当时社会环境底影响。胡适之先生说："圣叹生于流贼遍天下的时代，眼见张献忠，李自成一般强盗流毒全国，故他觉强盗是不应该提倡的，是应该口诛笔伐的。"这话很是。就是圣叹以为用强盗来平外寇，是靠不住的，所以他不愿听宋江立功的谣言。

——鲁迅：《中国小说的历史的变迁》②

---

① 胡适著、李小龙编：《中国旧小说考证》，商务印书馆，2014，第23页。
② 鲁迅：《鲁迅全集》（第9卷），人民文学出版社，2005，第335页。

《水浒传》是中国英雄传奇中最古的著作，也是她们之中最杰出的一部代表作，却又是矫矫不群，与一切的英雄传奇都没有什么联络的关系。她的来历，与一切的英雄传奇的来历是很不相同的。初期的中国英雄传奇，大都是由历史小说分化而来的。然而这个最早期的英雄传奇《水浒传》，却是与最早期历史小说并行发展起来的。她们之间并没有什么关联。《水浒传》并不是什么历史小说的片段，如《英烈传》，也不是由她们演化而来的，如《说唐传》，她一开头便是一个完整的民间的英雄传说。经过了好几个时代的演化、增加、润饰，最后乃成了中国小说中最伟大的作品之一。

——郑振铎：《〈水浒传〉的演化》[1]

　　《水浒》的人物描写，向来就受到最高的评价。所谓一百单八人个个面目不同，固然不免言之过甚，但全书重要人物中至少有一打以上各有各的面目，却是事实。……

　　从全书看来，《水浒》的结构不是有机的结构。我们可以把若干主要人物的故事分别编为各自独立的短篇或中篇而无割裂之感。但是，从一个人物的故事看来，《水浒》的结构是严密的，甚至也是有机的。在这一点上，足可证明《水浒》当其尚为口头文学的时候是同一母题而各自独立的许多故事。

——茅盾：《谈〈水浒〉的人物和结构》[2]

---

[1] 郑振铎：《郑振铎全集》（第四卷），花山文艺出版社，1998，第89页。
[2] 茅盾：《茅盾文集》（第10卷），中华工商联合出版社，2015，第104—106页。

自　序

作为一部流传久远、声名远播的文学名著，《水浒传》以精彩纷呈的故事引人入胜，以洗练明快的白话让人激赏，更以塑造了众多形象鲜明的典型人物而享誉海内外。故此，自《水浒传》流传后世起，就衍生出了一个以品评水浒人物为对象的独立题材。数百年来，诸多大家名流各展其才，对水浒人物做出了许多趣味十足、精彩绝伦的解读，从而形成了一座隽永、璀璨的宝库。

《水浒传》是一部历经数百年的累积流传方基本定型的文学名著，故此，它的成书也是一个漫长、复杂、中间波折不断而又难以厘清具体细节的过程。正如何心所指出的："总而言之，《水浒传》并不是一人一手的创作。先有一人把各种梁山泊英雄的故事连缀起来，成功一部长篇小说。后来又经过几次增损修改，所以现在通行的《水浒传》，已经不是原来的真面目了。"[①] 聂绀弩也指出："《水浒》不是某一个人从头到尾创作出来的，而是就一些零碎杂乱的说话记录'编''编辑''集撰''纂修'而成的。这种编辑工作，决不是轻而易举的事情，因为那些现成材料并不是不多不少，刚好编成一部书，也不是彼此衔接、照应、文字技术一样高低，只要排排次序就行了的。矛盾、重复、粗糙、欠缺的地方，就需要编辑者的统一、剪裁、加工、改写和补充，尤其是最后一点，其实就是部分的创作。编辑的不止一人，也不止编辑一次，就是做这种工作的不止一人、一次；

---

① 何心：《水浒研究》，上海古籍出版社，1985，第31页。

而且编成之后,还有人做这种工作。假定早期的编者是施耐庵、罗贯中;在他们之后,郭勋、李卓吾、金圣叹,都对《水浒》尽过力,也都是《水浒》的若干程度的作者。"[1]

《水浒传》的成书过程如此漫长、复杂,导致其"经过几次增损修改",仍有许多致命缺陷未能消除——许多水浒人物的性格及行事颇有前后矛盾之处,各部分故事情节精彩度及艺术成就也参差不齐,甚至相差悬殊。《水浒传》漫长、复杂的成书过程及版本演变,使得《水浒传》除了具备名著均有的多义性之外,也增加了人们解读的难度。对水浒人物进行解读时,如果从《水浒传》现有文本着笔,会得出一种结论,从《水浒传》成书过程或版本演变等角度分析,往往又会得出另一种结论,有时这两种结论甚至是对立的。故此,《水浒传》是一座开采不竭的宝库,而对水浒人物的解读,自然也需要不断推陈出新。《读奇书,论奇人——水浒人物揭秘》(下称"《水浒人物揭秘》")正是基于前贤研究成果,立足《水浒传》现有文本,力求对人们耳熟能详的水浒人物做出让人耳目一新的解读。

无可否认,《水浒传》中某些人物的残忍嗜杀及杀人片段的血腥,部分故事情节编排的简单化、程式化,某些陈腐价值观的传达及是非标准的混乱,都是不可回避的缺陷,甚至让今天的人们觉得不可接受。然而,这些缺陷无法从根本上掩盖这部文学名著的过人魅力。每当读者阅读此书时,往往热血沸腾,与书中人物同喜怒,读后回味久远,颇有余音绕梁之感。数百年来,《水浒传》始终是人们竞相讨论而绝无厌倦之情的重要对象。

《水浒传》是一部小说,自然不能与现实或历史直接等同。故此,无论其中有多少人物、事件有历史原型,这些人物、事件一旦作为素材进入小说,就与历史原型再无牵涉,而是构建了一个独立的世界。这是解读小说的基本立场。然而,从另一角度而言,任何小说都不可能孤立地讲述一

---

[1] 聂绀弩:《水浒四议》,北京大学出版社,2010,第32页。

个情节曲折的故事，其中往往有着经过变形的现实或历史的投影。故此，《水浒人物揭秘》中对水浒人物的解读，不会仅仅局限于他们的行事与形象，而是能解读出许多耐人寻味的关于现实或历史的感想与结论。

《水浒人物揭秘》合计二十二篇，涉及的人物有梁山一百单八将中的二十余位，以及未列名梁山一百单八将，却是梁山走向兴旺发达的关键性人物晁盖和落寞而骂名随身的梁山开山寨主王伦。依据笔者最初的想法，是打算对梁山一百单八将逐一进行解读。然而，当撰写数篇论述宋江等天罡星人物及少数地煞星人物的文字后，又觉得并不能对每位水浒人物（尤其是许多地煞星人物）都做出有新意的解读，勉为其难的话，反倒有"为赋新词强说愁"的意味。故此，笔者放弃了这一想法。这样，对《水浒人物揭秘》中要评述的人物的选择，就以能否做出有新意的解读为标准，其中既有凡是评述水浒人物便无法回避的人物，如宋江、吴用、武松等，又有人们极为喜爱的人物，如林冲、鲁智深等，也有不少人们容易忽略的人物，如关胜、李应等，自然还有一些小人物，如扈三娘、时迁等。

以内容而论，《水浒人物揭秘》不以严谨、细致地考证《水浒传》的作者、成书年代、故事演变、版本差异等学术问题为能事，而是以水浒人物为对象，集中于一些具有意义、疑义、争议、趣味的话题展开评述（不同人物只是或多或少地涉及几项）。无论是前人评述较多的人物，还是前人关注较少的人物，都力求不与前人雷同。其中既有对水浒人物的行事与形象的品评，以及对水浒人物的才干（不仅是武艺）、战功、性格与排名之间的反差的阐释，也有对《水浒传》传达的某些陈腐价值观、残忍嗜杀一面的挑剔，以及对《水浒传》的故事情节编排亮点及艺术缺陷的分析，还有借由梁山聚义故事引申出的对中国古代社会的历史、文化、风俗、人物遭遇的感慨。无论是哪类话题，都希望予人以知识和启示。

以风格而论，一方面，《水浒人物揭秘》追求兼具学术著作与知识读物之长，力求具有学术著作的科学性、严谨性，有解析、有论证、有考证，立论扎实，表达独到见解；同时具有知识读物的知识性、可读性、趣味性，文笔流畅，避免枯燥烦琐之弊。另一方面，追求兼及文史。中国自古文史密不可分，笔者亦坚信文史密不可分，即便是严肃的学术性问题，也未必要用冰冷枯燥的语言表述，冰冷枯燥的语言也并不代表严肃性与学术性。因此，《水浒人物揭秘》对水浒人物进行评述时，既不依据高深的理论做枯燥乏味的阐释，也不片面痴迷逻辑严密、自成体系的论述，而是通过夹叙夹议的方式，展示水浒人物的独特风貌。

需要说明的是，《水浒人物揭秘》中对《水浒传》的故事情节及文学笔法时有褒贬，但笔者对这部文学名著并无不敬之处。这正如食客品鉴菜肴，固然可以无所顾忌地或赞美或批评厨师所做的菜肴，却也自知，这并不意味着自己的厨艺会比厨师更胜一筹。笔者相信，以平等、挑剔而非敬畏、膜拜的心态读书，才是获得乐趣及书中真谛的最佳途径。与此同时，根据文学接受理论，一部作品自产生且流传起，它就成为一个独立的存在，人们也会不断对其做出解读。而人们对作品的解读，一方面，固然能解读出许多作者想要表达的观点；另一方面，又能解读出许多并非作者想要表达的观点，而这两种现象都是极为合理的。故此，笔者相信，对水浒人物的解读，只要言之成理，持之有故，就不算突兀，且自有其存在的意义与价值。

冰　云

2021 年 8 月 25 日

目录

第1篇 "呼保义"宋江：忠义两难全的梁山寨主   1

一、宋江武艺低微，缺少阳刚之气，他的梁山寨主地位却是众望所归、无可替代的   2

二、宋江仗义疏财、扶危济贫更多的还是出自本心，并非收买人心的伎俩   6

三、"忠"与"义"的矛盾，关涉《水浒传》的主题之争，也贯穿宋江一生的行事   9

四、招安并非不可选择的道路，由于宋江的天真简单，招安反倒成了梁山兄弟的劫难   13

五、梁山兄弟"尽忠报国"后的惨烈结局，让人们对"尽忠报国"有了别样的感触   17

第2篇 "玉麒麟"卢俊义：天下无双的政治道具   21

一、卢俊义身家清白、武艺高超，却始终只是一个不足以动人肺腑的木偶式人物   22

二、"带些呆气""庞然大物"，算得上是对卢俊义一针见血的评说   26

三、卢俊义是一个毫无个人魅力可言的标签式人物，
更是一个悲剧人物　　　　　　　　　　　　　29

四、卢俊义之死是出于奸臣的陷害，也与中国古代政
治传统及其本人见解暗昧难脱干系　　　　　32

第3篇 "智多星"吴用：才不配位的梁山军师　　37

一、吴用有许多考虑周详的谋划，却也有许多谋划疏
漏颇多　　　　　　　　　　　　　　　　　38

二、吴用身上有着浓厚的非正统气质，属于颇不安分
的游民知识分子　　　　　　　　　　　　　41

三、吴用更为根本的问题，还在于他缺乏知识分子应
有的立场与担当　　　　　　　　　　　　　44

四、以吴用发挥的作用及梁山兄弟的惨烈结局而言，
他确实有负梁山兄弟的信赖　　　　　　　　48

第4篇 "大刀"关胜："武圣"的赝品子孙　　51

一、关胜武艺出众，而他名列梁山武将之首，"武圣"
后裔的身份起了决定性作用　　　　　　　　52

二、关胜面貌模糊、事迹简单，只是一个高高在上、
血肉俱缺的标签式人物　　　　　　　　　　55

三、梁山英雄排座次后，关胜也永远失去了留下华丽
章节的机会　　　　　　　　　　　　　　　58

四、正是浅陋章节的存在，才使得《水浒传》成为一
部首尾完整的文学名著　　　　　　　　　　61

第 5 篇 "豹子头"林冲：磊落君子　气短英雄　　65

一、"禁军教头"虽非重要而气派的职务，林冲却曾是
　　梁山决策层人物　　66

二、人们为林冲名列关胜之后心怀不平，林冲却是后
　　来居上的水浒人物　　69

三、林冲的外貌与性格、行事之间存在着明显矛盾，后
　　人不断力图加以调整　　72

四、《宝剑记》中的林冲故事，比之《水浒传》中的林
　　冲故事更加酣畅淋漓、耐人寻味　　75

五、林冲是磊落君子，更是气短英雄，他的人生结局
　　同样令人不胜唏嘘　　78

第 6 篇 "霹雳火"秦明：威猛简单、是非不定的霹雳先锋　　83

一、秦明出战对敌，几乎每次都是气势上先声夺人，
　　同时具有威猛少谋的弱点　　84

二、秦明被逼落草，是梁山众人滥杀无辜、"为目的不
　　择手段"的行事风格的生动诠释　　87

三、梁山兄弟的爱憎情感与是非观念，常常不以人物
　　行事本身的是非曲直划分　　90

第 7 篇 "小李广"花荣："取小义"而"舍大忠"的将门之子　　93

一、因为宋江，花荣才在机缘巧合之下脱离官场，汇
　　聚到了梁山聚义的潮流之中　　94

二、花荣未能以一身本领"尽忠报国",只能落草为
　　寇,许多人为之惋惜不已　　　　　　　　　　96

三、花荣追随宋江而死,成就了兄弟之"义",失去了
　　"尽忠报国"之"忠"　　　　　　　　　　　98

第8篇 "小旋风"柴进:"龙子凤孙"落草的不祥征兆　　101

一、柴进出身高贵、仗义疏财,"小孟尝"作为绰号比
　　"小旋风"更恰如其分　　　　　　　　　　102

二、柴家风光数代,享尽特权,而真实历史绝无小说
　　中描绘的这般温馨、简单　　　　　　　　　105

三、柴进识人之能、领袖群伦之才及江湖声望不及宋
　　江,而他建功立业并不依仗这些　　　　　　108

四、柴进家藏的"丹书铁券"威效的丧失,预示着大
　　宋朝廷的末日为时不远　　　　　　　　　　112

第9篇 "扑天雕"李应:揭示梁山聚义阴暗面的地方豪绅　　117

一、无论李应如何精明打算,都已经成为梁山的囊中
　　之物,根本无法主宰自己的命运　　　　　　118

二、从李应的落草,可见数百年来传颂的梁山聚义,
　　也有阴暗复杂的一面　　　　　　　　　　　120

三、无论是以一项或多项标准衡量,都很难严谨、合
　　理地解释梁山兄弟的排名　　　　　　　　　123

第 10 篇 "花和尚"鲁智深："一个纯乎赤子之心的人"   **127**

    一、鲁智深武艺惊人、洒脱豪爽，一生嫉恶如仇，从

        不顾及个人得失   **128**

    二、鲁智深虽然性情暴躁，与他人交往时却坦荡无拘，

        不断给人以柔情温暖之感   **131**

    三、尽管鲁智深的结局极具佛家大师气象，但英雄之

        死，还是让人极其伤感的   **134**

第 11 篇 "行者"武松："盛名之下，其实难副"的江湖好汉   **139**

    一、武松确实不负"天神"赞誉，而他在被逼落草前，

        却绝少英雄好汉气概   **140**

    二、即便惨遭劫难，武松仍然不改心地敦厚本色，对

        重返正途抱有期待   **142**

    三、武松为施恩出头，称之为助纣为虐并不为过，而

        这只是靠几顿酒肉轻松换取的   **144**

    四、武松对招安的态度前后判若两人，以至于让人们

        困惑不解，这却自有其缘由   **146**

第 12 篇 "双枪将"董平：面目狰狞的风流将军   **149**

    一、对于上山入伙最晚的董平而言，他的上山入伙是

        梁山内部权位斗争的牺牲品   **150**

    二、从任何角度衡量，董平杀人夺取其女为妻的做法

        都是极为灭绝人性的   **153**

三、天罡星人物对应的星座名称，有不少让人感到莫
　　名其妙乃至荒谬绝伦　　　　　　　　　　　156

第13篇 "青面兽"杨志：夙愿难了的"三代将门之后"　161

一、杨志武艺高超，也是一个颇为精明干练之人，而
　　终究是"一勇之夫"　　　　　　　　　　　162

二、家族意识已经是杨志行事不容逾越的规则，甚至
　　成为他心灵上的阴影　　　　　　　　　　　165

三、所谓水浒人物的历史人物原型，更多的只能说是
　　名字巧合而已　　　　　　　　　　　　　　168

第14篇 "金枪手"徐宁：以一技之长引火烧身的悲情人物　171

一、徐宁的上山入伙，是梁山众人"为目的不择手段"
　　的行事风格的具体体现　　　　　　　　　　172

二、徐宁及梁山众人的死，侧面表明《水浒传》要在
　　有限篇幅内达到梁山英雄十去其七的结局　　175

三、"连环马"的知名度很高，却很难让人相信它具有
　　惊人的战场杀伤力　　　　　　　　　　　　179

第15篇 "黑旋风"李逵：下凡魔君　忠义兄弟　183

一、以李逵的性格与行事而论，绝非"朴诚""天真
　　烂漫"可以简单概括的　　　　　　　　　　184

二、虽说李逵性情暴躁、行事莽撞，但他嫉恶如仇、
　　好打抱不平的个性却让人赞叹　　　　　　　187

三、李逵的反抗意识，与其说是意识到自身使命后的
　　觉悟，毋宁说是性格使然　　　　　　　　　　　189

第 16 篇 "神机军师"朱武：名实相悖的能人异士　　193

一、朱武"平生足智多谋"，不负"神机"之名，他对
　　阵法的娴熟，更是让人惊叹不已　　　　　　　　194

二、《水浒传》对朱武的评价颇高，但他的身份与地位
　　却颇为尴尬　　　　　　　　　　　　　　　　　197

三、从职场因素方面分析朱武的尴尬地位，并不契合
　　《水浒传》的实际情况　　　　　　　　　　　　199

四、在《水浒传》等诸多古典白话小说中，文人即便
　　足智多谋，也很少能成为团体领导者　　　　　　201

第 17 篇 "病尉迟"孙立：光芒难掩的地煞星高手　　205

一、将名字出现较早、在民间有故事流传的孙立剔除
　　出天罡星颇为不可思议　　　　　　　　　　　　206

二、《水浒传》对孙立的刻画颇为倾心，他的表现甚至
　　让不少天罡星黯然失色　　　　　　　　　　　　209

三、《水浒传》续书为孙立排名过低鸣不平，甚至为他
　　调整位次　　　　　　　　　　　　　　　　　　212

第 18 篇 "一丈青"扈三娘：巾帼·美人·木偶　　217

一、扈三娘的武艺与战功在地煞星中出类拔萃，甚至
　　置之天罡星中也并不逊色　　　　　　　　　　　218

二、古典白话小说中，真正的爱情故事是严重缺失的，
　　扈三娘的遭遇即是典型　　　　　　　　　　　　　220

三、《水浒传》中包含浓厚的歧视与仇恨女性的情绪
　　是无可置疑的　　　　　　　　　　　　　　　　222

四、扈三娘的婚姻匹配不如人意，她的排名与武艺及
　　战功也不相称　　　　　　　　　　　　　　　　224

第19篇　"鼓上蚤"时迁：排名与能力、功劳反差最大的卑微人物　227

一、投靠梁山依托大寨，"大块吃肉，大碗喝酒"，就
　　是时迁向往的快意生活　　　　　　　　　　　　228

二、时迁头脑灵活、精明干练，他所建立的功劳，没
　　有任何梁山兄弟可以替代　　　　　　　　　　　231

三、时迁的排名与能力、功劳反差过大，与《水浒传》
　　复杂的成书过程有关　　　　　　　　　　　　　234

第20篇　"白衣秀士"王伦：落寞而骂名随身的梁山开山寨主　237

一、王伦最大的功绩，不是开创梁山基业，而是为梁
　　山聚义发掘了得天独厚的根据地　　　　　　　　238

二、王伦落得身首异处、骂名随身的结局，与自身才
　　干、格局欠缺难脱干系　　　　　　　　　　　　242

三、《水浒传》中的梁山坐落于山东境内，却并不等同
　　于现实中的梁山　　　　　　　　　　　　　　　247

四、论及王伦，就不能不提及同样落寞的梁山奠基人
　　宋万与杜迁　　　　　　　　　　　　　　　　　250

第21篇 "托塔天王"晁盖：命中注定的过渡性人物　　255

一、晁盖慷慨豪迈、声望甚高，而认为他作为梁山寨
　　主不及宋江绝非污蔑偏见之论　　256

二、晁盖与宋江领导梁山期间的不同理念，不能简单
　　论定高下　　260

三、从水浒故事演变过程中晁盖身份与地位的变化，
　　人们能感受到晁盖的过渡性色彩　　264

四、"宋江架空晁盖"，以之解读现实生活中的人事关
　　系，并非捕风捉影　　268

第22篇　朝廷降将：游走在聚义与招安之间　　271

一、行事时共同进退的梁山兄弟组合中，论及形象的
　　模糊，几对朝廷降将堪称样本　　272

二、朝廷降将对朝廷没有深厚的感情，期望他们为朝
　　廷尽忠，无异于缘木求鱼　　274

三、诸多朝廷军官常年屈居下僚，不是个别人的遭遇，
　　而是宋朝武将地位的缩影　　277

主要参考书目　　281

后　记　　285

"呼保义"宋江:

忠义两难全的梁山寨主

第 1 篇

《水浒传》是一部流传久远、声名远播的文学名著。尽管《水浒传》的故事情节与真实历史大不相同，而历史上规模、声势均渺不足道，且没有太多历史文献记载的宋江起义，还是借助于这部文学名著的渲染传播，成为与秦末陈胜吴广起义、东汉末黄巾军起义、唐末黄巢起义、明末李自成起义、清后期太平天国运动等声势浩大的真实起义相比毫不逊色的"知名事件"。与此同时，在没有太多历史事实基础上衍生出的梁山一百单八将，也成为"劫富济贫""替天行道""尽忠报国"的英雄好汉的代名词。

《水浒传》中，梁山聚义前后持续十余载。几乎成为小肚鸡肠、嫉贤妒能代名词的"白衣秀士"王伦为梁山的开山寨主，"托塔天王"晁盖为梁山走向兴旺发达的关键性人物及过渡性寨主，"呼保义"宋江则是梁山扬名天下、"尽忠报国"及走向覆灭的寨主。故此，与晁盖相比，宋江更是《水浒传》中"提纲挈领之人"[①]。正因为宋江与梁山聚义的性质、走向、成败关系最大，数百年来，宋江成为人们最关注的水浒人物，而真正喜欢宋江的人数与关注他的人数完全不成正比，对他的评价也莫衷一是。

一、宋江武艺低微，缺少阳刚之气，他的梁山寨主地位却是众望所归、无可替代的

《水浒传》中，"及时雨"宋江是最重要、最复杂，也是后世评价最为悬殊的水浒人物。誉之者，对他赞不绝口，或称颂他仗义疏财、济人贫苦，或夸赞他兄弟情深、"尽忠报国"；贬之者，或讥讽他懦弱无能、假仁假义，或斥责他力主招安，断送了诸多梁山兄弟的性命。前者固然理由充分，后者同样言之凿凿。

关于宋江，《水浒传》中介绍道："那押司姓宋名江，表字公明，排行第三，祖居郓城县宋家村人氏。……上有父亲在堂，母亲丧早，下有一个

---

① 施耐庵著、金圣叹批评：《金圣叹批评本〈水浒传〉》，岳麓书社，2006，第147页。

兄弟，唤做铁扇子宋清，自和他父亲宋太公在村中务农，守些田园过活。这宋江自在郓城县做押司。他刀笔精通，吏道纯熟，更兼爱习枪棒，学得武艺多般。"（第十八回，226页）他的多个绰号从不同角度揭示了他的性情与为人（他是绰号最多的水浒人物）："黑宋江"，指其"面黑身矮"，相貌不佳；"孝义黑三郎"，因其"于家大孝，为人仗义疏财"；"及时雨"，赞其"周人之急，扶人之困"，如天上下的及时雨一般；"呼保义"，示其身处社会下层或江湖之远，却心怀忠义，不忘朝廷。宋江邀请卢俊义为梁山寨主时，在与卢俊义的对比中做了一番自我评价："非宋某多谦，有三件不如员外处：第一件，宋江身材黑矮，貌拙才疏；员外堂堂一表，凛凛一躯，有贵人之相。第二件，宋江出身小吏，犯罪在逃，感蒙众弟兄不弃，暂居尊位；员外出身豪杰之子，又无至恶之名，虽然有些凶险，累蒙天祐，以免此祸。第三件，宋江文不能安邦，武又不能附众，手无缚鸡之力，身无寸箭之功；员外力敌万人，通今博古，天下谁不望风而降。"（第六十八回，902页）虽说宋江的自我评价颇多自贬之词，却也并非是空穴来风、满口妄言。

毋庸讳言，《水浒传》中的宋江确实是一个重要、复杂，乃至于自相矛盾的人物。然而，关于宋江，《水浒传》中有一点是难得前后一致的：宋江武艺（《水浒传》中称"武艺"为"本事"）低微、胆小如鼠，从无与人交手的记录。①

《水浒传》中写道：宋江"爱习枪棒，学得武艺多般"（第十八回，226页）。然而，对宋江而言，武艺甚至不是"多"或"少"的问题，而是"有"或"无"的问题。《水浒传》各版本中，均没有宋江动武克敌的记录（宋江怒杀阎婆惜，显然不属于江湖好汉的动武克敌，此事既未展示武

---

① 当然，这里仅针对《水浒传》中的宋江形象而言。依据历史文献记载，宋江"以三十六人横行齐、魏，官军数万无敢抗者"，自然是"勇悍狂侠"（朱一玄、刘毓忱编：《〈水浒传〉资料汇编》，南开大学出版社，2012，第31、49页）。由此可见，《水浒传》中的宋江，其形象及行事与历史文献中记载的宋江相比已经面目全非了，完全可以当成一个借用真实人物名字，与真实人物又毫无关联的新创人物。

艺，且杀一妇人，也不值得炫耀）。央视版《水浒传》电视剧中，宋江逃难江湖期间，总是肩扛一柄朴刀，又从未使用过，观其相貌、神态，煞是可笑。以宋江之武艺低微，做此江湖装扮，反倒让人觉得颇具讽刺意味。

宋江逃难江湖期间，多次被其他江湖好汉抓捕，而他一旦陷于危难境地，动辄苦苦求饶。这既体现了宋江的胆小，也充分暴露了他的武艺水准。以"打熬筋骨"的江湖好汉标准衡量，宋江简直就是一个窝囊废，涉足江湖根本难有立足之地。更让人吃惊的是，宋江竟然还敢不自量力地"为人师表"，点拨"毛头星"孔明、"独火星"孔亮兄弟的武艺。或许正因为这两者之间的反差过于强烈，宋江给人们留下的最深刻的印象，不是仗义疏财的做派，不是慷慨恢宏的气度，不是领袖群伦的才干，而是懦弱无能、自轻自贱。依照《水浒传》作者本意，自然是极力塑造宋江"有仁有义"的正面形象的，无奈在某些场合"用力过猛"，遂造成"画虎不成反类犬"的局面，以至于非但未能有效展现出宋江的"光辉形象"，反倒透射出宋江为人处世的虚伪、怯懦、无能。这正与《三国演义》中"欲显刘备之长厚而似伪，状诸葛之多智而近妖"①如出一辙。在古典白话小说中，塑造英雄人物时弄巧成拙并非孤立的现象②。

宋江武艺低微，缺少阳刚之气，胆识也让人不齿。然而，关于这位梁山寨主，无论是对他的行事、心机颇为赞赏之人，还是对他的品行、手段心存鄙夷之人，最终都会承认，宋江的梁山寨主地位确实是众望所归、无可替代的。成为梁山寨主，未必需要家世显赫，未必需要神机妙算，也未必需要武艺高超。论智谋，吴用、朱武让宋江望尘莫及；论武艺，地煞星

---

① 鲁迅：《鲁迅全集》（第9卷），人民文学出版社，2005，第135页。
② 关于古典白话小说中人物形象的塑造，《三国演义》中的诸葛亮最为典型。正如高语罕所指出的：《三国演义》"把诸葛孔明描写成一个心计多端、诡诈百出、呼风唤雨、撒豆成兵的张天师，实则'诸葛一生唯谨慎'，而出师一表及其立身行己都表现出他是一个忠厚诚笃的老诚人"（高语罕：《高语罕讲〈红楼梦〉》，新世界出版社，2016，第13—14页）。以《三国演义》作者对诸葛亮的重视与赞扬（甚至是崇拜），决然不会有贬低、批评诸葛亮的任何意图，而诸葛亮之所以给人们留下诸多不良印象，正是作者塑造英雄人物时在某些场合"用力过猛"造成的，以至于弄巧成拙。

中排名靠后的几位，也能几棍棒就将他"掀翻在地"；论家世，他不仅比不上财大气粗的地方豪绅卢俊义、李应，更比不上"龙子凤孙"的柴进。尽管如此，相比多数水浒人物的单一优势，宋江却具有成为梁山寨主所需的诸多要素——无论是江湖声望、心机、人脉，还是处事能力、政治远见，都是其他水浒人物难以望其项背的。

宋江能获得梁山寨主地位，首先取决于他的江湖声望与人脉。无论是见面交往过的，还是只听闻其名的江湖好汉，都对他敬重有加。而这与宋江平日的广泛交游、仗义疏财、扶危济贫分不开。宋江"平生只好结识江湖上好汉：但有人来投奔他的，若高若低，无有不纳，便留在庄上馆谷（指供给客人的住宿与膳食——引者），终日追陪，并无厌倦；若要起身，尽力资助，端的是挥霍，视金似土。人问他求钱物，亦不推托。且好做方便，每每排难解纷，只是周全人性命。如常散施棺材药饵，济人贫苦，周人之急，扶人之困。以此山东、河北闻名，都称他做及时雨，却把他比的做天上下的及时雨一般，能救万物"（第十八回，226页），甚至连晁盖也称赞他"四海之内，名不虚传"（第十八回，229页）。

以宋江慷慨恢宏的气度与扶危济贫的为人，再加上他能从容应对各色江湖人物的特殊天赋，自然让直来直去的江湖好汉折服敬仰，其崇高声望与广泛人脉自此建立。宋江为郓城县押司（押司是负责案卷整理工作或文秘工作的小吏），身在公门（虽说地位不高），食朝廷俸禄，与江湖的渊源似乎比与朝廷体系的关系更加深厚，而众多江湖好汉显然也早已将他当成"江湖大哥"了。按照宋江为人处世的风格推断，他的处世理念是：立足官场，联络江湖，黑白两道均广布人脉。然而，黑白时有颠倒，而黑白终究有别，宋江的出格行事，最终使得他难以在官场立足，只能落草为寇。宋江逃难江湖期间，每次被其他江湖好汉抓捕后，抓捕他或要杀他的江湖好汉得知其姓名后，都立时转换面目，毫无例外地诚惶诚恐，"纳头便拜"。无论是豪迈慷慨、义薄云天的"托塔天王"晁盖，还是天生高贵、慷慨好客，有"小孟尝"之称的"小旋风"柴进，都没有获得让其他江湖好汉诚惶诚恐、"纳头便拜"的江湖地位。宋江独一无二的江湖地位在此彰显无遗。姑且不考虑他获得如此江湖地位的缘由与手段,以宋江官府小吏的身份及并不过分宽裕的家境,实际上很难支撑他长年累月过着仗义疏财、挥金如土的生活的。这是许多论者都指出过的。

二、宋江仗义疏财、扶危济贫更多的还是出自本心,并非收买人心的伎俩

自《水浒传》问世后,宋江仗义疏财、扶危济贫的做派受到不少人的夸赞。与此同时,也有不少人将他仗义疏财、扶危济贫的做派当成投机取巧、收买人心的伎俩。作为横跨官府与江湖的风云人物,宋江的行事及性情中自然会有不少的算计,不可能始终如水晶球般晶莹剔透。然而,宋江此举更多的还是出自本心——他确实是一个挥金如土、"好结识江湖上好汉",且极易博得他人好感的义士。

宋江在郓城县做押司期间,郓城县一个"如常在街上只是帮闲"的卖糟腌的唐牛儿,便"常常得宋江资助他。但有些公事去告宋江,也落得几贯钱使"(第二十一回,266 页)。宋江通风报信救了劫取生辰纲的晁盖等人后,晁盖等人派遣刘唐携带一百两金子答谢宋江的救命之恩,宋江百般推辞,最终留下一条金子,他又打算将这条金子施舍给县城"卖汤药的王公",因为他许诺给王公一口棺材钱。宋江在柴进庄上与武松相识,武松决意返回故乡时,宋江送出十余里,恋恋不舍,一送再送。宋江的热情周到让武松感激莫名,主动提出拜宋江为义兄。道别时,"宋江叫宋清身边取出一锭十两银子,送与武松……武松堕泪,拜辞了自去"(第二十三回,289—290 页)。宋江刺配江州途经揭阳镇时,遇到"病大虫"薛永使枪棒卖膏药,而无人打赏,宋江见他惶恐,便叫押解他的公人取出五两银子来。宋江对薛永说道:"教头,我是个犯罪的人,没甚与你。这五两白银权表薄意,休嫌轻微。"(第三十六回,477 页)宋江刺配江州后,与戴宗

结识后外出吃酒，第一次见到"黑旋风"李逵，便借给他十两银子。"戴宗道：'……兄长吃他赚漏了这个银去。他慌忙出门，必是去赌。若还赢得时，便有的送来还哥哥；若是输了时，那里讨这十两银来拜还兄长。戴宗面上须不好看。'宋江笑道：'院长尊兄，何必见外。量这些银两，何足挂齿，由他去赌输了罢。若要用时，再送些与他使。我看这人倒是个忠直汉子。'"（第三十八回，497页）对宋江的出手阔绰，李逵得了银子后感叹道："难得宋江哥哥，又不曾和我深交，便借我十两银子，果然仗义疏财，名不虚传。"（第三十八回，497页）《水浒传》中，宋江慷慨接济、救助他人的事例尚有不少。而仅从宋江对待寻常人物及初次交往江湖人物的事例中，即可知悉他平日为人之一斑。

在宋江交往、救助的人物中，既有成名的江湖好汉（如晁盖、柴进、武松等），也有不知名的街坊邻人（如卖糟腌的唐牛儿、卖汤药的王公、落难的阎婆惜等）。宋江仗义疏财完全出自本心，像施舍卖汤药的王公，赞助"如常在街上只是帮闲"的卖糟腌的唐牛儿等，这些人没有任何技能与江湖声望，因此没有任何利用价值，自然也就说不上是收买人心。更何况，宋江在接济许多人物前（如打赏薛永五两银子，借给李逵十两银子），根本无从得知他们的来历与本事，又怎能未卜先知，知道他们必然对自己大有裨益。

与此同时，宋江也颇有为朋友两肋插刀的英雄胆色。宋江得知济州府缉捕使臣何涛奉命抓捕劫取生辰纲的晁盖等人时，吃了一惊，肚里寻思道："晁盖是我心腹弟兄。他如今犯了迷天之罪，我不救他时，捕获将去，性命便休了。"（第十八回，227页）随后，他担着血海干系，巧言稳住何涛，飞速赶往晁盖庄上通风报信，晁盖等人才得以逃过劫难。若非江湖义气深重，断然不会如此行事。以至于晁盖在宋江通风报信后感慨道："结义得这个兄弟，也不枉了。"（第十八回，229页）宋江此举显然不是投机取巧。晁盖等人落草梁山后，派遣刘唐携带晁盖书信及一百两金子到郓城县答谢宋江。宋江只是留下晁盖书信，对一百两金子推辞不受，最后只是象征性地接受了一条。他语重心长地对刘唐说道:"你们七个弟兄,初到山寨,正要金银使用。宋江家中颇有些过活,且放在你山寨里,等宋江缺少盘缠时,却教兄弟宋清来取。今日非是宋江见外,于内受了一条。"(第二十回,257页)这也是设身处地为朋友着想,绝非虚与委蛇或故作清高。

宋江如此慷慨大度、应对得体,又始终以江湖义气为重,屡屡设身处地地为他人着想,自非一般江湖人士可比。由此可见,断言宋江仗义疏财、扶危济贫的做派是投机取巧、收买人心的伎俩实在有失公正。

今人评价宋江,或有先入为主的成见,或以今天为人处世的标准猜测,甚至将他当成今天所说的"厚黑学"的最佳践行者,仿佛宋江是一个绝对的理性主义者与权谋大师,他的每一次作为都有着不可告人的目的或深谋远虑的筹划。金圣叹批读《水浒传》时,就频频将宋江的言行解释为"权诈""其结识天下好汉也……惟一银子而已矣"[①]。这或许是今人如此论断的重要源头。从《水浒传》现有文本中的主流描述判断,宋江自出场后,仗义疏财、扶危济贫的做派更多的还是出自本心,并不图他日回报,决然不负"及时雨"称号。一个人出于投机取巧或为了收买人心,必然是有选择性地仗义疏财、扶危济贫,且在个人利益与他人利益发生冲突时,必然会毫不犹豫地在两者之间做出取舍。而一个人如果长年累月地仗义疏财、扶危济贫,又屡屡设身处地地为他人着想,甚至担着血海干系救助他人,似乎就很难断定为投机取巧、收买人心。更为关键的是,宋江文化修养深厚、眼界开阔,且具有与不同地域、不同阶层、不同性格的江湖人物打交道的灵活圆通手段,他更具有领袖群伦的才干。可以说,宋江为人,颇似三国蜀汉开国之主刘备——刘备又被认为有汉高祖刘邦遗风[②]。刘备的文韬武略虽未臻一流(甚至是他的弱项),却有识人用人之能、权谋应变之才、能屈能伸之量。故此,文臣诸葛亮、庞统、法正等,武将关羽、张飞、赵云

---

① 施耐庵著、金圣叹批评:《金圣叹批评本〈水浒传〉》,岳麓书社,2006,第416页。
② 陈寿认为,刘备(先主)"之弘毅宽厚,知人待士,盖有高祖之风,英雄之器焉"(陈寿撰、裴松之注:《三国志》,岳麓书社,2017,第606页)。

等，历尽艰难苦楚，也愿誓死效命，绝无背弃之念。正是在这批非凡人物的辅助下，刘备以一介贩席之徒，在群雄逐鹿之际脱颖而出，最终裂土称帝，与魏、吴成三足鼎立之势。宋江只是梁山寨主，格局有限，成就虽不能与刘备相比（应该说，更多的是与《三国演义》中的刘备相比。正史中的刘备，坚忍不拔，深谋远虑，自是一代枭雄，功业不及曹操，却也并非专以布施仁义为能事），却以其个人魅力及广泛人脉，让众多江湖好汉为之倾倒、矢志追随，也说明其具有非凡的才干。

三、"忠"与"义"的矛盾，关涉《水浒传》的主题之争，也贯穿宋江一生的行事

与宋江几乎同一时期起义的有方腊起义。依据历史文献记载，方腊起义后，"自号圣公，建元永乐，置官吏将帅……不旬日聚众至数万"，"腊之起，破六州五十二县"①。然而，规模、声势远远凌驾于宋江起义之上的方腊起义，后世的名声却被宋江起义遮掩得毫无光彩。应该说，这一现象也是拜《水浒传》所赐——宋江等梁山好汉以"劫富济贫""替天行道"而闻名遐迩、备受称赞，作为梁山敌对阵营的方腊起义，自然难以获得特别的关注。②在大宋朝廷眼中，方腊固然是"贼寇"，在民间认知中，方腊同样是"贼寇"。

当然，宋江与方腊形成的鲜明对比，更多的还是知名度方面的差异。对梁山聚义及宋江的评价，自水浒故事流传起，尤其是《水浒传》广泛传播后，无论是官方还是民间，都存在尖锐的争论。而无论是官方评价还是民间评价，说辞纵然变化万端，基本上不能逾越"忠义说"与"诲盗说"

---

① 朱一玄、刘毓忱编：《〈水浒传〉资料汇编》，南开大学出版社，2012，第33、34页。
② 在很长时间里，不少涉及宋史的著作中，都将宋江起义与方腊起义并列介绍。实际上，以声势与规模而论，方腊起义与北宋的王小波、李顺起义以及南宋的钟相、杨幺起义，被史学界称为宋代三次农民起义，宋江起义根本不足以与之相提并论，自然不具有代表性。人们之所以将宋江与方腊并举，更多的还是受到《水浒传》的影响。

两种典型观点之藩篱。

"忠义说"由宋元之际的龚开（字圣与）在《宋江三十六赞》中开其端倪（此前的历史文献将宋江一伙称为"盗贼"）："余尝以江之所为，虽不得自齿，然其识器超卓，有过人者。立号既不僭侈，名称俨然，犹循轨辙，虽托之记载可也。"① 传世的元杂剧水浒戏中，宋江等人固然未脱尽杀人放火气质，却有着浓厚的"忠义"色彩："宋江一伙，只杀滥官污吏，并不杀孝子节妇，以此天下驰名，都叫他做呼保义宋公明。"② 明末李贽评点《水浒传》对《水浒传》的传播居功至伟，他的观点更是盛名在外："《水浒传》者，发愤之所作也。……施、罗二公，身在元，心在宋；虽生元日，实愤宋事。是故愤二帝之北狩，则称大破辽以泄其愤；愤南渡之苟安，则称灭方腊以泄其愤。敢问泄愤者谁乎？则前日啸聚水浒之强人也，欲不谓之忠义不可也。是故施、罗二公传《水浒》，而复以忠义名其传焉。""独宋公明者，身居水浒之中，心在朝廷之上；一意招安，专图报国；卒至于犯大难，成大功，服毒自缢，同死而不辞，则忠义之烈也！"③

"诲盗说"则为明清两代不少正统文人士大夫所力主。明嘉靖年间，田汝成提出"诲盗说"："《水浒传》叙宋江等事，奸盗脱骗机械甚详。然变诈百端，坏人心术。"④ "诲盗说"后继者不乏其人。明崇祯年间，朝廷颁下圣旨："严禁《浒传》……凡坊间家藏《浒传》并原板，尽令速行烧毁，不许隐匿。"⑤ "诲盗说"以金圣叹批读《水浒传》的文字影响最大。金圣叹批读《水浒传》时写道："施耐庵传宋江，而题其书曰《水浒》，恶之至，迸之至，不与同中国也。而后世不知何等好乱之徒，乃谬加以'忠义'之目。"⑥ 清朝中期起，朝政腐败、贪官横行，"盗贼"四起，在民间，《水浒

---

① 朱一玄、刘毓忱编：《〈水浒传〉资料汇编》，南开大学出版社，2012，第20页。
② 转引自王平：《〈水浒传〉"替天行道"考论》，《文史哲》2010年第1期。
③ 朱一玄、刘毓忱编：《〈水浒传〉资料汇编》，南开大学出版社，2012，第171、172页。
④ 朱一玄、刘毓忱编：《〈水浒传〉资料汇编》，南开大学出版社，2012，第118页。
⑤ 朱一玄、刘毓忱编：《〈水浒传〉资料汇编》，南开大学出版社，2012，第450页。
⑥ 施耐庵著、金圣叹批评：《金圣叹批评本〈水浒传〉》，岳麓书社，2006，第10页。

传》的传播如火如荼，其对朝廷的威胁不亚于四起的"盗贼"，正统文人士大夫忧心忡忡。在此期间，代表官方观点最为极端的，是俞万春的《荡寇志》（又名《结水浒传》）中对梁山兄弟刻骨的仇恨与斩草除根的结局设计，以至于任何对《水浒传》略微熟悉或对梁山兄弟略有好感的人阅读《荡寇志》，都有难以卒读之感，因为这部小说完全颠覆了人们固有的感情与认知。

对《水浒传》的评价之所以有大相径庭的"忠义说"与"诲盗说"的争论，除了《水浒传》现有文本本身的复杂性之外，一方面，因为《水浒传》为世代累积型作品，在其漫长的流传、演变及定型过程中，不同阶层、不同思想倾向的人士先后参与创作、编订，从而给《水浒传》烙上了迥然不同的烙印。以至于"忠义"内容与"诲盗"内容纠缠在一起，难以彻底剥离，从而形成了复杂、多义，甚至前后抵牾的现象。另一方面，还在于人们对"忠义"的认知存在差异。坚持"忠义说"的人们，基于奸臣当道、良善隐没的时代背景，对梁山兄弟被逼落草的处境颇为理解、同情，对他们接受招安、"尽忠报国"的气节大为赞赏；坚持"诲盗说"的人们，则往往将"尽忠报国"（在当时就是效命朝廷）极端化、神圣化，以至于将任何对朝廷不满的言行（更不用说直接反叛了）都当成大逆不道，而根本不愿考虑这种不满、反叛背后的原因。

对《水浒传》的主题截然相反的评价，自然影响着（甚至决定着）对宋江的评价。

毫不夸张地说，"忠"与"义"的矛盾贯穿宋江一生的行事。更具体地说，宋江身在公门期间，"义"侵蚀"忠"，甚至高居"忠"之上。宋江聚义梁山期间，"忠"侵蚀"义"，甚至高居"义"之上。济州府缉捕使臣何涛到郓城县抓捕晁盖等人时，宋江的所作所为生动地体现出了他在"忠"与"义"之间的取舍。何涛请求宋江协助抓捕时，"何涛道：'不瞒押司说，是贵县东溪村晁保正为首。更有六名从贼，不识姓名，烦乞用心。'宋江听罢，吃了一惊，肚里寻思道：'晁盖是我心腹弟兄。他如今犯了迷天之罪，我不救他时，捕获将去，性命便休了。'心内自慌。宋江且答应道：'晁盖这厮奸顽役户，本县内上下人没一个不怪他。今番做出来了，好教他受！'"（第十八回，227页）宋江的说辞固然是应付，却正是朝廷及主流社会的看法。此时，宋江将官府小吏身份及"尽忠报国"之念抛到了九霄云外，做出取舍完全没有思想上的摇摆。宋江入伙梁山后（甚至还在逃难江湖期间），又对接受招安、"尽忠报国"念念不忘。宋江刺配江州途中，晁盖、吴用等人劝说他入伙梁山，宋江说道："这等不是抬举宋江，明明的是苦我。家中上有老父在堂，宋江不曾孝敬得一日，如何敢违了他的教训，负累了他？……父亲……又千叮万嘱，教我休为快乐，苦害家中，免累老父怆惶惊恐。因此父亲明明训教宋江，小可不争随顺了哥哥，便是上逆天理，下违父教，做了不忠不孝的人在世，虽生何益。如哥哥不肯放宋江下山，情愿只就兄长手里乞死。"（第三十六回，471—472页）宋江以父命难违为由拒绝入伙梁山，未必不是他寄望于重返正途的念头的流露。梁山欢庆重阳节时，宋江作《满江红》词，其中有"望天王降诏早招安，心方足"的句子，引起了武松、鲁智深等人的不满。宋江则坚持认为："今皇上至圣至明，只被奸臣闭塞，暂时昏昧。有日云开见日，知我等替天行道，不扰良民，赦罪招安，同心报国，竭力施功，有何不美？因此只愿早早招安，别无他意。"（第七十一回，935页）

宋江为郓城县押司期间，身在公门，却与江湖渊源匪浅。在奸臣当道、良善隐没的时代背景下，尽管聚义梁山自有其不得已的苦衷，而无论如何，朝廷与江湖毕竟是尖锐对立的，聚义梁山意味着与朝廷对抗，宋江对此却并无明确区分。他在浔阳江的题诗中甚至有"敢笑黄巢不丈夫"的狂悖之语，可见其并非安分守己之辈。宋江身在公门期间，如果以忠于朝廷、"尽忠报国"为念，则应与江湖人物划清界限，甚至以铲除江湖人物为己任方算得上是"忠"，而他当时的所作所为根本未以朝廷为念。宋江聚义梁山后，"尽忠报国"意识却日益强烈，他执着地为梁山兄弟寻求招安门路。在他看来，这才是梁山兄弟的正途与最终归宿。梁山征方腊期间,梁山兄弟死伤惨重,宋江并无动摇,他显然是舍"义"而尽"忠"。

俗语有言:"自古忠义两难全。""忠"与"义"的矛盾,体现在宋江为接受招安、"尽忠报国"而力排众议,置梁山兄弟的意见于不顾,以及梁山兄弟立下征辽、征方腊两件盖世功劳与梁山兄弟的惨烈结局之间的强烈反差。梁山兄弟征辽、征方腊,为朝廷立下了盖世功劳,而这样的功劳是以梁山兄弟十去其七为代价的。而梁山兄弟的"尽忠报国",只是维护了奸臣当道、昏聩无能的朝廷,让朝廷及奸臣得以继续横行无忌、祸国殃民,自然与天下苍生福祉并无过多关涉。对这样的结局,《水浒传》的作者实际上是有着清醒而无奈的认知的。正所谓:"煞曜罡星今已矣,谗臣贼相尚依然。"(第一百回,1309页)以此而论,梁山兄弟"尽忠报国"的意义是要打些折扣的。

梁山兄弟接受招安后,朝廷及奸臣对他们多有歧视刁难,梁山征方腊班师还朝后,生还的梁山兄弟各有封赏,而在历经奸臣陷害后,许多都没有落下好的下场。此时,梁山不仅声势全无,往日的兄弟之情,也成明日黄花。战死沙场固然让人伤感,这正是"尽忠报国"的代价,无须怨天尤人,而朝廷不以天下苍生福祉为念以及梁山兄弟的惨烈结局,却分明让人感受到了"自古忠义两难全"的矛盾的根源所在。

四、招安并非不可选择的道路,由于宋江的天真简单,招安反倒成了梁山兄弟的劫难

宋江最为人们诟病的,是他力排众议,费尽心思为梁山兄弟选择的人生道路——招安。

平心而论,宋江对招安念念不忘,甚至不惜压制其他梁山兄弟的意见,既不是忘却兄弟情义,也绝非是要借梁山兄弟的鲜血染红自己的官帽。梁山征辽期间,宋江与公孙胜等人参拜二仙山罗真人(公孙胜师父),"罗真人道:'将军一点忠义之心,与天地均同,神明必相护佑。他日生当

封侯，死当庙食，决无疑虑。……只是所生命薄，为人好处多磨，忧中少乐。得意浓时便当退步，勿以久恋富贵。'宋江再告：'我师，富贵非宋江之意，但只愿的弟兄常常完聚，虽居贫贱，亦满微心，只求大家安乐。'"（第八十五回，1101页）应该说，这确实是宋江的肺腑之言。然而，接受招安、"尽忠报国"更是宋江情怀之所在。他不同于其他梁山兄弟的地方在于，他念念不忘地想要替梁山兄弟谋划一个两全其美的人生道路：小而言之，是洗脱"强盗""贼寇"的恶名，回归正途，获得"封妻荫子"的美满结局；大而言之，是争取到"尽忠报国""青史留名"的机会，成就一番轰轰烈烈的事业。梁山兄弟在排座次后，已经不再是一个以"打家劫舍""大块吃肉，大碗喝酒"为目标的单纯的强人集团，它逐渐演变为一个众人各司其职的独立社会及隐形政权，受到朝廷的围剿是迟早的事情。无论梁山众人主观动机如何，无论朝廷是否具有剿除他们的实力，梁山确实无法长期保持既与朝廷对抗、又一直独立存在的状态。更何况，"强盗""贼寇"的名声历来都是不被世人同情的。宋江的出身、思想状态及领导地位，决定了他不可能满足于当前"大块吃肉，大碗喝酒"的快意生活——他确实有种危机感与深远眼光。虽然许多梁山兄弟满足于"大块吃肉，大碗喝酒"的快意生活，但宋江坚信自己的抉择能带来圆满的结局。

　　以梁山的优越处境与强悍实力，招安并非不可选择的道路。然而，由于宋江的天真简单与决策失误，招安反倒成了梁山兄弟的劫难。最终"人为刀俎，我为鱼肉"，即便明知遭到奸臣摆布陷害，也无力反抗、避祸，从而终止了梁山聚义大业及兄弟之情，落得一个"满盘皆落索"的惨烈结局。如此结局，既非宋江本意，也大出宋江意料。尽管如此，从某种角度揣测，梁山兄弟接受招安后的惨烈结局正坐实了以下两种说法：第一，宋江力排众议，接受招安，最终梁山兄弟十去其七，宋江加官晋爵，正是以梁山兄弟的鲜血染红了自己的官帽（还有"青史留名"）；第二，朝廷招安梁山，是借力打力、一箭双雕的可怕阴谋：让梁山兄弟与江南方腊这样强悍的反叛势力（性质与梁山并无差异）互相残杀，朝廷最终坐收渔人之利。

那么，招安是否只有如梁山兄弟那样的遭遇一种结局？

似乎也很难一语断定。在中国历朝历代高官中，出身江湖草莽或流寇招安的不乏其人。梁山接受招安后的惨烈结局，更多的还需要从宋江这位梁山寨主身上寻找原因。梁山接受招安后，他既没有处理好与朝廷及高官的关系（梁山与朝廷及高官的关系先天不足，要处理好彼此的关系，除了以强悍的实力做后盾之外，还需要极其高超的领导才干、灵活的处事手腕以及对朝廷及高官深刻的认知），为招安后的梁山兄弟谋划一条较为顺坦的出路，同时也没有（也无法）为梁山兄弟留一条不得意时能抽身而退的后路。在宋江看来，接受朝廷招安后，只要梁山兄弟满腔忠义、不计荣辱、一心为国，就能得到朝廷的宽恕与重用，梁山兄弟也就得到了"封妻荫子""尽忠报国""青史留名"的机会。宋江如此天真简单，梁山兄弟的惨烈结局也就注定了。

实际上，招安即是"招降纳叛"，而"招降纳叛虽可暂时缓解国内紧张的政治局势，但肯定要留下不小的负面作用。因此，招安对统治者来说实在是一种没有办法时的办法。在王朝盛世，统治者有能力镇压各种反叛和起义，是绝不肯招安的"[①]。由此可见，朝廷经过多次惨败后的招安梁山，不仅是出于对梁山"只待招安"实情的了解，也是权衡利弊后的政治算计。梁山与朝廷之间的关系如此微妙，这就注定了朝廷对待梁山的态度存在着极大的矛盾（不仅是奸臣从中作梗）：一方面，对梁山"心怀忠义"的气节不乏怜悯之意，甚至大为赞赏；另一方面，又对梁山屡败官军的强悍实力心存猜疑，费尽心思地加以剪除。

梁山接受招安后，宋江一味逆来顺受、唯朝廷之命是从，多数梁山兄弟则是被他拖着走的，即便有人心怀异议，也无法公开表达反对意见，更无法影响梁山决策。以宋江立场而论，这是忠于朝廷的体现。殊不知，朝廷绝非抽象的存在，代表朝廷的，除了高高在上的皇帝之外，还有高

---

① 施正康、施惠康：《水浒纵横谈》，学林出版社，1996，第 200 页。

官——由于高官处于直接掌权地位，相比高高在上的皇帝，有时他们更能代表朝廷。宋江将接受招安看成"尽忠报国""青史留名"的机会，老谋深算的高官（尤其是作为梁山仇敌的蔡京、高俅、童贯、杨戬等奸臣）恰恰看到了一个剪除心腹之患的机会。既然高官是代表朝廷的，那么，高官与朝廷之间往往就是"一损俱损，一荣俱荣"[①]的共同体，实在难以截然分开。贤才为官施政，不仅造福天下苍生，也让朝廷威望提升、江山稳固；奸臣横行牟利时，他们种下的孽根导致祸害，朝廷也只能咽下这枚苦果。故此，所谓的"今皇上至圣至明，只被奸臣闭塞"的现象，或许存在，或许不存在。即便这一现象确实存在，也很难说做出这种区分有何必要。

梁山接受招安后，正式成为朝廷官员，而朝廷既未将梁山兄弟与其他官员一视同仁，又未能完全论功行赏，以至于不少梁山兄弟对朝廷及高官多有抱怨之词。梁山征辽出师前，徽宗皇帝颁下诏书，"敕加宋江为破辽兵马都先锋使，卢俊义为副先锋。其余军将，如夺头功，表申奏闻，量加官爵"（第八十三回，1072—1073页）。梁山征辽班师还朝后，蔡京、高俅、童贯、杨戬等奸臣以"方今四边未宁，不可升迁"为由，说服徽宗皇帝，仅加封宋江为"保义郎，带御器械，正受皇城使"，卢俊义为"宣武郎，带御器械，行营团练使""吴用等三十四员加封为正将军；朱武等七十二员加封为偏将军；支给金银，赏赐三军人等"（第九十回，1159页）。"徽宗政和六年（1116）定武臣官阶五十二阶，改右班殿直为保义郎，列第五十阶"[②]，是微不足道的官职；宣武郎不见于宋代官职，以宋江与卢俊义的地位而论，宣武郎的官阶自然还要低于保义郎。梁山征方腊出师前，徽宗皇帝降敕，"封宋江为平南都总管，征讨方腊正先锋；封卢俊义为兵马副总管，平南副先锋……其余正偏将佐，各赐段匹银两，待有功次，照名升赏，加受官爵"（第九十回，1166页）。"尽忠报国"固

---

① 曹雪芹、高鹗：《红楼梦》，江苏文艺出版社，2004，第25页。
② 沈起炜、徐光烈：《简明中国历代职官辞典》，上海辞书出版社，2014，第268页。

然不应与朝廷封赏多寡直接挂钩,这却是朝廷对待梁山众人的微妙心态的体现。

五、梁山兄弟"尽忠报国"后的惨烈结局,让人们对"尽忠报国"有了别样的感触

梁山接受招安,意味着需要从江湖体制进入朝廷体制,而这两者遵循的规则完全不同。宋江出身官府下层小吏,身在公门,心念江湖,故此,他对下层官场生态及江湖人物习气了然于胸,在与社会下层人物及江湖草莽打交道时,显得得体、游刃有余。然而,宋江的经历及观念显然无法让他对朝廷体制做出深刻的理解与判断,也就无法让他在高官如云的朝廷体制中找到立足之地——更遑论将自己融为高官一分子,从此平步青云、功成名就。相比之下,论及进入朝廷体制,"小旋风"柴进的地位、观念、才干显然要比宋江适合得多。而在当时的梁山体制下,即便宋江的才干明显暴露出不具备应付新的复杂形势的缺陷,梁山也不存在更换寨主的任何可能性。

就这样,接受招安后的梁山兄弟,既无法在朝廷体制内如鱼得水,又无法抽身而退,重返江湖体制。他们只能面临着另一种命运的降临而无能为力,用鲁迅的话来说,就是利用他们"替国家打别的强盗——不'替天行道'的强盗"[①]。最终,两虎相争,两败俱伤,朝廷则一箭

---

① 鲁迅:《鲁迅全集》(第4卷),人民文学出版社,2005,第159页。
在这里,鲁迅显然认为梁山众人是"帮助政府"的。然而,鲁迅也有认为梁山众人是"反抗政府"的观点:"(《施公案》《彭公案》)一类的小说,也盛行一时。其中所叙的侠客,大半粗豪,很像《水浒》中底人物,故其事实虽然来自《龙图公案》,而源流则仍出于《水浒》。不过《水浒》中人物在反抗政府;而这一类书中底人物,则帮助政府,这是作者思想的大不同处,大概也因为社会背景不同之故罢。"〔鲁迅:《鲁迅全集》(第9卷),人民文学出版社,2005,第349—350页〕以此而论,鲁迅得出两种不同的结论,实际上是针对梁山的不同阶段的:梁山英雄排座次前,是他们聚义梁山、冲撞州府的过程,这一阶段自然是"反抗政府"的;梁山英雄排座次后,是他们寻求招安、"尽忠报国"的过程,这一阶段自然是"帮助政府"的。金圣叹"腰斩"水浒,除了艺术方面的考量之外,也是基于这一观念而做出的。

双雕,既解除了外患——辽国,又剿灭了内乱——方腊,还剪除了梁山。高官更是坐享其成,梁山征辽、征方腊期间,他们绝少出力援助梁山兄弟,却轻易地将梁山兄弟的功劳揽于自己名下,继续加官晋爵。以至于人们屡屡感叹:奸臣贪官往往安享功名富贵,忠臣义士屡屡含冤莫白。

梁山征方腊班师还朝后,徽宗皇帝对梁山兄弟十去其七的结局"不胜伤悼"(梁山兄弟以惨烈的代价赢得了徽宗皇帝的信任),宋江等人才算得上是加官晋爵:"已殁于王事者,正将偏将,各授名爵。正将封为忠武郎,偏将封为义节郎。如有子孙者,就令赴京,照名承袭官爵;如无子孙者,敕赐立庙,所在享祭。……见在朝觐,除先锋使另封外,正将十员,各授武节将军,诸州统制;偏将十五员,各授武奕郎,诸路都统领。管军管民,省院听调。"(第九十九回,1290页)宋江等人"封妻荫子""尽忠报国"夙愿的实现如在眼前。然而,梁山兄弟虽赢得了徽宗皇帝的信任,却无法打消被私欲裹挟的蔡京、高俅等奸臣的疑虑。"卧榻之侧,岂容他人鼾睡。"这样,宋江加官晋爵后也难有安宁之日,直到被奸臣处心积虑地设计害死。

宋江等人加官晋爵后,为铲除宋江等人,蔡京、高俅等奸臣定下毒计:"先对付了卢俊义,便是绝了宋江一只臂膊。"(第一百回,1298页)卢俊义被设计害死后,蔡京、高俅等又向徽宗皇帝上奏道:"泗州申复:卢安抚行至淮河,坠水而死。臣等省院,不敢不奏。今卢俊义已死,只恐宋江心内设疑,别生他事。乞陛下圣鉴,可差天使,赍御酒往楚州赏赐,以安其心。""上皇沉吟良久,欲道不准,未知其心意;欲准理,诚恐害人。上皇无奈,终被奸臣谗佞所惑,片口张舌,花言巧语,缓里取事,无不纳受,遂将御酒二樽,差天使一人,赍往楚州,限目下便行。眼见得这使臣亦是高俅、杨戬二贼手下心腹之辈。天数只注宋公明合当命尽,不期被这奸臣们将御酒内放了慢药在里面,却教天使赍擎了,径往楚州来。"(第一百回,1300页)宋江被奸臣设计害死前,叹曰:"我自幼学儒，长而通吏，不幸失身于罪人，并不曾行半点异心之事。今日天子信听谗佞，赐我药酒，得罪何辜！"（第一百回，1301页）但仍然一副忠肝义胆："我为人一世，只主张忠义二字，不肯半点欺心。今日朝廷赐死无辜，宁可朝廷负我，我忠心不负朝廷。"（第一百回，1302页）宋江毒发身亡前，担心李逵造反，坏了梁山泊替天行道忠义之名，还诱使李逵喝下毒酒。如此让人唏嘘不已的结局，是否还能分清害死宋江的究竟是朝廷还是奸臣？

梁山兄弟落得如此惨烈的结局，虽说这也算得上是"尽忠报国""青史留名"，而以如此惨烈的结局换得"尽忠报国""青史留名"，却让人们不得不对"尽忠报国""青史留名"有了"别是一般滋味在心头"的感触与解读："尽忠报国"是否意味着总是要做出绝大的牺牲？更何况，许多梁山兄弟还不是死于阵前交锋，而是遭到奸臣陷害而死，故此，许多牺牲是毫无价值的——这里并非不赞成"尽忠报国"，而是进一步的深思。以此而论，梁山的覆灭，虽非宋江有意为之，但"吾虽不杀伯仁，伯仁由我而死"①。宋江作为一个不合格的江湖大哥与梁山头目，始终难辞其咎。后世多有对宋江的行事不予谅解之人，梁山兄弟落得惨烈的结局应是主要原因。前引"吾虽不杀伯仁，伯仁由我而死"后还有"幽冥之中，负此良友"一句。宋江泉下有知，亦当有此愧恨交加之言。而在中国古代历史上，像梁山兄弟这样的忠臣义士含冤莫白的事例也不在少数。

至于梁山兄弟的惨烈结局，绝非《水浒传》作者的凭空臆想，而是社会现实的投射——在中国古代社会，奸臣、贪官常常安享功名富贵，死后又多是身败名裂、遗臭万年，如蔡京、秦桧等，忠臣义士屡屡含冤莫白，死后又多是平反昭雪、名垂青史，如岳飞、于谦等。不少专家认为，《水浒传》中梁山征方腊班师还朝后的故事情节是后来添加的，宋江服毒身亡一节，灵感来自明太祖朱元璋统一天下后大肆杀戮功臣的史实（《水浒传》

---

① 司马光：《资治通鉴》（第四册），中华书局，2013，第2431页。

文本完全定型，大致在明朝中期）。鲁迅评述《水浒传》时指出："至于宋江服毒的一层，乃明初加入的，明太祖统一天下之后，疑忌功臣，横行杀戮，善终的很不多，人民为对于被害之功臣表同情起见，就加上宋江服毒成神之事去。——这也就是事实上缺陷者，小说使他团圆的老例。"① 故此，奸臣贪官常常安享功名富贵，忠臣义士屡屡含冤莫白的不良规律不被打破，梁山兄弟的遭遇必然会在现实生活中不断重现。

---

① 鲁迅：《鲁迅全集》（第9卷），人民文学出版社，2005，第334—335页。

第 2 篇

"玉麒麟"卢俊义:
天下无双的政治道具

梁山一百单八将中，卢俊义身家清白、相貌堂堂、武艺高超，社会知名度很高，在梁山更是占有非同寻常的地位。然而，卢俊义却是一个自始至终相当尴尬的存在。一方面，卢俊义的个人故事前后延续十回，篇幅不少，梁山众人中，也只有宋江、武松有如此奢华待遇；另一方面，无论是形象鲜明度、故事精彩度，还是对梁山聚义事业的推动作用，卢俊义都实在乏善可陈。可以毫不夸张地说，将卢俊义从水浒故事中剔除，不仅不会影响水浒故事的完整性，甚至因为剔除了质量较差的内容，反倒提升了整体质量。然而，无论卢俊义的人物形象多么缺乏魅力，他的故事多么乏味无聊，《水浒传》作者不吝笔墨地塑造这个人物毕竟是有其用意的。故此，这个人物作为某一类型人物的样本，还是有值得深入探讨的价值的。

一、卢俊义身家清白、武艺高超，却始终只是一个不足以动人肺腑的木偶式人物

卢俊义出场前，《水浒传》中先是借途经梁山的北京大圆和尚之口向宋江、吴用等人提及卢俊义。接着，宋江、吴用对卢俊义的品行、武艺、声望推崇备至："你看我们未老，却恁地忘事！北京城里是有个卢大员外，双名俊义，绰号玉麒麟，是河北三绝。祖居北京人氏，一身好武艺，棍棒天下无对。梁山泊寨中若得此人时，何怕官军缉捕，岂愁兵马来临！"（第六十回，801页）甚至宋江执意拉拢卢俊义入伙梁山，就是为了与他"共聚大义，一同替天行道"，且执意请卢俊义"坐第一把交椅"（第六十二回，818页）。在宋江看来，只有仰仗卢俊义的出身、武艺、声望，梁山才能获得更好的发展前景。吴用首次见到卢俊义时，书中又以"单道卢俊义豪杰处"的《满庭芳》词加以佐证："目炯双瞳，眉分八字，身躯九尺如银。威风凛凛，仪表似天神。义胆忠肝贯日，吐虹蜺志气凌云。驰声誉，北京城内，元是富豪门。　　杀场临敌处，冲开万马，扫退千军。

殚赤心报国,建立功勋。慷慨名扬宇宙,论英雄播满乾坤。"(第六十一回,805页)

像卢俊义这样出身、地位、能力都非同一般的人物,无论宋江、吴用等人是否落草为寇,卢俊义与他们都属于不同世界的人物。在正常情况下,他是绝不会落草为寇的,即便朝廷昏聩无能,落草为寇也并非多数人心安理得的选择。故此,宋江、吴用等人并没有诚意相邀,而是直接设下诱骗之计。吴用与李逵假扮算命先生及哑童子前往北京大名府,以算命为名见到卢俊义。吴用对卢俊义说道:"员外这命,目下不出百日之内,必有血光之灾,家私不能保守,死于刀剑之下。……除非去东南方巽地上一千里之外,方可免此大难。虽有些惊恐,却不伤大体。"(第六十一回,806页)临别之际,吴用又在墙上题下暗藏"卢俊义反"四字的藏头反诗:"芦花丛里一扁舟,俊杰俄从此地游。义士若能知此理,反躬逃难可无忧。"(第六十一回,807页)

《孙子兵法》有云:"兵者,诡道也。"① 故此,梁山为达成目的,设计诱骗原本也属正常。然而,吴用的诱骗之计却拙劣至极,并未展现出他此前自夸的"略施一计,便教本人上山"的计谋水准(吴用的许多计谋都让人不敢恭维,暴露出才干与品行的局限)。更让人大跌眼镜的是,卢俊义对吴用的诱骗之计毫无察觉,反而听信蛊惑之词,执意要带管家李固等人前往东南一千里之外的泰安州进香避灾(前往东南一千里之外必然途经梁山泊)。"李固道:'主人误矣。常言道:贾卜卖卦,转回说话。休听那算命的胡言乱语。只在家中,怕做甚么?'卢俊义道:'我命中注定了,你休逆我。若有灾来,悔却晚矣。'燕青道:'主人在上,须听小乙愚见。这一条路去山东泰安州,正打从梁山泊边过。近年泊内是宋江一伙强人在那里打家劫舍,官兵捕盗,近他不得。主人要去烧香,等太平了去,休信夜来那算命的胡讲。倒敢是梁山泊歹人,假装做阴阳人来扇惑,要赚

---

① 骈宇骞等译注:《孙子兵法·孙膑兵法》,中华书局,2006,第7页。

主人那里落草。小乙可惜夜来不在家里，若在家时，三言两句，盘倒那先生，倒敢有场好笑。'卢俊义道：'你们不要胡说，谁人敢来赚我！梁山泊那伙贼男女打甚么紧，我观他如同草芥，兀自要去特地捉他，把日前学成武艺显扬于天下，也算个男子大丈夫。'……卢俊义……娘子贾氏便道：'丈夫，我听你说多时了。自古道：出外一里，不如屋里。休听那算命的胡说，撇了海阔一个家业，耽惊受怕，去虎穴龙潭里做买卖。你且只在家内，清心寡欲，高居静坐，自然无事。'卢俊义道：'你妇人家省得甚么！宁可信其有，不可信其无。自古祸出师人口，必主吉凶。我既主意定了，你都不得多言多语。'"（第六十一回，809—810页）卢俊义的利令智昏、独断专行由此可见一斑。无论李固、贾氏后来如何丧心病狂地借机合谋侵吞了卢府财产，他们此时的劝说之词显然是"苦口"的"良言"。

卢俊义一行临近梁山时，"店小二哥对卢俊义说道：'好教官人得知，离小人店不得二十里路，正打梁山泊边口子前过去。山上宋公明大王，虽然不害来往客人，官人须是悄悄过去，休得大惊小怪。'卢俊义听了道：'原来如此！'便叫当直的取下衣箱……内取出四面白绢旗……每面栲栳大小几个字，写道：'慷慨北京卢俊义，远驮货物离乡地。一心只要捉强人，那时方表男儿志！'""李固等众人看了，一齐叫起苦来"（第六十一回，811—812页）。卢俊义如此行事，明显是向梁山挑战——如果梁山并未萌生拉拢卢俊义入伙的心思，他如此大胆嚣张、大言不惭，必然在劫难逃。

卢俊义带管家李固等人进香避灾途经梁山时，先后与李逵、鲁智深、武松、刘唐、穆弘、李应、朱仝、雷横等人过招。卢俊义一人迎战梁山众将，且是"全然不慌，越斗越健"（第六十一回，814页）。由此可见，卢俊义确实武艺绝佳、胆识过人、威猛异常。然而，梁山对卢俊义完全是结网以待，众将轮番出战，只是消磨他的斗志的计谋而已。而卢俊义对此毫无察觉，反倒如猴子般被梁山众将戏耍，追斗终日，一无所获，终因寡不敌众，被李俊、张顺等梁山水军头领捉上山寨。纵观卢俊义与梁山兄弟初遇时的所作所为，既不知己，复不知彼，又如此张扬草率从事，虽说武艺绝佳、胆识过人、威猛异常，终究是匹夫之勇——从卢俊义决定前往东南一千里之外的泰安州进香避灾那一刻起，他就已经成为宋江等人的囊中之物了。

卢俊义被捉上梁山后，"宋江陪笑道：'怎敢相戏！实慕员外威德，如饥如渴，万望不弃鄙处，为山寨之主，早晚共听严命。'卢俊义回说：'宁就死亡，实难从命……生为大宋人，死为大宋鬼，宁死实难听从"（第六十二回，818页）。宋江等人百般劝说无效后，又别具心思地强行挽留卢俊义住在山寨，每日饮宴不休。卢俊义被迫在梁山停留四月有余，才被释放返家。而在此之前，吴用让卢府管家李固先行回家，且告知他卢俊义已经入伙梁山。居心不良的李固为侵吞卢府财产，与卢俊义妻子贾氏合谋，向北京大名府梁中书举报卢俊义"投降梁山泊落草，坐了第二把交椅"（第六十二回，821页）。卢俊义返家后，梁中书认定他里勾外连，要打北京，随即将他抓起来，严刑拷打，最终屈打成招，被关入监牢。平心而论，卢俊义惨遭劫难一事固然是出于居心不良的李固的算计与举报，却也不完全出于诬陷——先有梁山的设计陷害，才有李固的乘机算计。此后，卢俊义经历了一番生死劫难，直到被攻破北京大名府的梁山兵马营救上山，无路可走之际才入伙梁山，坐了第二把交椅。

《水浒传》对卢俊义的品行、能力、声望的铺陈渲染，虽非大张旗鼓，也算得上是浓墨重彩，给人们的期望不可谓不高。然而，卢俊义出场后让人大跌眼镜的表现，不仅与作者要赞扬他的初衷大相径庭，也将人们心中积聚的期望彻底打碎。人们始终无法相信，这样一个头脑简单、见解平庸、行事鲁莽的浅陋人物，竟然是梁山梦寐以求、甚至不惜以阴谋手段胁迫其上山入伙的盖世英雄。毕竟，小说（尤其是古典白话小说）是依靠故事情节编排与人物形象塑造推动发展的。上述现象的出现，无论是《水浒传》作者有意还是无意，都是故事情节编排与人物形象塑造方面的败笔，这使得作者所要赞扬的人物根本无法以清晰、鲜明的形象呈现出来。这样的人物，不仅无法让人们萌生赞叹或喜爱的念头，甚至还让人们心生鄙夷或不解之感。故此，卢俊义始终只是一个可有可无、无谋无智、行事不足以动人肺腑的木偶式人物。

二、"带些呆气""庞然大物"，算得上是对卢俊义一针见血的评说

应该说，《水浒传》中塑造卢俊义的手法与《三国演义》中塑造诸葛亮的手法颇为相似，都是人物尚未出场，先通过他人之口，对其品行、能力、声望大肆渲染、烘托（卢俊义并非核心人物，对他的渲染、烘托显然没有对诸葛亮那般兴师动众），而两者的效果却大相径庭。其根本原因在于：诸葛亮出场后，不负早前众人的交口夸赞，运筹帷幄、破敌立功，诸葛亮智慧超群、神机妙算的形象，通过极有说服力的事功得以确立。而卢俊义出场后的一系列表现，却从未展示出与"河北三绝"相符的风度与事功。在个人陷于逆境时，他始终不曾谋求改变处境，只是一味地被人牵着鼻子戏耍，窝窝囊囊。试想，这样的人物形象及行事手法，又岂能塑造出一个手段高强、形象鲜明的盖世英雄？《水浒传》中，卢俊义的个人故事前后延续十回，然而，卢俊义的个人风貌在篇幅不短的故事中——远远多于讲述鲁智深故事、林冲故事的篇幅——始终未能以清晰、鲜明的形象呈现出来，反倒有愈描愈黑之趋势。

《水浒传》中为达成卢俊义上山入伙的目的，仓促之间，牺牲了对他的故事情节的编排，以此损害了人物形象的塑造，这导致卢俊义的形象与行事受到严重损害，最终与作者要赞扬他的初衷背道而驰。① 《水浒传》中有许多类似情形，或是为推动故事情节发展，或是为引出相关人物出场，

---

① 需要说明的是，《水浒传》固然有诸多不足，而其能流传久远、声名远播，正因为其中的精彩片段也不可胜数，如"鲁提辖拳打镇关西""林教头风雪山神庙""智取生辰纲""景阳冈武松打虎"，等等。而其塑造的一系列性格鲜明的人物形象，以及白话的自如运用等，不仅具有开风气之先的意义，成就也远远高于许多文学著作，其跻身文学名著之列当之无愧。

在人物形象塑造及故事情节编排方面甚为草率浅陋，甚至前后相互抵牾。而卢俊义的个人故事完全游离于《水浒传》的故事主线之外，他的出场仅仅完成了推动故事情节发展的独特作用：扫除了宋江名正言顺地成为梁山寨主的政治障碍——自宋江、吴用引出卢俊义出场后，晁盖临终遗言的政治命题已经悄无声息地发生了转换。卢俊义入伙梁山后，地位崇高、出场频繁，却对梁山聚义事业毫无推动性作用，类似"鸡肋"。

实际上，《水浒传》在塑造卢俊义的形象时，即便不能像《三国演义》塑造诸葛亮的形象那般大张旗鼓、煞费苦心，也完全可以像呼延灼出场那样，故事情节相对一波三折、合乎情理，既展示出他惊人的能力及独特的行事、性格，又逼得他走投无路，只得上山入伙，从而塑造出一位在形象和故事方面与众人的赞誉大致相匹的英雄员外，《水浒传》中却非如此。梁山攻打曾头市为晁盖报仇雪恨时，卢俊义大展身手，轻松活捉了曾头市武术教师史文恭（史文恭武艺超凡，二十回合即使计擒获名列"马军五虎将"第三位的秦明）。然而，卢俊义活捉史文恭完全是出于宋江、吴用的刻意安排，除了将落荒而逃的史文恭打落下马之外，个人作用微乎其微；梁山征辽期间，卢俊义大显神威，一人对战辽国将领耶律四兄弟，最终战胜耶律宗霖，吓跑耶律宗雷、耶律宗电及耶律宗云；接着，他又将一千多人的一伙辽兵杀得四散奔逃。这是卢俊义绝佳武艺的绝佳展示，这样辉煌的战果在梁山兄弟中是独一无二的。然而，即便《水浒传》中对入伙梁山后的卢俊义的行事大加渲染称赞，无奈先入之见已深，终究难有回天之效。卢俊义的绝佳表现，只是进一步加深了人们对他的武艺的印象，对他人物形象的塑造并无实质性帮助。

以地位与武艺而论，卢俊义在梁山兄弟中处于"一览众山小"的至高地位，政治地位崇高，又属于武艺登峰造极的超一流战将（梁山一流战将以"马军五虎将"为代表。即便在整部《水浒传》中，能在武艺方面胜过卢俊义的也是寥寥无几的）。然而，以形象鲜明度与行事精彩度而言，卢俊义的形象始终是模糊苍白的，他的行事也缺乏激动人心的篇章。故此，金圣叹批读《水浒传》时写道:"玉麒麟"卢俊义"只是上中人物。卢俊义传,也算极力将英雄员外写出来了,然终不免带些呆气。譬如画骆驼,虽是庞然大物,却到底看来觉道不俊"①。"带些呆气""庞然大物",可以算得上是对卢俊义的人物形象一针见血的评说。

卢俊义不仅在人物形象方面是无足称道的,他在梁山的作用也是无足称道的。宋江决意拉拢卢俊义入伙梁山时,公然言明要以寨主之位相让,尤其是卢俊义擒获史文恭后,他更是坚持贯彻晁盖临终的遗言,执意推举卢俊义为梁山寨主。然而,无论是以当时已经入伙的梁山兄弟与宋江的渊源而论,还是以卢俊义势单力孤的微妙地位而论(心腹亲随只有燕青),他都断无取代宋江而成为梁山寨主的任何可能性。实际上,在卢俊义被宋江等人执意留在梁山做客时,已经确定了他坐第二把交椅的地位。梁山让李固先行返家时,吴用唤李固近前说道:"你的主人已和我们商议定了,今坐第二把交椅。"(第六十二回,819页)卢俊义擒获史文恭后,宋江再次以寨主之位相让。"卢俊义恭谦拜于地下,说道:'兄长枉自多谈,卢某宁死,实难从命。'吴用劝道:'兄长为尊,卢员外为次,人皆所伏。兄长若如是再三推让,恐冷了众人之心。'原来吴用已把眼视众人,故出此语。只见黑旋风李逵大叫道:'我在江州,舍身拚命,跟将你来,众人都饶让你一步。我自天也不怕,你只管让来让去做甚鸟!我便杀将起来,各自散火!'武松见吴用以目示人,也发作叫道:'哥哥手下许多军官,受朝廷诰命的,也只是让哥哥,他如何肯从别人?'刘唐便道:'我们起初七个上山,那时便有让哥哥为尊之意。今日却要让别人!'鲁智深大叫道:'若还兄长推让别人,洒家们各自都散!'"(第六十八回,902页)以此而论,无论宋江执意推举卢俊义为梁山寨主是出于真心还是纯属表演,在这件事上,梁山兄弟却多有"逆龙鳞"的胆识,宋江的意见是根本无法贯彻的。

---

① 施耐庵著、金圣叹批评:《金圣叹批评本〈水浒传〉》,岳麓书社,2006,第3—4页。

实际上，卢俊义取代宋江成为梁山寨主是断无可能的。三国时期，蜀汉大将关羽领军北伐，遭孙权偷袭，败走麦城，被东吴擒杀。孙权不仅将关羽首级送给曹操，还遣使入贡，向曹操称臣，力劝曹操取汉献帝而代之，登基称帝。曹操将孙权来书向群臣出示，说道："是儿欲踞吾著炉火上邪！"① 以曹操数十年苦心经营，根基深厚，尚且不敢随意觊觎不该拥有的位置，何况在梁山毫无根基的卢俊义。

三、卢俊义是一个毫无个人魅力可言的标签式人物，更是一个悲剧人物

卢俊义在梁山排名第二位，地位崇高、备受敬重。然而，说卢俊义是梁山的受害者绝不为过。

卢俊义入伙梁山，不仅不是出于个人意愿，更让他的身体与心理都备受折磨，家破人亡，清白身家也不再清白。与此同时，他在梁山的风光与所得，未必比得上在北京大名府当员外之时的优越。晁盖为梁山寨主期间，二号人物宋江人脉广泛、权势煊赫，时时凌驾于晁盖之上。宋江为梁山寨主期间，二号人物卢俊义势单力孤，只有象征性地位，远远不足以与宋江相抗衡。更何况，在中国古代社会，二号人物看似地位崇高、风光无限，实际上风险极高。其权势过小，无法服众，难以维持自身地位，其权势过高，又容易遭到主上猜忌，稍有不慎，即跌入万劫不复的深渊。

卢俊义的个人悲剧更体现在他身家清白、武艺高超，却始终属于不能掌握自己命运的人物。说来好笑，卢俊义被诱骗入伙梁山，仅因为他过于出类拔萃了——为提升梁山声望，宋江需要寻求一个身份、能力、声望都非同寻常的人物，当得知了"河北玉麒麟"之名时，卢俊义的悲剧命运就已注定。

---

① 陈寿撰、裴松之注：《三国志》，岳麓书社，2017，第36页。

王望如批读《水浒传》时写道：卢俊义"无端好使枪棒，名震京师"[①]。言外之意，卢俊义被诱骗入伙梁山，完全是自取其祸。卢俊义被逼落草梁山，确实与他"名震京师"大有关系，而王望如据此指责卢俊义，却显然是判定责任时颠倒黑白了——卢俊义被逼落草的罪魁祸首是宋江等人，卢俊义恰恰是受害者。

从现实生活中人事关系的角度评述宋江执意拉拢卢俊义上山入伙一事，更是颇多值得玩味之处。宋江力主卢俊义上山入伙，理由绝非像他说的那么冠冕堂皇，似乎完全是为了梁山聚义大业着想：卢俊义"一身好武艺，棍棒天下无对。梁山泊寨中若得此人时，何怕官军缉捕，岂愁兵马来临！"（第六十回，801页）宋江真实又难以明言的目的，还是以卢俊义作为政治道具，化解"托塔天王"晁盖临终前留下的影响他名正言顺地登上梁山寨主之位的遗言。晁盖曾头市中毒箭身亡后，梁山即中止攻打曾头市，梁山赚取卢俊义上山入伙后，又立即再次攻打曾头市，且卢俊义上山入伙后，晁盖临终的遗言已经转化为宋江与卢俊义的寨主之争。实际上，卢俊义的上山入伙，除了帮助宋江登上寨主之位之外，在其他方面都显得可有可无。故此，宋江寻求一个身份、能力、声望都非同寻常的人物来提升梁山声望的说辞自然也是颇为牵强的：以梁山当时的江湖声望与人才济济的现状而言，很难说卢俊义的上山入伙对提升梁山的声望发挥了突破性的作用——梁山兄弟中，身份高贵、武艺高超、智谋不凡的不乏其人。卢俊义上山入伙后，不仅势单力孤，且功劳不足称道，长期以来只是一个无从彰显作用的政治摆设。直到梁山征辽、征方腊期间，卢俊义屡屡与宋江分兵征讨，有了独立领兵的机会，才真正发挥起了梁山"副帅"的作用。

不仅宋江拉拢卢俊义入伙梁山一事难以自圆其说，宋江执意寻求招安的决策在许多人眼里也是难以自圆其说的。对那些铁定心思与朝廷对立的

---

① 施耐庵著、郭皓政辑评：《百家汇评本〈水浒传〉》，长江文艺出版社，2007，第499页。

梁山兄弟（如被逼落草的林冲、打抱不平落草的鲁智深等）而言，如果不是宋江屡屡提及，招安根本就不是他们考虑的选项；对那些被宋江通过诱骗、俘虏等方式强迫入伙的梁山兄弟（以出身地方豪绅的卢俊义、李应及朝廷降将关胜、呼延灼等人为首）而言，如果说招安是"漂白"梁山兄弟的明智选择，那么，上山聚义对他们来说，就成为一场绝无必要的"漂黑"环节。招安后他们得到的未必比他们上山入伙前拥有的更多——与梁山征方腊班师还朝后生还的梁山兄弟相比，不过略微加官晋爵而已（许多人只是恢复到入伙梁山前的状态），同时还要忍受奸臣的歧视与打压。如果卢俊义、关胜等武艺出众、智勇双全的人物有仕途上进之心，通过正常渠道一步步升迁，未必不会加官晋爵（当然，以当时官场的黑暗，有才干未必能仕途顺达）。上山入伙对他们而言，只是转了一个颇为坎坷的圆圈，又回到了起点。正因为如此，卢俊义等人对于梁山聚义，显然不会有林冲、鲁智深等人那样的深沉感情。这也是人之常情，无可厚非。

无论是相比抵触招安决策的鲁智深、武松等人，还是比照对招安心怀希望的关胜、呼延灼等人（以他们的出身及思想状态而言，起码不会抵制招安），卢俊义的上山入伙及接受招安，都是毫无益处的被动卷入。卢俊义在梁山坐了第二把交椅后，梁山大政方针有宋江掌握，大政方针的贯彻有吴用出谋划策、调兵遣将，卢俊义完全没有施展拳脚的余地（与吴用并列军师的公孙胜从无出谋划策的行事，而公孙胜如此"尸餐素位"自有其原因，与卢俊义的情形不同）。梁山寻求招安时，卢俊义并无明确意见。梁山接受招安后，卢俊义与宋江领兵出征，先后为朝廷立下征辽、征方腊两件盖世大功。即便如此，他也未能盼到安享富贵、官场得意的一刻，反倒赔上了自家性命。可以说，无论是上山入伙时、聚义梁山时、招安时、征辽时、征方腊时，还是征方腊高奏得胜凯歌还朝后，卢俊义都未能掌握自己的命运，他所经历的一切，几乎都不是他主动选择的，自然也不是他乐意经历的。

四、卢俊义之死是出于奸臣的陷害，也与中国古代政治传统及其本人见解暗昧难脱干系

梁山征方腊班师还朝后，徽宗皇帝对梁山兄弟十去其七的惨烈结局不胜伤悼，对宋江、卢俊义等梁山兄弟各加封赏。然而，卢俊义、宋江尚未在朝廷站稳脚跟，很快即遭到蔡京、高俅、童贯、杨戬等奸臣陷害而死。卢俊义之死，虽说是出于奸臣的歹毒陷害，也与中国古代政治传统及卢俊义见解暗昧难脱干系。

在中国古代社会，不同政治团体、不同政治人物之间的政治斗争，无论是理念分歧，还是利益纷争，往往都伴随着血雨腥风，几乎只有"不是东风压了西风，就是西风压了东风"[①]的零和结果，而绝少有相互妥协、长期共存的双赢局面。梁山兄弟与蔡京、高俅等奸臣既不属于同一团体，又过节甚深（多数梁山兄弟与朝廷各级官员有着不同程度的旧怨），再加上蔡京、高俅等奸臣拥有远远优越于梁山兄弟的地位与权势，他们又不是胸襟广阔、公忠体国之人，这已经注定了卢俊义在朝廷难有立足之地。

卢俊义见解暗昧，则缘于他始终未能看破官场真相。梁山征方腊班师还朝途中，燕青向卢俊义提出"退身之计"，"浪子燕青私自来劝主人卢俊义道：'……今既大事已毕，欲同主人纳还原受官诰，私去隐迹埋名，寻个僻净去处，以终天年。'……卢俊义道：'自从梁山泊归顺宋朝已来，北破辽兵，南征方腊，勤劳不易，边塞苦楚，弟兄殒折，幸存我一家二人性命。正要衣锦还乡，图个封妻荫子，你如何却寻这等没结果？……燕青，我不曾存半点异心，朝廷如何负我？'燕青道：'主人岂不闻韩信立下十大功劳，只落得未央宫前斩首；彭越醢为肉酱，英布弓弦药酒。主公，你可寻思，祸到临头难走。'卢俊义道：'我闻韩信三齐擅自称王，教陈豨造

[①] 曹雪芹、高鹗：《红楼梦》，江苏文艺出版社，2004，第660页。

反；彭越杀身亡家，大梁不朝高祖；英布九江受任，要谋汉帝江山……我虽不曾受这般重爵，亦不曾有此等罪过。'"（第九十九回，1285页）在卢俊义心目中，此刻铺设在自己面前的无疑是一片似锦前程。

梁山征方腊班师还朝后，卢俊义被加封为武功大夫、庐州安抚使兼兵马副总管。面对赤胆忠心的卢俊义、宋江等人加官晋爵的情形（还远远算不上位高权重），别有怀抱的蔡京、高俅等奸臣如芒在背，深感威胁。"当此之时，却是蔡京、童贯、高俅、杨戬四个贼臣，变乱天下，坏国坏家坏民。当有殿帅府太尉高俅、杨戬，因见天子重礼厚赐宋江等这伙将校，心内好生不然。两个自来商议道：'这宋江、卢俊义皆是我等仇人，今日倒吃他做了有功大臣，受朝廷这等钦恩赏赐，却教他上马管军，下马管民。我等省院官僚，如何不惹人耻笑！自古道：恨小非君子，无毒不丈夫。'"（第一百回，1297—1298页）燕青的揣测不幸被言中。

"杨戬道：'我有一计，先对付了卢俊义，便是绝了宋江一只臂膊。这人十分英勇，若先对付了宋江，他若得知，必变了事，倒惹出一场不好。'高俅道：'愿闻你的妙计如何。'杨戬道：'排出几个庐州军汉，来省院首告卢安抚招军买马，积草屯粮，意在造反，便与他申呈去太师府启奏，和这蔡太师都瞒了。等太师奏过天子，请旨定夺，却令人赚他来京师。待上皇赐御食与他，于内下了些水银，却坠了那人腰肾，做用不得，便成不得大事。再差天使，却赐御酒与宋江吃，酒里也与他下了慢药，只消半月之间，一定没救。'高俅说道：'此计大妙。'"（第一百回，1298页）不久，高俅、杨戬使人诬陷卢俊义"意欲造反"，徽宗皇帝心中疑惑，蔡京、童贯又奏道："卢俊义是一猛兽，未保其心。倘若惊动了他，必致走透，深为未便，今后难以收捕。只可赚来京师，陛下亲赐御膳御酒，将圣言抚谕之，窥其虚实动静。若无，不必究问，亦显陛下不负功臣之念。"（第一百回，1299页）徽宗皇帝准奏，派出天使宣取卢俊义到京，高俅、杨戬又使人将水银置于御膳之中，徽宗皇帝当面赐予卢俊义。卢俊义顿首谢恩，高俅、杨戬相谓道："此后大事定矣。"（第一百回，1299页）而后，"卢俊义星夜便回庐州来，觉道腰肾疼痛，动举不得，不能乘马，坐船回来。行至泗州淮河，天数将尽，自然生出事来。其夜因醉，要立在船头上消遣，不想水银坠下腰胯并骨髓里去，册立不牢，亦且酒后失脚，落于淮河深处而死。可怜河北玉麒麟，屈作水中冤抑鬼！"（第一百回，1299页）

立下盖世功劳的卢俊义落得如此下场，不仅让人惋惜，更让人心寒。而《水浒传》将卢俊义之死归咎于奸臣的私自妄为，终不脱宋江誓死不忘的"皇上至圣至明，只被奸臣闭塞"见解的藩篱。

中国历朝历代，文臣武将因为功劳巨大遭到废黜、杀害的事例不胜枚举，几乎成为铁定规律。最为知名的，当是明太祖朱元璋对诸多功臣元勋罗织各种罪名的大肆杀戮（仅"胡惟庸案"即牵连三万余人）。明太祖等帝王对文臣武将的大肆杀戮，或是为维持皇位不受威胁，或是为子孙顺利继位，除去可能对子孙构成威胁或掣肘的权臣。"狡兔死，良狗烹；高鸟尽，良弓藏；敌国破，谋臣亡"[①]，此之谓也。然而，明太祖等帝王除去的文臣武将，几乎都是资历深厚、位高权重、能力非凡的功臣元勋（受到牵连的人物另当别论）。《水浒传》中的宋江、卢俊义显然不是这类人物。他们加官晋爵，却远远算不上位高权重。他们之死，主要还是朝廷及高官出于一己之私的胡作非为。以此而论，卢俊义与宋江的惨遭杀害，显然不同于"狡兔死，良狗烹；高鸟尽，良弓藏；敌国破，谋臣亡"式的悲剧，而是朝廷及高官"非我族类，其心必异"的观念所致。

如果说卢俊义被宋江、吴用等人设计陷害，不得不落草梁山实属无奈之举，那么，梁山征方腊班师还朝后，他听从燕青劝说，放弃功名富贵之念，辞官归隐，以他们并不位高权重的身份，奸臣未必会穷追不舍，未必不能全身而退（全身而退需要以放弃功名富贵之念、辞官归隐为前提，也说明中国古代政治传统存在严重弊端）。故此，卢俊义的人生遭遇，固然与宋江等人的陷害难脱干系，很大程度上也有自取其祸的成分在内。因为

[①] 司马迁：《史记》（第四册），中华书局，2011，第2303页。

每当关键时节，卢俊义或是不能掌握自己的命运，或是不能做出正确的判断与抉择。而卢俊义对朝廷心存幻想，既与他见解暗昧有关，也与他时时渴望重归主流社会的真诚愿望大有关系。而事实表明，这样的愿望在很大程度上是一厢情愿的：卢俊义一旦落草为寇，无论他如何认定，在朝廷、高官及主流社会人物看来，却是永世难以翻身洗白的。

　　与此同时，做出辞官归隐以求全身而退的抉择是异乎寻常地艰难的。这不仅是见识问题，更是利益诱惑在前，难以忍痛割舍，同时还有"人在江湖，身不由己"的无奈。中国历朝历代，功劳巨大以至于功高震主的文臣武将中，选择功成身退的确实凤毛麟角，而生前被杀或是死后宗族被灭，鲜有善终的反倒比比皆是。进一步而论，辞官归隐以求全身而退，也只是功劳巨大的文臣武将最佳的而不是最常见的结局。文臣武将大权在握时固然让皇帝寝食难安，他们辞官归隐，同样会让皇帝寝食难安。能获得辞官归隐资格的文臣武将，无一例外的是才干超凡、功劳无匹的人物，这样的人物归隐民间，意味着不再处于皇帝的直接监视之下，而高高在上的皇帝大多猜忌心极重，对这些归隐民间的人物反而更加心存疑虑。故此，这些辞官归隐以求全身而退的人物往往仍然无法逃脱被清算的命运。卢俊义的故事，有着"从一滴水看世界"的意义。

第3篇

"智多星"吴用：
才不配位的梁山军师

"智多星"吴用始终位居梁山决策层,地位举足轻重,无可替代。梁山扬名天下,吴用与宋江正是不可或缺的掌舵者。然而,吴用在梁山举足轻重的地位,以及梁山接受招安后的惨烈结局,又使得他与宋江一样备受争议,以至于对他的评价始终处于毁誉交加的状态。如果说对宋江的评价,集中于他的"忠"与"奸"、"义"与"诈"的矛盾,那么,对吴用的评价,则集中于他的"原则"与"投机"、"智"与"愚"的矛盾。数百年来,风云变幻,对吴用毁誉交加的评价状态却未曾根本改变过。

一、吴用有许多考虑周详的谋划,却也有许多谋划疏漏颇多

吴用出场时,《水浒传》中介绍道:"似秀才打扮……生得眉清目秀,面白须长。这秀才乃是智多星吴用,表字学究,道号加亮先生,祖贯本乡人氏。"书中又以《临江仙》词称赞吴用:"万卷经书曾读过,平生机巧心灵。六韬三略究来精。胸中藏战将,腹内隐雄兵。 谋略敢欺诸葛亮,陈平岂敌才能。略施小计鬼神惊。名称吴学究,人号智多星。"(第十四回,180页)在梁山创建与发展的过程中,吴用发挥了不可或缺的作用。

吴用是梁山唯一一位始终参与决策的军师。"入云龙"公孙胜虽说名列军师,却从无出谋划策的事例,以他的身份与事功而言,称之为梁山降妖除魔的"法师"似乎更为恰当;"神机军师"朱武名为"参赞军务",梁山征辽、征方腊期间作用突出,每每与吴用分任军师之职,此前却出场极少,地位尴尬,很少"参赞军务"。吴用是唯一一位足以与宋江并驾齐驱,贯穿整部《水浒传》的人物。《水浒传》对吴用的行事及智谋,更是多次不吝笔墨地予以展现——作为梁山军师,只有在出谋划策、行军用兵方面让人折服,才能确立其不可替代的地位。

平心而论,吴用有许多考虑周详的谋划。晁盖等人投奔梁山入伙时,遭到梁山开山寨主王伦拒绝,吴用看出林冲与王伦等人胸怀不同,以言语

相激，促成林冲火并王伦，晁盖被尊为梁山寨主，这是梁山走向兴旺发达的关键环节；梁山攻打祝家庄期间，梁山兵马两次出战不利，吴用向宋江献计，以刚刚前来投奔梁山的孙立、孙新、顾大嫂等登州八人冒充调任官军，进入祝家庄，从而里应外合，一举攻破祝家庄；攻打北京大名府解救卢俊义期间，安排时迁潜入城内放火，与攻城兵马配合，攻破北京大名府。尤其值得称道的是，朝廷首次招安时，李逵搅闹现场，宋江心中不快，吴用对宋江明言道："哥哥你休执迷，招安须自有日。如何怪得众弟兄们发怒，朝廷忒不将人为念。如今闲话都打叠起，兄长且传将令，马军拴束马匹，步军安排军器，水军整顿船只。早晚必有大军前来征讨，一两阵杀得他人亡马倒，片甲不回，梦着也怕，那时却再商量。"（第七十五回，979页）这既是吴用对如何实现招安诉求成竹在胸的体现，也是维护梁山利益的得当见解。

然而，吴用还有许多谋划，虽说最终达成目标，却疏漏颇多，难称完美。更为严重的是，他的谋划往往给梁山或相关人物造成严重损失或伤害。劫取生辰纲时，让江湖威望甚高的晁盖抛头露面，事成后又并未远遁，险些被抓；宋江浔阳楼题反诗被关入大牢后，假造太师蔡京家书营救宋江，因印章使用有误，险些置宋江于死地；梁山邀请朱仝上山入伙被拒后，安排李逵斧劈朱仝照看的沧州知府小衙内，断绝朱仝后路，逼迫他不得不上山入伙；为赚取卢俊义上山入伙，用计使其家破人亡，身体与心理都备受折磨的卢俊义不得不落草梁山。吴用出场时，《水浒传》中称赞他"六韬三略究来精""略施小计鬼神惊"（第十四回，180页）。吴用运筹谋划时"略施一计"，宋江也赞其"名不虚传"（第六十回，801页）。然而，吴用的许多谋划，因其疏漏甚多以及过于残忍滥杀而让人印象深刻。

对"运筹帷幄之中，决胜千里之外"的军师而言，以最低的成本获取最大的成功，且在实施计谋过程中符合道义，无疑是衡量智谋的基本标准。吴用的所作所为，显然未能达到这一标准。人们多将吴用比作《三国演义》中的诸葛亮（都是担任军师职务）。然而，诸葛亮的神机妙算、运筹帷幄之才将吴用毫无光彩的谋划衬托得犹如童稚游戏。"《三国演义》……时代称得上英杰辈出……除了诸葛亮用兵如神以外,还有许多运筹帷幄决胜千里的智谋之士,如郭嘉,如周瑜,如庞统,如司马懿,等等。诸葛亮的才华和智慧就是在和杰出对手的碰撞中闪出耀眼的光华的……这样充满了深刻的辩证法和对策论思想的笔墨,无疑给人留下了深刻印象,给人以智慧的启迪。……水浒世界里的吴用是全无对手的。这句话的意思还不是说对手都不及他,而是说扮演他的对手角色的人根本就没有,只要他竖起两个指头,说出一番计谋,对手保证就会乖乖上套,听凭梁山人马痛揍。这也未免太简单化了,很难给人留下什么深刻印象"①。

以人们津津乐道的"智取生辰纲"事件为例,吴用已经犯下"惯用谋略"的军师不该犯下的错误:让江湖威望甚高的晁盖抛头露面在先(认识晁盖的人不可胜数),劫取生辰纲后不做任何防备在后。如果说晁盖、吴用等人之所以抛头露面,是已经决定与朝廷公然决裂、落草为寇,那么,劫取生辰纲后,他们不仅没有远走高飞,反倒众人瓜分财物后,继续过着似乎什么也没有发生的优哉生活。直到济州府尹依据线索,派遣济州府缉捕使臣何涛等抓捕晁盖、吴用等人时,宋江巧言稳住何涛,向晁盖通风报信,晁盖、吴用等人才仓皇出逃,前往石碣村避难,而后大败官军,落草梁山——以《水浒传》中的故事情节推测,晁盖、吴用等人落草梁山并非预先规划。正如周思源所指出的,晁盖、吴用等人劫取生辰纲,"不到万不得已,他们是绝对不会上梁山的,而是每人拿着超过万贯的财宝自己'快活'一生"②。由此也可以断定,生辰纲固然是剥削搜刮底层民众的不义之财,晁盖、吴用等人劫取生辰纲也与劫富济贫全无关系。

梁山英雄排座次后,宋江费尽心思地寻找招安门路,甚至亲自前往东京也未能奏效。作为梁山军师,吴用并未表现出为宋江拨云见日的智慧,反倒是"参赞军务"的"神机军师"朱武点拨宋江道:"兄长昔日打华州

---

① 陈洪、孙勇进:《亦侠亦盗说水浒》,天津人民出版社,2016,第114—115页。
② 周思源:《周思源新解〈水浒传〉》,中华书局,2007,第22页。

时，尝与宿太尉有恩。此人是个好心的人。若得本官于天子前早晚题奏，亦是顺事。"朱武的"点拨"让宋江恍然大悟，想起："九天玄女之言'遇宿重重喜'，莫非正应着此人身上？"（第八十一回，1044页）随后，宋江等人依计行事，改走宿太尉门路，同时继续走徽宗皇帝宠妓李师师门路，双管齐下，果然立时奏效，招安之路"柳暗花明"，徽宗皇帝很快下诏命宿太尉前往梁山招安。这才为梁山兄弟争取到了征辽、征方腊两件盖世功劳的机会。由此，两位军师的眼界、智谋高下立见分晓。此时，"神机军师"朱武确实不负《水浒传》中对他做出的"广有谋略"的评价，"智多星"吴用似乎也对应上了给他所起的名字——"无用"。

央视版《水浒传》电视剧中，吴用刚刚出场时，在街上与一个农夫装扮的人有段对话：农夫问他，他母亲与妻子发生矛盾，他夹在中间感到为难，问吴用应如何应对。吴用答道，当着妻子的面时说妻子的好话，当着母亲的面时说母亲的好话，母亲与妻子同在时则不说话。虽说这段对话是出自央视版《水浒传》电视剧编剧的杜撰，却颇为生动地揭示了吴用无大胸襟、大智慧，只有小聪明、小算计的小知识分子形象。

二、吴用身上有着浓厚的非正统气质，属于颇不安分的游民知识分子

应该说，吴用这样的小知识分子，甚至还不是社会底层文人的典型代表——社会底层文人即便壮志难酬，而长期受到正统儒家思想的熏陶，多以科举应试为人生追求（甚至历经挫折而初心不改），多以"忠君爱国"为立身基准，对"学成文武艺，货与帝王家"的梦想念念不忘。吴用身上则有着浓厚的非正统气质，属于颇不安分的游民知识分子。与中国古代历史上正统知识分子气质浓厚的张良、诸葛亮、魏徵、刘基等人物（他们都是辅佐一代英才的智囊类人物）相比，吴用在眼界、智谋、学识等方面实在相差悬殊。梁山有军师如此，焉有不趋向败落覆灭之理？

无论是古典白话小说中还是真实历史上，运筹帷幄、行军用兵的智囊类人物（可以称为知识分子）都是不可或缺的。而能成就一番功业的知识分子，往往并无酸腐气，并不固执，能异常深刻地洞悉人情世故，同时眼界开阔、见解不俗，能看到常人无法看到、看清的人或事，自有其他人物不可企及之处。凡是成就大业的人物，无论他对知识分子的真实想法如何，却能在开创基业之际对知识分子大加重用，甚至言听计从。

汉高祖刘邦成就大业前知人善用、从谏如流，麾下文有张良、萧何、陈平等，武有韩信、英布、彭越等。刘邦登基称帝后封赏功臣，智囊类人物萧何位居第一，引发众多冲锋陷阵的功臣不满。西汉司马迁《史记》记载：

> 汉五年，既杀项羽，定天下，论功行封。群臣争功，岁余功不决。高祖以萧何功最盛，封为酇侯，所食邑多。功臣皆曰："臣等身被坚执锐，多者百余战，少者数十合，攻城略地，大小各有差。今萧何未尝有汗马之劳，徒持文墨议论，不战，顾反居臣等上，何也？"高帝曰："诸君知猎乎？"曰："知之。""知猎狗乎？"曰："知之。"高帝曰："夫猎，追杀兽兔者狗也，而发踪指示兽处者人也。今诸君徒能得走兽耳，功狗也。至如萧何，发踪指示，功人也。"①

刘邦登基称帝后，儒生陆贾（陆生）"时时前说称诗、书，帝骂之曰：'乃公居马上而得之，安事诗、书！'陆生曰：'居马上得之，宁可以马上治之乎？且汤、武逆取而以顺守之；文武并用，长久之术也。昔者吴王夫差、智伯、秦始皇，皆以极武而亡。乡使秦已并天下，行仁义，法先圣，陛下安得而有之！'帝有惭色，曰：'试为我著秦所以失天下、吾所以得之者及古成败之国。'陆生乃粗述存亡之征，凡著十二篇。每奏一篇，帝

---

① 司马迁：《史记》（第三册），中华书局，2011，第1797页。

未尝不称善,左右呼万岁;号其书曰'新语'"①。而后,刘邦汲取历史教训,改"马上治天下"为"马下治天下",大力推行休养生息政策,社会迅速走向安定繁荣,奠定了西汉两百多年的政治根基。而儒生陆贾也凭借学识成就了一番功业,其治国之策也为诸多君王所遵循,对后世影响深远。

然而,即便知识分子能成就功业,显然不是吴用这类人物。梁山聚义走向败亡,与吴用自身知识结构与道德水准息息相关。真实历史上,李自成未能成就帝业,除了自身存在重大缺陷之外,很大程度上因为他身边缺少像张良、诸葛亮、魏徵、刘基这样眼光开阔、谋略非凡的智囊类人物,而未能知人善用、从谏如流也是原因之一。

吴用除了在谋划方面疏漏颇多之外,在品行上也无足称道——残忍无情、纵容无端杀戮,自然也就没有同情弱者的心地与悲天悯人的胸怀。梁山赚取卢俊义上山入伙时,吴用的谋划毫不顾及卢俊义的安危,让他备受折磨;梁山拉拢朱仝上山入伙遭拒后,为了让朱仝无路可走,安排李逵斧劈朱仝照看的幼童。吴用的诸多行事,抛开谋划的优劣不提,残忍滥杀而神色不变的做派实在让人心寒胆战。王学泰即指出,有人把吴用"比作《三国志通俗演义》中的诸葛亮,从表面上看有些像,道号就叫'加亮先生',仿佛比诸葛亮还高上一等。实际上两者有明显的区别。诸葛亮是个政治家,有政治目标和政治理想,还有些人文关怀。第九十回写诸葛亮七擒孟获,火烧藤甲军,许多兵将死于山谷之中。诸葛亮垂泪叹道:'吾虽有功于社稷,必损寿矣!'左右将士,无不感叹。这是作者感叹,也写出了诸葛亮作为军师的自责。吴用则是以成功为目的,很少考虑到这种成功会给他人带来祸害,正赤裸裸地表现出游民只关注自身利益的特点"②。当然,无论是江湖之远还是庙堂之高,都会有许多伤害、算计与平衡,而吴用在行事中的许多伤害与算计,显然并非一般的伤害或迫不得已的算计,

---

① 司马光:《资治通鉴》(第一册),中华书局,2013,第325页。
② 王学泰:《〈水浒〉与江湖》,中国工人出版社,2004,第96页。

而是心无愧怍地伤害无辜。

梁山征方腊期间，宋江不断获知梁山兄弟阵亡的消息，每每闻听此类消息，宋江或是痛哭流涕，或是心中不乐，且多有肺腑之言的流露。反观吴用，似乎并无太多感触。梁山兵马与方腊争夺润州城时，"云里金刚"宋万、"没面目"焦挺、"九尾龟"陶宗旺于"乱军中被箭射死，马踏身亡"（第九十一回，1179 页）。这是梁山兄弟首次阵亡，大家心理的震撼可想而知。"宋江见折了三将，心中烦恼，怏怏不乐。"吴用则劝说道："生死人之分定。虽折了三个兄弟，且喜得了江南第一个险隘州郡，何故烦恼，有伤玉体？要与国家干功，且请理论大事。"（第九十一回，1179 页）梁山兄弟既然以"尽忠报国"为念，战死沙场自然是死得其所，而以吴用的见地，与国家争功是大事，折了兄弟自然是小事了。无论是以军师标准还是以兄弟之情衡量，吴用的心性都是冷酷而现实的。

应该说，在梁山兄弟中，以谋略立身的人物是极为稀缺的。虽说"混世魔王"樊瑞、"神算子"蒋敬出场时，《水浒传》中对他们做出过"用兵如神""深有谋略"的评价，由于他们的地位及梁山兄弟职务分配后基本固化，他们始终没有出谋划策的机会。梁山真正的智囊类人物，也就只有"智多星"吴用与排名地煞星之首的"神机军师"朱武。而天罡星、地煞星等级排名森严，朱武虽为地煞星之首，却无法逾越天罡星等级，在决策层的作用要远远低于吴用（朱武也并非核心人物）。故此，梁山发展的大政方针，取决于宋江的决断，而诸多大政方针的贯彻，则必须依仗吴用的谋划与具体安排。

三、吴用更为根本的问题，还在于他缺乏知识分子应有的立场与担当

梁山走向兴旺发达，离不开晁盖、宋江两任寨主。如果说人们指责吴用在晁盖与宋江之间摇摆及做出取舍，多少有些捕风捉影的话（因为《水

浒传》中并无明确说明），那么，他在忠于宋江个人意愿与忠于梁山聚义大业及兄弟之情之间的摇摆及做出取舍却是铁定的事实。宋江个人意愿与梁山聚义大业及兄弟之情原本并不相悖。梁山内部，不断接纳新兄弟，壮大山寨势力，提升江湖声望，过着"大块吃肉，大碗喝酒"的快意生活；梁山对外，众兄弟联手"替天行道""劫富济贫"，抵御朝廷征讨势力，维持山寨独立地位。然而，当宋江执意寻求招安后，梁山聚义大业及兄弟之情与宋江个人意愿之间就已明显冲突。

实际上，相比于宋江对招安的天真、执着，以及许多梁山兄弟对招安的复杂态度（部分人物是坚决反对招安的，部分人物是力主招安的，也有部分人物是无所谓的），吴用对招安后的前景看得相当透彻。然而，在宋江坚持己见时，吴用并未出面强力劝阻，或者考虑在招安过程中如何实现梁山与朝廷的双赢，反而完全按照宋江的个人意愿，压服梁山内部的反对声音，积极寻找招安门路，却又未考虑接受招安后如何行事。宋江、吴用立场一致后，梁山接受招安的命运自然不可阻挡。吴用以梁山兄弟的惨烈结局，换得了对宋江一人的效忠。正所谓"舍大义"而"就小义"。故此，对吴用的为人，张恨水有如下论断：吴用"真聪明人也已。虽然，惟其仅为聪明人也，故晁盖也直，处之以直，宋江也诈，则处之以诈，其品遂终类于鳝，而不类于松鲈河鲤矣"①。

梁山接受招安后，吴用也是毫无作为，使得梁山兄弟完全处于被动状态。在蔡京、高俅等奸臣的暗地操作下，朝廷对梁山的歧视与防范很快就体现了出来：梁山一百单八将面见过徽宗皇帝后，枢密院官员随即上奏道："新降之人，未效功劳，不可辄便加爵，可待日后征讨，建立功勋，量加官赏。见今数万之众，逼城下寨，甚为不宜。陛下可将宋江等所部军马，原是京师有被陷之将，仍还本处；外路军兵，各归原所；其余之众，分作五路，山东、河北，分调开去，此为上策。"（第八十二回，1070页）次日，徽宗皇帝

---

① 张恨水：《水浒小札》，中国青年出版社，2018，第15页。

命御驾指挥使,直至宋江营中传令。枢密院枢密使童贯甚至上奏道:"这厮们虽降朝廷,其心不改,终贻大患。以臣愚意,不若陛下传旨,赚入京城,将此一百八人尽数剿除,然后分散他的军马,以绝国家之患。"(第八十二回,1070页)此事因宿太尉保举梁山兄弟领兵征讨辽国而作罢。

梁山征辽班师还朝后,梁山兵马屯驻于东京城外的陈桥驿,朝廷高官又命人在东京各城门贴出针对梁山兄弟的榜文:"但凡一应有出征官员将军头目,许于城外下营屯扎,听候调遣;非奉上司明文呼唤,不许擅自入城。如违,定依军令拟罪施行。"这张榜文"有人看了,径来报知宋江。宋江转添愁闷;众将得知,亦皆焦躁,尽有反心,只碍宋江一个"(第九十回,1162页)。燕青、李逵入城时得知江南方腊造反消息后,"回到营中,来见军师吴学究,报知此事。吴用见说,心中大喜,来对宋先锋说知江南方腊造反,朝廷已遣张招讨领兵。宋江听了道:'我等军马诸将,闲居在此,甚是不宜。不若使人去告知宿太尉,令其于天子前保奏,我等情愿起兵,前去征进。'当时会集诸将商议,尽皆欢喜"(第九十回,1165页)。

梁山兄弟对领兵出征"尽皆欢喜",并非源于喜好杀戮,或是指望立功受赏,而是有其不得已的苦衷——避免朝廷的猜忌。故此,王同舟、陈文新甚至写道:"这喜悦,是因为与其活受着奸臣的窝囊气,还不如到战场上挥霍自己的鲜血和生命。"① 然而,宋江等人如此行事,并不能消除朝廷的猜忌,并不能避免梁山兄弟的劫难,充其量只是延缓了劫难到来的时间而已。梁山兄弟接受招安后受制于人的憋屈可见一斑。

当然,这并非说接受招安决然不可取("尽忠报国"应是国人义不容辞的义务),而是说,吴用作为梁山军师,应在维护梁山利益与接受招安、"尽忠报国"之间寻求平衡,实现梁山与朝廷的双赢。梁山利益与接受招安、"尽忠报国"之间未必总是得到哪个就必然牺牲另一个的对立关系。否则,获利的肯定不是梁山兄弟,也不是朝廷,而只是借朝廷之名牟

---

① 施耐庵著、郭皓政辑评:《百家汇评本〈水浒传〉》,长江文艺出版社,2007,第838页。

取私利、祸害苍生的蔡京、高俅等奸臣。事实证明，葬送大宋朝廷的，并非梁山兄弟、江南方腊等"贼寇"，甚至并非蛮横残暴的辽国等北方强邻，而是高坐庙堂之上、为满足一己私欲置国家安危于不顾的蔡京、高俅等奸臣，以及视奸臣为忠臣、视忠臣为奸臣，最终被金国掳走囚禁至死、自食恶果的徽宗皇帝。

梁山征辽期间，连连挫败辽国锐气，辽国欧阳侍郎向辽主献策招降宋江，辽主准允。送走奉命到营中招降的欧阳侍郎后，"宋江却请军师吴用商议道：'适来辽国侍郎这一席话如何？'吴用听了，长叹一声，低首不语，肚里沉吟。宋江便问道：'军师何故叹气？'吴用答道：'我寻思起来，只是兄长以忠义为主，小弟不敢多言。我想欧阳侍郎所说这一席话，端的是有理。目今宋朝天子，至圣至明，果被蔡京、童贯、高俅、杨戬四个奸臣专权，主上听信。设使日后纵有功成，必无升赏。我等三番招安，兄长为尊，止得个先锋虚职。若论我小子愚意，从其大辽，岂不胜如梁山水寨！只是负了兄长忠义之心。'宋江听罢，便道：'军师差矣。若从大辽，此事切不可题。纵使宋朝负我，我忠心不负宋朝，久后纵无功赏，也得青史上留名。若背正顺逆，天不容恕。吾辈当尽忠报国，死而后已'"（第八十五回，1098—1099 页）。宋江如此决断，吴用只能秉持"纵使宋朝负我，我忠心不负宋朝"之念行事，而后将计就计，大破辽国兵马。

基于国家观念及民族气节，归降辽国断不可取。而吴用的"长叹"及"从其大辽"的建议表明，吴用对梁山兄弟的处境与前途始终是心如明镜的：即便梁山兄弟满怀"忠义之心"，朝廷及蔡京、高俅等奸臣也绝难善待梁山兄弟，而面对明枪与暗箭，梁山兄弟又不可能再凭一己意愿行事。从接受招安那一刻起，梁山兄弟就已经踏进了进退两难的绝境。由此亦可看出，吴用对许多问题都有着清醒、长远的认识，而他却并无自身特别立场，完全以宋江的立场为立场。以此而论，吴用更为根本的问题，还不在于谋略的优劣，而在于缺乏知识分子应有的立场与担当。

四、以吴用发挥的作用及梁山兄弟的惨烈结局而言，他确实有负梁山兄弟的信赖

吴用最值得称道的谋划，恰恰是在以失败告终的朝廷首次招安中。朝廷首次招安梁山时，吴用事前即指出："论吴某的意，这番必然招安不成；纵使招安，也看得俺们如草芥。等这厮引将大军来，到教他着些毒手，杀得他人亡马倒，梦里也怕，那时方受招安，才有些气度。"（第七十五回，975页）朝廷首次招安梁山时傲慢自大，场面被梁山兄弟搅乱，"宋江道：'虽是朝廷诏旨不明，你们众人也忒性躁。'吴用道：'哥哥你休执迷，招安须自有日。如何怪得众弟兄们发怒，朝廷忒不将人为念。如今闲话都打叠起，兄长且传将令，马军拴束马匹，步军安排军器，水军整顿船只。早晚必有大军前来征讨，一两阵杀得他人亡马倒，片甲不回，梦着也怕，那时却再商量。'众人道：'军师言之极当。'"（第七十五回，979页）梁山兄弟众意难违，且兼吴用之言有理有据，即便宋江生怕断送招安大计，也不得不依据吴用的安排行事。

这是吴用作为梁山军师最具眼光、最顾全兄弟之情及梁山聚义大业的一次谋划。故此，才有了梁山兄弟狂风扫落叶般的两赢童贯、三败高俅，才有了朝廷对实力强悍的梁山兄弟的重新认识，才有了梁山兄弟风光体面地接受招安。从某种角度而言，梁山两赢童贯、三败高俅可以视为梁山与朝廷的摸底与谈判，而后才达成了较为合理的招安条件。可惜的是，这样应对得体的谋划，在吴用那里只是刹那的辉煌而已。

梁山兄弟接受招安后，面对他们的存在，朝廷高官如芒在背，对于朝廷高官的歧视与打压，梁山兄弟也是怨气冲天。梁山征辽班师还朝后，蔡京说服徽宗皇帝颁下圣旨，严令梁山兵马驻扎东京城外，不许擅自入城。有人向宋江报知此事，宋江心里愁闷，众将也都焦躁。随后，水军头领李俊等人邀请"吴用商议事务……俱对军师说道：'……就这里杀将起来，

把东京劫掠一空,再回梁山泊去,只是落草倒好。'吴用道:'宋公明兄长断然不肯,你众人枉费了力。箭头不发,努折箭杆。自古蛇无头而不行,我如何敢自主张?这话需是哥哥肯时,方才行得;他若不肯做主张,你们要反,也反不出去'"(第九十回,1162页)。李俊等水军头领见吴用不敢主张,都不做声了。吴用向宋江诉说弟兄们都有怨心后,宋江对此坚决反对:"若嫌拘束,但有异心,先当斩我首级,然后你们自去行事。"(第九十回,1163页)梁山征方腊期间,梁山兄弟与彪悍善战的方腊兵马对战,最终十去其七(此前虽有兄弟受伤,却无一人战死),以惨烈的代价实现了宋江念念不忘的"尽忠报国""青史留名"的夙愿。

如果说死伤惨重是惨酷战争无可避免的代价(也是"尽忠报国"的必然代价)的话,那么,梁山征方腊班师还朝后,面对蔡京、高俅等奸臣处心积虑地剪除梁山兄弟的诡计时,作为军师的吴用固然对奸臣的险恶用心洞如观火,却始终毫无作为,眼看着在蔡京、高俅等奸臣的步步紧逼下,梁山兄弟一个个任人欺辱、陷害,甚至梁山头目卢俊义、宋江先后被奸臣设计杀害。而后,群龙无首的梁山兄弟只能是树倒猢狲散,分落各地,轰轰烈烈的梁山聚义故事自此归于平复,蔡京、高俅等奸臣阴谋得逞,自此高枕无忧。

梁山征方腊班师还朝后不久,宋江被蔡京、高俅等奸臣以药酒毒死,吴用也只是窝窝囊囊地在宋江坟前"自缢而死"。《水浒传》中写道:"武胜军承宣使军师吴用,自到任之后,常常心中不乐,每每思念宋公明相爱之心。忽一日,心情恍惚,寝寐不安。至夜,梦见宋江、李逵二人,扯住衣服说道:'军师,我等以忠义为主,替天行道,于心不曾负了天子。今朝廷赐饮药酒,我死无辜。身亡之后,见已葬于楚州南门外蓼儿洼深处。军师若想旧日之交情,可到坟茔,亲来看视一遭。'吴用要问备细,撒然觉来,乃是南柯一梦。吴用泪如雨下,坐而待旦。得了此梦,寝食不安。

"次日,便收拾行李,径往楚州来。不带从人,独自奔来。于路无话,前至楚州。到时,果然宋江已死,只闻彼处人民,无不嗟叹。吴用安排祭仪,直至南门外蓼儿洼,寻到坟茔,哭祭宋公明、李逵,就于墓前,以手搊其坟冢,哭道:'仁兄英灵不昧,乞为昭鉴!吴用是一村中学究,始随晁盖,后遇仁兄,救护一命,坐享荣华,到今数十余载,皆赖兄长之德。今日既为国家而死,托梦显灵与我,兄弟无以报答,愿得将此良梦,与仁兄同会于九泉之下。'"(第一百回,1303页)随后,吴用与赶来的花荣结伴,在宋江坟前"双双悬于树上,自缢而死"(第一百回,1304页)。吴用的"自缢而死",固然算得上是知恩图报之举,却再次印证了他是将对"宋江"的"小义"置于至高无上位置的。

或许对吴用的要求过于苛刻了。然而,鉴于他在梁山举足轻重的地位,对他的要求显然要高于冲锋陷阵的"马军五虎将""马军八骠骑"等战将。地位越高,责任越大,对能力的要求也越高。只有吴用,虽说无力确定梁山大政方针,却完全有可能对梁山的发展及结局发挥积极作用(这也是他分内之事)。以吴用发挥的作用及梁山兄弟的惨烈结局而言,他作为梁山军师显然是才不配位,有负宋江的倚重与其他梁山兄弟的信赖,有负"天机星"的名号。吴用"自缢而死"的结局固然让人怜悯叹息,而那些因他谋划不力或战死或被害的梁山兄弟,又当作何感想?又能向谁讨回公道?

第4篇

"大刀"关胜：
"武圣"的赝品子孙

梁山一百单八将中，"大刀"关胜出身特别、武艺出众，在梁山排名靠前。然而，他又是一位毫无独特魅力，以至于根本无法引起人们关注与喜爱的人物。尤其是在位居关胜之后的林冲光彩照人的形象衬托下，关胜简直在梁山兄弟中难有立锥之地。实际上，关胜不仅无法引起人们的关注与喜爱，几乎称得上无人问津。细细想来，尤其是比照人们对林冲非同寻常的关注与喜爱，这样的现象自然不是毫无缘由的。

一、关胜武艺出众，而他名列梁山武将之首，"武圣"后裔的身份起了决定性作用

"大刀"关胜为"武圣"关羽后裔："汉国功臣苗裔，三分良将玄孙。"（第六十四回，851页）无论是外貌还是事迹，关胜继承的都是民间传说及《三国演义》中的关羽，而非正史上的关羽。《三国演义》中关羽的外貌是："身长九尺，髯长二尺；面如重枣，唇若涂脂；丹凤眼，卧蚕眉：相貌堂堂，威风凛凛。"[①]关胜生得与乃祖一般模样："堂堂八尺五六身躯，细细三柳髭髯，两眉入鬓，凤眼朝天，面如重枣，唇若涂朱。"（第六十三回，844页）关胜使青龙偃月刀，骑赤兔马，武艺出众，义勇过人，且精通兵法。入伙梁山前，关胜为蒲东巡检。关胜被定型为关羽后裔，源头出自宋末元初龚圣与的《宋江三十六赞》，其中对关胜的赞词是："大刀关胜，岂云长孙？云长义勇，汝其后尾。"[②]然而，龚圣与的赞词中只是发出疑问，并未坐实关胜为关羽的后裔。传世的元杂剧水浒戏《鲁智深喜赏黄花峪》《争报恩三虎下山》中，关胜均作为梁山好汉出场，却并未提及其祖上与关羽有何关涉。到《水浒传》成书时，确定关胜为关羽的后裔。

梁山英雄排座次时，关胜排名天罡星第五位，超越元老人物林冲，高居梁山武将之首。

[①] 罗贯中：《三国演义》，人民文学出版社，1973，第5页。
[②] 朱一玄、刘毓忱编：《〈水浒传〉资料汇编》，南开大学出版社，2012，第20页。

单以武艺与统军对阵而论，关胜绝不在林冲之下（武艺当在伯仲之间，统军对阵方面，精通兵法的关胜或许更胜一筹）。"丑郡马"宣赞向太师蔡京举荐关胜领兵征讨梁山时说道："小将当初在乡中，有个相识。此人乃是汉末三分义勇武安王嫡派子孙，姓关名胜，生的规模与祖上云长相似，使一口青龙偃月刀，人称为大刀关胜。见做蒲东巡检，屈在下僚。此人幼读兵书，深通武艺，有万夫不当之勇。若以礼币请他，拜为上将，可以扫清水寨，殄灭狂徒。保国安民，开疆展土，端在此人。"（第六十三回，843—844页）

关胜领兵征讨梁山期间，与梁山兵马首次对阵时，对宋江出言不逊，"霹雳火秦明听得大怒，手舞狼牙棍，纵坐下马，直抢过来。关胜也纵马出迎，来斗秦明。林冲怕他夺了头功，猛可里飞抢过来，径奔关胜。三骑马向征尘影里，转灯般厮杀。宋江看了，恐伤关胜，便教鸣金收军。林冲、秦明回马阵前，说道：'正待擒捉这厮，兄长何故收军罢战？'宋江道：'……吾看关胜英勇之将，世本忠臣，乃祖为神，若得此人上山，宋江情愿让位。'林冲、秦明都不喜欢。当日两边各自收兵。""关胜回到寨中下马卸甲，心中暗忖道：'我力斗二将不过，看看输与他，宋江倒收了军马，不知主何意？'"（第六十四回，851—852页）此战虽未明言关胜与林冲、秦明相斗回合，关胜也确实力有不逮，却足以说明他的实力。梁山对战有两位"马军五虎将"一同出阵厮杀的，唯有对战关胜之时。当然，关胜刚刚出场即对战失利，对展示他武艺出众的形象是极为不利的——尽管对战的是两位梁山一流高手。关胜归附梁山后，也多次展示了绝对不低于林冲的骇人武艺：梁山攻打大名府期间，关胜担任前部先锋，在飞虎峪与有箭伤在身的索超交战，不到十合使索超"斧怯"。梁山征辽期间，梁山兵马对战辽国副统军贺重宝，"大刀关胜舞起青龙偃月刀，纵坐下赤兔马，飞出阵来，也不打话，便与贺统军相并。……斗到三十余合，贺统军气力不加，拨回刀望本阵便走。关胜骤马追赶，贺统军引了败兵，奔转山坡"（第八十六回，1110—1111页）。梁山征方腊期间，关胜迎战方腊麾下四大元帅之一的石宝（石宝是接连斩杀了索超、邓飞、燕顺、鲍旭、马麟等梁山兄弟的悍将）。第一次对战，石宝诈败，两人不分胜负。而后，石宝与领兵攻打乌龙岭的关胜相遇时，"石宝见是关胜，无心恋战，便退上岭去"（第九十八回，1259页）。由此可见，关胜的实力足以让石宝骇然。而关胜武艺出众也是名不虚传。

统军对阵方面，关胜沉稳有谋、应对有方，是不可多得的文武兼资的统军干才。梁山征方腊期间，"当日宋江引军到北关门搦战，石宝带了流星锤上马，手里横着劈风刀，开了城门，出来迎敌。宋兵阵上大刀关胜，出马与石宝交战。两个斗到二十余合，石宝拨回马便走。关胜急勒住马，也回本阵。宋江问道：'缘何不去追赶？'关胜道：'石宝刀法不在关胜之下，虽然回马，必定有计。'吴用道：'段恺曾说此人惯使流星锤，回马诈输，漏人深入重地。'宋江道：'若去追赶，定遭毒手，且收军回寨。'"（第九十五回，1226页）而后，"急先锋"索超与石宝相斗，石宝故技重施，引诱索超纵马追赶，果然以流星锤将其打落马下，死于非命。

尽管关胜武艺出众，统军对阵才干突出，且面貌与忠义千秋的"武圣"关羽颇为相像，而数百年来，真正对关胜印象深刻、心怀好感的人却是屈指可数，为他名列林冲之前心怀不平的人反倒数不胜数。梁山武将群体中，就综合实力而论，只有"马军五虎将"之间可以相互比较。而在"马军五虎将"中，则只有关胜与林冲之间可以相互比较。"马军五虎将"其他三位与关胜、林冲相比，都是要稍逊一筹的。

确实，以投效梁山时间而论，林冲是除了杜迁、宋万、朱贵之外第四位上山入伙的，较之晁盖、吴用等人还要早些，他的上山入伙也第一次大幅提升了梁山的声望与战力；论功劳，林冲自入伙梁山后，几乎无役不参与，且多次为统军大将，出阵对敌从未折过梁山锐气，擒将杀敌无数，即便未参与出战，也是奉命看守山寨，可谓位高任重。林冲更有火并王伦，先后拥立晁盖、宋江之功，在水浒人物中，这是无与伦比的功劳。至于关胜，则是梁山一百单八将中第九十六位上山入伙的（出场过晚对他的不利影响是显而易见的），此时梁山已经声势浩大、声名远扬，关胜完全可以归入为凑足梁山一百单八将的充数人物之列。论功劳，关胜自入伙梁山到梁山英雄排座次，只有降服领兵征讨梁山的"圣水将军"魏定国、"神火将军"单延圭；梁山攻打北京大名府期间，斗不到十合让"急先锋"索超"斧怯"；梁山攻打东昌府期间，出战"没羽箭"张清。然而，魏定国与单延圭都是副将性质人物，能力有限，索超当时则是箭伤在身，临阵对战自然发挥失常。故此，关胜败此三人，实在不足为奇，论功劳自然是渺不足道。当时已经上山入伙的梁山兄弟中，或用武或使计，能降服或战败这三人的不在少数。至于对战张清，"关胜在阵上看见中伤，大挺神威，轮起青龙刀，纵开赤兔马，来救朱仝、雷横。刚抢得两个奔走还阵，张清又一石子打来，关胜急把刀一隔，正打着刀口，迸出火光。关胜无心恋战，勒马便回"（第七十回，916 页）。关胜此战救得朱仝、雷横，且全身而退，固然胜过其他出战人物，而毕竟没有过人表现，对于扭转战局自然更无功劳可言。

许多人都认为，关胜能名列林冲之前，为梁山武将之首，除了他本身的超强实力之外，"武圣"后裔（关胜为"关圣"谐音，不知纯为巧合，还是命名者有意为之）的身份与声望，显然起了决定性作用，朝廷征讨军官身份倒是次要因素，而林冲被称为"小张飞"，"豹头环眼，燕颔虎须"（第七回，102 页）的外貌特征及"丈八蛇矛紧挺""满山都唤小张飞"（第四十八回，648 页）的描述即为铁证。《水浒传》为世代累积型文学作品，对它的流传、定型产生重大影响的是民间意识，而非正史记载。以关羽、张飞在民间的名声及"关前张后"的兄弟关系而论，林冲即便胜出关胜再多，也只能屈居关胜之后了。

二、关胜面貌模糊、事迹简单，只是一个高高在上、血肉俱缺的标签式人物

关胜拜见太师蔡京时，"蔡京看了关胜，端的好表人材，堂堂八尺

五六身躯，细细三柳髭髯，两眉入鬓，凤眼朝天，面如重枣，唇若涂朱"（第六十三回，844页）。关胜领兵征讨梁山前，《水浒传》中又以诗词对他不吝称赞："昂昂志气烟云飞""宝刀灿灿霜雪光""冠世英雄不可当""重生义勇武安王"（第六十四回，846页）。关胜领兵征讨梁山期间，首次与梁山兵马对阵，"宋江看了关胜一表非俗，与吴用暗暗地喝采，回头与众多良将道：'将军英雄，名不虚传！'"（第六十四回，851页）引得林冲、秦明不忿。双方收兵后，宋江又当着林冲、秦明等人的面说道："吾看关胜英勇之将，世本忠臣，乃祖为神，若得此人上山，宋江情愿让位。"（第六十四回，851页）然而，这些外貌描写及称赞之词颇为抽象，并未得到故事情节的支撑（让关胜以行事及战功展示实力与个人形象，与上述外貌描写及称赞之词遥相呼应），自然无助于关胜个人形象的塑造。这样，关胜在与林冲的对比中已经先输数招。金圣叹批读《水浒传》时写道："写大刀处处摹出云长变相，可谓儒雅之甚，豁达之甚，忠诚之甚，英灵之甚。一百八人中，别有绝群超伦之格，又不得以读他传之眼读之。"① 然而，凡是读过《水浒传》的人，几乎都难以得出与金圣叹相似的结论。

关胜与关羽面貌、气质别无二致（少了关羽的矜持与傲气，但在待人接物方面更胜一筹），连所用兵器、所骑战马都一模一样，甚至从关胜夜间坐于帐中"手拈髭髯，坐看兵书"（第六十四回，849页）的描写中，也能看到《三国演义》中"关公左手绰髯，于灯下凭几看书"② 的影子。这样凛然非凡的形象，加上他本身的武艺、才干，以及"武圣"后裔的身份，使得他能后来居上，位列梁山武将之首。

然而，正所谓"成也萧何，败也萧何"。关胜与"武圣"面貌、气质别无二致，固然让他后来居上，位列梁山武将之首，从另一方面也拖累了关胜。金圣叹批读《水浒传》时一针见血地指出："关胜写来全是云长变

---

① 施耐庵著、金圣叹批评：《金圣叹批评本〈水浒传〉》，岳麓书社，2006，第730页。
② 罗贯中：《三国演义》，人民文学出版社，1973，第231页。

相。"① 试想，以关羽形象深入人心的程度及崇高声望，与他几乎一模一样的关胜，无论如何挣扎，都难免给人以"东施效颦"之感，最终也只能存在于关羽巨大身影的笼罩之下，根本无法建立起独特而富于魅力的个人形象。《水浒传》成书过程中，林冲最初以"张飞"为模型，在日积月累的塑造中，作者却另辟蹊径，使得林冲的形象已经挣脱了张飞形象的束缚（尽管并不彻底），从而脱胎换骨，成就了一个独特、隽永的典型人物形象。至于关胜，最初以"关羽"为模型，后来始终无法跳出关羽形象的束缚。几百年后的子孙，所用武器、所骑战马与祖上一致尚可理解，而长相竟然也与祖上几乎分毫不差，却无论如何也难以解释。更何况，关羽在三国故事中实有"一览众山小"的超绝地位，以至于后来者唯有高山仰止、顶礼膜拜的份儿。故此，与其说关胜是关羽的后裔，毋宁说他是对在民间声望卓著的关羽形象的拙劣照搬。

论个人面貌，关胜与关羽别无二致，虽说武艺出众，才干不凡，终究难逃赝品的命运。论行事，关胜出场与梁山兵马首次对阵时，大骂宋江，出言不逊，极失风度，被捉后却立时归附梁山，辜负朝廷厚望；降服"圣水将军""神火将军"二将，功劳渺不足道，比之关羽的"温酒斩华雄""斩颜良文丑""过五关斩六将""水淹七军""重情重义""威震华夏"等连番妙笔，浅陋草率实在不可以道里计。这样，关胜作为梁山武将之首，地位崇高，却始终只是一个高高在上、血肉俱缺的标签式人物。正如孟超所指出的，关胜的风貌，"只是阴森森，冰冷冷，死板板，只像一个泥塑的、木雕的神像，庄严固然庄严已极，可惜缺乏了活生生的神气，只剩下了空架儿，使人觉着这不是梁山泊庙堂上所供养的牌位，便是忠义堂所悬挂的圣轴，绝不似一个能打能闯有骨头有血肉的江湖上的好汉，山寨之中的兵马头领哩！……关胜则除掉装扮的假象以外，什么特点也没有了，所以我们说梁山泊只有一个假关羽，并无一个真关胜，也未始不可"②。

---

① 施耐庵著、金圣叹批评：《金圣叹批评本〈水浒传〉》，岳麓书社，2006，第3页。
② 孟超：《水泊梁山英雄谱》，北京出版社，2013，第29页。

三、梁山英雄排座次后，关胜也永远失去了留下华丽章节的机会

关胜出场过晚、行事浅陋、面貌模糊、资历过浅、战功不足，所以无法给人们留下深刻的印象。关胜有如此多的不足，却位居梁山武将之首，自然让许多人心怀不平，甚至愤愤不平。而关胜身为朝廷统军大将，对梁山的威胁尚不及此前征讨梁山的"双鞭"呼延灼，这又难免让人对他的统军才干产生怀疑。

关胜与呼延灼领兵征讨梁山都是兵败被擒，感于宋江忠义，而后归附梁山。然而，在呼延灼领兵征讨梁山期间，他统领的"连环马"让梁山一度损失惨重，不得不暂时休战，前往东京搬请"金枪手"徐宁助阵。梁山聚义期间面临过数次征讨，而呼延灼领兵征讨梁山是对梁山唯一构成严重威胁的一次。呼延灼被梁山击败后，又前往青州，在青州知府的支持下，接连挫败桃花山、白虎山强人，且再次与梁山纠缠，使得梁山始终不敢忽视他的存在与威胁。屡次厮杀中，呼延灼不仅与林冲、扈三娘、孙立等梁山高手先后交锋，也与尚未入伙梁山的鲁智深、杨志等人轮番过招。在此期间，呼延灼虽不曾占得太多便宜，却始终不落下风。这些故事情节对展示他的武艺、统军才干等综合实力大有帮助，同时加深了人们对他的印象（这印象主要是出众的武艺，而非鲜明的个人形象）。至此，呼延灼智勇兼备、举重若轻的大将风度如在眼前。

反观关胜，征讨梁山之役先使"围魏救赵"之计，抛开攻打北京大名府的梁山兵马，领兵直指梁山，逼迫宋江等人回师救援。这是关胜小试牛刀之作，称得上是先声夺人。然而，关胜随后的表现却让人大跌眼镜。张横、阮小七劫营被关胜擒获，这两人是水军头领，水上本事惊人，陆战及谋略却非其所长。关胜擒此两人，既未对梁山造成实质性威胁，也未凸显他的武艺与谋略。随后，与关胜并无渊源旧谊的呼延灼诈降，关胜竟然毫

不怀疑，按其安排，出兵劫取梁山营寨，以致中计被擒。在被擒过程中，关胜既未凸显出万夫不当之勇以震慑梁山兵马，又未展示出调度有方的统军之才以扭转局面——即便是描写失败场景，如果笔力运用得当，未尝不能淋漓尽致地展示英雄风采及悲壮之气，如司马迁笔下西楚霸王项羽失败的场景。垓下之战，项羽以数十骑而挫败数万汉军锐气，即便最后自刎而死，英雄之气却流传千古，让人赞赏叹惋。关胜征讨梁山之役，出征前成竹在胸、气势如虹，"围魏救赵"之计也属筹划得当，而出师初次对阵后即一溃千里，称得上是虎头蛇尾、贻笑大方。

再以《水浒传》中篇幅而论，呼延灼征讨梁山，前前后后，曲折变化，占了四回，而关胜征讨梁山，只占半回，故事情节又如此浅陋草率，简直将关胜征讨梁山的军国大事视如童稚游戏。关胜的个人故事，只是一篇草草完成的命题作文而已。而关胜归附梁山后，随即反转过来，作为梁山先头，攻打北京大名府。从梁山立场而言，关胜此举固然理所当然，而昨为朝廷领兵大将，今为攻打朝廷城池先锋官，总给人以违背道义之感，这与"武圣"关羽象征的忠义精神实在大相径庭。相比之下，与关羽面貌相似的"美髯公"朱仝的忠义之气反倒更加接近"武圣"。

《水浒传》洋洋洒洒数十万言，故事情节、文采及人物形象塑造的精髓基本包含在梁山英雄排座次前。此后，无论是一百回本，还是一百二十回本，故事情节编排浅陋草率不少，文采如强弩之末，行军用兵及布阵斗阵"村俗不可言"[①]，多有肤浅雷同，甚至明显拼凑之处，人物形象塑造更是一落千丈（几乎完全放弃了人物形象塑造）。虽说偶有精彩片段，终究无力挽回整体的平庸浅陋。作为梁山武将之首的关胜，在梁山英雄排座次前，未能像林冲、鲁智深那样以精彩动人的故事情节完成独特而富有魅力的人物形象塑造，梁山英雄排座次后，也就永远失去了与林冲、鲁智深的人物形象相媲美的机会。

---

① 朱一玄、刘毓忱编：《〈水浒传〉资料汇编》，南开大学出版社，2012，第183页。

梁山英雄排座次后，关胜作为统军大将，出阵对敌屡有斩获，也多次展示了统军才干。然而，此时《水浒传》的重心已经不再是某个人的形象塑造和故事编排，而是敌我双方的征战厮杀、攻城略地的战争胜败。故此，即便某些梁山兄弟偶有精彩表现，也往往淹没在人数众多的征战场面之中。更何况，关胜在梁山英雄排座次后也没有明显高人一等的表现。《水浒传》中虽然赋予关胜许多战功，力图亡羊补牢，但收效甚微。关胜的形象始终是单薄的、模糊的，难以让人产生亲切赞赏之感。

还有一点或许不是无关紧要的，梁山一百单八将都有绰号，这些绰号或体现能力，或揭示地位，或展露性格，或形容外貌。作为梁山武将之首的关胜，他的绰号也是毫无个性的——"大刀"。依据历史文献记载，使用大刀是宋朝的时代特色。大刀，即大砍刀，有别于隋唐以来的长刀、陌刀，是两宋的新式兵器，两宋间武人使大刀者多有以"大刀"为绰号的。除了与关羽近似的外貌、兵器及战马之外，人们很难说出关胜的特征。

梁山征方腊班师回朝后，关胜被封为北京大名府正兵马总管。关于关胜的结局，《水浒传》中写道："关胜在北京大名府总管兵马，甚得军心，众皆钦伏。一日操练军马回来，因大醉失脚，落马得病身亡。"（第一百回，1296页）然而，《金史·刘豫传》中，有关于"济南骁将"关胜的记载："康王（即后来的宋高宗赵构——引者）至扬州，枢密使张悫荐知济南府。是时山东盗贼满野，豫欲得江南一郡，宰相不与，忿忿而去。挞懒（金国侵宋时统兵大将——引者）攻济南。有关胜者，济南骁将也，屡出城拒战。豫遂杀关胜出降。"[1] 故此，关于关胜的结局，在钟伯敬批评本《水浒传》中就有了迥然不同的说法："关胜在北京大名府总管兵马，甚得军心，众皆钦伏。后来刘豫欲降兀术（金国侵宋时统兵大将——引者），关胜执意不从，竟为所害。"[2] 这一版本的《水浒传》如此编排故事情节，可以当成关胜的结局受到了历史人物原型影响的可靠证据之一——钟伯敬

---

[1] 转引自余嘉锡：《宋江三十六人考实》，浙江古籍出版社，2012，第43页。
[2] 转引自马幼垣：《水浒二论》，生活·读书·新知三联书店，2007，第272页。

批评本《水浒传》依据历史文献修改了关胜的结局。

四、正是浅陋章节的存在,才使得《水浒传》成为一部首尾完整的文学名著

从某种角度而言,金圣叹"腰斩水浒"确实眼光独到。毫无疑问,《水浒传》没有梁山英雄排座次后的故事情节是"断尾巴蜻蜓"[1],而《水浒传》的精华内容确实大致包含在梁山英雄排座次前了[2]。与梁山征辽、征方腊部分的内容相比,插增进来的梁山征田虎、征王庆部分的内容,更被认为是等而下之的浅陋章节,与梁山英雄排座次前的内容不可同日而语。然而,将梁山征田虎、征王庆部分的故事与梁山征辽、征方腊部分的内容相对照(尤其是征辽部分),两者的差距并没有想象中那么天地悬殊。一般认为,梁山征辽、征方腊部分是《水浒传》原书所有的故事,征田虎、征王庆部分是后来插增的内容。也有人认为梁山征辽部分也是后来增加的内容,《水浒传》现有文本中的以下内容似乎可以作为证据:梁山征辽班师还朝途中,宋江与鲁智深等梁山兄弟到五台山参拜智真长老。"一行众将,都已拜罢,鲁智深向前插香礼拜。智真长老道:'徒弟一去数年,杀人放火不易。'鲁智深默默无言。""鲁智深将出一包金银采段来,供献本师。智真长老道:'吾弟子此物,何处得来?无义钱财,决不敢受。……与汝置经一藏,消灭罪恶,早登善果。'"(第九十回,1155页)"杀人放火"当指鲁智深落草为寇之事;"无义钱财"当指打家劫舍所分之财。而此时鲁

---

[1] 鲁迅:《鲁迅全集》(第4卷),人民文学出版社,2005,第543页。
[2] 人们解释金圣叹"腰斩水浒"为何截至梁山英雄排座次前,多以他不赞成"贼寇"接受招安、效命朝廷的思想立场及《水浒传》的精华内容确实大致包含在梁山英雄排座次前为理由。胡菊人则从小说创作及修改实践方面提出看法,可以作为通行解释的补充:"或问:七十回以后,为什么不做些增删润色的工作,而让它保存下来,却一下把它腰斩呢?这很简单,那些文字之坏,实在改不胜改。任何人若要做此工作,比重写还要困难。"(胡菊人:《小说水浒》,江西教育出版社,2017,第12页)由此可见,想要将梁山英雄排座次后的故事情节与艺术水准提升到与排座次前大致相当的水平,无异于另起炉灶,其工程量之浩大非同寻常。

智深等梁山兄弟明明已经成为朝廷将领，且是奉朝廷诏命出征，胜利归来，他的行事不仅不是"杀人放火"，更不是"罪恶"。只有一种解释：鲁智深等梁山兄弟参拜智真长老，应是在接受朝廷招安之前，或者是在刚刚接受招安而尚未为国建功立业之时。梁山征辽部分增加时，对原有内容并未修改彻底，以至于留下了明显的证据。以此而论，除了梁山英雄排座次后寻求招安、征方腊部分的内容之外，梁山征辽、征田虎、征王庆及宋江服毒等梁山兄弟最终结局部分的内容，都是于不同时期插增进来的。

众所周知，梁山英雄排座次前，《水浒传》内容气力充沛，故事情节精彩纷呈，人物形象鲜明生动。梁山英雄排座次后，《水浒传》内容气力立时一泻千里，故事情节乏善可陈，人物形象前后迥异，毫无此前的神采胆气。从故事情节编排及艺术成就而论，这似乎可以作为《水浒传》并非成于一人之手的证据。中国古代文学史上，凡是文学名著续作，均逃不脱"狗尾续貂"的命运。《水浒传》的续书如此，《西游记》《红楼梦》的续书也是如此。《水浒传》中梁山英雄排座次后的内容，虽说不是续作，说得苛刻一些的话，与"狗尾续貂"并无区别。胡菊人甚至认为："《水浒传》后半部是中国新旧小说中最坏的文字之一。"[1]

然而，像《水浒传》这样一部书中内容前后相差悬殊的现象，在古典白话小说中并不多见。虽然，《红楼梦》前八十回与后四十回同样相差悬殊，但学界早已认定，后四十回是高鹗所"补"，并非全然是曹雪芹手笔——对于"补"，有人认为是依据前八十回内容另起炉灶的续写，有人认为是在残稿基础上的补缺。进一步而论，称《水浒传》中梁山英雄排座次后的内容有类于"狗尾续貂"，也是相比梁山英雄排座次前的内容而言的，是树立了一个绝高的参照得出的结论。实际上，梁山英雄排座次后的内容与古典白话小说中的二三流作品相比，还是高出不少的，且偶有精彩片段（《红楼梦》后四十回更是如此）。

---

[1] 胡菊人：《小说水浒》，江西教育出版社，2017，第8页。

许多人以《红楼梦》后四十回的故事情节编排及艺术成就与前八十回相差悬殊，以此并不认同高鹗所说的这部分是自己所"补"的说法，而断定为高鹗续写，甚至对这部分内容深恶痛绝的大有人在。张爱玲即认为："有人说过'三大恨事'是'一恨鲥鱼多刺，二恨海棠无香'，第三件不记得了，也许因为我下意识地觉得应当是'三恨红楼梦未完'。"① 她甚至将《红楼梦》后四十回称为"狗尾续貂成了附骨之疽"②。应该说，《红楼梦》后四十回能依附于前八十回流传数百年，自有其过人之处，将《红楼梦》后四十回与《红楼梦》其他续书相对照，即可得出明确结论。《水浒传》中梁山英雄排座次前后的故事情节编排及艺术成就同样相差悬殊，许多人认为这两部分也出于不同作者的手笔。而人们对《水浒传》中梁山英雄排座次后的内容，一方面，承认其多有可议之处，另一方面，绝少有人像对待《红楼梦》后四十回那样深恶痛绝，反倒有不少人认为，正是这部分内容的存在，才使得《水浒传》成为一部首尾完整的文学名著。

---

① 张爱玲：《红楼梦魇》，上海古籍出版社，1995，第2页。
② 张爱玲：《红楼梦魇·自序》，上海古籍出版社，1995，第3—4页。

第5篇

"豹子头"林冲:

磊落君子　气短英雄

梁山一百单八将中，无论是论及形象鲜明度还是故事精彩度，林冲都是名列前茅的。在《水浒传》广泛传播期间，人们谈论林冲的兴致相当高昂。而且，由于林冲的故事精彩感人，无论是明传奇、京剧中，还是各地方戏剧、评书中，都对林冲的故事青睐有加、大加渲染，林冲的形象也在不断的丰富及重塑中持续升华。当前，人们对林冲的关注度仅次于宋江、武松，遥遥领先于鲁智深、吴用等梁山兄弟。论及人们的喜爱程度，林冲更是远远凌驾于宋江之上，与武松称得上是旗鼓相当、平分秋色。

一、"禁军教头"虽非重要而气派的职务，林冲却曾是梁山决策层人物

"官逼民反""逼上梁山"是人们耳熟能详的两个词汇，而细细盘点梁山一百单八将的经历及落草原因，真正从本质上诠释了"官逼民反""逼上梁山"两个词汇的，或许就只有一个"豹子头"林冲了。林冲出场时，为八十万禁军枪棒教头。他满足于安分守己的朝廷小官员地位，虽说武艺惊人，却既无鹏程万里的志向，又无违法乱纪的行径，他只在意平淡安稳、与世无争的生活。而在奸臣当道之世，贪官污吏遍布天下、良善隐没，使得林冲如此简单、平凡、合理的诉求都不能满足。故此，马幼垣将林冲遭到高俅、高衙内父子逼迫陷害而无路可走，不得不落草梁山称为"飞来横祸"①。以此而论，如果说"高俅来而王进去"是对"乱自上作"②理念最为生动的诠释的话，那么，林冲被逼落草梁山的故事，则为逼上梁山、聚义梁山的正义性奠定了深厚的基石。

林冲遭到高俅、高衙内父子逼迫陷害时，即便备受欺辱，仍然隐忍不发、委曲求全，始终对躲过劫难抱着坚定的期待。直到在逼迫陷害下无路可退时，这位完全没有叛逆意识的人物，才蜕变为对朝廷最失望、最

---

① 马幼垣：《水浒人物之最》，生活·读书·新知三联书店，2007，第14页。
② 施耐庵著、金圣叹批评：《金圣叹批评本〈水浒传〉》，岳麓书社，2006，第12页。

决绝，落草态度最坚决的水浒人物之一。尽管林冲的心理在走投无路之际发生了深刻的变化，而无论是落草前还是落草后，林冲都是缺乏英雄气概的。与宋江相比，林冲没有是"反叛朝廷"还是"尽忠报国"的摇摆纠结；与鲁智深相比，林冲没有"戒刀杀尽不平人"的英雄胆色，也没有"赤条条来去无牵挂"的豪迈坦然；甚至与落草前最具普通人心思的武松相比，林冲也缺少那种以身犯险、手刃仇敌的快意恩仇。

林冲落草梁山后，在不同时期，他的排名与地位有过明显变化。王伦为梁山寨主期间，勉强接纳林冲入伙，而对他心存防范，林冲位居王伦、杜迁、宋万之后，排名靠后。晁盖成为梁山寨主后，林冲排名第四位，为梁山武将之首，且位居梁山决策层。梁山英雄排座次时，林冲位居关胜之后，排名天罡星第六位，名列"马军五虎将"第二位。

林冲最引人关注的，除了他的悲情故事之外，就是"八十万禁军教头"的职务。江湖人物介绍林冲时，对"禁军教头"的职务津津乐道，钦敬重视之情溢于言表，尤其是加上"八十万"这一修饰词汇，貌似尊贵而气派。实际上，"禁军"确实是重要而尊贵的，"禁军教头"却并非重要而气派的职务。

依据历史文献记载，"禁军"原本是直辖于皇帝的亲兵卫队，主要担负护卫皇宫、京师等地的职责。北宋初期，宋太祖赵匡胤为避免五代时期军阀割据局面再现，将精锐军队全部改为"禁军"（分别驻扎在京师与各地），这样，"禁军"成为朝廷的正规军队（与"禁军"相对的则是分散驻扎各州府的"厢兵"，相当于地方部队。"厢兵"与"禁军"相比，即便数量相差无几，而质量则完全不可同日而语）。宋代"禁军"数量庞大。依据《宋史》记载："（宋太祖赵匡胤）开宝之籍，总三十七万八千，而禁军马步十九万三千；（宋太宗赵炅）至道之籍，总六十六万六千，而禁军马步三十五万八千；（宋真宗赵恒）天禧之籍，总九十一万二千，而禁军马步四十三万二千；（宋仁宗赵祯）庆历之籍，总一百二十五万九千，而禁军马步八十二万六千。"①"总"就是北宋主要武装力量之和,其中禁军数量占比在百分之五十以上。宋神宗赵顼熙宁年间,主政的王安石推行变法(熙宁变法),实行精兵简政之策,军队数量大为减少,"禁军共五十六万八千六百八十八人。变法失败后,在宋哲宗(赵煦)、宋徽宗(赵佶)年间,军队数量反弹,全国禁军数量也在八十万左右"②。《水浒传》中所谓"八十万""禁军"的说法正是来源于此,可见并非夸大之词。

至于"禁军教头",只是"禁军"中训练士兵的教官而已,级别不高,人数众多。依据《宋史》记载:宋神宗元丰二年(1079),开封府颁发集中教习大保长之法规,"大保长凡八千八百二十五人,每十人一色事艺,置教头一。凡禁军教头二百七十,都教头三十,使臣十"③。由此可见,"禁军教头"又有"教头""都教头"之别,单称"教头"者地位尤低(《水浒传》中,只有"操刀鬼"曹正提到林冲时称为"都教头",此处或为"教头"之误)。更为重要的是,"禁军"将领(更不要说"禁军教头"了)并不掌握调兵遣将之权。宋代自宋太祖起,为避免五代时期军阀割据局面再现,将"重文事""轻武事"定为基本国策,同时将调兵权与统兵权分而为二:殿前都指挥使司、侍卫亲军马军都指挥使司、侍卫亲军步军都指挥使司分立,号称"三衙",握有统兵权,却无调兵权,调兵权则由枢密院掌握,枢密院长官枢密使多由文官出任。这样,就形成了统兵权与调兵权的相互制约,两者都由皇帝直接掌握,从而保证军权从属于皇帝。

人们将"禁军教头"的职务看得重要而气派,往往是被"八十万禁军"的修饰词汇所迷惑。之所以如此,许多人显然是将"禁军教头"误解成了掌管"八十万禁军"训练事宜的"总教头"了。

林冲入伙梁山极早(梁山一百单八将中第四位入伙的),是开创梁山事业的元老之一。对林冲的武艺,从未有人提出过质疑。梁山攻打祝家庄

---

① 转引自孙绪武:《"八十万禁军教头"是实指还是虚指?》,《语文建设》2011年第9期。
② 孙绪武:《"八十万禁军教头"是实指还是虚指?》,《语文建设》2011年第9期。
③ 转引自黄季鸿:《〈水浒传〉中的教头》,《明清小说研究》2010年第1期。

期间，林冲不出十合，即将武艺不凡、在地煞星中堪称翘楚的"一丈青"扈三娘擒获，其惊人实力由此可见一斑；林冲谦恭有礼、有勇有谋的个性让人赞叹不已；林冲的战功，在梁山一流武将中，少有人出其右，无论是攻打祝家庄、出兵高唐州、大破连环马，还是出兵曾头市、攻打北京大名府、收服关胜，林冲都是主力战将，可谓战功赫赫。与此同时，林冲更有火并王伦，先后拥立晁盖、宋江之功。正是林冲的愤然出手，梁山才逐渐迎来了它的鼎盛时代。尤其难能可贵的是，林冲虽有统军之才，却无个人野心。梁山早期出战时，林冲多次奉命看守山寨，俨然是另一位当家人。晁盖成为梁山寨主后，对山寨众人明言道："你等众人在此，今日林教头扶我做山寨之主，吴学究做军师，公孙胜同掌兵权，林教头等共管山寨。汝等众人各依旧职，管领山前山后事务，守备寨栅滩头，休教有失。各人务要竭力同心，共聚大义。"（第二十回，249页）由此可见，林冲此时既是梁山武将之首，也是名副其实的梁山决策层人物。晁盖曾头市中箭后，正是"林冲与公孙胜、吴用并众头领商议，立宋公明为梁山泊主，诸人拱听号令。次日清晨，香花灯烛，林冲为首，与众等请出保义宋公明，在聚义厅上坐定"（第六十回，798页）。随着宋江梁山寨主地位的确立，尤其是卢俊义、关胜相继上山入伙后，林冲不仅彻底退出了梁山决策层，且不再是梁山武将之首。

二、人们为林冲名列关胜之后心怀不平，林冲却是后来居上的水浒人物

以林冲出场之早、资历之深厚、武艺之超绝、功劳（不仅是战功）之显赫，在梁山确实鲜有匹敌。林冲也是《水浒传》中塑造得极为神采飞扬、极为灿烂夺目的水浒人物，他更是少有的胸襟磊落、心地善良的江湖人物。林冲优势如此明显，才有许多人为他名列"大刀"关胜之后心怀不平，甚至愤愤不平。

人们对林冲名列关胜之后心怀不平，不仅因为关胜武艺、资历、战功不及林冲（林冲的武艺超过关胜也没有过硬证据），更关键的是，关胜与林冲的行事及个人形象实在相差悬殊。《水浒传》中，林冲出场极早，是作者着力塑造的人物形象，他的经历及事功铺陈详细、精彩绝伦（"林教头风雪山神庙""鲁提辖拳打镇关西""景阳冈武松打虎"是《水浒传》中并称的三大精彩故事）。林冲与关胜如此天地悬殊的经历及事功导致的结果是，林冲性格鲜明、有血有肉、见解通达，从无滥杀之举，个人行事一波三折，不幸遭遇让人同情，正直善良品行让人钦服；关胜性格模糊，个人事迹平凡简单，毫无动人肺腑之处，面貌、气质与"武圣"关羽别无二致，虽说武艺出众，才干不凡，直与"赝品"无异。

实际上，在水浒故事流传、演变期间，林冲恰恰是出现较晚的水浒人物，关胜反倒是出现较早的。宋末元初龚圣与的《宋江三十六赞》中，有以宋江为首的三十六人名单，其中没有林冲的名字，关胜则排名第四位。宋元之际的《大宋宣和遗事》中，林冲与关胜同为押运花石纲的"十二指使"之一[①]，都是没有单独故事的凑数人物而已。传世的元杂剧水浒戏中，林冲只有一次出场，这次出场却连龙套角色都算不上。而元杂剧水浒戏《争报恩三虎下山》中，关胜不仅作为梁山好汉出场，且在梁山排名第十一位。在元杂剧水浒戏《鲁智深喜赏黄花峪》《王矮虎大闹东平府》《豹子和尚自还俗》中，关胜也都有过出场。这表明，水浒故事在民间流传、演变的很长时间里，关胜不仅出现较早，且在不少剧目中都担当重要角色。林冲却长期只是一位无足轻重、毫无特色的标签式人物，更不存在有血有肉的完整故事。因为"像林冲故事那样有血有肉而又完整的东西，如果在传说中早已形成，而不被民间艺人和剧作家们选为题材，是很难想象的。元曲中的许多题材都比林冲故事差得远"[②]。

据此推断，正是《水浒传》作者以其如椽巨笔的精心塑造，才让林

---

① 朱一玄、刘毓忱编：《〈水浒传〉资料汇编》，南开大学出版社，2012，第38页。
② 聂绀弩：《〈水浒〉四议》，北京大学出版社，2010，第40页。

冲焕发出灿烂夺目的光芒，成为水浒人物中的经典角色。聂绀弩在研究"《水浒》是怎样写成的"问题时，即以林冲故事的形成为例进行说明：

> 《水浒》上的林冲故事，一面固然是创作，另一面在筋节上又有很多是抄袭的，我们甚至还可找出他所抄袭的来源。例如：1.林冲是八十万禁军教头，上司是高俅，是从本书王进、王庆的故事来的。2.高衙内，是从元曲来的。在元曲中，"衙内"总不是好东西……3.高衙内抢林冲娘子，是从元曲和本书来的……4.林冲买刀，是从本书杨志卖刀取来反写的。5.林冲写休书。本书第一百零二回王庆发配起解时，他的岳父来送他，要他写一张休书给他的女儿，林冲故事拿来反写了。6.董超、薛霸谋害林冲，从本书卢俊义故事来的。7.和洪教头比棒，又是从王庆故事来的，王庆以戴枷和人比棒"才算手段"；林冲却因为戴枷，自愿认输，又是改造过的。别的故事，都不像林冲故事有这么多的地方和其他故事雷同，那雷同处，多数是林冲故事更近情理，所以可以断定是林冲故事采取其他故事的筋节来加以改造，而不是其他故事采取林冲故事的。①

故此，在水浒故事流传、演变期间，林冲是一位出现较晚的水浒人物，在《水浒传》中，他却是一位在故事、形象方面后来居上的水浒人物。

林冲推举晁盖为梁山寨主后，"见晁盖作事宽洪，疏财仗义，安顿各家老小在山，蓦然思念妻子在京师，存亡未保，遂将心腹备细诉与晁盖道：'小人自从上山之后，欲要搬取妻子上山来。因见王伦心术不定，难以过活，一向蹉跎过了。流落东京，不知死活。'晁盖道：'贤弟既有宝眷在京，如何不去取来完聚？你快写书，便教人下山去，星夜搬取上山来，以绝心念，多少是好。'林冲当下写了一封书，叫两个自身边心腹小喽啰下山去了。

---

① 聂绀弩：《〈水浒〉四议》，北京大学出版社，2010，第40页。

不过两个月回来，小喽啰还寨说道：'直至东京城内殿帅府前，寻到张教头家，闻说娘子被高太尉威逼亲事，自缢身死，已故半载。张教头亦为忧疑，半月之前染患身故。止剩得女使锦儿，已招赘丈夫在家过活。访问邻里，亦是如此说。打听得真实，回来报与头领。'林冲见说了，潸然泪下，自此杜绝了心中挂念"（第二十回，250页）。"杜绝了心中挂念"，不仅"杜绝"了林冲对家事的"挂念"，也"杜绝"了对重返正途，乃至对"尽忠报国"的"挂念"。

三、林冲的外貌与性格、行事之间存在着明显矛盾，后人不断力图加以调整

《水浒传》中，林冲的悲情故事及生动形象让人们印象深刻，而他的形象却始终存在着明显矛盾之处，如外貌与性格、行事之间的矛盾，甚至前后部分性格、行事之间的矛盾，而这又是许多人忽略或质疑的地方。

《水浒传》中对林冲的外貌描写是："生的豹头环眼，燕颔虎须，八尺长短身材。"（第七回，102页）林冲的"豹子头"绰号，显然是依据"豹头环眼，燕颔虎须"的外貌特征而来的。梁山攻打祝家庄期间，林冲出场时的诗词写道："丈八蛇矛紧挺……满山都唤小张飞，豹子头林冲便是。"（第四十八回，648页）而《三国演义》中对张飞的外貌描写是："身长八尺，豹头环眼，燕颔虎须，声若巨雷，势如奔马。"[①]《三国演义》中的张飞与林冲使用的兵器都是丈八蛇矛。以此而论，林冲应与《三国演义》中的张飞（并非正史中的张飞）一样，是一位面貌粗陋、脾气暴躁、行事莽撞的粗犷之人（虽说行事中往往"粗中有细"）。

《水浒传》中，林冲在有些场合的性格、行事，与"豹头环眼，燕颔虎须"的外貌特征相符，例如：与人交战时，往往"暴雷也似大叫一声"，随即将对手刺于马下。在有些场合，他反倒是一位温文儒雅、待人恭谨，

---

① 罗贯中：《三国演义》，人民文学出版社，1973，第4页。

甚至有时颇为优柔寡断的谦谦君子，如遭到高俅、高衙内父子欺凌迫害时。从《水浒传》中的林冲故事进行整体判断，后一特征应是林冲性格的主调。基于聂绀弩提出的《水浒传》中山东郓城县知县时文彬出场"以前的差不多十三回，都可能是后加的"①的观点，侯会进一步指出：

> ……在早期的《水浒》故事中，林冲的确是个鲁莽暴躁的张飞式人物，堪与李逵、鲁智深等比肩。
>
> 然而，到了《水浒传》前十三回里，林冲的性格却发生了陡变，由一个叱咤风云的"莽张飞"，一变而为顾虑重重、逆来顺受的懦弱之人。请看，林冲在岳庙进香时，听说自己的妻子被人调戏，他"赶到跟前把那后生肩胛只一扳过来，喝道：'调戏良人娘子，当得何罪！'恰待下拳打时，认得是本管高太尉螟蛉之子高衙内……先自手软了"。最后竟"一双眼睁着瞅那高衙内"，被他当面走脱。待到遭高俅陷害发配沧州时，林冲一路忍气吞声，吃尽两个公差的苦头。而野猪林遇救后，他却替两个公差向鲁智深求情道："你休害他两个性命。"及至在柴进庄上与洪教头比武，林冲更是一让再让，唯唯诺诺；与那鞭打督邮、喝退曹兵、一旦误会对结义兄弟也要裂眦相看的莽张飞哪里有一毫共同之处？显见这个林冲不再是那个"满寨都唤小张飞"的林冲，这是被后人改造过的林冲。他跟前一个林冲仅仅姓名相同而已；脾气禀性、经历遭遇全都变了，连绰号也变得名不副实了。
>
> 这个变化再度证明，林冲故事是后人补写的。这位补写者一心要借林冲故事道出官逼民反的道理，一心要借林冲的遭遇为普天下"屈沉在下"的好汉鸣不平，写到情动处，意随笔转，不能自已，竟然塑造出一个与"豹子头"大相径庭的人物来，从而暴露了前十三回与后面部分的矛盾之处。②

---

① 聂绀弩：《〈水浒〉四议》，北京大学出版社，2010，第78页。
② 侯会：《〈水浒〉〈西游〉探源》，学苑出版社，2009，第5—6页。

水浒故事在漫长的流传、演变期间，梁山兄弟的形象、故事都在不断调整，到《水浒传》成书时，甚至出现了颠覆性的重塑。林冲正是这样一位出现了颠覆性重塑的人物，他的外貌与性格、行事之间的矛盾，正是《水浒传》调整、重塑并不彻底的表现。不少水浒人物的性格、行事前后矛盾，都可以如此做出解释。

林冲的外貌与性格、行事之间的矛盾如此明显，以至于《水浒传》广泛传播期间，很早就有人发现了矛盾之处，且不断有人力图通过调整来克服这种矛盾。李永祜即指出："凡是性格比较粗鲁的人物赋予他粗犷的外貌；凡是比较细致、精明的人物则赋予其文雅或英武的仪表。我们姑且将这种塑造人物的方法简单地称之为粗人粗貌、细人细貌。……（林冲）在日常的生活中毫无暴烈急躁之处，却给了他这样一副粗犷的外貌，这就违背了细人细貌的观念和方法，使林冲这一人物出现了形神背离。……一般的读者对此往往忽略了过去，细心的读者总会因这种形神相背的现象而产生不协调、不顺心的感觉。有此感觉的不独今人，古人亦然。古人虽然没有对此现象从理论上去进行分析，然而却从艺术实践上解决了这个问题。"[1]

明朝中叶，剧作家李开先以《水浒传》中的林冲故事为蓝本，创作了传奇《宝剑记》（明朝中叶三大传奇之一）。《宝剑记》中，李开先一方面沿着《水浒传》中林冲"性格基调的路子，增写林冲幼读儒典兵书，满腹文才，兼善武功，一派儒雅气度；另方面又将林冲的角色定位为'生'，而对'豹头环眼，燕颔虎须'之类的外貌描写全然甩掉。按照明传奇的体例，剧本的角色分为生、旦、净、末、丑这几类。哪个人物属哪种角色，是剧本作者根据人物的性别、年龄、外貌、性格、人品、社会地位等多重因素综合确定的。李开先既将林冲定为生，则林冲的扮相必然是端正、清

---

[1] 李永祜：《罗贯中改塑历史原型人物林冲性格的成功经验及引发出的美学问题》，《菏泽学院学报》2013年第3期。

秀、仪表堂堂，使细人与细貌相合为一体"①。

此后，关于林冲的外貌就出现了这样独特而影响深远的一幕："（李开先）同时代人陈与郊搬演林冲故事的传奇《灵宝刀》亦沿袭《宝剑记》的先例，将林冲定为生角。至近代，昆曲《林冲夜奔》的剧情、人物的性格和扮相，是由《宝剑记》一脉相承而来，广大观众都目睹了形神协调统一的林冲的丰采。同样，近百年来在京剧、地方戏和电影、电视剧中，林冲无一例外地都是以一副清秀、儒雅的形象出现，从无人依据《水浒传》的描写对此提出异议；相反，如果有影剧作品果真将林冲妆扮成一副豹头环眼、须发倒竖的面貌，观众的质疑、责难将会接踵而来。"②这样，林冲也成为少有的外貌特征完全背离原著的人物。

山东版《水浒传》电视剧与央视版《水浒传》电视剧中，饰演林冲的演员造型设计不一、表演风格各异，而都未依据《水浒传》中"豹头环眼，燕颔虎须"的外貌特征塑造林冲形象，这正是外貌改变后的林冲形象深入人心的体现。《水浒传》电视剧中林冲的形象并未遵循原著，正是后人不断克服这种矛盾的结果。

四、《宝剑记》中的林冲故事，比之《水浒传》中的林冲故事更加酣畅淋漓、耐人寻味

林冲入伙梁山前，是毫无英雄气概的人物。在高俅、高衙内父子屡屡欲置他于死地时，他始终不愿对迫害自己的恶人痛下杀手，且对躲过劫难、重返正途抱有期待，可以说是已经善良忍辱到了懦弱卑微的地步。决意落草前，林冲对高衙内调戏自己妻子忍耐；对高俅指使陆谦诱骗他误入军机重地"白虎节堂"而刺配沧州忍耐；刺配沧州途中对押解差人董超、

---

① 李永祜：《罗贯中改塑历史原型人物林冲性格的成功经验及引出的美学问题》，《菏泽学院学报》2013年第3期。
② 李永祜：《罗贯中改塑历史原型人物林冲性格的成功经验及引出的美学问题》，《菏泽学院学报》2013年第3期。

薛霸不怀好意的辱骂折磨忍耐；投奔梁山时，对小肚鸡肠的梁山寨主"白衣秀士"王伦不愿收留的傲慢无理忍耐；落草梁山初期，对王伦冷言冷语的歧视忍耐。从这些行事可以看出，林冲绝非那种心高气傲、视名誉及尊严高于生命之人，也并非脾气暴躁、动辄与他人拳脚相对的粗犷之人。而他的屈辱忍耐，并非仅仅是性格原因，也符合他的身份与地位。林冲出身清白之家，有貌美如花的妻子，有让人羡慕的工作，这让他不同于"赤条条来去无牵挂"、性情刚烈、容不得半点委屈的鲁智深，也不同于大哥惨死后孤苦一人，被迫手刃仇敌，导致灾难连连的武松。人毕竟是受制于环境的。可以说，任何一个不是那么毛毛躁躁、不计后果的人，面临如此窘境时几乎都会有着与林冲相似的纠结忍辱反应。他的委曲求全、患得患失，也因此显得真实可信。

屡屡委曲求全仍然不能苦尽甘来，甚至越发陷入逆境，林冲不得不做出新的抉择。陆谦（投靠高俅、高衙内父子，出卖陷害林冲的友人）、富安（千方百计讨好高衙内，不惜陷害忠良的帮闲人物）勾结差拨火烧草料场欲置林冲于死地（可以借大火烧死林冲，即便未能烧死他，也可以借草料场被烧治林冲失职之罪），但机缘巧合之下，林冲大难不死，又听到陆谦、富安、差拨等三人的阴狠诡计，这成为他人生遭遇与性格发展的转折点。自此，林冲义无反顾地走上了与朝廷决裂之路，怒杀富安、陆谦、差拨等三人，随即前往梁山落草。风雪山神庙前的委曲求全、优柔寡断，草料场着火后杀陆谦、富安、差拨等三人时的义无反顾、狠心决绝，前后迥异的转变真实而自然，使得他"逼上梁山"的经历引人同情，使得他善良正直的形象深入人心。正因为有如此铺垫，林冲入伙梁山后火并王伦、推举晁盖为梁山寨主时的所作所为，一切都是那么自然，人们不仅不认为他有野心，反倒对他更加心生敬意。林冲风雪山神庙后爆发出的山洪崩溃般的决裂情绪也表明，他的自制力实在为常人所不及，林冲的可贵、可怕之处也正在这里。正如金圣叹所说的："林冲自然是上上人物，写得只是太狠。看他算得到，熬得住，把得牢，做得彻，都使人怕。这般人在世上，定做得事业来，然琢削元气也不少。"①

《宝剑记》不仅重塑了林冲的外貌，还重塑了林冲的内心世界。李开先无疑是读过《水浒传》的，他的改编正是基于《水浒传》中的林冲故事。然而，他的改编在许多方面都脱离了原著，而且与当时的现实生活有着直接的牵连与影射。李开先创作《宝剑记》，不仅是为弘扬正义、排斥奸邪，更多的还是面对朝政腐败黑暗而无能为力之际，"借他人杯酒，浇胸中块垒"，以此在剧中注入了许多个人感慨，从而不断引得后人的共鸣。

《水浒传》中，高俅、高衙内父子对林冲的欺凌陷害是卑劣残忍的，林冲的遭遇是坎坷而令人同情的，然而，高俅、高衙内父子与林冲之间的冲突，始终是纯粹的个人恩怨。《宝剑记》中，高俅、高衙内父子与林冲的冲突，却上升到了忠奸斗争的层次。《宝剑记》中的林冲，心怀忠义、忧国忧民、文武兼修，原本是一位立下赫赫战功的将军，因看不惯高俅等奸臣专权误国，向皇帝上疏弹劾，结果被降职为禁军教头。即便遭到降职，林冲仍然不愿与奸臣同流合污，继续向皇帝上疏，揭露高俅等奸臣的种种恶行。高俅恼羞成怒，设计陷害林冲，将他定成死罪，经朝廷官员出手相救，改为刺配沧州。刺配沧州途中，高俅又派人试图杀害林冲，得鲁智深出手相救。草料场被烧后，林冲难有立足之地，不得不落草梁山。为突出朝堂上的忠奸斗争，《宝剑记》中将高俅之子图谋林冲妻子张真娘一事移到了林冲刺配沧州后。这样的重塑，在很大程度上深化了主题，"此林冲"已经完全不是"彼林冲"。《林冲夜奔》正是《宝剑记》中酣畅淋漓、流传久远的唱段。林冲"回首望天朝"的心境更是让人感慨不已："按龙泉血泪洒征袍，恨天涯一身流落。专心投水浒，回首望天朝。急走忙逃，顾不的忠和孝。""封侯万里班超，生逼做叛国的红巾、背主的黄巢。"林冲对奸臣的痛恨以及报仇雪恨的心意也是誓死不渝的："这一去，博得个斗转天回，须教他海沸山摇。"②

---

① 施耐庵著、金圣叹批评：《金圣叹批评本〈水浒传〉》，岳麓书社，2006，第3页。
② 李开先著、卜键笺校：《李开先全集》（中），文化艺术出版社，2004，第999、1000页。

《水浒传》中，林冲决意落草梁山前，始终对重返正途有所期待，不甘心落草为寇，而他一旦下定决心，却再无迟疑纠结。在《宝剑记》中，即便林冲走投无路，决意投奔梁山途中，他的情绪仍然是复杂的：仓促、痛苦、紧张、纠结。其中又以大段唱词，深刻、细致地揭示了林冲的心境。这样的心境，不仅是无路可走的林冲的心境，也是古往今来仁人志士、忠臣孝子在恶势力逼迫下无可奈何，不得不走上绝路、异路时的心境的真实写照。故此，也就有了普遍性意义，比之《水浒传》中林冲的故事，更加酣畅淋漓、耐人寻味。

五、林冲是磊落君子，更是气短英雄，他的人生结局同样令人不胜唏嘘

称林冲为"磊落君子"，林冲当之无愧，而称林冲为"英雄"，实在名实不副，只能说是"气短英雄"。从个人角度而言，林冲品行端正、心地善良。在东京时接济李小二："这李小二先前在东京时，不合偷了店主人家财，被捉住了，要送官司问罪。却得林冲主张陪话，救了他免送官司，又与他陪了些钱财，方得脱免。"（第十回，133页）刺配沧州途中，即便屡次遭到押解差人董超、薛霸辱骂折磨，鲁智深要杀两人时，他仍然坚持放过两人："非干他两个事，尽是高太尉使陆虞候分付他两个公人，要害我性命。他两个怎不依他。你若打杀他两个，也是冤屈。"（第九回，121页）这些都是林冲品行端正、心地善良的佐证。然而，林冲光彩照人的英雄侠义之举却甚少。且不说与鲁智深屡次路见不平拔刀相助的壮举相比黯然失色，即便与人物形象及故事情节都并不出彩的史进相比，也是有所不逮。

进一步而论，武松在落草梁山前是最具普通人心思的，从无行侠仗义或劫富济贫之举，甚至连这样的念头都没有。而在大哥武大郎惨死后，他不顾一切地以报仇雪恨为念，即便灾难连连，也终于达成心愿。虽说武松

难称急公好义的江湖好汉，境界上略逊一筹，却是快意恩仇的孤胆英雄。其生平行事让人看着解气，他的杀奸除恶也让为奸为恶者深深忌惮。反观林冲，最快意的举动是风雪山神庙怒斩奸佞小人，这也是被逼无奈下的自保选择。而后，林冲的行事完全归于平淡，不仅未能实现报仇雪恨的心愿，且在梁山的地位也是日趋没落，虽说战功显赫，却从梁山决策层人物退居为普通武将，对梁山聚义大业更是毫无重大影响。从人物形象塑造角度而言，林冲风雪山神庙、火并王伦后，这个形象已经死亡了——他再无让人激赏的表现。

梁山英雄排座次后，宋江一门心思寻求招安门路，而对招安心存抵触或公然反对的梁山兄弟不在少数。梁山兄弟欢庆重阳节时，宋江所作《满江红》词中有"望天王降诏早招安，心方足"（第七十一回，934页）的句子，当场惹得武松、李逵、鲁智深等人不满，从而搅扰了现场。林冲对招安有何意见，《水浒传》中未著一字。以常理揣度，不难明白林冲的真实想法。林冲是被奸臣高俅（朝廷的代表）逼得走投无路，不得不落草梁山的。如今，又要他重新归附朝廷，即便林冲"尽忠报国"之念并未完全泯灭，而让他听从将自己逼上绝路的奸臣的驱使，又情何以堪？虽说林冲入伙梁山前是朝廷军官，他对招安的态度却不同于兵败而被迫落草的关胜、呼延灼等朝廷降将。关胜、呼延灼等人与奸臣并无个人恩怨，对朝廷也没有刻骨铭心的怨恨。更何况，招安还是他们"漂白"身份、重回官场的唯一路径（这也是当时的正途）。

依据林冲的遭遇与性格推断，他对招安的心态，可能更接近于武松和鲁智深——尽管鲁智深并未遭到过迫害。林冲与武松都有官场经历（尽管武松的官场经历极为短暂），他们都曾满怀期待，遭遇生死劫难后，却对忠奸莫辨、贪腐横行的朝廷彻底心灰意冷了，对奸佞满布的官场也有了与众不同的认知。在他们看来，即便梁山兄弟对朝廷不念旧恶，与梁山积怨甚深的蔡京、高俅、童贯、杨戬等奸臣，又岂能任由梁山兄弟从容"漂白"而无动于衷？等在梁山兄弟面前的招安之路，绝非光明坦荡的大道。

林冲的人生结局与他入伙梁山前的遭遇相比，同样令人不胜唏嘘。

《水浒传》中，高俅始终深受徽宗皇帝的信任，位居高位、大权在握。如果说梁山兄弟啸聚山林时，实力强悍，无法无天，还称得上是朝廷及高俅等奸臣的心腹之患的话，那么，在梁山兄弟接受招安后，他们成为朝廷人员，与高俅等奸臣地位相差悬殊，不仅不具备威胁他们的实力，还要听从他们的随意驱使。在这样的环境下，林冲报仇雪恨的愿望如同梦幻泡影，即便他想要获得一个功成名就的结局，也完全取决于奸臣们的心情。

关于林冲之死，《水浒传》中写道，梁山征方腊得胜后，驻军杭州，"比及起程，不想林冲染患风病瘫了……又不能痊，就留在六和寺中，教武松看视，后半载而亡"（第九十九回，1285页）。残酷的现实常常事与愿违。许多"恶人"作恶多端，却健康长寿，享尽荣华富贵。林冲品行端正、心地善良，作为梁山主力战将，更是战无不克、攻无不胜，在战场上从无战败的记录。然而，这些优秀品质与人生辉煌却无法挽回他内心的凄凉与落寞。不仅"封妻荫子"的愿望无从实现，最终还"染患风病瘫了"，落得个"英雄气短"的结局。央视版《水浒传》电视剧中，对林冲死前有很多细节描写（这是借鉴了《水浒传》评书的内容）：听闻燕青告知领兵征讨梁山的高俅兵败被俘消息时欣喜若狂，提刀欲杀高俅受到宋江阻拦时悲愤交加，高俅被宋江偷偷放回追赶不及时憋屈吐血。且不说这一细节艺术性如何，这显然比《水浒传》中高俅被梁山俘获后林冲毫无反应更加合乎情理，也更加真实地展示了林冲内心的纠结与生平的遗憾。

《水浒传》中，没有林冲报仇雪恨的片段，甚至连他是否有过这样的念头也不曾提及，这未免使人们愤愤不平，且甚感悲凉。故此，在《水浒传》广泛流传期间，就不断有人对林冲的人生结局进行改编。

《宝剑记》中，林冲落草梁山后地位显赫，为"马军总领"，且公然与朝廷对抗，立场坚决，威风凛凛。林冲主动领兵围困京师东京时，"千里长驱到汴京，喊声动地鬼神惊"。朝廷不得不下诏招安梁山兄弟，"各要加封"，林冲的态度则是："将高家父子，送入军前，许我报仇，因此不敢惊动万乘。争奈高俅不见解来。左右，传吾将令，兵不许前进，亦不许后退，看有什么人来。"① 如此改编，确实痛快淋漓，出了胸中怨气。这不仅是为林冲出气，也是为天下仁人志士、忠臣孝子出气。正所谓：虽不能至，心向往之。

央视版《水浒传》电视剧中，将林冲的结局改为：高俅被梁山俘获后又被宋江放走，林冲追杀未遂而悲愤病死，且是在梁山接受招安前就已经病死，并未接受招安，自然也没有参加征方腊，从而避免了心不甘情不愿地效命于将自己逼上绝路的高俅等奸臣的尴尬与痛苦。接着又借了鲁智深刚到东京大相国寺时结识的几个泼皮之手，使计阉了陷害林冲的高衙内。他们亲见了高俅、高衙内父子陷害林冲的经过，心中愤愤不平。这在现实中未免有些理想化，《水浒传》中诸多泼皮的秉性与行事，一贯见利忘义，能否有如此仗义、大胆的作为，实在值得怀疑，而从人们一般的是非爱憎角度衡量，这一改编确实比原著痛快许多。

从某种角度而言，正是林冲遭遇的不幸，才让他的故事动人肺腑，借助于《水浒传》作者的生花妙笔，又让林冲的形象栩栩如生，从而成为中国古典小说之林中一个魅力无穷的人物形象。然而，对于品行端正、心地善良的林冲而言，遭到奸臣陷害家破人亡，不得不落草为寇在先，未能手刃仇敌，又"染患风病瘫了"，不治身亡在后，命运对他可谓不公之至。林冲的遭遇及人生结局，也成为阅读《水浒传》的人们难以释怀的心结。

---

① 李开先著、卜键笺校：《李开先全集》(中)，文化艺术出版社，2004，第1024页。

第 6 篇

"霹雳火"秦明：
威猛简单、是非不定的霹雳先锋

《水浒传》中，"霹雳火"秦明脾气暴躁、作战勇猛，是梁山主力战将之一。梁山英雄排座次时，秦明排名天罡星第七位，名列"马军五虎将"第三位。虽说秦明与呼延灼同是朝廷军官出身，而相比呼延灼谋定后动、举重若轻的大将风度，秦明身上似乎更多些江湖草莽气质。梁山兄弟中，秦明武艺高强、排名靠前，性格也颇为鲜明。这一结果固然与《水浒传》作者的生花妙笔有关，更为重要的是，像秦明这样脾气暴躁、性格相对单一的人物形象，塑造起来是相对容易的——几乎每部古典白话小说中都有类似的人物。

一、秦明出战对敌，几乎每次都是气势上先声夺人，同时具有威猛少谋的弱点

"霹雳火"秦明入伙梁山前，名声在外，为青州指挥司总管本州兵马统制。"原是山后开州人氏，姓秦，讳个明字。因他性格急躁，声若雷霆，以此人都呼他做霹雳火秦明。祖是军官出身。使一条狼牙棒，有万夫不当之勇。"（第三十四回，443 页）秦明的征战记录也是相当傲人的，而他不怯于对手实力，遇战必冲锋在先的气势与风度，更是值得称道。"天猛星"之称，名副其实。对以征战杀敌体现价值的武将而言，还有什么比得上每次都能主动寻找出战机会，且屡屡杀敌立功更为惬意的呢？

秦明被逼落草梁山前，算得上是位高权重，深受朝廷重用。当青州慕容知府告知秦明清风寨花荣反叛朝廷后，秦明"便怒从心上起，恶向胆边生，气忿忿地上马，奔到指挥司里，便点起一百马军、四百步军，先教出城去取齐，摆布了起身"（第三十四回，443 页）。在他，从未想过有落草为寇的一天。

秦明出场不算太早（第三十四回），却是除了林冲之外，入伙梁山的第二位"马军五虎将"。王伦等人啸聚梁山时，梁山的规模及声望大致与朱武等三人占据的少华山旗鼓相当。可以毫不夸张地说，秦明的上山入伙

（他也是入伙梁山的第一位朝廷军官），从整体上提升了梁山的作战实力与江湖声望。此后，梁山一步步海纳百川，吸引众多江湖好汉入伙，逐渐从当时为数众多的江湖山头中脱颖而出、独占鳌头。

秦明的征战记录中，几乎每次都是气势上先声夺人，且胜得干脆、利索。败于或死于他狼牙棒下的，许多都是善战之辈。与秦明战平或战败秦明的，又多是实力惊人的一流或超一流战将，或是智谋型对手。

秦明出场时，为擒获反叛朝廷的花荣，与花荣斗了四五十合不分胜负；梁山攻打祝家庄期间，秦明与"祝氏三杰"的祝龙相斗，仅十合，祝龙不敌，栾廷玉接来相战，斗了一二十合，两人不分胜败；梁山攻打高唐州期间，大战高唐州知府高廉麾下统制官温文宝，约斗十合以上，将其斩杀；呼延灼征讨梁山期间，秦明大战呼延灼麾下正先锋韩滔，战至二十余合，韩滔力怯，只待要走；梁山攻打青州期间，秦明迎战呼延灼，两人斗到四五十合，不分胜败；梁山攻打北京大名府期间，斗索超二十余合，不分胜败；关胜领兵征讨梁山期间，秦明与林冲夹攻关胜，关胜力有不逮，宋江恐关胜有失，鸣金收兵；梁山两赢童贯期间，大战郑州兵马都监陈翥，二十余合将其斩杀；梁山三败高俅期间，秦明与关胜、呼延灼、张清四人活捉了云中雁门节度使韩存保；梁山征辽期间，打死汉代投降匈奴的李陵后裔李金吾；梁山征方腊期间，秦明、花荣迎战方腊麾下二十四将军的凤仪、王仁，后王仁被花荣射杀，凤仪措手不及，死于秦明狼牙棒下，秦明又与花荣合谋，诈败引诱方腊麾下"四大元帅"之一的邓元觉纵马追赶，花荣将其射死。秦明在梁山一流武将中绝对称得上战功赫赫。

秦明生平最大的征战污点，是两次败于一流高手之手。一次是梁山攻打祝家庄期间，秦明被祝家庄教师栾廷玉使计活捉："那祝龙当敌秦明不住，拍马便走。栾廷玉也撇了邓飞，却来战秦明。两个斗了一二十合，不分胜败，栾廷玉卖个破绽，落荒即走。秦明舞棍径赶将去，栾廷玉便望荒草之中跑马入去。秦明不知是计，也追入去。原来祝家庄那等去处，都有人埋伏，见秦明马到，拽起绊马索来，连人和马都绊翻了，发声喊，捉住了秦明。"（第四十八回，647页）另一次是梁山攻打曾头市期间，秦明二十余合败于曾头市教师史文恭："斯时史文恭出马，横杀过来。宋江阵上秦明要夺头功，飞奔坐下马来迎。二骑相交，军器并举，约斗二十余合，秦明力怯，望本阵便走。史文恭奋勇赶来，神枪到处，秦明后腿股上早着，倒撷下马来。"（第六十八回，897页）依据"马军五虎将"的武艺定位衡量，秦明败得如此狼狈，以致他的实力在人们眼中也略打折扣——其他梁山一流战将绝无被对方活捉或二十余合"力怯"的败绩。

  实际上，秦明两次战败的记录，既展示了对手实力的强悍，也展示了秦明的战斗特点：使狼牙棒的秦明是力量型武将，出战时猛字当头，气势极高，与一般对手或一流高手过招时，武艺发挥极为正常，仅在气势上就让对手胆战心寒，使对手未交战即先行输了一招。交战时，秦明甚至有愈战愈勇之势，败于或死于他狼牙棒之下的猛将很多。而与超一流高手或智谋型对手过招时，秦明却明显暴露出威猛少谋的弱点。与栾廷玉、史文恭的先后对战是一例，与方腊之侄方杰大战死于非命则是另一个例子。梁山征方腊期间，秦明与方腊之侄方杰大战，"两个正斗到分际，秦明也把出本事来，不放方杰些空处。却不提防杜微那厮在马后见方杰战秦明不下，从马后闪将出来，掣起飞刀，望秦明脸上早飞将来。秦明急躲飞刀时，却被方杰一方天戟搠下马去，死于非命"（第九十八回，1271页）。且不说同为"马军五虎将"的"大刀"关胜、"豹子头"林冲，即便是"双鞭"呼延灼、"双枪将"董平出马，与栾廷玉、史文恭、方杰这样的一流高手对战，或是对战时遭到暗算，即便不能取胜，也未必二十余合即遭惨败，更不会像秦明这样断送了性命。

  梁山征方腊期间，秦明是一百单八将阵亡人员中排名最高的一位，且阵亡于梁山征方腊之役已经接近收尾之时。秦明被方杰一戟搠于马下死于非命后，《水浒传》中写道："宋江见说折了秦明，尽皆失色，一面叫备棺椁盛贮，一面再调军将出战。"（第九十八回，1271页）由此可见，即便秦明对战时存在明显弱点，他的整体实力也是得到公认的。正因为如此，他的被杀，才出乎梁山众人意料，让梁山众人胆战心惊。

二、秦明被逼落草，是梁山众人滥杀无辜、"为目的不择手段"的行事风格的生动诠释

水浒人物中，固然有鲁智深、史进这样以行侠仗义的壮举让人钦服的无愧于英雄好汉称号的人物，也有林冲、武松这样并无害人之心，又惨遭迫害以至于命运悲惨的人物。与此同时，水浒人物中，品行低下、行事残忍的不在少数（姑且不论其出身如何）。故此，《水浒传》中，打抱不平、行侠仗义的篇章不少，滥杀无辜、残忍血腥、"为目的不择手段"的段落也是俯拾即是。相比之下，后者甚至并不少于前者。

对于《水浒传》中的"滥杀"，孙述宇即指出：

> 《水浒》还有个特色，就是杀生……拿刀枪的人自然会杀人，欣赏英雄故事的人也不会反对杀生，可是《水浒》杀得太多了，令我们不舒服。我们觉得打斗之时伤人当然可以；把人家捉住之后活活杀死便稍为残忍，但如果那是些不该赦免的人，或是奸夫淫妇，也还罢了；可是水泊里的英雄还杀戮无辜，而且杀了不少。好汉们的仇人丧命后，家人也不免的：万恶的祝家和曾家府不待说了，像五十四回高唐州的高廉兵败身亡，众英雄入了城，"把高廉一家老小良贱三四十口，处斩于市"。其他如刘高、黄文炳、毛太公、慕容知府等，无不全家以殉，每家通常都是三四十人，大概亲人仆婢都不免。（"良贱"应是这意思。武松在鸳鸯楼报仇时，明白杀了许多仆婢。）第六十六回攻陷大名府时依照计划，"杜迁、宋万去杀梁中书老小一门良贱，刘唐、杨雄去杀王太守一家老小"；蔡福请柴进救一城百姓，柴进找着吴用下令"教休杀害良民时，城中将及损伤一半"。这数字也许

只是个修辞上的约数,在下一回中,据说百姓"被杀死者五千余人"而已,但这也极其惊人,我们禁不住要问:"为什么?"上述这些屠戮都是报仇,但还有些并无仇怨的人也惨死在英雄刀斧之下,比方秦明的妻子、朱仝的小衙内以及被朱贵麻翻杀死、被孙二娘造成包子的过往客商。

这类的例子也不必多举了,反正真正读过本书的人,对于书中的斑斑血渍,决不会没留下些印象的。①

而水浒人物中,李逵抡起板斧,"排头儿砍将去"的杀人尤其显得盲目残暴。多数水浒人物的杀人放火,且不论是非对错,无论如何总有其明确的动机,李逵却绝非如此。对此,周作人基于人道主义立场评论道:"李逵我却不喜欢,虽然拿来与宋江对比的时候也觉得很痛快,他就只是好胡乱杀人,如江州救宋江时不寻官兵厮杀,却只向人多处砍去,可以说正是一只野猫,只有以兽道论是对的吧。设计赚朱仝上梁山那时,李逵在林子里杀了小衙内,把他梳着双丫角的头劈作两半,这件事我是始终觉得不可饶恕的。"②

更加骇人的地方还在于,《水浒传》在展示残忍行事的段落时,往往抱着平淡、冷漠,乃至于欣赏的态度,丝毫没有谴责的意思。这种态度已经不仅是人物行事存在严重问题,而是嗜杀者对被杀者(尤其是无辜者)的漠视,甚至是敌视。这样的思想倾向,对揭示《水浒传》作者的地位大有帮助。

评价《水浒传》自然不能脱离时代背景。虽然随着社会文明程度的不断提高,今人更加注重个体的生命与权利,道德标准过于严厉不适合评价数百年前的文学著作与人物行事。但即便以传统社会的道德标准(无论是官方标准还是民间标准)衡量,《水浒传》中许多人物的行事也是存在严重问题的——这种理念似乎正是游民意识的体现。故此,王学泰即将《水

---

① 孙述宇:《水浒传:怎样的强盗书》,上海古籍出版社,2011,第22—23页。
② 周作人著、止庵校订:《知堂回想录》,北京十月文艺出版社,2013,第810—811页。

浒传》(还有《三国演义》)称为"游民情绪与游民意识的载体"①。

秦明被逼落草梁山，是梁山众人滥杀无辜、"为目的不择手段"的行事风格的生动诠释。

秦明与宋江等人作战掉下陷坑被捉后，宋江等人却好心招待他，在劝说他背叛朝廷遭到拒绝后，又执意挽留他住一宿。秦明应允后，宋江等人背后却叫小卒中长相与秦明相似的，穿了秦明的衣甲头盔，骑着他的马匹，横着他的狼牙棒，直奔青州城下，点拨红头子杀人，清风山寨主"锦毛虎"燕顺、"矮脚虎"王英等人带领五十余人助战。宋江等人指使燕顺等人杀人放火的目的，就是为嫁祸陷害秦明，断绝他的后路，逼得他只能落草为寇。后来，这招又先后施加在李应、朱仝、卢俊义等人身上，使他们的身体更受折磨，心理更受煎熬。宋江等人则心神坦然、毫无愧色，且每次都有着冠冕堂皇的理由：共聚大义。

或许因为宋江等人赚取秦明落草为寇前后的故事情节过于凶残及违背了伦理道德，央视版《水浒传》电视剧中，将宋江在清风寨逗留期间与花荣、秦明、黄信（秦明徒弟）及清风山头领燕顺、王英等人之间的故事情节大量删除，以至于秦明、黄信根本没有出场。如此删除、合并，一方面，去除枝蔓，使得梁山聚义故事的主线更加明确，情节更加紧凑；另一方面，去除糟粕，使得梁山兄弟的性格及行事更加正常，更加符合今人的审美。然而，央视版《水浒传》电视剧完全删除秦明反叛朝廷及入伙梁山的故事情节，此后秦明却直接以梁山战将身份出现，又显得过于突兀了——不仅是秦明，在梁山的主力战将中，关胜只是在梁山征方腊班师还朝后有过露面，只是镜头一闪而过而已，董平、张清完全不曾露面。其他次要的人物删除、合并情形的惊人程度由此可想而知。

---

① 王学泰：《游民文化与中国社会》，山西人民出版社，2014，第273页。

三、梁山兄弟的爱憎情感与是非观念，常常不以人物行事本身的是非曲直划分

秦明入伙梁山前后反差极大的表现，对《水浒传》评价梁山兄弟行事时如何秉持双重标准做出了诠释。

宋江、花荣等人大闹青州后，青州兵马都监"镇三山"黄信不敌宋江等"贼寇"，向青州知府求援，青州慕容知府命秦明出马擒拿"贼寇"。秦明听闻此事后，对青州知府说道："红头子（强盗，此处指宋江等人——引者）敢如此无礼！不须公祖忧心，不才便起军马，不拿了这贼，誓不再见公祖！"（第三十四回，443页）秦明与"贼寇"之间完全是泾渭分明的。秦明初次对战宋江、花荣等人时，"秦明大喝道：'花荣，你祖代是将门之子，朝廷命官，教你做个知寨，掌握一境地方，食禄于国，有何亏你处，却去结连贼寇，背反朝廷？我今特来捉你，会事的下马受缚，免得腥手污脚。量你何足道哉！'花荣陪着笑道：'总管容复听禀：量花荣如何肯背反朝廷？实被刘高这厮无中生有，官报私仇，逼迫得花荣有家难奔，有国难投，权且躲避在此。望总管详察救解。'秦明道：'你兀自不下马受缚，更待何时？划地巧言令色，煽惑军心。'"（第三十四回，444—445页）秦明根本不愿探知花荣与刘高之间的是非曲直及其"背反朝廷"的来龙去脉，而是认定他"结连贼寇"就是大逆不道。秦明刚刚被宋江等人捉拿时，绝不考虑宋江等人的劝说之词，坚决不愿落草为寇，且凛然声言道："秦明生是大宋人，死为大宋鬼。朝廷教我做到兵马总管，兼受统制使官职，又不曾亏了秦明，我如何肯做强人，背反朝廷？你们众位要杀时便杀了我，休想我随顺你们。"（第三十四回，448页）秦明立场坚定、深明大义的朝廷忠臣形象跃然纸上。

然而，当秦明被宋江等人嫁祸陷害断绝后路后，在路上遇见特意赶来的宋江、花荣等人。"宋江在马上欠身道：'总管何不回青州，独自一骑投

何处去？'秦明见问，怒气道：'不知是那个天不盖、地不载、该剐的贼，装做我去打了城子，坏了百姓人家房屋，杀害良民，倒结果了我一家老小，闪得我如今有家难奔，有国难投，着我上天无路，入地无门！我若寻见那人时，直打碎这条狼牙棒便罢！'宋江便道：'总管息怒。既然没了夫人，不妨，小人自当与总管做媒。我有个好见识，请总管回去，这里难说，且请到山寨里告禀。一同便往。'"（第三十四回，450 页）

秦明随宋江到清风寨后，在宋江告知实情又一再劝说入伙后，《水浒传》中写道："秦明见说了，怒气于心，欲待要和宋江等厮并，却又自肚里寻思。一则是上界星辰契合；二乃被他们软困，以礼待之；三则又怕斗他们不过，因此只得纳了这口气。便说道：'你们弟兄虽是好意要留秦明，只是害得我忒毒些个，断送了我妻小一家人口！'宋江答道：'不怎地时，兄长如何肯死心塌地。'"（第三十四回，451 页）秦明落草后，宋江等人商议攻打清风寨一事，秦明向宋江献计道："这事容易，不须众弟兄费心。黄信那人亦是治下，二者是秦明教他的武艺，三乃和我过的最好。明日我便先去叫开栅门，一席话说他入伙投降，就取了花知寨宝眷，拿了刘高的泼妇，与仁兄报仇雪恨，作进见之礼，如何？"（第三十四回，451 页）宋江等人依计而行，顺利攻下清风寨，把刘高一家老小都杀了。随后，宋江带领秦明、花荣、黄信及燕顺等清风山人马一道前往梁山入伙。

秦明还是秦明，宋江还是宋江，《水浒传》中并不认为秦明前后迥异的表现有何不妥。而让人不可思议的是，秦明被宋江等人嫁祸陷害后，抱怨宋江"断送了我妻小一家人口"，宋江随口答道："虽然没了嫂嫂夫人，宋江恰知得花知寨有一妹，甚是贤慧，宋江情愿主婚，陪备财礼，与总管为室，若何？"（第三十四回，451 页）宋江等人嫁祸陷害秦明，导致他"妻小一家人口"被青州知府杀害，在宋江等人看来，秦明只是抱怨让自己没了妻儿，当宋江为秦明重新谋得贤惠妻子（花荣妹子）后，他就不再有任何值得恼怒的理由了。在这里，秦明妻子仿佛一件被毁的物品，花荣妹子又是替代的物品——没人顾及她们的感受，她们也完全没有选择的权利。《水浒传》中写道:"秦明见众人如此相敬相爱,方才放心归顺。"(第三十四回,451页)宋江等人视人命如草芥的手法以及秦明麻木不仁的表现,让人胆战心寒。而"众人如此相敬相爱"用于此处,反倒让人感到困惑,甚至感到惊悚。

应该说,梁山兄弟是有着强烈的爱憎情感与鲜明的是非观念的。然而,这种爱憎情感与是非观念,却常常是以梁山为本位而非各个人物行事本身的是非曲直划分的:凡是梁山人物或对梁山友善的人物,所言所行就都是对的,凡是非梁山人物或与梁山为敌的人物,所言所行就都是错的。秦明被迫落草梁山的经历,只不过是梁山兄弟的爱憎情感与是非观念颇具典型意义的一次展露而已。

孙述宇认为,《水浒传》是"强人说给强人听的故事"[1]。细细想来,对《水浒传》中的人物行事及其评价梁山兄弟行事时秉持双重标准的作风,似乎也只有江湖人物或浸染江湖气息的人物才能坦然接受,且以赞赏的语气向他人述说。故此推断,《水浒传》作者绝非普通底层文人那么简单。

---

[1] 孙述宇:《水浒传:怎样的强盗书》,上海古籍出版社,2011,第18页。

第7篇

"小李广"花荣：

"取小义"而"舍大忠"的将门之子

"小李广"花荣为将门之子,生得俊朗不凡,"齿白唇红双眼俊,两眉入鬓常清"(第三十三回,428页),其形象恰似《三国演义》中的"白袍将军"赵云。尤为难得的是,他武艺高超,一对银枪使得出神入化,百步穿杨的神箭绝技更是罕有匹敌。花荣初上梁山,即以神箭绝技让晁盖等梁山头领惊叹折服,一举奠定了其在梁山的地位。入伙梁山后,花荣屡次出战,战功不少。梁山英雄排座次时,花荣排名天罡星第九位,名列"马军八骠骑"之首。实际上,无论是能力、资历,还是人脉、战功,"小李广"花荣都有名列"马军五虎将"的资格——起码可以替换掉"双枪将"董平。

一、因为宋江,花荣才在机缘巧合之下脱离官场,汇聚到了梁山聚义的潮流之中

入伙梁山前,花荣职位不高,为青州辖下清风寨武知寨。北宋重文轻武,武知寨位居文知寨之下,相当于副知寨,远不及"镇三山"黄信兵权在握、独当一面的青州兵马都监职位。然而,花荣屈居下僚,并非缘于才干不足,而是官场暗昧,难容不愿阿谀奉承之人(清风寨文知寨刘高身无长物、品行卑劣,即可证实当时确实是官场暗昧)。以武艺而论,花荣单凭枪法已经在"马军八骠骑"中独占鳌头,加上神箭绝技,他具有与"马军五虎将"中任意一位相抗衡的实力。

《水浒传》中没有花费过多篇幅介绍花荣与宋江的交情,他出场后,人们始终将他当成宋江的嫡系人物。以宋江在江湖上的声望与交游,他怒杀阎婆惜后逃难江湖,在柴进庄上住了半年后,即选择投奔清风寨花荣处,花荣此前也十数封书信询问消息,两人交情之深厚由此可见一斑。由于花荣文武全才,他对宋江立足梁山发挥的作用,绝非仅有"神行法"一技之长的戴宗或鲁莽简单、只适宜冲锋陷阵的李逵可比。

从某种角度而言,正是宋江成就了花荣。可以说,如果没有宋江连累,花荣可能会过着稳当的日子,且像一般武将那样,或一步步升迁上

去，名位日高，或继续屈居下僚，虚度一生。如此一来，以当时的政治风气而论，朝廷只不过多了一个难有建树的庸俗官僚而已，绝不会有风流倜傥、扬名天下的少年将军花荣。正是由于宋江的穿针引线，花荣才在机缘巧合之下脱离官场，汇聚到了波澜壮阔的梁山聚义潮流之中。

花荣与宋江交情非同寻常，从以下两点可以看出：花荣落草，因宋江而起；花荣之死，亦因宋江而起。

宋江逃难江湖途经清风山时，救下被清风山寨主"矮脚虎"王英掳到山上的清风寨文知寨刘高之妻。不料，刘高之妻恩将仇报，在元宵夜观灯时，唆使刘高派人将宋江抓住拷打，断定他是清风山强人。因为清风山寨主"锦毛虎"燕顺、"矮脚虎"王英、"白面郎君"郑天寿对宋江毕恭毕敬、言听计从，刘高之妻将这一切看在眼里，所以有此想法实在不足为奇。刘高的所作所为惹得花荣大怒，花荣的恼怒，自然因刘高无视他的存在而捉拿其挚友宋江而起，也与他和刘高长期文武不合，对身无长技、品行卑劣的刘高的鄙薄厌恶有关。因此，花荣不顾同僚情面，带兵抢回宋江，又以神箭吓跑刘高军士。而后，刘高向青州知府状告花荣"结连清风山强贼"（第三十三回，437页）。青州知府命兵马都监"镇三山"黄信前来抓捕花荣。黄信设计假做调解，将花荣擒获，与宋江一并押解青州。押解途中，宋江、花荣被燕顺、王英、郑天寿救下，燕顺等人又杀了刘高。黄信逃回清风寨写信求救，青州知府命青州兵马总管"霹雳火"秦明带兵征剿清风山，花荣出阵与秦明大战，后宋江设计收降秦明，花荣与秦明、黄信、燕顺等人率领清风山人马一道投奔梁山。

平心而论，花荣收留、包庇朝廷要犯宋江，自然违背了朝廷法度。然而，花荣的落草为寇，却源于刘高及其妻子的挟私泄愤。刘高与花荣长期不和，身为朝廷官员，借助权势，屡屡侮辱刁难同僚，最终使得花荣即便心有不愿，也不得不公然背叛朝廷。应该说，波澜壮阔的梁山聚义潮流能够汇聚，朝廷各级官员"功不可没"。而朝廷各级官员能有如此"政绩"，家中妻子儿女等亲属又"功不可没"——除了刘高之妻，还有高俅之子高衙内，高俅堂弟高廉，蔡京之子蔡九，蔡京之婿梁中书，等等。故此，李卓吾点评《水浒传》时有感而发道："国有贼臣，家有贼妇，都贻祸不浅。只如青州府失了秦明、黄信、花荣三个良将，皆刘高一人误事，而刘高又妻子误之也。真有意为天下者，先从妻子处整顿一番，何如？"① 进一步而论，朝廷各级官员的妻子儿女如此行事，与他们目中无人、骄横不法的行事作风有关，而非有意挑起事端——他们认为无论如何行事都不会祸及自身。朝廷各级官员的妻子儿女的行事更加骇人的地方正是在这里。

二、花荣未能以一身本领"尽忠报国"，只能落草为寇，许多人为之惋惜不已

宋江、花荣等人投奔梁山途中，路过对影山，遇见"小温侯"吕方与"赛仁贵"郭盛比武，恰逢两人两枝方天画戟上的绒绦相互纠结，无法分开，花荣一箭射去，分开两戟，众人齐声喝彩。花荣初上梁山时，晁盖等人听闻此事后颇为不信。随后，晁盖等人带领花荣等新入伙头领到山前闲玩，花荣对晁盖等人说道："恰才兄长见说花荣射断绒绦，众头领似有不信之意。远远的有一行雁来，花荣未敢夸口，小弟这枝箭，要射雁行内第三只雁的头上。""当下花荣一箭，果然正中雁行内第三只……那枝箭正穿在雁头上。晁盖和众头领看了，尽皆骇然，都称花荣做'神臂将军'。吴学究称赞道：'休言将军比小李广，便是养由基也不及神手，真乃是山寨有幸。'自此梁山泊无一个不钦敬花荣。"（第三十五回，463—464页）

《水浒传》中并未排除呼风唤雨、撒豆成兵的法术，而对战双方的胜败，根本上还要取决于硬碰硬的武艺决斗。而花荣的神箭绝技，远远凌驾于武艺之上，具有绝杀功能，往往出手即让对方将领胆战心寒，甚至当场

---

① 朱一玄、刘毓忱编：《〈水浒传〉资料汇编》，南开大学出版社，2012，第176—177页。经过诸多专家学者的考证，今人多认为，容与堂刻本《李卓吾先生批评忠义水浒传》中所谓的李卓吾评语，均为明代小说、戏曲评点家叶昼伪托。

丧命，因此，屡次立下煊赫的战功。以此而论，花荣的神箭绝技几乎可以与张清的飞石绝技以及公孙胜的法术相提并论，三者可以称为能轻松置敌死地的"三大法宝"。

花荣最让人叹惋的是，他在梁山未能尽展才干。花荣名列"马军八骠骑"之首，跻身梁山一流战将行列，算得上是位高职重。然而，梁山决策层有宋江、卢俊义、吴用、公孙胜（有时还包括"神机军师"朱武），出战则是"马军五虎将"在先。故此，虽说花荣枪法超绝、神箭无双，出战立功的机会却相对减少不少，而以花荣的超高实力（不仅是武艺），无论是身在朝廷还是落草梁山，原本都应有更加绚烂的成就。

当然，花荣在梁山未能尽展才干，并非说花荣战功不足。实际上，花荣绝对称得上战功卓著。清风寨期间，花荣为救下宋江，两箭吓跑清风寨文知寨刘高军士。与征讨清风山的秦明对战时，他一箭射中秦明头盔红缨，让秦明吃惊不已，而这只算得上是小试牛刀。入伙梁山后，梁山好汉江州劫法场营救宋江，花荣箭射敌军头领，吓退官军。在攻打祝家庄一役中，若非花荣机警应对，将祝家庄传递信号所用红灯射落，随军梁山头领必定非死即伤。可以说，花荣救了梁山众人的性命。梁山攻打高唐州期间，花荣射死统制官薛元辉；攻打北京大名府期间，射杀兵马都监李成副将；攻打曾头市期间，花荣射中"曾家五虎"之一的曾涂，而后曾涂被"小温侯"吕方、"赛仁贵"郭盛合力击杀。梁山接受招安后，花荣追随宋江征辽、征方腊。梁山征辽期间，史进出战辽国将领琼妖纳延，斗到二三十合，史进气力不济，纵马返阵，花荣箭射琼妖纳延，史进转身一刀将琼妖纳延砍死。梁山大战辽国都统军兀颜光时，花荣放箭协助关胜砍死兀颜光。梁山征方腊期间，花荣射死方腊麾下"二十四将"之一的王仁。乌龙岭交战时，花荣阵前又一箭射死方腊国师、"四大元帅"之一的"宝光如来"邓元觉（邓元觉是与鲁智深相斗五十回合不分胜负的猛将）。可以毫不夸张地说，花荣的武艺，加上神箭绝技，比部分"马军五虎将"还要强悍，他的战功，甚至比部分"马军五虎将"更加耀眼夺目。

花荣在梁山未能尽展才干固然让人惋惜，而他一身本领未能报效朝廷，"尽忠报国"，只能落草为寇，更令人惋惜。王望如在《评论出像水浒传》中有言："清风寨射门神，青州道射绒线，梁山泊射雁，技至此，养由基不是过也。以彼其材，不能为国冲锋破阵，生封万户侯，而徒以解宋江之厄，与自解其厄，不得不迫而为盗。"①花荣遭遇如此，不仅是花荣的遗憾，更是奸臣、庸才充斥的朝廷的损失。

三、花荣追随宋江而死，成就了兄弟之"义"，失去了"尽忠报国"之"忠"

梁山征方腊班师还朝后，朝廷对生还梁山兄弟各有封赏。而接受封赏的梁山兄弟，或被奸臣设计害死（宋江、卢俊义），或领命赴任（关胜、呼延灼），或被寻隙罢官（阮小七），或辞官不居（柴进、李应），或退隐江湖（燕青、朱武）。这些人物的结局，无论是圆满也好，还是悲惨也罢，都有足以自圆其说的缘由，而花荣的结局却让人困惑不解。

《水浒传》中写道，宋江被害后，得到宋江托梦的吴用赶到宋江坟前拜祭，意欲追随宋江而去，此时正遇见花荣飞奔而来。"吴用道：'吴某心中想念宋公明恩义难报，交情难舍，正欲就此处自缢一死，魂魄与仁兄同聚一处，以表忠义之心。'花荣道：'军师既有此心，小弟便当随之，亦与仁兄同尽忠义。'""吴用道：'我指望贤弟看见我死之后，葬我于此。你如何也行此义？'花荣道：'小弟寻思宋兄长仁义难舍，恩念难忘。我等在梁山泊时，已是大罪之人，幸然不死，累累相战，亦为好汉。感得天子赦罪招安，北讨南征，建立功勋，今已姓扬名显，天下皆闻。朝廷既已生疑，必然来寻风流罪过。倘若被他奸谋所施，误受刑戮，那时悔之无及。如今随仁兄同死于黄泉，也留得个清名于世，尸必归坟矣。'""两个大哭

---

① 施耐庵著、郭皓政辑评：《百家汇评本〈水浒传〉》，长江文艺出版社，2007，第284页。

一场，双双悬于树上，自缢而死。"（第一百回，1304页）

花荣认为朝廷对梁山兄弟"必然来寻风流罪过"并非杞人忧天，宋江、卢俊义等人的遭遇即是明证。然而，对于生还的梁山兄弟，无论是朝廷还是蔡京、高俅等奸臣，都是区别对待的，并无一网打尽的念头。故此，以花荣的出身、性格、行事、能力而论，他是最不可能遭遇秋后算账的梁山兄弟之一。他的人生结局，反倒最有可能与关胜、呼延灼、朱仝等人一样，在私，加官晋爵、"封妻荫子"，在公，建功立业、"尽忠报国"。

吴用追随宋江而死，出乎意料，却又在意料之中。"皮之不存，毛将焉附？"宋江一死，吴用完全没有出谋划策、行军用兵的机会；吴用的命运，是与宋江的命运紧密联系在一起的，只有宋江在世，他才有体现个人价值的可能。宋江一死，他的政治生命实际上已经终止。李逵追随宋江而死，也并不让人感到诧异。对头脑简单、忠心耿耿的李逵而言，宋江在他心目中的分量重于自家性命——他甚至以宋江随从自居。虽说李逵多次顶撞宋江，这恰恰是他们关系非同一般的证据。更何况，李逵之死，还是宋江诱骗他喝下毒酒在先，李逵心甘情愿而死在后。

花荣文武全才、智慧超群，显然与吴用、李逵不同，是具有独立人格的英雄。花荣落草梁山，自然是反叛朝廷，但并无十恶不赦的罪过；落草梁山期间，并无欺弱滥杀的恶名；梁山接受招安后，花荣也从无出格的行事（如柴进被方腊招为驸马、阮小七穿戴方腊衣冠等），然而他却有如此强烈的"误受刑戮"的忧患意识，以至于不惜抛妻弃子，追随宋江"自缢而死"。虽说无人能否认花荣与宋江的亲密关系（以能力而论，他还是宋江的第一亲信），但他是否有必要追随宋江而死？此举不仅颇费思量，更让人惋惜不已。

梁山征方腊班师还朝后，花荣官封武节将军、应天府兵马都统制，远高于当年的清风寨武知寨一职。故此，对征方腊全身而退的花荣来说，这原本应是他一展才干、"尽忠报国"、"青史留名"的最佳契机——宋江力主招安，恰恰也是为了给梁山兄弟谋得一个"尽忠报国""青史留名"的机会。更何况,花荣既不像阮小七那样,受到朝廷奸臣陷害而被削去官职,又不像朱武、樊瑞那样,以云游求道为念,做了全真先生。即便站在宋江的立场,花荣也实在没有追随宋江而死的理由。以宋江念念不忘招安来看,"忠义双全"无疑是他的最高追求,相较之下,"忠"字显然还要高居"义"字之上的,若非如此,也没有必要以梁山兄弟十去其七的惨烈代价去"尽忠报国"了。花荣追随宋江"自缢而死",固然是成就了兄弟之"义",却失去了"尽忠报国"之"忠"。对于花荣的选择,宋江泉下有知,不知是赞同还是反对?

还有一个值得注意的地方,花荣名列"马军八骠骑"之首,位居"马军五虎将"之后,他在梁山英雄排座次时却排名第九位,位于"马军五虎将"董平(排名第十五位)之前。花荣也是梁山一百单八将中少有的排名与职务之间存在明显差异的人员之一。或许,这是对他未能名列"马军五虎将"的些许补偿。

第 8 篇

"小旋风"柴进：

"龙子凤孙"落草的不祥征兆

梁山一百单八将中，"小旋风"柴进无疑是出身最高贵的一位——祖上是五代时期周世宗柴荣，所谓"龙子凤孙"是也。"天贵星"之称，名副其实。柴进"生得龙眉凤目，皓齿朱唇，三牙掩口髭须"（第九回，126页）。柴家家传"丹书铁券"，更是让他有恃无恐、横行乡里。柴进家资丰厚，生平喜好结交天下好汉，甚至结交鸡鸣狗盗之徒，庄院时常门庭若市，江湖人称"小孟尝"。以人物形象鲜明度及故事情节精彩度而言，柴进的故事并无让人眼前一亮的感觉，但鉴于独特的身份与地位，他还是获得了不少人的关注（尽管远远谈不上喜爱）。实际上，柴进不仅是值得关注的人物，他背后的故事及历史更是含有发人深省的韵味。

一、柴进出身高贵、仗义疏财，"小孟尝"作为绰号比"小旋风"更恰如其分

柴进绰号为"小旋风"。数百年来，对他的绰号有多种解释，不同解释又相差甚远。金圣叹批读《水浒传》时认为："旋风者，恶风也。其势盘旋自地而起，初则扬灰聚土，渐至奔沙走石，天地为昏，人兽骇窜，故谓之旋。……言其能旋恶物聚于一处故也。水泊之有众人也，则自林冲始也，而旋林冲入水泊，则柴进之力也。名柴进曰'旋风'者，恶之之辞也。然而又系之以'小'，何也？夫柴进之于水泊，其犹青萍之末矣，积而至于李逵亦入水泊，而上下尚有定位，日月尚有光明乎耶？故甚恶之，而加以'黑'焉。夫视'黑'，则柴进为'小'矣，此'小旋风'之所以名也。"[①] 由此可见，金圣叹认为"小旋风"的绰号是由自然现象引申出了象征意义。王利器认为："旋风是当时一种金国炮名，《三朝北盟会编》卷六十六：'金人攻东水门，矢石飞注如雨，或以磨磐及礌碌绊之，为旋风炮，王师以缆结网承之，杀其势。'宋石茂良《避戎夜话》卷上：

---

① 施耐庵著、金圣叹批评：《金圣叹批评本〈水浒传〉》，岳麓书社，2006，第120页。

'其（金人）炮有七梢、五梢、三梢、两梢、独梢、旋风、虎蹲等炮。'"① 曲家源则认为："旋风是因气压骤低，四周空气向中央汇流而形成的涡流风。……柴进'专一招接天下往来的好汉'，称'小旋风'，是说他能够裹带、资助有求于他的人。"② 对"小旋风"绰号的含义的解释自然不止以上几种。

应该说，各家解释从不同角度出发，自有其道理。然而，梁山另有"黑旋风"李逵，以"黑旋风"与"小旋风"对照就会发现，李逵与柴进，外貌、出身、经历、地位、行事无一相似之处，而都以"旋风"称之。由此可见，金圣叹将"小旋风"解释为"能旋恶物聚于一处"，曲家源解释为"能够裹带、资助有求于他的人"，都只是着眼于柴进本身的特点，而忽略了"黑旋风"李逵的存在。因为这样的含义即便能解释柴进的绰号，却不能同时解释李逵的绰号。《水浒传》中，一个名词显然不应有两种解释，由于柴进与李逵迥然不同，如果有两种解释，也将是两种截然不同的解释。故此，上述解释似乎是存在问题的，不免有依据柴进的地位、行事等因素倒推"小旋风"含义的色彩。对于"小旋风"的解释，还是应回到"旋风"的本意，即以自然现象命名，表达具有很强威力（破坏力）之意。然而，无论"小旋风"做何解释，与柴进的身份都是不一致的。以柴进的出身、性情及行事而论，"小孟尝"作为绰号似乎更恰如其分。

梳理柴进这一人物形象形成的脉络，需要从《水浒传》的故事演变及成书角度着手。他的绰号与身份不一致的原因在于：柴进是《水浒传》中出场较早的人物，而他的周世宗后裔身份的确定却是相当晚的。

宋末元初龚圣与的《宋江三十六赞》中，柴进名列以宋江为首的三十六人名单中，绰号即为"小旋风"，赞词为："风有大小，黑恶则惧。一噫之微，香满太虚。"③ 这里的"旋风"，显然是以自然现象形容柴进。宋

---

① 王利器：《耐雪堂集》，中国社会科学出版社，1986，第156页。
② 曲家源：《水浒传新论》，中国和平出版社，1995，第116—117页。
③ 朱一玄、刘毓忱编：《〈水浒传〉资料汇编》，南开大学出版社，2012，第21页。

元之际的《大宋宣和遗事》中，柴进是宋江麾下三十六员头领之一，为押送花石纲的十二制使之一，没有单独的行事。由此也可以看出，此时的柴进不仅是武官，且没有周世宗后裔的身份。传世的元杂剧水浒戏中没有柴进，自然就没有"小旋风"柴进的故事传世。依据柴进的绰号、重要程度及出场频次推测，柴进最初当是以气力出名的，与"黑旋风"李逵为一类（秉性未必为一类）。否则，柴进若很早就被确定为周世宗后裔，以他的身份与地位，断然不会以"小旋风"为绰号，且不会在梁山兄弟中是无足轻重的角色。正因为柴进周世宗后裔身份的确定较晚，水浒故事作者依据他新定的身份为他编排了故事，确立了柴进如今的形象。但柴进的身份、行事与最初迥然不同，水浒故事作者依据新定的身份为他编排故事时，却没有对他的绰号做出相应的修改，以至于出现了绰号与身份不一致的现象（这样的现象在《水浒传》中为数不少）。

周世宗柴荣英年早逝，其子柴宗训七岁继位。不久，宋太祖赵匡胤及其属下策划"陈桥兵变"，赵匡胤黄袍加身，夺取柴家江山。作为补偿，宋太祖敕赐"丹书铁券"给柴家作为"护身符"。《水浒传》中，将北宋取代后周称为"让位"："自陈桥让位有德，太祖武德皇帝敕赐与他誓书铁券在家中，谁敢欺负他。"（第九回，124页）有此"丹书铁券"藏在家中，无论柴家子孙身犯何罪，大宋朝廷也一律不予追究。故此，柴家在宋朝备享尊荣。柴进在与他人交往中，就屡屡将柴家的辉煌历史挂在嘴边："我家也是龙子龙孙，放着先朝丹书铁券，谁敢不敬？"（第五十二回，693页）柴进"平生专爱结识江湖上好汉，为是家间祖上有陈桥让位之功，先朝曾敕赐丹书铁券，但有做下不是的人，停藏在家，无人敢搜"（第五十一回，687页）。他甚至自诩道："遮莫做下十恶大罪，既到敝庄，但不用忧心。不是柴进夸口，任他捕盗官军，不敢正眼儿觑着小庄。……便杀了朝廷的命官，劫了府库的财物，柴进也敢藏在庄里。"（第二十二回，285页）

刺配沧州的林冲与押解差人董超、薛霸来到沧州界内的酒店，"林冲与两个公人坐了半个时辰，酒保并不来问。林冲等得不耐烦，把桌子敲着说道：'你这店主人好欺客，见我是个犯人，便不来采着，我须不白吃你的，是甚道理？'……店主人道：'你不知，俺这村中有个大财主，姓柴名进，此间称为柴大官人，江湖上都唤做小旋风。……专一招接天下往来的好汉，三五十个养在家中。常常嘱付我们："酒店里如有流配来的犯人，可叫他投我庄上来，我自资助他。"我如今卖酒肉与你，吃得面皮红了，他道你自有盘缠，便不助你。我是好意。'林冲听了，对两个公人道：'我在东京教军时，常常听得军中人传说柴大官人名字，却原来在这里。我们何不同去投奔他？'"（第九回，124页）由此可见柴进平日的做派。说起仗义疏财，也只有柴进有如此底气，"小孟尝"之称绝非浪得虚名。

梁山兄弟中，论及身份高贵、财大气粗，柴进远不是身为"鄙猥小吏"，又非大富大贵之家的宋江可以企及的。《水浒传》中写道："原来故宋时为官容易，做吏最难。为甚的为官容易？皆因只是那时朝廷奸臣当道，谗佞专权，非亲不用，非财不取。为甚做吏最难？那时做押司的，但犯罪责，轻则刺配远恶军州，重则抄扎家产，结果了残生性命。"（第二十二回，283页）由此可见，北宋时期，官员与小吏待遇、权势差别甚大，且为吏者终生为吏，极难为官，只能屈居下僚。朝廷法度已经断绝了宋江上进为官的路途，宋江的不安分守己正源于此。即便是地方豪绅卢俊义、李应，充其量也只是在财力上可与柴家相比，论及出身、特权及政治风光，则远远不逮也。柴进上流社会的修养与阅历，更是其他梁山兄弟难望项背的。

二、柴家风光数代，享尽特权，而真实历史绝无小说中描绘的这般温馨、简单

关于柴家，从《水浒传》中回到现实就会发现，真实历史绝无小说中描绘的这般温馨、简单。

宋太祖从后周柴家孤儿寡妇（周恭帝柴宗训及其母符太后）手中夺取

帝位后,加封柴宗训为郑王,以延续周室烟火,同时尊奉符太后为周太后。在宋太祖留给子孙的三条"祖训"中,其中一条就是"柴氏子孙,有罪不得加刑,纵犯谋逆,止于狱内赐尽,不得市曹刑戮,亦不得连坐支属。"① 表面看来,大宋朝廷对柴家绝对是恩泽浩荡。然而,柴宗训加封郑王三年后,即被迁往房州居住。而房州在历史上是赫赫有名的流放地之一,宋朝多有因罪贬于房州的皇亲重臣。由此可见,柴宗训的待遇与重罪在身的皇亲重臣并无区别,又由于他敏感的前朝皇帝身份,受到的监视与约束自然还要重于那些贬于房州的皇亲重臣。以此而论,柴宗训年仅二十岁即病逝于房州,也绝非毫无缘由的。另据北宋欧阳修《新五代史》记载,周世宗柴荣共有子七人,"长曰宜哥,次二皆未名,次曰恭皇帝(即柴宗训——引者),次曰熙让,次曰熙谨,次曰熙诲……宜哥与其二,皆为汉诛。"宋乾德二年(964),"熙谨卒。熙让、熙诲,不知其所终。"② 周世宗柴荣诸子,均非无名之辈(后周时都位居王爵),"不知其所终"用于此处,似乎颇有深意,也颇为蹊跷。

然而,大宋朝廷对柴家后裔有所优待也是事实。宋仁宗时,柴家后裔被封为崇义公,给田千顷,奉祀周室祭祀。宋徽宗时,在不废除崇义公封号的条件下,又加封柴家后裔为宣义郎(只是七品的闲散虚职),监周室陵庙。③ 清代赵翼《廿二史劄记》写道,"靖康之变"后北宋灭亡,宋高宗南渡称帝,"又令柴叔(夜)〔夏〕袭封崇义公。理宗又诏周世宗八世孙承务郎柴彦颖袭封崇义公"④。大宋朝廷在"陈桥兵变"百年后多次优待柴家后裔,一方面,固然体现了宋朝皇帝较为宽厚开明的政治作风,另一方面,似乎也有着政治上的考量:大宋朝廷已经根基深厚,此时优待柴家后裔,既无柴家后裔复辟的政治风险,又能为朝廷赢得美名。尽管如此,柴家后裔在宋朝充其量也只是生活较为优渥而已,政治上并无显赫的地位与特殊的待遇。

中国历代开国皇帝中,宋太祖赵匡胤无疑是宽厚仁慈的一位(这是相

---

① 转引自李国文:《宋朝的誓碑》,《文学自由谈》2011年第1期。
② 欧阳修:《新五代史》(第一册),中华书局,1974,第204、205页。
③ 王学泰:《〈水浒〉与江湖》,中国工人出版社,2004,第122页。
④ 赵翼撰、曹光甫校点:《廿二史劄记》,凤凰出版社,2008,第354页。

对其他开国皇帝的残酷无情而言的)。他在黄袍加身后,对大权在握的开国功臣石守信等人,即便心怀疑虑,也仅以"杯酒释兵权"的手法平和处置,对前朝皇族也不动杀戮(这与他取得皇位的方式有关)。与历朝历代许多死于非命或备受凌辱的亡国之君的命运相比,柴宗训是相对幸运的,柴家在"陈桥兵变"后受到的优待,以及宋太祖与周世宗柴荣的关系确实非同一般,再加上民间人们对高层人物行事及心理的解读,从而衍生出了一系列温馨美好的传说。故此,柴家子孙在多部古典白话小说中有了特殊的地位,除了《水浒传》中仗义疏财的"小旋风"柴进之外,《杨家将演义》中有身份显赫的杨六郎之妻柴郡主——周世宗柴荣之女,过继给了赵匡胤;《说岳全传》中那位地位尊崇、受人唆使谋取武状元而死于岳飞枪下的小梁王柴桂,也是周世宗柴荣后裔。而对照历史事实可知,柴家从未获得过小说中描绘的那般显赫的地位与特殊的待遇。

真实历史与古典白话小说中的反差如此之大,并非毫无缘由的。

柴家虽然为大周皇帝子孙,出身高贵,却又为亡国之君的后代。这就注定了他们不可能获得小说中描绘的那种显赫的地位与特殊的待遇。中国历朝历代,新朝皇帝登基后,对亡国之君明面上优待有加,封爵赏赐,而内心又充满猜忌,甚至千方百计地予以铲除。故此,亡国之君大多结局悲惨(或受尽屈辱后被杀,或年纪轻轻即病逝),甚至子孙也难逃灭顶之灾。新朝皇帝之所以对亡国之君及其子孙充满猜忌、严密防范,不是他们有复辟的想法或实力,而是认为他们有这种可能,或是认为他们在臣民中仍然有信仰,甚至有人试图辅佐或利用他们搅起政治上的波动,这就是潜伏的危机。皇权是至高无上的,"天无二日",必然要消除任何对皇权构成威胁的人与事,哪怕是政治上的大肆屠杀株连也在所不惜。这也意味着亡国之君被猜忌、防范的命运是注定的。以公认统治较为宽厚开明的宋朝而论,赵匡胤登基称帝后,开始了统一全国的战争,先后荡平荆湘、后蜀、南汉三地及南唐等割据势力。此后,吴越等地方势力纷纷纳土归降。这些地方势力的国君都是亡国之君,他们归顺宋朝后,基本上会被加封为较显赫的官职（尽管是虚衔），同时又会被严密监视，政治上、生活上始终是战战兢兢、如履薄冰。即便如此，他们大多也没有好的下场，或是公然被皇帝派人毒死（如南唐后主李煜），或是不明不白死去（如吴越国主钱俶）。隋恭帝（皇泰主）杨侗"愿自今已往，不复生帝王家"①的临终哀词，也是诸多亡国之君的肺腑心声。

而作为亡国之君的子孙，在"家天下"的中国古代社会，虽说前朝在政治上的影响力日益淡薄，新朝的政治根基日益稳固，亡国之君子孙大多安分守己，他们在政治上毫无威胁可言，甚至刻意回避政治，尽量避免引人关注，然而新朝皇帝对待他们仍然像对待亡国之君一样，只是程度有所区别。这也并非毫无缘由的。元朝末年，宋朝已经灭亡百年，白莲教背景的韩山童、刘福通起义时，韩山童自称宋徽宗八世孙，这样的说辞在民间仍然有着一呼百应的神奇号召力。清朝建立后，反对势力起事时，屡屡喊出"反清复明"口号，且多次借用朱氏子孙名义，而在民间，"反清复明"口号绵延流传数百年，直至清末，其余音仍然回荡不绝。正因为如此，新朝皇帝对亡国之君及其子孙的猜忌、防范，乃至于斩草除根，虽说灭绝人性，却是当时政治环境的真实反映。亡国之君及其子孙的特殊身份，本身就会遭到新朝皇帝的猜忌。且不说他们张扬狂妄，即便他们自怨自艾，都有可能成为丧命的理由，自然更不可能像柴进那样，不仅将"让位""大周嫡派子孙"当成口头禅，生怕世人不知，还一贯地横行乡里，骄纵不法，甚至像战国时期的孟尝君那样储备个人势力。

三、柴进识人之能、领袖群伦之才及江湖声望不及宋江，而他建功立业并不依仗这些

柴进的仗义疏财，半为家境殷实，半为天性如此。仅以落草梁山

---

① 司马光：《资治通鉴》（第八册），中华书局，2013，第4914页。

的人物而论，受过他恩惠的有：王伦、杜迁、宋万、林冲、宋江、武松、石勇、李逵等。然而，有一点却是值得深思的：柴进广结江湖好汉，却少有过命的交情。受过柴进恩惠的江湖人物不可胜数，受过柴进恩惠的许多江湖人物却并未对他怀着"滴水之恩，当涌泉相报"的念头。最典型的例子，莫过于林冲与柴进相识后，柴进写书信给曾受他接济的沧州牢城管营（柴进自称与管营"交厚"），托付他照顾林冲，后来参与火烧草料场陷害林冲的恰恰包括此人；林冲火烧草料场后无路可走，意欲投奔梁山入伙，柴进又写书信给梁山寨主王伦（柴进也自称与王伦"交厚"），请他接纳林冲入伙，王伦的所作所为同样表现出未能知恩图报的小人肚肠。虽说柴进结交的江湖人物中不乏林冲、武松这类本事了得的江湖好汉（也并非至深交情），而品行不佳、本事低微之人，更是如过江之鲫。柴进结交的江湖人物，更多的是攀附富贵的酒肉之交。

从"林冲棒打洪教头"一节来看，柴进的武艺似乎不甚突出（他没有与人单独过招以证明自身武艺水准的记录），否则也不会将武艺平平的洪教头当成贵客看待（洪教头到柴进庄上时间短，柴进对他尚未知根知底或许也是原因）。柴进多次或明或暗地鼓动林冲与洪教头比试，说明他并未对洪教头过多在意。而柴进对武松最初相待甚厚，随后则日渐疏慢（武松性情不好也是原因），也说明他与江湖人物交往时，除了仗义疏财、交游广泛之外，手段还不甚高明。柴进识人之能、领袖群伦之才及江湖声望不及宋江，似乎从这里可以看出一些端倪。柴进毕竟是上流社会人物，尽管结交三教九流人物，但他更多的还是这些人物的"恩公""施主"，所以，无论柴进如何礼贤下士、挥金如土，无论柴进与这些人物的关系是亲密还是生疏，双方在心理上始终隔着一层，互相之间难以成为肝胆相照的朋友或兄弟。

然而，柴进确立江湖地位及建功立业的地方显然不在这里。

梁山英雄排座次时，柴进排名天罡星第十位，与李应同为"掌管钱粮头领"。以柴进与李应的出身及地位而论,在梁山排名不会过低自是当然。然而,如此安排职务,不仅不伦不类,且有形式化嫌疑,似乎纯粹是为了照顾他们的地位而做出的特别安排(决策层他们无缘进入,归入武将又不适宜)。因为无论是柴进还是李应,自入伙梁山后,从未从事过"掌管钱粮"事务,自然也从未在"掌管钱粮"方面凸显过才干。柴进与李应身为养尊处优的大官人,根本不需为钱粮事务耗费精力,他们"掌管钱粮"的才干不仅无从凸显,更无必要凸显。依据《水浒传》中所说的,柴进入伙梁山前,"每日只在郊外猎较乐情"(第十一回,150页)。由此可见,他从未劳心于庄院日常事务管理。李应的李家庄,一切事务都是管家杜兴全面打理的。梁山英雄排座次后,戴宗为"梁山泊总探声息头领",实为梁山情报系统首脑。以从事情报工作而论,风流倜傥、见多识广的柴进,以及心思灵巧、多才多艺的燕青显然更为合适。尽管他们并无从事情报工作之责,却多次从事情报工作,且从事情报工作的成绩堪称完美。以此而论,安排柴进"掌管钱粮"纯属大材小用。而在梁山,不仅滥竽充数的人物不在少数,大材小用的人物同样不在少数。

梁山众人中,频繁出场的要么是决策人物(如宋江、吴用等),要么是上阵厮杀的战将(如"马军五虎将""马军八骠骑"等),除此之外的人物往往很少有一展雄姿的机会,柴进就属于这样的人物——即便柴进有上阵厮杀能力,山寨似乎也不会让他以身犯险。即便如此,柴进并未错失建功立业的机会,而他建功立业并不依仗超绝的武艺或过人的谋略。

卢俊义被关入北京大名府监牢后,柴进奉宋江将令,贿赂大名府刽子手蔡福、蔡庆兄弟,以保全卢俊义的性命。柴进出现在蔡福面前时,开口道:"如是留得卢员外性命在世,佛眼相看,不忘大德;但有半米儿差错,兵临城下,将至濠边,无贤无愚,无老无幼,打破城池,尽皆斩首!久闻足下是个仗义全忠的好汉,无物相送,今将一千两黄金薄礼在此。"(第六十二回,824—825页)柴进高贵标致的相貌、恩威并施的言语,让行刑杀人无数的蔡福吓了一身冷汗。蔡福、蔡庆兄弟商议后,慑于梁山实力，尽心保全卢俊义性命。梁山英雄排座次后，柴进陪伴宋江到东京观看花灯期间，潜入皇宫内院睿思殿，刮去宋徽宗书写在屏风上的"四大寇"御书中的"山东宋江"，以至于皇宫内院大为紧张，"各门好生把得铁桶般紧，出入的人，都要十分盘诘"（第七十二回，941页）。柴进的胆识与气度在此展现得淋漓尽致，然而此事对梁山的利弊却在两可之间：柴进悄无声息地潜入皇宫内院，既让朝廷见识到了梁山的骇人实力，同时让朝廷胆战心惊，更加将梁山视为心腹之患。而后，宋江等人为寻找招安门路，专程拜访徽宗皇帝的宠妓李师师。言谈之际，"李师师说些街市俊俏的话，皆是柴进回答"（第七十二回，946页）。柴进上流社会的修养与阅历，应对如此场面自然绰绰有余。梁山征方腊期间，柴进主动向宋江请缨，与燕青化名书生，打入方腊内部，以其高贵的相貌与出众的才智，让方腊毫不怀疑，招为驸马。两军对阵之际，柴进临阵倒戈，一枪戳着方腊之侄方杰，方杰随即被燕青杀死。"南军众将，惊得呆了，各自逃生……方腊领着内侍近臣，在帮源山顶上看见杀了方杰，三军溃乱，情知事急，一脚踢翻了金交椅，便望深山中奔走"（第九十九回，1278页），方腊内廷乱作一团。这是梁山兵马打败方腊兵马的最后一战，柴进也在此战中立下大功。当然，《水浒传》中这段故事情节的编排过于神奇了：方腊绝非等闲之辈，岂能仅因柴进非同一般的相貌与才智，便对来路不明的他绝无怀疑，多次委以重任，甚至以身家性命相托。

柴进机会不多的几次出场，都立下了赫赫战功。而柴进建功立业所依仗的，始终是他高贵风流的气质、随机应变的机智，以及能从容应对上流社会（包括皇室）及官场的特殊才干。在这方面，连灵巧多才的燕青也远不及他。梁山接受招安后落得迅速覆灭的命运，除了蔡京、高俅等奸臣的歹毒私心作祟之外，也与梁山寨主宋江不具备柴进这种游刃有余地穿梭于朝廷与官场之间的特殊才能大有关联。

四、柴进家藏的"丹书铁券"威效的丧失,预示着大宋朝廷的末日为时不远

《水浒传》中,"丹书铁券"是宋太祖敕赐给柴家的"护身符",而"丹书铁券"确实保证了柴家历经数代而富贵权势不衰。然而,柴进的落草梁山,恰恰是"丹书铁券"威效丧失后的无奈之举。

高唐州知府高廉(高俅堂弟)的妻舅殷天锡霸占了柴进叔父柴皇城的"屋宇花园",柴皇城怄气身亡。柴皇城与殷天锡理论时,对他说道:"我家是金枝玉叶,有先朝丹书铁券在门,诸人不许欺侮。你如何敢夺占我的住宅?赶我老小那里去?"(第五十二回,691页)殷天锡根本不予理睬,只是用强抢夺。柴进与殷天锡理论时,胆气十足地说道:"直阁休恁相欺!我家也是龙子龙孙,放着先朝丹书铁券,谁敢不敬?"(第五十二回,693页)殷天锡同样未将柴进放在眼里,且指使随从厮打柴进,李逵将殷天锡打死。而后柴进被高廉关入监牢,家私尽被查抄。柴进与殷天锡理论期间,殷天锡屡次以"丹书铁券"不在柴进身边为由,对他不理不睬。柴进家中藏有"丹书铁券"应是世人皆知的事情,殷天锡却对柴进的说辞不理不睬,柴家子孙此前从未遇到过态度如此嚣张跋扈的人。而殷天锡如此嚣张跋扈,仰仗的是高廉的权势,高廉如此胆大徇私,仰仗的是殿帅府太尉高俅的地位。相比于高俅的现时地位与权势,"丹书铁券"的威效显得虚无缥缈——尽管柴进始终对"丹书铁券"能庇护他躲过劫难抱有希望。

宋太祖敕赐"丹书铁券"给柴家,他的子孙也曾谨遵教诲,故此,柴家数代享尽富贵特权,"便杀了朝廷的命官,劫了府库的财物,柴进也敢藏在庄里"(第二十二回,285页)。然而,随着后世皇帝的不肖、朝廷政权的混乱,以及与柴家关系的疏远(即便同为皇室子弟,经过数代繁衍,彼此关系也极为疏远,甚至为了权力富贵,自相残杀),后世皇帝、高官显贵及

其子孙对前世皇帝的敬畏顺从之心也日渐淡化。这样，前世皇帝敕赐给柴家的"丹书铁券"，在前世皇帝当政期间声威赫赫，让柴家子孙安享富贵，即便违法乱纪也能逍遥法外。同样一个"丹书铁券"，在后世皇帝当政期间，作用却大打折扣，"丹书铁券"的威效，尚无力制服在奸臣（如高俅）的亲戚（如高廉）庇护下的浪荡子弟（如殷天锡）。

由此可见，奸臣往往将"尽忠报国"喊得响彻寰宇，而损害朝廷威严、假公济私，甚至导致山河破碎的，往往正是此辈。越是地位显赫、权势熏天，往往越是难以谨慎使用权力，越是容易祸害良善平民。而良善平民即便有作恶念头，也无此胆识、机缘，更无此能力、权势。试想，连柴进这样家藏"丹书铁券"的上流社会人物尚且不能保障自身的性命与家族的安全，良善平民面对高官权贵的欺凌又有何依仗？心有不甘铤而走险，正是他们绝望后孤注一掷的选择。而朝廷如果无力整治奸佞，则在皇室、奸臣、浪荡子弟、造反群体的合力作用下，朝廷这个健壮巨人的身体将会一日日遭到侵蚀，直到有一天轰然倒下，跌入万劫不复的深渊。"丹书铁券"威效的丧失，恰恰说明大宋朝廷做出了种种出格之事，预示着其末日也为时不远。事实证明，梁山聚义大业结束后不久，北宋朝廷即宣告覆灭。

柴进始终想凭借"丹书铁券"保障自身的性命与家族的安全，并非出于《水浒传》作者的臆想，而是有活生生的历史事实为证。"丹书铁券"在中国历史上是真实存在的。"它大约出现于周代，成型于汉，盛于唐宋，完善于明，历2400余年。""丹书铁券"历朝历代形制不同、名称各异，又名"丹书铁契""金书铁券""金券""银券""世券"等。[①]"丹书铁券"是皇帝赐给功臣享受优遇或免罪的凭证。按照历朝历代法律，持有"丹书铁券"的功臣及其子孙，可以享受皇帝赐予的特权。历朝历代颁发的"丹书铁券"，也不是只有"免死"等寥寥数字，而几乎是一篇短小的文章。

---

① 参见兰殿君、兰婧：《"丹书铁券"史略》，《齐齐哈尔社会科学》1993年第3期。

例如，明朝开国功臣魏国公徐达的"丹书铁券"就有二百五十八字。明朝各功臣获赐的"丹书铁券"，措辞略有出入，套路基本相同，"都是皇帝用诚恳的语调称颂大臣功绩，作为报答，给予世袭的爵禄，并且父子两代可以同享免除死罪的特权，云云"①。

应该说，依仗"丹书铁券"的特权"免除死罪"的事例并非没有，而家藏"丹书铁券"，仍然无法逃脱死罪的功臣及其子孙，似乎更是不少。例如，朱元璋登基称帝后，于洪武三年（1370）大封功臣，获得"丹书铁券"者共有李善长、徐达、汤和、李文忠等数十人。然而，朱元璋又是猜忌心重、薄情寡恩之人，对功臣费尽心思地加以剪除。故此，即便获得"丹书铁券"者，也大多未能善终，甚至身首异处，并累及子孙。明朝开国功臣中，功劳最大者，文臣为李善长，武将为徐达，两人均未能善终。由此可见，想依仗"丹书铁券"免死，既是对"丹书铁券"的误解，也是对中国古代社会皇权制度的误解。

"丹书铁券"未能发挥免死效用，细细想来，也是不足为奇的。一方面，"丹书铁券"是皇帝赐予的，既然皇帝可以赐予，给与特权保障，那么，世事变迁，皇帝自然也可以随时收回。在中国古代社会，没有哪个大臣是可以真正免死的。另一方面，"丹书铁券"的免死并不是无条件的，多是"除谋逆不宥，其余若犯死罪，尔免二死，子免一死"②。既然如此，当皇帝认为某位大臣威胁到皇权时，就会千篇一律地给他安上"谋逆"的罪名。这样，就取消了"丹书铁券"的特权保障，而后公然处死，甚至株连子孙也就顺理成章了。

关于"丹书铁券"，樊树志一针见血地指出："皇帝赏赐的'免死铁券'，不是护身符，充其量只能算是荣誉证书，他可以变着法儿让你死，你还不能说他出尔反尔，言而无信。"③无法仰仗"丹书铁券"免死，表面

---

① 樊树志：《明史讲稿》，中华书局，2012，第94页。
② 樊树志：《明史讲稿》，中华书局，2012，第94页。
③ 樊树志：《明史讲稿》，中华书局，2012，第96页。

上是"丹书铁券"名不副实,实际上却是至高无上、容不得任何侵犯的皇权制度的本质的体现。

梁山征方腊班师还朝后,柴进被加封为武节将军、横海军沧州都统制。"小旋风柴进在京师,见戴宗纳还官诰求闲去了,又见说朝廷追夺了阮小七官诰,不合戴了方腊的平天冠,龙衣玉带,意在学他造反,罚为庶民,寻思:'我亦曾在方腊处做驸马,倘或日后奸臣们知得,于天子前谗佞,见责起来,追了诰命,岂不受辱?不如闻早自省,免受玷辱。'推称风疾病患,不时举发,难以任用,不堪为官,情愿纳还官诰,求闲为农。辞别众官,再回沧州横海郡为民,自在过活。忽然一日,无疾而终。"(第一百回,1296页)

虽说此时的柴进已经复归良民,对大宋朝廷却不再抱有单纯看法,他与大宋朝廷之间的关系,无论如何也无法恢复到他入伙梁山前依仗"丹书铁券"横行乡里的状态了。这也表明,大宋朝廷似乎从未想过,当柴进等人不再为祸朝廷时,以其恢弘气度既往不咎似乎才是让动乱之源消灭于无形的解决之道。以此而论,柴进的担忧绝非杞人忧天。即便朝廷此时对柴进"在方腊处做驸马"一事既往不咎,而当柴进某天得罪朝廷或高官,朝廷或高官却可以随时翻出"在方腊处做驸马"的旧账,将其当成置柴进于死地的罪状。

"扑天雕"李应：

揭示梁山聚义阴暗面的地方豪绅

"扑天雕"李应为独龙冈前面李家庄庄主,"能使一条浑铁点钢枪,背藏飞刀五口,百步取人,神出鬼没"(第四十七回,628页)。以出身、性格及财力而论,"扑天雕"李应与"玉麒麟"卢俊义颇为类似,这就注定了他们在梁山的地位与作用也类似:排名靠前、地位尊崇,而作用有限、功劳不彰。而且,他们都是遭到宋江等人设计陷害,被迫落草梁山的。尽管李应、卢俊义等人的上山入伙有"上应天星""意气相投"的说辞,但以常理揣度,李应、卢俊义等人本质上属于最不乐意入伙梁山的两类群体之一,另一类群体是征讨梁山兵败被迫落草梁山的朝廷官员,如关胜、呼延灼等人。然而,李应的上山入伙固然是出于宋江的"邀请",但也暴露出他在决策及行事方面的浅薄与自私。李应的故事,不仅是一个地方豪绅聚义梁山那么简单。

一、无论李应如何精明打算,都已经成为梁山的囊中之物,根本无法主宰自己的命运

杨雄、石秀、时迁等三人结伴投奔梁山时,途经祝家庄酒店,时迁偷了祝家庄酒店的报晓鸡,双方大起争执,时迁被捉,杨雄、石秀赶往梁山报信,路遇李家庄管家"鬼脸儿"杜兴,杜兴引荐他们向自家主人李应求助。杜兴介绍时说道:"此间独龙冈前面有三座山冈,列着三个村坊:中间是祝家庄,西边是扈家庄,东边是李家庄。这三处庄上,三村里算来总有一二万军马人等。……这里东村庄上,却是杜兴的主人,姓李名应……这三村结下生死誓愿,同心共意,但有吉凶,递相救应。"(第四十七回,628页)

以祝家庄等三村的地位、权势及所处位置而论,他们结下"但有吉凶,递相救应"的"生死誓愿",显然不是为对付一般强盗或毛贼,明显是针对声势日涨的"梁山泊强寇"的——因祝家庄等三村距离梁山泊不远,"惟恐梁山泊好汉过来借粮,因此三村准备下抵敌他"(第四十七回,628页)。抛开祝家庄等三村与梁山之间的是非对错不提,三村为维护自身

利益结成攻守同盟，无疑是颇具先见之明的自保决策。

作为独龙冈三足鼎立的一家，李家庄庄主李应应杨雄、石秀之请，派管家杜兴向祝家庄索取被捉的时迁，遭到严词拒绝。李应亲自出面，仍然无济于事。李应大怒，与祝家庄"祝氏三杰"之一的祝彪对战，两人相斗十七八合，祝彪不敌败走，随即暗下杀手，纵马追赶的李应臂中暗箭，由此与祝家庄生隙。而李应仅因营救时迁遭到祝家庄拒绝，即与祝家庄生隙，不再顾及攻守同盟利益（这是大局），这已经揭示出祝家庄等三村结下的"但有吉凶，递相救应"的"生死誓愿"存在先天不足：祝家庄在三村中势力最大，"祝氏三杰"又自恃武艺高强，对李家庄、扈家庄常有轻视之意，李家庄与扈家庄是敢怒而不敢言，这也是导致三村始终貌合神离的重要因素。然而，李应此时还不想卷入祝家庄与梁山的争斗中，只想独善其身。一方面，李应不想与梁山为敌，当宋江上门拜访时，他让管家杜兴告知宋江，祝家庄"今番恶了俺东人，自不去救应"，从而正式撕毁了三村"但有吉凶，递相救应"的"生死誓愿"；另一方面，李应也不想与祝家庄公然反目，更不想协助梁山荡平祝家庄。当宋江上门拜访时，他以生病为由，拒绝相见，以免留下"结连反贼"的把柄。宋江对李应的做法心知肚明，对杜兴明言道："我知你东人的意了。我因打祝家庄失利，欲求相见则个。他恐祝家庄见怪，不肯出来相见。"（第四十八回，643页）

无论是"祝氏三杰"，还是宋江，都是精明过人、志向不小的枭雄式人物，李应试图在两边都留有余地的做法岂能瞒天过海，李应根本没有独善其身的任何可能性。与此同时，李应此举也有违江湖好汉仗义相助的道义，称得上是首鼠两端。故此，梁山与祝家庄对李应另有看法丝毫不足为奇。

梁山三打祝家庄期间，李应始终以生病为由，未曾露面，心存独善其身的念头。李应的浅薄与自私由此可见一斑。而李应得罪的祝家庄与梁山，无论哪家获胜，都不会轻易放过他。在祝家庄与梁山胜负未分时，李应的灾难就开始降临了：李应得罪祝家庄的后果是，祝家庄斥责他"结连反贼，意在谋叛"（第四十七回，631页）。如果祝家庄获胜，祝家庄必以"结连反贼"的罪名对其秋后算账。李应得罪梁山的后果是，梁山打破祝家庄后，派人假扮郓州知府，将李应抓捕出庄，而宋江等人半路救下李应。李应不愿落草，宋江等人便邀请他上山暂住，"宋江笑道：'……既是大官人不肯落草，且在山寨消停几日，打听得没事了时，再下山来不迟。'当下不由李应、杜兴不行，大队军马中间如何回得来"（第五十回，672—673页）。到了山寨后，吴用告诉李应他的家眷已被接上梁山。李应随即与家眷相见，"李应连忙来问时，妻子说道：'你被知府捉了来，随后又有两个巡检引着四个都头，带领二百来土兵，到来抄扎家私。把我们好好地教上车子，将家里一应箱笼、牛羊、马匹、驴骡等项，都拿了去，又把庄院放起火来都烧了。'李应听罢，只得叫苦。晁盖、宋江都下厅伏罪道：'我等弟兄们端的久闻大官人好处，因此行出这条计来，万望大官人情恕！'李应见了如此言语，只得随顺了"（第五十回，673页）。

梁山拉拢李应上山入伙的招数，是在许多尚未入伙的人物身上使用过的——嫁祸陷害：假扮郓州知府的是萧让，假扮巡检的是戴宗、杨林，假扮都头的是李俊、张横、马麟、白胜。实际上，宋江在领兵攻打祝家庄前，就已经对晁盖表明了"请李应上山入伙"（第四十七回，634页）的想法。故此，无论李应如何精明打算（或独善其身，或主动投效），都已经是梁山的囊中之物，他根本无法主宰自己的命运。

二、从李应的落草，可见数百年来传颂的梁山聚义，也有阴暗复杂的一面

梁山聚义的壮举数百年来传颂不息，梁山一百单八将更是"劫富济贫""替天行道""尽忠报国"的英雄好汉的代名词。而从李应被宋江等人断绝后路，不得不落草梁山的行事中，可以看到梁山聚义颇为阴暗的另一面。正是这另一面，让显得正面、简单（许多时候还是根据需要被装扮得

正面、简单）的梁山聚义故事变得立体、复杂起来。也只有这两面结合起来，或许才能展示出梁山聚义的真实面目。

《水浒传》是一部英雄侠义小说（尽管并非每位梁山好汉都具备英雄侠义精神），而不是讲述农民起义的小说。实际上，在梁山一百单八将中，符合农民身份的只有"九尾龟"陶宗旺等寥寥数人——即便将"农民"的定义尽可能放大，将李俊、张横、张顺、"阮氏三雄"等渔民尽数纳入其中，这一结论也无从改变。实际上，李俊等人充其量只能算是农民出身而已，他们早已脱离务农生活，成为主要以江湖手段维持生活的特殊群体——他们祸害的对象恰恰是良善平民。这足以判定梁山聚义的性质绝非农民起义。

而判定梁山聚义的性质，不仅要看梁山众人的出身构成，还要看梁山核心层人物的行事纲领。梁山聚义过程中，梁山寨主从来不是农民或代表农民的人物，而是小知识分子（王伦）、地方豪绅（晁盖）、官府小吏（宋江）。梁山众人的行事纲领是"劫富济贫""替天行道""尽忠报国"，这与农民追求生活安稳、富裕的诉求也相差甚远——以往论断梁山聚义的性质是一场农民起义或农民革命的观点，更多的还是将后人的意识形态削足适履地套用在古人身上（尽管是小说中人物）。进一步而言，即便是农民出身的人物，随着地位、权势的变化，他们所属阶层也会发生变化，甚至走到完全相反的立场。中国古代历史上，许多开国皇帝成就帝业前后，地位、阶层、立场几乎完全逆转，即是最好的证据。中国各类历史文献中多有农民起义的记载，这些农民起义多被正史及正统文人士大夫称为"盗"或"贼"。一般而言，农民起义多源于天灾人祸引起民不聊生，以至于农民铤而走险、聚众滋事，甚至攻陷郡县、杀害官吏。然而，梁山聚义在性质上却不同于这些农民起义。

将梁山聚义定性为"农民起义"，或将《水浒传》定性为"农民战争的史诗"大加称颂固然言过其实，而像中国古代社会一些正统文人士大夫那样，指斥《水浒传》为倡导乱世邪说、荼毒人心的"诲盗之作"也有失公允。梁山聚义虽然不是"农民起义",但其为后世起义者提供了重要的启示借鉴作用却是毋庸置疑的——文化水平较低的他们从这些作品中学习军事策略。例如,清代刘銮《五石瓠》记载:"张献忠之狡也,日使人说《三国》《水浒》诸书,凡埋伏攻击咸效之。"① 清代张德坚《贼情汇纂》记载:"贼(指太平天国——引者)之诡计,果何所依据?盖由二三黠贼,采稗官野史中军情,仿而行之……其取裁《三国演义》《水浒传》为尤多。"② 在古人的著作中,诸如此类的记载为数不少。

依据《水浒传》记载,李应武艺似应不低,祝家庄的祝彪与他对战,应付十七八合即不敌败走。然而,要评估李应武艺的真实水准,却也缺乏有效战例支撑——李应入伙梁山后,也曾以武将身份出战对敌,他的对手却多是实力难以定位的将领。除此之外,《水浒传》在许多人物出场时都做过"有万夫不当之勇"的评价,然而,如果没有有效战例支撑,这样的评价就只能当成套语虚词——实际上,不少获得"有万夫不当之勇"评价的人物出场后即被对手轻松斩杀。例如,梁山征辽期间斩杀的许多辽国将领,以及被辽国将领斩于马下的禁军枪棒教头王文斌等。当然,无论是以出身、声望,还是入伙梁山后的职务、地位而论,李应虽然无缘进入决策层,却也不应以纯武将的标准来衡量他。

梁山攻打北京大名府期间,李应扮作客人,混进城内为内应,与史进一道夺取东门。梁山征辽期间,李应辅佐赵安抚留守檀州,后随关胜攻破太乙混天象阵的土星阵。梁山征方腊期间,李应率孔明、孔亮、施恩、杜兴等人,前往江阴、太仓等处,协助水军作战。睦州之战时,他以飞刀杀死守将伍应星。梁山征方腊班师还朝后,"李应授中山府都统制,赴任半年,闻知柴进求闲去了,自思也推称风瘫,不能为官。申达省院,缴纳官诰,复还故乡独龙冈村中过活。后与杜兴一处作富豪,俱得善终"(第一百回,1296页)。

---

① 朱一玄、刘毓忱编:《〈水浒传〉资料汇编》,南开大学出版社,2012,第452页。
② 朱一玄、刘毓忱编:《〈水浒传〉资料汇编》,南开大学出版社,2012,第465页。

三、无论是以一项或多项标准衡量，都很难严谨、合理地解释梁山兄弟的排名

梁山英雄排座次时，李应排名天罡星第十一位，与柴进一道，分派职务时为"掌管钱粮头领"。梁山处于危难期间，李应并未像一般江湖好汉那样仗义相助，他的上山入伙也包含很大的被迫成分，而这一切丝毫不影响他在梁山的排名与职务。这似乎无法以武艺高强与战功显赫等标准来衡量。实际上，李应的武艺充其量与"马军八骠骑"持平，他没有出战对敌的有效战例，也未建立傲人的战功。分配李应为"掌管钱粮头领"，也并非因为他具备管理才干。依据《水浒传》中所说的，李家庄的一切事务都是管家杜兴全面打理的，李应作为养尊处优的大官人，根本不需为此耗费精力，他的管理才干自然无从凸显，更没必要凸显。

以李应的出身及地位而论，他在梁山的排名当然不会过低。然而，李应排在人气与武艺极高的鲁智深、武松等人之前，排在作战勇猛的名列"马军五虎将"第五位的董平之前，却是很难理解的，无论以何种标准衡量，都难脱排名过高的嫌疑。难道正像有些人所揣测的那样，李应上山入伙是由于宋江等人的陷害，且上山入伙时携带了丰厚的家私，才以排名作为对他的补偿？

下面从李应排名的争议，谈谈后人对天罡星、地煞星的分级及排名的看法。

对于天罡星、地煞星的分级及排名，《水浒传》中归于"上苍分定"，且借宋江之口说道："鄙猥小吏，原来上应星魁。众多弟兄，也原来都是一会之人。今者上天显应，合当聚义。今已数足，上苍分定位数，为大小二等。天罡、地煞星辰，都已分定次序。众头领各守其位，各休争执，不可逆了天言。"（第七十一回，928页）《水浒传》是一部英雄侠义小说，而其中并不排斥神话元素。需要说明的是，"中国古典长篇小说四大名著"都

或多或少地包含神话元素，这既与当时人们对外界事物的认知水平相关，也是人们喜闻乐见的传递理念的形式。故此，将"洪太尉误走妖魔"当成真实存在未尝不可。同样，认定天罡星、地煞星的分级及排名为"上苍分定"也并无不可。而《水浒传》中，梁山一百单八将对各自的星座及排名并无异议。

然而，后人对天罡星、地煞星的分级及排名却是各有说辞，争议不断。李卓吾点评《水浒传》时，即将石碣出现以确定天罡星、地煞星分级及排名归结为宋江、吴用等人的阴谋：

> 梁山泊如李逵、武松、鲁智深那一班，都是莽男子汉。不以鬼神之事愚弄他，如何得他死心塌地？妙哉！吴用石碣天文之计！真是神出鬼没，不由他众人不同心一意也。或问："何以见得是吴用之计？"曰：眼见得萧让任书，金大坚任刻，做成一碣，埋之地下，公孙胜作法掘将起来，以愚他众人。曰："这个，何道士恐怕不知。"卓吾老子笑曰：既有黄金五十两，人人都是何道士了。不然，何七日之后，定要恳求上苍，务要拜求报应哉？可知已，可知已！①

李卓吾的观点固然是一家之言，数百年来认同者却也不乏其人。

实际上，关于梁山一百单八将的分级及排名，可能除了从宋江到呼延灼这几位头领争议不大之外（并非没有争议，例如，对于关胜排名林冲之前，心怀不平的就大有人在），后面的天罡星与地煞星中，无论是对于入选天罡星与地煞星的各自人选，还是天罡星与地煞星内每个人物的排名先后，都存在极大争议，而存在争议在很大程度上确实也与排名标准的模糊及许多人物的排名不公大有关系。尽管有人试图找到梁山一百单八将的分级及排名的标准与规律，结果却很难尽如人意。例如，为解释梁山一百单

---

① 朱一玄、刘毓忱编：《〈水浒传〉资料汇编》，南开大学出版社，2012，第181页。

八将的分级及排名，曲家源归纳出了几条原则：名望高低、特殊技能、世系显赫、上山前职位尊卑、武艺强弱、宋江个人好恶等。① 应该说，这样的原则确实能解释许多梁山兄弟的排名问题，而用这样的原则解释其他梁山兄弟的分级及排名时，又难免自相矛盾，难以自圆其说。例如，解珍、解宝兄弟有何资格跻身天罡星？孙立上山入伙前出身、职务、武艺、名望均相当不俗，又是登州八人当之无愧的首领，却被归于地煞星。"阮氏三雄"上山入伙前出身、职务、名望都与担任青州兵马都监的黄信相去甚远，"阮氏三雄"跃居天罡星，而黄信则名列地煞星。以此而论，无论是以出身、资历、武艺、智谋、战功、上山入伙前职务中的一项或多项标准衡量，都很难做到严谨、合理地解释梁山兄弟（哪怕是大部分梁山兄弟）的分级及排名问题。因此，想要为梁山兄弟公正、合理地做出一个毫无争议的分级及排名，似乎是相当困难的，甚至是根本不可能的。

李应的排名争议，不过是梁山兄弟众多排名争议中的一例罢了。

关于梁山一百单八将的分级及排名的不公正、不合理，可以进一步做出如下推论。在元杂剧水浒戏中，出现了"聚三十六大伙，七十二小伙"②的说法。鉴于《水浒传》为世代累积型文学作品，在《水浒传》成书前，已经有内容丰富的水浒故事在民间流传。因此，此时不仅应流传着包括梁山一百单八将在内的水浒故事，也应存在一份梁山一百单八将的排名名单。这份名单自然不同于《水浒传》中梁山一百单八将的排名名单。《水浒传》成书过程中，作者对原有的水浒故事大刀阔斧地进行调整、修改，而对原有的梁山一百单八将的排名名单的改动，却与调整、修改后的水浒故事并不一致，固然有所改动，更多的还是继承。故此，将《水浒传》中梁山兄弟的行事、能力、性格与排名相互比照，就会发现许多不公正、不合理之处。当然，上述见解完全是出于推测，并无有效证据的支撑。

---

① 曲家源：《水浒传新论》，中国和平出版社，1995，第85页。
② 朱一玄、刘毓忱编：《〈水浒传〉资料汇编》，南开大学出版社，2012，第50页。

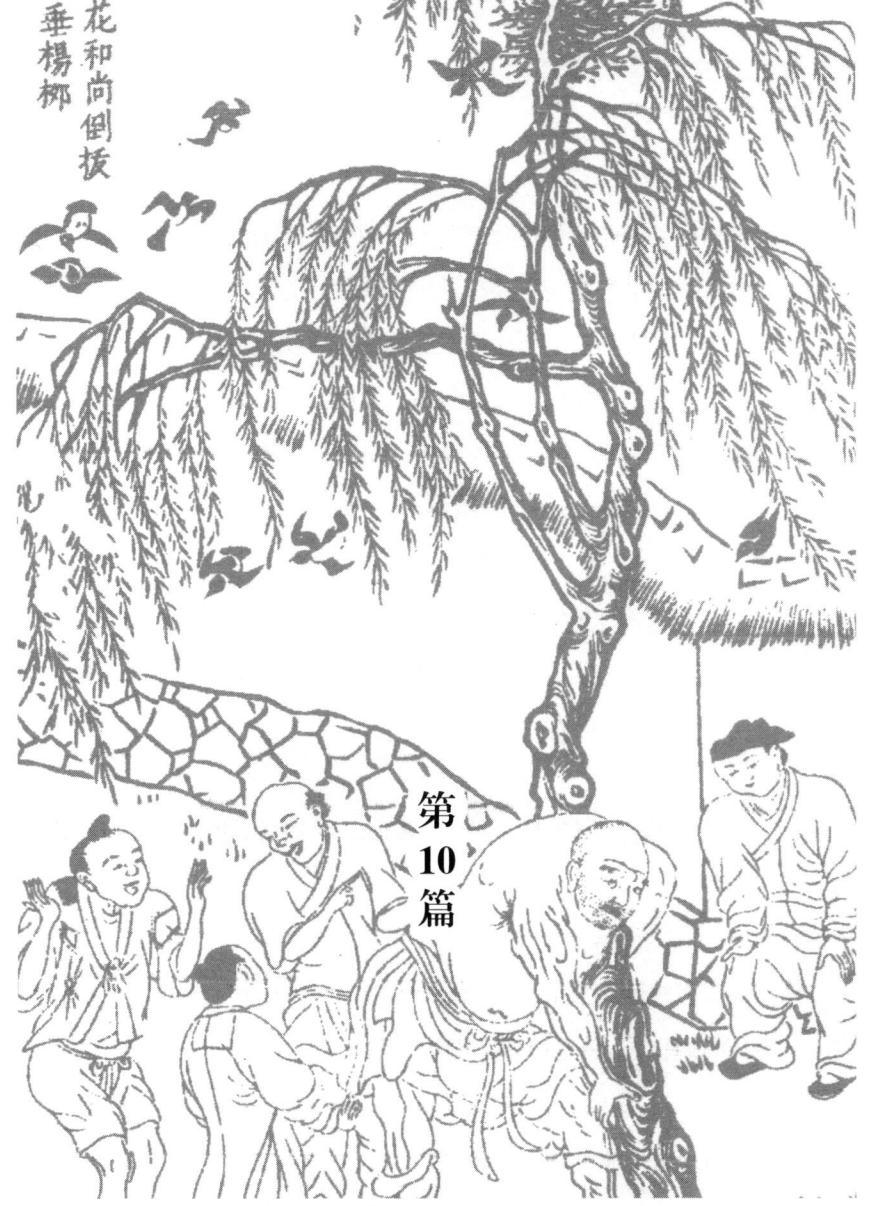

"花和尚"鲁智深:

"一个纯乎赤子之心的人"

第10篇

水浒人物所处的时代是冷兵器时代，因此，水泊梁山上，马军头领的作用与受重视程度远高于步军头领及水军头领。梁山每次出战，多是马军头领冲锋在先，其出场次数与建功立业的机会自然也更多些。这样，梁山步军头领及水军头领的排名就将受到不利影响。且不说梁山水军头领及其他步军头领，即便声望超高、武艺超凡、品行端正的"花和尚"鲁智深，也仅排名第十三位，而且排在形象、能力与战功均不出色的"扑天雕"李应、"美髯公"朱仝之后。这一现象也是梁山英雄的排名与能力、战功，与人物形象鲜明度及行事精彩度之间并无绝对关联的重要证据。梁山英雄排座次前，无论是嫉恶如仇、好打抱不平的行事，还是豪迈洒脱、重情重义的秉性，鲁智深都是高人一筹的，而在此之后，则"泯然众人矣"。

一、鲁智深武艺惊人、洒脱豪爽，一生嫉恶如仇，从不顾及个人得失

鲁智深原名鲁达，出家前为渭州经略府老种经略相公种师道帐前提辖官。"生得面圆耳大，鼻直口方，腮边一部貉獠胡须。身长八尺，腰阔十围。"（第三回，43页）"宋常以知州、知府兼提辖兵甲，简称'提辖'，掌军旅训练教阅，督捕盗贼，镇压民众反抗。"[①]鲁达为专任提辖官，级别上低于知府，却也不是等闲之辈。从鲁智深出场后酒店主人、店小二、郑屠对他畏惧大于尊敬的态度，可知他的地位、性情及平日为人。

如果评选《水浒传》中塑造得最成功、最受人们喜爱的水浒人物的话，鲁智深绝对不会落在前五名之外。鲁智深除了性情有些暴躁之外（也是粗中有细），可以说是非常完美：力大无穷、武艺惊人、洒脱豪爽，更为难能可贵的是，他生就一副侠义心肠，一生嫉恶如仇、好打抱不平，从不顾及个人得失。许多水浒人物遭遇劫难，乃至于不得不落草为寇，均与

---

① 沈起炜、徐光烈编著：《简明中国历代职官辞典》，上海辞书出版社，2014，第352页。

自身利益或行事息息相关。鲁智深则不同，无论是出家五台山，还是落草二龙山，都是因救助他人而起，反倒与自身利害绝无瓜葛，如拳打"镇关西"郑屠、痛打"小霸王"周通、救助"豹子头"林冲、引兵救援被呼延灼围剿的桃花山的李忠等。

鲁智深出家为僧后，《水浒传》中写道："嘴缝边攒千条断头铁线，胸脯上露一带盖胆寒毛。生成食肉餐鱼脸，不是看经念佛人。"（第五回，74页）"禅杖打开危险路，戒刀杀尽不平人。"（第三回，53页）这几句诗词简明、准确地概括了鲁智深的外貌与气质。鲁智深一生也无牵无挂，来去自由。

鲁智深早已成为中国古典小说中的经典人物形象。他的精彩行事，如"拳打镇关西""大闹五台山""大闹桃花村""倒拔垂杨柳""大闹野猪林"等，数百年来在民间广为流传。鲁智深的豪爽性情及侠义行事，更是备受称赞。金圣叹批读《水浒传》时即对他推崇备至："鲁达自然是上上人物，写得心地厚实，体格阔大。论粗卤处，他也有些粗卤；论精细处，他亦甚是精细。"①"写鲁达为人处，一片热血直喷出来，令人读之，深愧虚生世上，不曾为人出力。孔子云：'诗可以兴。'吾于稗官亦云矣。"②

鲁达在渭州经略府当提辖期间，外出吃茶，机缘巧合之下结识途经渭州前往延安府寻找师父王进的"九纹龙"史进。在邀请史进与"打虎将"李忠饮酒谈话时，他听到隔壁有人哽咽啼哭，顿时火冒三丈、厉声斥责。当哽咽啼哭的金翠莲父女倾诉了被当地恶霸"镇关西"郑屠欺骗霸占之事后，虽说他与金翠莲父女萍水相逢，却赠送银两，劝其回乡。他还难掩胸中怒火，当场便要去惩治郑屠，鲁达性情之暴躁由此可见一斑。在史进、李忠的劝阻下，鲁达暂时按下胸中怒火，心中却始终愤愤不平。第二天一早，鲁达送走金翠莲父女后，为防止监管金翠莲父女的店小二追赶或向郑屠通风报信，性情暴躁的他竟然在店家门口"坐了两个时辰。约莫金公去

---

① 施耐庵著、金圣叹批评：《金圣叹批评本〈水浒传〉》，岳麓书社，2006，第2页。
② 施耐庵著、金圣叹批评：《金圣叹批评本〈水浒传〉》，岳麓书社，2006，第30页。

的远了，方才起身"（第三回，48页）。其精细谨慎亦复如此。金翠莲父女走远后，鲁达即前往状元桥下郑屠卖肉处，在对郑屠进行了一番戏耍后，三拳将其打死，因此走上了逃亡之路。鲁达逃亡途经代州时偶遇金翠莲父女，因官府缉捕风声正紧，经金翠莲丈夫赵员外介绍，无牵无挂的他遂到五台山文殊院落发为僧，智真长老赐名"智深"。

以今天的理性观念与法制思维评判，郑屠即便作恶多端，也不该由鲁达动用私刑惩治，而以传统观念评判，尤其是以江湖好汉的标准衡量，这却是不畏强力、铲恶扬善的侠义行为，是值得大书特书的。江湖人物得知此事，只会对他更加钦服。因为他们断定官府腐败无能，早已与郑屠这类恃强凌弱的人物沆瀣一气。

而鲁智深的扶弱济贫、打抱不平并不是偶然之举。正如王望如所指出的："智深遇郑关西便打，遇小霸王便打。遇崔道成、丘小乙便打，遇泼皮张三、李四便打，遇解差董超、薛霸便打；遇金老儿便救，遇刘太公便救，遇林冲便救；遇李忠便偷酒器，遇史进便送酒器，生杀予夺，极有分晓，不徒恃拔柳之力。"① 可以说，鲁智深的路见不平、拔刀相助，完全是出于天性，与他人的吃饭、饮水一般，贯穿于日常生活中。

鲁智深为朋友不惜两肋插刀的真情，更是让人钦佩不已。鲁智深因为吃酒闹事，在五台山文殊院无法立足，智真长老安排他到东京大相国寺谋事。在大相国寺安排他看守菜园期间，鲁智深偶遇八十万禁军教头"豹子头"林冲，两人一见如故，结为兄弟。此时恰逢林冲娘子遭人调戏，林冲"认得是本管高衙内，先自手软了……林冲将引妻小并使女锦儿，也转出廊下来，只见智深提着铁禅杖……大踏步抢入庙来。林冲见了，叫道：'师兄，那里去？'智深道：'我来帮你厮打！'林冲道：'原来是本官高太尉的衙内，不认得荆妇，时间无礼。林冲本待要痛打那厮一顿，太尉面上须不好看。自古道：不怕官，只怕管。林冲不合吃着他的请受，权且让

---

① 施耐庵著、郭皓政辑评：《百家汇评本〈水浒传〉》，长江文艺出版社，2007，第59页。

他这一次。'智深道：'你却怕他本官太尉，洒家怕他甚鸟！俺若撞见那撮鸟时，且教他吃洒家三百禅杖了去'"（第七回，103页）。不久，林冲遭到高俅、高衙内父子陷害，刺配沧州。鲁智深得知高俅、高衙内父子买通解差董超、薛霸意欲半路谋害林冲性命，一路上暗中跟随保护。董超、薛霸在野猪林要害林冲性命时，鲁智深愤然出手救下林冲。他回到东京后，被解差告了状，高俅、高衙内父子要捉拿他，他便逃离了大相国寺，先在二龙山与杨志、武松等人落草，后又归附梁山。鲁智深入伙梁山后，前往少华山联络史进等人归附梁山时，得悉史进因救助画匠王义被华州贺太守打入监牢，顿时焦躁起来，大闹华州要救史进，被贺知府擒获，受尽苦难。直到梁山兵马赶到，打破华州，才将鲁智深与史进救出。

实际上，无论是林冲还是史进，固然是鲁智深的朋友，却并非相识许久、交情深厚的朋友。鲁智深为人之至情至性由此可见一斑。尤其难能可贵的是，鲁智深对于自己因受他人牵连而落难及落草，从无抱怨叹息之声，更没有要救助过的人感恩报答的念头。

二、鲁智深虽然性情暴躁，与他人交往时却坦荡无拘，不断给人以柔情温暖之感

梁山一百单八将行事、品行、经历、出身不同，他们或给人冷酷无情之感，或给人虚伪做作之感，或给人卑劣贪婪之感，或给人咎由自取之感，唯有鲁智深，虽然性情暴躁，与他人交往时却坦荡无拘，不断给人以柔情温暖之感。这不仅是鲁智深人品端正的体现，也是《水浒传》着力宣扬的扶弱济贫、打抱不平、兄弟情深等理念的体现，尽管鲁智深从未公开标榜以"替天行道""行侠仗义"为己任，也从未向他人频频吹嘘自己的英雄壮举。更为重要的是，鲁智深身上闪耀着在当时那个时代无异于凤毛麟角的人性的光辉。鲁智深在野猪林救下林冲后，两人在酒店吃了些酒肉，"林冲问道：'师兄，今投那里去？'鲁智深道：'杀人须见血，救人

须救彻。洒家放你不下,直送兄弟到沧州'"(第九回,122—123页)。对于"洒家放你不下,直送兄弟到沧州"一句,袁无涯刻本《出像评点忠义水浒全传》在眉批中有感而发道:"放不下父母便成孝子,放不下兄长便成悌弟,放不下朋友便成信人义士。凡不好的人只是放得下三字,遂无所不薄。频提放你不下,真披沥肝胆之语。"[1]

鲁智深虽是军官出身(提辖的职位不算太低,生活自然颇为优越),却不像宋江、杨志等出身官场或名门的人物那样,或始终顾及"身家清白""封妻荫子",或始终挂念"尽忠报国""青史留名",在迫不得已之前,断然难下落草为寇的决心。用他们的话来说,"是不敢玷污了祖宗的清白"。宋江等人即便受尽屈辱、走投无路而上山落草,内心也颇多纠结,只是将上山落草当成暂时栖身之计。鲁智深则不同,出家做和尚也好,二龙山落草也罢,虽说也有身不由己的因素在内,却并无过多的负担与牵挂。这不仅是鲁智深洒脱大度秉性的体现,也是他境界上表里如一的体现。对《水浒传》多有批评之语的周作人在论及《水浒传》时写道:"《水浒》的人物中间,我始终最喜欢鲁智深,他是一个纯乎赤子之心的人。"[2]

鲁智深热心于扶弱济贫、打抱不平,但他头脑中似乎也有等级观念的残余。鲁智深救助金翠莲父女时,听说"镇关西"强骗金翠莲时固然极为气恼,听说"镇关西"即为状元桥下卖肉的郑屠时,更是火冒三丈,骂道:"呸!俺只道那个郑大官人,却原来是杀猪的郑屠。这个腌臜泼才,投托着俺小种经略相公门下,做个肉铺户,却原来这等欺负人。"(第三回,47页)鲁智深戏耍郑屠时又骂道:"洒家始投老种经略相公,做到关西五路廉访使,也不枉了叫做镇关西。你是个卖肉的操刀屠户,狗一般的人,也叫做镇关西!"(第三回,50页)由此可见,鲁智深对郑屠的憎恶,不仅源于他欺男霸女的恶行,更有对他妄自尊大、根本不配称为"镇关西"的愤怒。或许在鲁智深看来,做过"关西五路廉访使"的他才是名副

---

[1] 陈曦钟、侯忠义、鲁玉川辑校:《水浒传会评本》,北京大学出版社,1981,第190页。
[2] 周作人著、止庵校订:《知堂回想录》,北京十月文艺出版社,2013,第810页。

其实的"镇关西"。实际上，元杂剧水浒戏《李逵负荆》中，鲁智深的绰号正是"镇关西"，《水浒传》中并未明确沿用这一绰号。

梁山英雄排座次后，宋江在梁山欢庆重阳节时作《满江红》一词，其中流露出"望天王降诏早招安，心方足"之意，引起了鲁智深、武松、李逵的不快。武松当场说道："今日也要招安，明日也要招安去，冷了弟兄们的心！"（第七十一回，934页）李逵甚至将桌子踢起，颠做粉碎，以至于宋江酒醉之下要斩杀李逵。同样是反对招安，鲁智深的说辞寥寥数语，却与李逵、武松情绪化的反应截然不同，反倒有着看透世事的通达与精明。"鲁智深便道：'只今满朝文武，俱是奸邪，蒙蔽圣聪，就比俺的直裰染做皂了，洗杀怎得干净？招安不济事！便拜辞了，明日一个个各去寻趁罢。'宋江道：'……今皇上至圣至明，只被奸臣闭塞，暂时昏昧。有日云开见日，知我等替天行道，不扰良民，赦罪招安，同心报国，竭力施功，有何不美？因此只愿早早招安，别无他意。'"（第七十一回，935页）

宋江一腔忠义固然让人钦敬，而梁山接受招安后的惨烈结局表明，朝廷与奸臣虽非一体，却又难以分得一清二楚，即便能分得一清二楚，皇帝高高在上、深居简出，哪一件事不是托付位高权重、更能代表朝廷的奸臣承办的？宋江等人岂能常常直接面见皇帝。故此，蔡京、高俅等奸臣的所作所为对梁山众人的命运似乎更具决定作用。而鲁智深、武松、李逵的不快，也表明梁山众人的立场并非铁板一块。

鲁智深是少数旗帜鲜明地反对招安的水浒人物。然而，鲁智深反对招安，并非因为只在意"大块吃肉、大碗喝酒"的快意生活，并非不愿承担"尽忠报国"的义务，而是基于对朝廷昏聩无能的深刻认知——即便梁山众人想要"尽忠报国"，也并非取决于一己之愿望，朝廷及高官未必能坦然接纳。与念念不忘"尽忠报国"的仁人志士相比，鲁智深的立场，在境界上似乎差了一截，但这样的立场与行事又比许多将"尽忠报国"喊得响彻云霄的人物高明数倍。许多将"尽忠报国"喊得响彻云霄的人物，看似忠勇无匹，实际行事又往往与"尽忠报国"理念背道而驰，甚至许多祸国殃民之事，往往正是他们所为。以此而论，像鲁智深这样端正己身、行事坦荡、热心于扶弱济贫的人物，似乎才是人们日常生活中可望亦可及的楷模。将如此人物列为楷模，看似降低标准、平淡无奇，实则是一种期望。如果多数人能如此立身处世，不仅贪腐横行、内外交困的朝廷将转危为安，作奸犯科之辈也将自惭形秽、遁于无形。

三、尽管鲁智深的结局极具佛家大师气象，但英雄之死，还是让人极其伤感的

鲁智深的和尚身份是货真价实的，不像武松，直到梁山征方腊班师还朝后，才在杭州六和寺正式出家，成为真行者。但在很长时间里，鲁智深都不是诚心向佛、六根清净、遵从三规五戒的佛家弟子，而是无所顾忌、屡屡违反戒律的"酒肉和尚"。金翠莲的丈夫赵员外介绍他到五台山出家时，"首座、众僧禀长老说道：'却才这个要出家的人，形容丑恶，貌相凶顽，不可剃度他，恐久后累及山门。'长老……对众僧说道：'只顾剃度他。此人上应天星，心地刚直。虽然时下凶顽，命中驳杂，久后却得清净，正果非凡，汝等皆不及他'"（第四回，60页）。如果说鲁智深剃度前，五台山众僧向智真长老谏言拒绝剃度他不无以貌取人的浅陋，而鲁智深正式剃度后，喝酒吃肉，乱打寺僧，屡屡违反戒律，搅扰佛门清净，又不听智真长老良言相劝，以至于智真长老也无法回护，难以在五台山容身的他只得投奔东京大相国寺。故此，五台山众僧对鲁智深心有怨言，实在合乎情理，并非他们是非不明或目光短浅，不识真人。鲁智深如此行事，无论如何辩解，都难以理直气壮。这是鲁智深生平无法洗脱的污点。

鲁智深落草为寇后，却再无饮酒闹事、违反戒律之事发生，反倒是身上的佛家气息越来越浓厚，无论是为人还是说辞，都逐渐有了一代佛家大师的雍容与洒脱。梁山兵马协助二龙山等三山攻打青州时，鲁智深首次见到宋江，说道："我只见今日也有人说宋三郎好，明日也有人说宋三郎好，

可惜洒家不曾相会。众人说他的名字，聒的洒家耳朵也聋了，想必其人是个真男子，以致天下闻名。前番和花知寨在清风山时，洒家有心要去和他厮会，及至洒家去时，又听得说道去了，以此无缘不得相见。"（第五十八回，765 页）这样的说辞，以及梁山欢庆重阳节时反对招安的说辞，显然不像出自粗鲁、平庸的僧人之口。鲁智深落草为寇后的行事，印证了智真长老剃度他之前的说法，"虽然时下凶顽，命中驳杂，久后却得清净，正果非凡，汝等皆不及他"（第四回，60 页）。这或许正是鲁智深生就一副侠义心肠的善因种下的善果。

鲁智深出家为僧后，为自己打造了六十二斤的水磨禅杖。行走江湖之际，鲁智深先是使禅杖得到林冲的夸赞："端的使得好！"（第七回，101 页）之后，他先后与史进、杨志、呼延灼等人过招，呼延灼与鲁智深连斗四五十合，不分胜败，暗暗喝彩道："这个和尚倒恁地了得！"（第五十七回，761 页）然而，在梁山英雄排座次前，鲁智深让人印象深刻的除了高超的武艺之外，还有他的仗义行事及灿烂生动的形象。

梁山英雄排座次后，鲁智深的行事与形象再无出彩可言，他的武艺倒是一如既往。梁山征方腊期间，攻打杭州时，鲁智深大战方腊国师"宝光如来"邓元觉。《水浒传》中写道："鲁智深首先出阵……当有宝光国师邓元觉，听的是个和尚勒战，便起身奏太子道：'小僧闻梁山泊有这个和尚，名为鲁智深，惯使一条铁禅杖。请殿下去东门城上，看小僧和他步斗几合。'方天定见说大喜，传令旨，遂引八员猛将，同元帅石宝，都来菜市门城上看国师迎敌。""当时开城门，放吊桥，那宝光国师邓元觉，引五百刀手步军，飞奔出来。鲁智深见了道：'原来南军也有这秃厮出来！洒家教那厮吃俺一百禅杖。'也不打话，轮起禅杖便奔将来。宝光国师也使禅杖来迎。两个一齐都使禅杖相并。""这鲁智深和宝光国师斗过五十余合，不分胜败。方天定在敌楼上看了，与石宝道：'只说梁山泊有个花和尚鲁智深，不想原来如此了得，名不虚传。斗了这许多时，不曾折半点儿便宜与宝光和尚。'石宝答道：'小将也看得呆了，不曾见这一对敌手！'"（第

九十五回，1225—1226页）

梁山攻打乌龙岭期间，鲁智深追杀敌将夏侯成，迷路入了深山，而后得一老僧指点，在一处茅庵中等待。逃亡中的方腊到茅庵讨饭吃时，鲁智深一禅杖将其打翻在地，当场擒获，立下大功。宋江见擒获了方腊，大喜。鲁智深向宋江说明擒获方腊原委后，"宋江道：'那和尚眼见得是圣僧罗汉，如此显灵。今吾师成此大功，回京奏闻朝廷，可以还俗为官，在京师图个荫子封妻，光耀祖宗，报答父母劬劳之恩。'鲁智深答道：'洒家心已成灰，不愿为官，只图寻个净了去处，安身立命足矣。'宋江道：'吾师既不肯还俗，便到京师去住持一个名山大刹，为一僧首，也光显宗风，亦报答得父母。'鲁智深听了，摇首叫道：'都不要，要多也无用。只得个囫囵尸首，便是强了。'宋江听罢，默上心来，各不喜欢"（第九十九回，1280页）。经历了梁山兄弟的生死离散后，鲁智深"心已成灰"，与痴迷"封妻荫子""光宗耀祖"的宋江各有怀抱，双方理念实已南辕北辙。

梁山征方腊班师还朝途中，宋江等人夜宿杭州六和寺。睡至半夜，鲁智深听得钱塘江上潮声如雷，只道是战鼓响，摸了禅杖，大喝着便抢出来。六和寺众僧得知缘由后，"都笑将起来，道：'师父错听了，不是战鼓响，乃是钱塘江潮信响。'鲁智深……心中忽然大悟，拍掌笑道：'俺师傅智真长老，曾嘱付与洒家四句偈言，道是"逢夏而擒"，俺在万松林里厮杀，活捉了个夏侯成；"遇腊而执"，俺生擒方腊；今日正应了"听潮而圆，见信而寂"，俺想既逢潮信，合当圆寂。众和尚，俺家问你，如何唤做圆寂？'寺内众僧答道：'你是出家人，还不省得？佛门中圆寂便是死。'"（第九十九回，1283页）鲁智深听了，于是沐浴更衣，在禅椅上圆寂。圆寂前留下颂子曰："平生不修善果，只爱杀人放火。忽地顿开金枷，这里扯断玉锁。咦！钱塘江上潮信来，今日方知我是我。""宋江……直去请径山住持大惠禅师，来与鲁智深下火……那径山大惠禅师手执火把……指着鲁智深，道几句法语，是：'鲁智深，鲁智深，起身自绿林。两只放火眼，一片杀人心。忽地随潮归去，果然无处跟寻。咄！解使满空飞白玉，能令大地作黄金。"（第九十九回，1284页）尽管鲁智深的结局极具佛家大师气象，但这位侠义英雄之死，还是让人极其伤感的。

最不像佛家弟子的"花和尚"，最终却以最虔诚的佛家仪式终结了生命。以鲁智深重情重义的性情与行事而言，他的圆寂与梁山征方腊期间众多兄弟惨死的刺激未尝没有关系。央视版《水浒传》电视剧中，林冲在梁山接受招安前未能手刃高俅报仇雪恨，以致憋屈吐血病死，鲁智深在林冲病死后大受刺激，心中悲愤。梁山兄弟接受招安进京参拜徽宗皇帝后，宋江与鲁智深等人到大相国寺拜会智清长老，而后鲁智深未经宋江应允，即留在大相国寺潜心向佛，明言"无心红尘"（宋江知情后极为震惊、无奈），实际上与梁山兄弟已经分道扬镳。央视版《水浒传》电视剧中并没有鲁智深圆寂的结局，这无疑更符合人们的心理期待。

"行者"武松：

"盛名之下，其实难副"的江湖好汉

《水浒传》中,"行者"武松是少有的几位得到浓墨重彩塑造的水浒人物。所谓的"武十回"即是说,在七十回本、一百回本或一百二十回本《水浒传》中,武松的个人故事就占了整整十回。这是除宋江之外的任何水浒人物都不曾享有的超奢华待遇。在民间,武松有"景阳冈打虎"及"醉打蒋门神"等壮举,是知名度极高的梁山英雄。当前,人们对武松的关注度仅次于宋江,领先于鲁智深、吴用等其他人物。论及人们的喜爱程度,武松更是凌驾于宋江之上,与林冲称得上是旗鼓相当、平分秋色。

一、武松确实不负"天神"赞誉,而他在被逼落草前,却绝少英雄好汉气概

关于武松,《水浒传》中写道:"武松身长八尺,一貌堂堂,浑身上下有千百斤气力。"(第二十四回,300页)武松因为误会而与宋江结识,书中对武松出场时外貌与气质的描写为:"身躯凛凛,相貌堂堂。一双眼光射寒星,两弯眉浑如刷漆。胸脯横阔,有万夫难敌之威风;语话轩昂,吐千丈凌云之志气。心雄胆大,似撼天狮子下云端;骨健筋强,如摇地貔貅临座上。如同天上降魔主,真是人间太岁神。""当下宋江看了武松这表人物,心中甚喜"(第二十三回,288—289页)。

仅从外貌与气质来看,武松也不负"天神"赞誉。更何况,武松出场后有"景阳冈打虎""斗杀西门庆""醉打蒋门神""大闹飞云浦"等壮举,在多次过招或征战中,他也展示了非同寻常的胆识豪情与阵前对战实力——《水浒传》中,对武松与非一流高手西门庆、孙二娘、蒋门神之间的争斗有精彩的描绘,除此之外,他的对战均干脆利索,无论是耶律得重、方貌这样的高手,还是武艺不易界定的贝应夔,都被武松一刀砍于马下。金圣叹批读《水浒传》时,对武松赞不绝口,不仅"定考武松上上"[①],且称之为"天人"[②]。

---

① 施耐庵著、金圣叹批评:《金圣叹批评本〈水浒传〉》,岳麓书社,2006,第2页。
② 施耐庵著、金圣叹批评:《金圣叹批评本〈水浒传〉》,岳麓书社,2006,第294页。

《水浒传》中评价江湖好汉的标准颇为混乱，常有"以人划线"或"以黑为白"的色彩。而以一般公认的江湖好汉的标准衡量，武松算不上江湖好汉。武松入伙梁山前，并未像鲁智深、史进等人那样，主动打抱不平、惩恶除奸，他甚至从未有过这样的念头。景阳冈打死吊睛白额虎，是因为他逞强夜过景阳冈，虎要吃人，不得不猛拳打死饿虎。虽说此举客观上是为民除害，却并非出于武松本意，可谓"歪打正着"；手刃恶嫂潘金莲、斗杀西门庆①，是为哥哥武大郎申冤报仇，非因西门庆荒淫无耻、臭名远扬；醉打蒋门神，非因蒋门神作恶多端、为害一方，而是孟州管营之子"金眼彪"施恩对刺配孟州的他照顾周到，以义气为重的武松知恩图报，替施恩夺回被蒋门神霸占的快活林酒店，此事与为民除害也毫无关涉。武松算得上是快意恩仇的英雄，却难称急公好义的江湖好汉。武松"血溅鸳鸯楼"，连杀张都监家中一十五口，更有滥杀之过，在境界上终究要稍逊一等。

武松胆识不凡、爱憎分明、武艺高超，有类"天神"。然而，武松被逼落草前，却绝少英雄好汉气概，他既无仕途通达、"封妻荫子"之心，更无"替天行道""尽忠报国"之念，反倒最具普通人心思：武松景阳冈打虎一夜成名后，提出将打虎的赏钱散给受责罚的众猎户。阳谷县知县见他忠厚仁德，有意参他做个都头，武松听闻后，立马"跪谢道：'若蒙恩相抬举，小人终身受赐。'知县随即唤押司立了文案，当日便参武松做了步兵都头"（第二十三回，299页）。武松做了都头后，寻得哥哥武大郎，与哥哥、嫂嫂同住，对哥哥、嫂嫂极为孝敬，过着简单平淡的生活。可以说，如果没有后来哥哥的惨遭毒害，武松被逼杀人报仇的变故，他很可能会按照一般官府小吏的路子，过着在外应酬公事，在家安分守己的生活。所谓"封妻荫子""替天行道""尽忠报国"与他的生活完全风马牛不相及。

---

① 潘金莲伙同西门庆谋杀亲夫武大郎，蛇蝎心肠，罪大恶极，其被杀自是咎由自取。而后人对潘金莲也多有同情理解之论调，以潘金莲样貌之标致，被迫嫁给身材短小、面目丑陋的武大郎，心有不甘也是人之常情。以此而论，痛骂潘金莲蛇蝎心肠固然痛快淋漓，追究其为何如此蛇蝎心肠似乎更具意义。

以人之常情而论，有本事、有机缘之人，都愿意走正途寻求出身，在私，为功名利禄、"封妻荫子"，在公，为"尽忠报国""青史留名"。很少有人天生江湖气质，主动铤而走险、落草为寇，寻求快意逍遥的生活，因为落草为寇即意味着完全沦落为遭到主流社会排斥的边缘人物。而当时大宋朝廷奸佞满布，风气败坏，害得许多良善之辈走投无路，或铤而走险，落草为寇，或一怒之下，与恶人同归于尽。

武松在哥哥惨遭西门庆与潘金莲等人合谋害死后，他满腔悲愤，但也并无违法乱纪的念头，而是期待官府能秉公处理，通过合法途径为哥哥申冤报仇。无奈黑云蔽日、官商勾结，武松根本无力回天，最终一步步被逼上杀人报仇的绝路。试想，如果武松有循正途为哥哥申冤报仇的可能，又何须孤注一掷，动用私刑？虽说武松最终报仇的目的达成，中间却杀人犯事，导致自身灾难不断、受尽折磨。

二、即便惨遭劫难，武松仍然不改心地敦厚本色，对重返正途抱有期待

金圣叹批读《水浒传》时写道："一部大书七十回，将写一百八人也。乃开书未写一百八人，而先写高俅者，盖不写高俅便写一百八人，则是乱自下生也，不写一百八人先写高俅，则是乱自上作也。"①《水浒传》开篇"高俅来而王进去"②，奸人得势，君子遁迹，自然是对"乱自上作"理念的生动诠释。而武松的坎坷遭遇以及被逼杀人、落草为寇的故事，则是对"乱自上作"理念的另一生动诠释（这样的事例在《水浒传》中为数不少）。

武松景阳冈打虎一夜成名，阳谷县知县有意提拔他为都头时，武松不假思索，立即跪谢接受，说明他对朝廷及官场并非存有偏见。作为阳谷县都头，武松算是食朝廷俸禄。在职期间，他也是尽心尽力，过着平淡的生

---

① 施耐庵著、金圣叹批评：《金圣叹批评本〈水浒传〉》，岳麓书社，2006，第12页。
② 施耐庵著、金圣叹批评：《金圣叹批评本〈水浒传〉》，岳麓书社，2006，第12页。

活,且绝无非分或贪婪之念。"武松每日自去县里画卯,承应差使"(第二十四回,305页)。

然而,哥哥惨死,武松报仇无门,被迫手刃恶嫂潘金莲、斗杀西门庆。在阳谷县知县的周全下,武松被轻判为刺配孟州。前往孟州途中,武松结识了"菜园子"张青、"母夜叉"孙二娘夫妇,"张青对武松说道:'不是小人心歹,比及都头去牢城营里受苦,不若就这里把两个公人做翻,且只在小人家里过几时。若是都头肯去落草时,小人亲自送至二龙山宝珠寺,与鲁智深相聚入伙,如何?'武松道:'最是兄长好心顾盼小弟,只是一件却使不得:武松平生只要打天下硬汉,这两个公人于我分上只是小心,一路上伏侍我来,我跟前又不曾道个不字,我若害了他,天理也不容我。你若敬爱我时,便与我救起他两个来,不可害了他性命。'"(第二十八回,366页)武松不仅不愿伤害押解差人,且甘心前往孟州伏法。由此可见,即便惨遭劫难后,武松仍然不改心地敦厚本色,对服刑期满后重返正途抱有期待,对朝廷及官场也并无绝望报复之念。

武松刺配孟州后,为帮助"金眼彪"施恩夺回快活林酒店,醉打蒋门神,遭到张都监与蒋门神联手陷害。被逼无奈之下,武松如同当年林冲风雪山神庙那般,杀性顿起,大闹飞云浦,又血溅鸳鸯楼,连杀张都监、蒋门神等一十五口,又蘸血在墙上留下八个大字:"杀人者,打虎武松也!"(第三十一回,401页)最后,在张青、孙二娘夫妇的建议下,他假扮带发头陀,前往二龙山落草避难。武松前往二龙山途中,在"毛头星"孔明、"独火星"孔亮兄弟庄上偶遇宋江,宋江劝他一道前往清风寨花荣处避难。武松说道:"哥哥怕不是好情分,带携兄弟投那里去住几时。只是武松做下的罪犯至重,遇赦不宥,因此发心只是投二龙山落草避难。亦且我又做了头陀,难以和哥哥同往,路上被人设疑。便是跟着哥哥去,倘或有些决撒了,须连累了哥哥。便是哥哥与兄弟同死同生,也须累及了花荣山寨不好。只是由兄弟投二龙山去了罢。天可怜见,异日不死,受了招安,那时却来寻访哥哥未迟。"(第三十二回,419页)即便再次被贪官恶霸逼得走投无路，武松仍然只是想着以二龙山作为暂时栖身之地。武二郎的胸襟与心地可见一斑。

三、武松为施恩出头，称之为助纣为虐并不为过，而这只是靠几顿酒肉轻松换取的

《水浒传》中，"金眼彪"施恩为孟州牢房管营之子，是个微不足道的角色，此人与武松的命运却大有关系。武松刺配孟州后，他先是被免去一百杀威棒，后又被不断送上好酒好肉相待，一连多日如此，不明底细的武松执意追问，施恩才出来与武松会面。武松感念施恩厚待之情，诚心与他结交。从笼络武松一事来看，虽说施恩武艺不精，却头脑灵活、眼光独到，且工于心计，远非耿直单纯、重情重义的武松可比。武松刺配孟州后，施恩一眼即认定武松绝非常人，不仅免去他的一百杀威棒，还用心结交他。武松是个知恩图报之人（也可以说是心地单纯、头脑简单，容易相信人，容易被人利用），对于施恩的厚待，武松心有不安，力求回报。数月后，施恩说了恶霸蒋门神夺了他的快活林酒店一事，希望武松助他一臂之力。最后，武松醉打蒋门神，替施恩夺回快活林。施恩愿望达成，武松惨遭暗算，灾难连连。

正如有论者所指出的，施恩"施恩"武松，是预先就图他"回报"的。如果说武松的第一次灾难，是被逼无奈才铤而走险的，那么，武松的第二次灾难，则完全是由施恩的个人恩怨引起的。然而，更关键的问题还不在于武松替施恩出头，以至于引火上身，而是施恩平日里的所作所为，与蒋门神的恶劣行径似乎并无区别。施恩在向武松介绍被夺了的快活林酒店时说："小弟此间东门外有一座市井，地名唤做快活林。但是山东、河北客商们，都来那里做买卖，有百十处大客店，三二十处赌坊、兑坊。往常时，小弟一者倚仗随身本事，二者捉着营里有八九十个弃命囚徒，去那里开着一个酒肉店，都分与众店家和赌坊、兑坊里。但有过路妓女之人，

到那里来时,先要来参见小弟,然后许他去趁食。那许多去处每朝每日都有闲钱,月终也有三二百两银子寻觅,如此赚钱。"(第二十九回,375页)以此而论,武松为施恩出头,称之为善恶不分、助纣为虐并不为过。而武松为施恩出头,只是靠几顿酒肉就轻松换取的。

施恩夺回快活林后,蒋门神心有不甘,暗中贿赂张都监,以图报仇雪恨。张都监将武松接到府中,礼遇有加,并安排他做了"亲随梯己人"(第三十回,388页)。武松受此恩惠,誓愿报效张都监。孰料张都监将武松安排到府中做事后,竟然陷害他做贼,武松再次被捕,判为刺配恩州。武松刺配恩州途经飞云浦时,押送解差与蒋门神徒弟谋害武松性命,反被武松杀死。随后武松赶回张都监府中,连杀一十五口,而被杀之人中既包括罪有应得的张都监、蒋门神,也有无辜的丫鬟仆人。武松杀人后,竟然说道:"我方才心满意足。"(第三十一回,402页)

武松犯下如此重案,很难再正常生活。然而,武松落得无路可走,被逼落草的结局,更多的还是由于个人的不当行事引起的,且与一般江湖好汉的打抱不平或被小人迫害导致的落草为寇相比,武松的遭遇更为坎坷,命运更为悲惨。

然而,"金眼彪"施恩也绝非一无是处之人。武松遭到张都监与蒋门神联手陷害后,他并未过河拆桥,对落难的武松不闻不问。施恩与父亲老管营商议时,老管营说道:"他是为你吃官司,你不去救他,更待何时。"(第三十回,392页)这是《水浒传》中的良心之语。此后,施恩上下打点奔波,最终救得武松性命。故此,施恩纵然有利用武松之处,所谓"患难见真情",施恩也不乏"知恩图报"的江湖好汉气质。

武松血溅鸳鸯楼后,因杀孽过重,无路可走,为躲避官府缉捕,在张青、孙二娘夫妇的建议下,假扮带发头陀,前往二龙山落草。三山聚义打青州后,武松与鲁智深、杨志等三山人马一道归附梁山。

四、武松对招安的态度前后判若两人，以至于让人们困惑不解，这却自有其缘由

武松归附梁山后，便斩断了重返正途的期望，招安之念在他心中也化为乌有。梁山英雄排座次后，宋江在梁山欢庆重阳节所作的《满江红》词中出现"日月常悬忠烈胆，风尘障却奸邪目。望天王降诏早招安，心方足"的句子时，引起了武松、李逵、鲁智深等人的不满。武松首先当众叫道："今日也要招安，明日也要招安去，冷了弟兄们的心！"（第七十一回，934页）而后李逵、鲁智深先后发作，公开表达了对宋江念念不忘的招安的不满之意。此时的武松，已经将落草梁山当成最终结局了。从武松的话语中也可以看出，梁山兄弟中反对招安的大有人在，并非每个人都对"封妻荫子""尽忠报国""青史留名"念念不忘的。以国家立场而论，宋江执着坚持的"尽忠报国"理念在任何时代都是难能可贵的。许多反对"尽忠报国"的，也并非从根本上反对"尽忠报国"，而是奸臣当道，他们不仅难以实现报国夙愿，反倒受制于奸臣，甚至会性命不保。这似乎是更加值得深思的问题。与此同时，人情世事自有其多样性、复杂性，许多事情往往很难以"对"或"错"简单论定。

武松决意落草为寇时，对招安、重返正途充满期待。梁山英雄排座次后，武松却首先发难，公然反对招安，不再对重返正途抱有任何期待。武松对招安的态度前后判若两人，以至于让人们困惑不解。

故此，有论者梳理《水浒传》中各处疑点，进而从《水浒传》成书角度解释了这种反差：

> 《水浒传》中的武松故事长达十回，向有"武十回"之称。一个人的故事竟独占全书十分之一的篇幅，这在《水浒》中还是绝无仅有的。然而这个重要人物的故事却是疑点重重。

……"武十回"和"前十三回"一样,是增补者后加进去的。所不同者,"前十三回"是增补者根据原书线索创作出来的,而"武十回"则更可能是一棵在说话园圃中已经长成的大树,直接移植到《水浒传》中来的。①

由此可见,武松入伙梁山前的故事与入伙梁山后的故事,是出自不同作者的手笔。而在《水浒传》成书过程中,由于篇幅巨大,前后照应不周之处未能一一弥合,以至于留下了让人们困惑不解的疑点。

《水浒传》中,梁山征方腊期间,"花和尚"鲁智深迷路入了深山,得一老僧指点,生擒方腊,立下大功,同时也应对了智真长老留给他的"遇腊而执"的偈语。而在民间广泛流传的,还有"武松单臂擒方腊"的传说,《水浒传》评书吸收了民间传说,央视版《水浒传》电视剧也采用了这一情节:梁山兵马追剿方腊时,武松被方腊砍断左臂,他用右臂死死勒住方腊脖子,最终单臂擒获方腊。将擒获方腊的功劳放在武松身上或鲁智深身上原本差别不大,而相比鲁智深偶然擒获方腊(甚至是出于天意)的平淡情节,"武松单臂擒方腊"显然更具传奇色彩,更容易达到升华武松"天神"般的人物形象的目的,自然更具动人心魄的效果。《水浒传》中,武松是在梁山兵马攻打睦州时,被方腊麾下天师包道乙以法术操控飞剑砍去左臂的。"鲁智深、武松一路杀来,正与郑彪交手。那包天师在马上,见武松使两口戒刀,步行直取郑彪。包道乙便向鞘中掣出那口玄天混元剑来,从空飞下,正砍中武松左臂,血晕倒了。却得鲁智深一条禅杖,忿力打入去,救得武松时,已自左臂砍得伶仃将断,却夺得他那口混元剑。武松醒来,看见左臂已折,伶仃将断,一发自把戒刀割断了。宋江先叫军校扶送回寨将息。"(第九十七回,1254页)

武松前往二龙山落草后,始终为行者装扮,却是个假的佛家弟子。梁

---

① 侯会:《〈水浒〉〈西游〉探源》,学苑出版社,2009,第9、11页。

山征方腊班师还朝时，武松拒绝返回东京接受封赏，选择留在杭州六和寺出家。"当下宋江看视武松，虽然不死，已成废人。武松对宋江说道：'小弟今已残疾，不愿赴京朝觐，尽将身边金银赏赐，都纳此六和寺中陪堂公用，已作清闲道人，十分好了。哥哥造册，休写小弟进京。'宋江见说：'任从你心。'"（第九十九回，1284页）武松随即正式在六和寺皈依佛门，成为真行者。此时的武松，心境性情大变，已经看破尘世间的恩怨情仇、功名利禄，不复是当初那个性情燥烈、杀气逼人的武二郎。此后，武松被朝廷加封为清忠祖师，享年八十善终。

《水浒后传》中，李俊、柴进、燕青、乐和等梁山余人，又干了一番轰轰烈烈的事业，在此期间，甚至退隐山林、潜心向道的公孙胜都受到牵连，不得不再次聚义，而武松是唯一一位未曾参与到梁山余人事业中的梁山兄弟。柴进、燕青、乐和、萧让等人护驾宋高宗返回临安（杭州）后，到六和寺探访武松。众人摆酒闲谈之际，武松叹道："众弟兄又成这般大事业，可敬可敬。"萧让问道："兄长往日景阳冈打虎，血溅鸳鸯楼，英雄本事，都丢下了么？"武松道："算不得英雄，不过一时粗莽。若在今日，猛虎避了他，张都监这干人还是放他不过！"[①]

随着年岁增长与阅历加深，武松不再性情燥烈、任性逞强，而嫉恶如仇的气质却依然如故。这样的文字，算是接续上了《水浒传》中武松的结局与心境。结合武松的生平行事来读，也是别有一番滋味的。

[①] 陈忱：《水浒后传》，凤凰出版社，2008，第301页。

"双枪将"董平：
面目狰狞的风流将军

笔者在论及"小李广"花荣时说过，无论是能力、资历、人脉、战功，"小李广"花荣都绝对有资格名列"马军五虎将"，起码可以替换在天罡星中排名第十五位的"双枪将"董平。然而，这并非说董平的武艺有愧于"马军五虎将"的名号，而是董平上山入伙实在过晚（梁山一百单八将中倒数第五位上山入伙的），到梁山英雄排座次时，几乎寸功未立。至于花荣，不仅枪法了得，更兼具百步穿杨神箭绝技，而他上山入伙极早，屡次出战，为梁山发展立下无数战功。将董平与花荣置于同一标准下对比，花荣的风采及战功将董平遮掩得毫无光彩可言。除此之外，凡每一等级排名靠后的与下一等级排名前列的，往往差异极小，甚至毫无差异（有时后者还优于前者），自然容易引起人们的质疑与不平。平心而论，单以武艺而论，董平绝不在花荣之下，更兼年少风流、作战勇猛，他确实不负"马军五虎将"名号。实际上，如果董平上山入伙再早一些，且在梁山英雄排座次前建功立业，排名能更为靠前一些，甚至紧随呼延灼等人之后也不算过分。

一、对于上山入伙最晚的董平而言，他的上山入伙是梁山内部权位斗争的牺牲品

董平的上山入伙一如既往地被称为"上天注定"。故此，梁山一百单八将无论如何也不会少了哪一个，或多了哪一个。梁山英雄排座次后，又数次应战、出征，多有俘获的对方将领，甚至不乏英勇之士，头领却再未增添一人，也再未重排过座次。然而，对上山入伙最晚的董平而言，他的上山入伙却是梁山内部权位斗争的牺牲品。

梁山打破曾头市后，宋江为贯彻晁盖临终的政治遗言，要把寨主之位让给捉拿了史文恭的卢俊义，卢俊义执意谦让，梁山众人也是心中不服，甚至公开反对。这时，临近梁山的东平府与东昌府就成为决定何人成为梁山寨主的棋子——宋江向众人提议道："目今山寨钱粮缺少，梁山泊东有

两个州府,却有钱粮:一处是东平府,一处是东昌府。我们自来不曾搅扰他那里百姓,今去问他借粮,公然不肯。今写下两个阄儿,我和卢员外各拈一处,如先打破城子的,便做梁山泊主,如何?"(第六十九回,903页)宋江所谓的"借粮"只是"抢劫"的另一种说法而已,而攻打城池的选择,也并非基于铲除贪官污吏的原则。当宋江提出"如先打破城子的,便做梁山泊主"的意见后,晁盖临终遗言的命题已经悄然发生转换。

东平府暂且不论,其太守程万里为奸臣童贯门下"门馆先生",梁山自然有理由认为他绝非好官,打破城池,劫取钱粮,是理所当然的。至于东昌府太守,《水浒传》中明言其"平日清廉,饶了不杀"(第七十回,919页)。然而,东昌府同样无法避免被梁山"打破城子"的厄运。"打破城子"岂能避免伤及无辜?梁山如此行事,除了决定何人成为梁山寨主之外,更重要的是"山寨钱粮缺少"。宋江如此提议,正是一箭双雕之计。实际上,梁山打破东昌府后,"宋江军马杀入城中,先救了刘唐,次后便开仓库,就将钱粮一分发送梁山泊,一分给散居民"(第七十回,919页)。

对东昌府而言(尤其是对"平日清廉"的东昌府太守而言),遭到打破城池厄运完全是飞来横祸。然而,百姓毕竟损失较少,且在城池打破后得到了些许实惠。梁山打破东平府后则完全不同,宋江"便开府库,尽数取了金银财帛,大开仓廒,装载粮米上车,先使人护送去梁山泊金沙滩,交割与三阮头领,接递上山。……宋江将太守家私,俵散居民,仍给沿街告示,晓谕百姓:'害民州官,已自杀戮。汝等良民,各安生理'"(第六十九回,912页)。梁山所得的,是东平府府库的金银财帛、仓廒粮米,东平府百姓所得的,是东平府太守家私。孰重孰轻,一目了然。试想,梁山如此行事,是否也算是"替天行道"?以江湖道义而言,"劫富济贫"即为"替天行道"。梁山屡次出兵,"劫富"自是毫无疑问,也是山寨日常生活来源(梁山并无从事生产活动的记录——即便梁山从事生产活动,这种生产活动的产出对于维持梁山数万兵马的日常生活也无异于杯水车薪),"济贫"则不尽然,甚至时有残民之举。

"双枪将"董平给人们留下的最深刻的印象有两点,一是相貌俊朗、仪表堂堂,"心灵机巧,三教九流,无所不通,品竹调弦,无有不会"(第六十九回,909页);二是有着一身惊人的好武艺,英雄盖世,"善使双枪,人皆称为双枪将,有万夫不当之勇"(第六十九回,904页)。故此,山东、河北都称他为"风流双枪将"(第六十九回,909页)。

梁山攻打东平府期间,与东平府守将董平对战:"宋江随即遣韩滔出马迎敌。韩滔得令,手执铁槊,直取董平。董平那对铁枪,神出鬼没,人不可当。宋江再教金枪手徐宁,仗钩镰枪前去交战,替回韩滔。徐宁得令,飞马便出,接住董平厮杀。两个在征尘影里,杀气丛中,斗到五十余合,不分胜败。交战良久,宋江恐怕徐宁有失,便教鸣金收军。徐宁勒马回来,董平手举双枪,直追杀入阵来。宋江鞭梢一展,四下军兵一齐围住。宋江勒马,上高阜处看望,只见董平围在阵内。他若投东,宋江便把号旗望东指,军马向东来围他;他若投西,号旗便望西指,军马便向西来围他。董平在阵中横冲直撞,两枝枪,直杀到申牌已后,冲开条路,杀出去了。"(第六十九回,910页)董平在阵前对战徐宁五十余合,徐宁显然力有不逮;董平在宋江军中往来冲杀,称得上是如入无人之境,勇猛无敌,名不虚传。梁山攻打东昌府期间,东昌府守将张清片时接连打伤、打退梁山一十五员战将,也只有刚刚归附梁山的董平,在与张清交锋时,接连两次躲过张清的飞石,让张清"心慌"。以董平的武艺、胆识,名列"马军五虎将"当之无愧。

董平入伙梁山后,在历次出战中都有上佳表现。梁山两赢童贯期间,董平作为先锋大将,镇守九宫八卦阵东南巽位,后与索超伏击朝廷兵马,枪挑唐州兵马都监韩天麟;梁山三败高俅期间,先后大战京北弘农节度使王文德、琅玡彭城节度使项元镇;梁山征辽期间,董平与辽国将领耶律国珍斗过五十合,耶律国宝担心哥哥有失,鸣金收兵,董平趁耶律国珍分神将其刺死;辽国统军大将兀颜光摆下太乙混天象阵时,董平统领朱仝、史进等七员大将,攻破太乙混天象阵中的水星阵;梁山征方腊期间,他在宣州刺死守将韩明。

董平的绰号为"双枪将",正源于他"善使双枪"。董平出场时,《水浒传》中对他的兵器及作战的描述是:"一对白龙争上下,两条银蟒递飞腾。""董平那对铁枪,神出鬼没,人不可当。"(第六十九回,909、910页)而关于董平所使双枪的造型,却有不同说法。有人认为,他所使的是两根长枪;有人认为,他所使的是两根两头都有枪头的长枪(有些水浒人物画中即是如此);也有人认为,他所使的是两根短枪。对于这一问题,《水浒传》中难以找到确切证据。相比之下,两根短枪的造型似乎更符合实战的具体情形。

二、从任何角度衡量,董平杀人夺取其女为妻的做法都是极为灭绝人性的

作为梁山主力战将,董平的武艺、胆识不容置疑。梁山攻打东平府期间,董平孤身冲入梁山兵马之中而来去自如即是证明。相比较而言,如果说董平俊朗的相貌与惊人的武艺给人们留下了深刻印象的话,那么,他归附梁山后杀害东平府程太守一家、夺取其女为妻的做法,却更让人们印象深刻——让人们对他的卑劣品行与残忍冷血印象深刻。毫不夸张地说,后一事例完全抹去了人们对他的相貌与武艺的正面印象。

《水浒传》中写道:"原来程太守有个女儿,十分大有颜色;董平无妻,累累使人去求为亲,程万里不允,因此日常间有些言和意不和。"(第六十九回,910页)梁山攻打东平府期间,程太守需要仰仗董平保护城池。董平首次对战梁山兵马后,"当晚领军入城,其日,使个就里的人,乘势来问这头亲事。程太守回说:'我是文官,他是武官,相赘为婿,正当其理。只是如今贼寇临城,事在危急,若还便许,被人耻笑。待得退了贼兵,保护城池无事,那时议亲,未为晚矣。'那人把这话却回复董平,董平虽是口里应道:'说得是。'只是心中踌躇,不十分欢喜,恐怕他日后不

肯"（第六十九回，910 页）。董平此时提亲，正是趁火打劫、乘势要挟。而程太守所言虽然不无道理，却未必不是推托之词，城池无事之日未必不会翻脸无情，董平由此心怀怨恨。尽管程太守态度模棱两可，这无论如何也无法成为董平残暴报复的正当理由。

董平仅因向程太守求亲不成，出战中计被梁山擒获后，经宋江好言相劝，便立即归附梁山。随后，为"报效"梁山，他又主动献计道："若是兄长肯容董平，今去赚开城门，杀入城中，共取钱粮，以为报效。"（第六十九回，911 页）董平如此行事固然不足为训，却也不必严厉谴责。因为许多水浒人物上山入伙的行事风格及入伙套路都是如此。这是由《水浒传》独特的道德标准决定的。董平与其他水浒人物的行事大相径庭的地方在于，梁山打破东平府后，董平挟私报仇，"径奔私衙，杀了程太守一家人口，夺了这女儿"（第六十九回，912 页）。这一事例读来实在让人胆战心寒。故此，牛牧野在《水浒一百零八将图赞》中对董平所下的赞语是："两股明枪，不使暗箭，杀翁娶妇，亘古未见。"①

无论是以朝廷法度衡量，还是以江湖好汉标准或是传统社会道德衡量，董平的所作所为都是极为残暴而灭绝人性的。然而，董平如此劣迹对梁山似乎并不算什么。此后，梁山不仅忽略他的劣迹，且对他大加重用。梁山英雄排座次时，入伙梁山不久的董平排名天罡星第十五位，越过许多元老悍将，分派职务时更是名列梁山一流战将群体的"马军五虎将"第五位，可见董平也是排名与职务存在明显差别的水浒人物。

正如鲁迅所说的那样："倘要完全的书，天下可读的书怕要绝无，倘要完全的人，天下配活的人也就有限。"②实际上，东汉末年，曹操三次颁布《求贤令》，明言"唯才是举"，只要有"治国用兵之术"，即便道德存在缺陷，也在招纳重用范围。无论当时还是后世，曹操此举都颇遭人非议（确实有值得非议之处，这也是曹操讲究实用的行事风格的体现）。然而，

---

① 牛牧野：《水浒一百零八将图赞》，天津人民美术出版社，2006，第 15 页。
② 鲁迅：《鲁迅全集》（第 10 卷），人民文学出版社，2005，第 300 页。

正如易中天所说的："曹操这样说，并非不要德。事实上，曹操本人是很注重道德的。他对那些真正道德高尚的人，也是很尊重的。""但曹操决不是'唯道德论'者。"他的"唯才是举"，一方面，"德才兼备当然好，但那是理想境界"。"唯才是举"是出于"治平尚德行，有事赏功能"的应对乱世的非常手段①；另一方面，"唯才是举"是发掘人才的有效途径，是针对东汉末年求虚名、不务实的风气的"矫枉过正"。"但是，曹操注重的是大德，也就是忠和义，不在乎鸡毛蒜皮的小节，比如什么生活作风问题。只要大节不亏，其他小事情曹操就睁只眼闭只眼，不去管它。"②

然而，董平杀人夺取其女为妻的做法显然并非一般道德瑕疵。从董平的事例中，不仅再次证实了梁山众人的品行是参差不齐的，也流露出《水浒传》中的道德标准是极其混乱的（这是更加惊悚而值得深思的）。这并非说要将水浒人物塑造成"高大全"的形象，而是《水浒传》中提到董平的残暴行径时，不仅未予谴责，且笔墨完全是平淡冷漠的——这样的笔墨在《水浒传》中还有不少，似乎是在叙述一件无关紧要的小事情。

关于董平的绰号，在不同的水浒故事中有所不同。宋末元初龚圣与的《宋江三十六赞》中为"一直撞"，宋元之际的《大宋宣和遗事》中作"一撞直"。在《水浒传》中，董平的绰号是"双枪将"，他同时还有"董一撞"的称呼，这似乎是对早期水浒故事中的绰号的延续。这是源于"此将乃是梁山泊第一个惯冲头阵的勇将"（第七十八回，1012页）。董平杀敌立功在很大程度上依赖"惯冲头阵"的性格。而董平之死，也与他"惯冲头阵"性格中的莽撞因子有着莫大的关系。董平性格中的莽撞因子，不仅让身为"马军五虎将"的他未能轰轰烈烈地死于阵前交锋，反倒拖累了名列"马军八骠骑"的"没羽箭"张清，两人都死得极为窝囊，也毫无价值。

梁山征方腊期间，梁山兵马在独松关下战败，董平急于复仇，"勒马在关下大骂贼将。不提防关上一火炮打下来，炮风正伤了董平左臂，回到

---

① 易中天：《品三国》，上海文艺出版社，2018，第118页。
② 易中天：《品三国》，上海文艺出版社，2018，第122页。

寨里，就使枪不得，把夹板绑了臂膊。次日，定要去报仇，卢先锋当住了，不曾去。过了一夜，臂膊料好，不教卢先锋知道，自和张清商议了，两个不骑马，先行上关来。关上走下厉天闰、张韬来交战。董平要捉厉天闰，步行使枪。厉天闰也使长枪来迎，与董平斗了十合。董平心里只要厮杀，争奈左手使枪不应，只得退步。厉天闰赶下关来，张清便挺枪去搠厉天闰。厉天闰却闪去松树背后，张清手中那条枪却搠在松树上，急要拔时，搠牢了拽不脱，被厉天闰还一枪来，腹上正着，戳倒在地。董平见搠倒张清，急使双枪去战时，不提防张韬却在背后拦腰一刀，把董平剁做两段"（第九十五回，1223—1224页）。以董平与张清的经历及实力，他们是最不该以这种死法为自己的人生画上句号的。

一百二十回本《水浒传》中，梁山兵马征讨河北田虎时，张清化名全羽到襄垣城卧底，与郡主琼英成亲，成就了《水浒传》中一段难得的美好姻缘。后来，张清、琼英夫妇生擒田虎，立下大功。梁山征方腊出师时，琼英有孕在身，留在东京请医调治，生下儿子张节。张节成年后，大败金兀术，成为抗金名将。张清在独松关战死后，"琼英哀恸昏绝，随即同叶清夫妇亲自到独松关，扶柩到张清故乡彰德府安葬"①。

看到此处笔者忽然想：对董平之死，作为程太守之女的董平妻子，不知是喜是悲？

三、天罡星人物对应的星座名称，有不少让人感到莫名其妙乃至荒谬绝伦

梁山一百单八将中，"双枪将"董平对应的星座名称为"天立星"。依据董平的性格、行事及武艺特征等因素，实在难以理解"立"字如何对应？作何解释？而像董平这样对应的星座名称难以解释的，在水浒人物中

---

① 施耐庵著、郭皓政辑评：《百家汇评本〈水浒传〉》，长江文艺出版社，2007，第836页。

并非个案。故此，这里以天罡星人物对应的星座的命名风格为例展开话题，对天罡星人物对应的星座名称提出看法。

应该说，天罡星人物对应的星座名称，有不少都颇为妥帖。这些星座名称，或是具有揭示地位、能力的效果，或是对应人物性格、行事风格，或是概括人物出身、成就，比如说，"天魁星"表明"及时雨"宋江为梁山魁首，"天机星"表明"智多星"吴用为神机妙算的军师，"天闲星"表明"入云龙"公孙胜具有闲云野鹤般的身份与气质，"天勇星""天雄星""天猛星""天威星"对应武艺高超的"大刀"关胜、"豹子头"林冲、"霹雳火"秦明、"双鞭"呼延灼，"天英星"对应年少风流、英气逼人的"小李广"花荣，"天贵星"对应出身高贵的"小旋风"柴进，"天富星"对应财力雄厚的"扑天雕"李应，"天满星"对应结局圆满的"美髯公"朱仝，"天捷星"对应飞石神技在身的"没羽箭"张清，"天速星"对应日行百里的"神行太保"戴宗，"天杀星"对应嗜杀粗鲁的"黑旋风"李逵，"天巧星"对应机巧聪慧的"浪子"燕青。这些人物的星座名称的含义一目了然，与对应人物的性格、特长、行事等特征的对应也是恰如其分。

然而，天罡星人物对应的星座名称，也有不少让人感到莫名其妙乃至荒谬绝伦的，比如说，"天孤星""花和尚"鲁智深、"天伤星""行者"武松、"天空星""急先锋"索超、"天微星""九纹龙"史进、"天究星""没遮拦"穆弘、"天退星""插翅虎"雷横、"天剑星""立地太岁"阮小二、"天竟星""船火儿"张横、"天罪星""短命二郎"阮小五、"天损星""浪里白跳"张顺、"天败星""活阎罗"阮小七、"天牢星""病关索"杨雄、"天暴星""两头蛇"解珍、"天哭星""双尾蝎"解宝。这些天罡星人物对应的星座名称，字面含义已经难以解释，与对应人物的性格、特长、行事等特征之间也完全是风马牛不相及，实在不知所云。

关于梁山一百单八将所对应的星座名称，金圣叹批读《水浒传》时写道："天罡、地煞等名，悉与本人不合，岂故为此不甚了了之文耶？吾安得更起耐庵而问之！"① 金圣叹断言梁山一百单八将所对应的星座名称"悉与本人不合"未免言过其实，而许多水浒人物对应的星座名称存在严重缺陷却又是无可置疑的。

天罡星、地煞星为古星名。道教认为，北斗丛星中有三十六员天罡星、七十二座地煞星。《水浒传》受这一说法影响，将梁山一百单八将附会为三十六员天罡星、七十二座地煞星下凡，总称为"一百单八个魔君"（第二回，16页）。以此而论，虽说"天罡星""地煞星"含义可解，而"天罡星"既为"三十六员天罡星"总称，"地煞星"既为"七十二座地煞星"总称，"玉麒麟"卢俊义的个人星座名称又是"天罡星"，"镇三山"黄信的个人星座名称又是"地煞星"。如此命名，似乎有些不够严谨。

梁山一百单八将的排名及星座名称，对后世的影响也是颇为深远的。《封神演义》中，周武王伐纣灭商后，姜子牙奉元始天尊敕命于封神台所封三百六十五位正神中，即有三十六员天罡星，七十二座地煞星，而这些正神的排名及星座名称与《水浒传》中大致相同。《红楼梦》中，有"金陵十二钗"正册，又有副册、又副册，共三十六人，与《水浒传》中天罡星人数相同②，显然是受其影响。《儒林外史》中，有包括五十五人的"幽榜"。《荡寇志》中，则有与梁山一百单八将针锋相对的"雷部三十六将"。20世纪八九十年代风靡一时的日本动漫《圣斗士星矢》中，冥王哈迪斯麾下有一百零八位冥斗士。这些冥斗士的星座命名，毫无疑义地揭示了《水浒传》在海外的影响。

梁山一百单八将的排名及星座名称甚至被用于政治斗争。明熹宗天启年间，大太监魏忠贤把持朝政，权势熏天，祸害天下，阉党与东林党人不

---

① 施耐庵著、金圣叹批评：《金圣叹批评本〈水浒传〉》，岳麓书社，2006，第797页。
② 另一种意见认为，"金陵十二钗"除了正册、副册、又副册之外，还有三副册、四副册，共六十人。这种意见的依据是"脂砚斋重评《石头记》"中署名"畸笏"的一条评语："前处引十二钗总未的确，皆系漫拟也。至末回警幻'情榜'，方知正、副、再副及三、四副芳庭。壬午季春，畸笏。"（曹雪芹著、脂砚斋评：《〈石头记〉脂汇本》，岳麓书社，2011，第201页）

共戴天,斗争激烈。魏忠贤门下走卒王绍徽投其所好,仿梁山一百单八将排名及星座名称,编造《东林点将录》,列入知名东林党人一百单八人,如"托塔天王"南京户部尚书李三才、"天魁星""及时雨"大学士叶向高、"天罡星""玉麒麟"吏部尚书赵南星、"天机星""智多星"左谕德缪昌期、"天闲星""入云龙"左都御史高攀龙、"地魁星""神机军师"礼部员外郎顾大章等,以此作为淘汰处分的依据。由此可见,魏忠贤门下走卒完全是将《东林点将录》当成政治斗争的工具了,有类于"黑名单",卑劣无耻,不值一哂。

然而,"点将录"这一形式却在无形中激发了后人的灵感。清代中叶,诗人舒位作有《乾嘉诗坛点将录》,以"点将录"形式排名、评点乾隆与嘉庆两朝诗人,从而另辟蹊径,开创了全新的文学批评体裁。近代以来,各类"点将录"更是如雨后春笋,层出不穷。汪辟疆作有《光宣诗坛点将录》,钱仲联作有《近百年诗坛点将录》《近百年词坛点将录》。尽管各类"点将录"的入选人物、排名及对应星座名称有时失于呆板牵强,甚至引起入选人物不满,学界也是争议不断,而其视野广阔,排名、点评均体现学识,非具有通识者不能下笔,常于言简意赅中透出独到见解,故此,颇受世人喜爱与重视。近年以来,更有画坛、书坛、印坛、现代诗坛、现代学林等领域的"点将录"先后问世,以蔚为大观称之并不为过。以此而论,《水浒传》对后世的影响远远超出了文学本身。

第13篇

"青面兽"杨志：

夙愿难了的"三代将门之后"

《水浒传》中,"青面兽"杨志为五代宋初名将杨令公杨业之孙,即名满天下的杨家将后人。杨志让人印象最深刻的,不是他的高超武艺,不是他的精明干练,而是他对"三代将门之后"身份的极端在意,对"封妻荫子""尽忠报国"的念念不忘,以及汲汲于重返官场的执着。当然,还有历经苦难,屡次努力都化为乌有的坎坷。对于那些被逼落草的水浒人物而言,他们对落草为寇的结局始终心有不甘,同时大多对重返正途抱有期待。而论及对落草为寇心有不甘的情绪,当以杨志的最为浓烈。杨志的选择及情绪,除了考虑到落草为寇即身世不再清白之外,更多的还是源于根深蒂固的家族意识。以此而论,杨志这一人物形象是承载着较为厚重的历史意识的。

一、杨志武艺高超,也是一个颇为精明干练之人,而终究是"一勇之夫"

　　杨志早年为殿帅府制使,因押运花石纲时在黄河里翻了船,不敢回京复命,流落江湖数年。他的最早亮相,是与刚刚投奔梁山的林冲相遇之时。当时,被朝廷赦免了罪过的杨志搜集了两担财物,试图以此作为进身之用,洗刷往日失陷花石纲的罪过,从而能重返官场。杨志途经梁山时,恰遇林冲下山寻找投名状。机缘巧合之下,林冲夺了杨志的财物,杨志随即与林冲步战,两人战至四十余合不分胜负,被当时的梁山寨主"白衣秀士"王伦劝住。以后来与杨志大战四十余合不分胜负的呼延灼的说法,杨志"武艺不比寻常,不是绿林中手段"(第五十七回,763页)。此后,杨志又多次大展拳脚:在北京大名府比试时,与"急先锋"索超马战,五十余合不分胜负;前往二龙山落草途中,步战"花和尚"鲁智深,五十回合不分胜负;带领二龙山兵马救援桃花山的李忠、周通时,大战"双鞭"呼延灼,四十余合不分胜负。与杨志过招的对手,无一不是梁山一流战将。由此可见,杨志确实武艺高超,不仅马战娴熟,步战也不落人后。

以武艺而论，杨志确实不曾辱没杨家门楣——依据《水浒传》中的说法，杨志为五代宋初名将杨令公杨业之孙。这一说法殊为不当。梁山聚义发生于北宋末年，此时距宋初已经过去一百五十多年，杨家绝然不会只传到第三代。而杨家将在民间故事和不少古典白话小说中，都有着显赫的地位与源远流长的历史。如《杨家将演义》《说岳全传》等，金庸所作武侠小说《射雕英雄传》中的杨铁心、杨康父子，也是杨家将后人。《水浒传》中，由于题材所限及杨志并无主角光环，杨家将的印记却较为淡薄——杨志既无显赫的地位，也无傲人的战功。

杨志获知朝廷赦免了他的罪过后，带着财物来到东京，"央人来枢密院打点理会本等的勾当，将出那担儿内金银财物，买上告下，再要补殿司府制使职役"（第十二回，157页）。然而，太尉高俅却对当年之事大动肝火，"虽经赦宥所犯罪名，难以委用"（第十二回，157页）。杨志财物耗尽，落魄卖刀时，失手怒杀与他纠缠的泼皮牛二，被刺配北京大名府。到北京大名府后，杨志得到大名府梁中书的赏识提拔，梁中书对杨志信赖有加，坚持由他押送生辰纲（生辰纲是梁中书送给丈人蔡太师贺寿的金银珠宝）。押送途中，押送人员彼此生隙，生辰纲被晁盖、吴用等人劫取，杨志无路可走，只得前往二龙山落草。

杨志不仅武艺高超，也是一个颇为精明干练之人。以押送生辰纲为例，杨志深知天下久不太平，各地强人出没，梁中书上年所送生辰纲被人中途劫去而全无线索可查。故此，他在最初极力推辞押送之责。以杨志的高超武艺，他的极力推辞，绝非胆怯无能。仕途坎坷、历经劫难的他，此时或许只想以战功作为晋身之道，而不愿再冒险涉足江湖。在梁中书表示对他信赖有加，且执意坚持由他押送时，杨志不得不勉强接受，随即做了一番出人意料的安排：为掩人耳目，不再大张旗鼓押送，而是让押送生辰纲的军汉扮成普通商客，将生辰纲分置在各个货担内，又要求他对所有押送人员有管制之责。杨志等人辞别梁中书向东京进发后，"此时正是五月半天气，虽是晴明得好，只是酷热难行"（第十六回，200页）。刚刚出门时，多是经过人烟稠密之地，杨志要求押送人员"起五更趁早凉便行，日中热时便歇。五七日后，人家渐少，行客又稀，一站站都是山路。杨志却要辰牌（上午七时至九时——引者）起身，申时（下午三时至五时——引者）便歇"（第十六回，200页）。如此违背常规，完全是为了避免引人觊觎。杨志行事之谨慎、考虑之周全，实在让人惊叹不已。可以说，杨志之败，在很大程度上是败于押送人员内部不和（随行的老都管、虞候跋扈懒散，自恃为梁中书心腹，不将军汉出身的杨志放在眼里，更不会对他言听计从）。

虽说杨志精明干练、尽心尽力，终究是"一勇之夫"①，他的领队方式更是让人不敢恭维。同样以押送生辰纲为例，依据杨志的精心安排，再加上吸取上年押送生辰纲失败的教训，此次押送可谓是滴水不漏。然而，杨志并不是一个善于沟通、体恤下属的团体领导。押送生辰纲途中，众军汉重物在身，又多是在高温毒日下行走。"那十一个厢禁军，担子又重，无有一个稍轻，天气热了，行不得，见着林子便要去歇息。杨志赶着催促要行，如若停住，轻则痛骂，重则藤条便打，逼赶要行。""似此行了十四五日，那十四个人，没一个不怨怅杨志。""当日……正是六月初四日时节，天气未及晌午，一轮红日当天，没半点云彩，其日十分大热。"（第十六回，200—202页）押送人员行至黄泥冈时，"那十四人都去松阴树下睡倒了。杨志说道：'……起来，快走！'众军汉道：'你便剁做我七八段，其实去不得了。'杨志拿起藤条，劈头劈脑打去。""众军汉一齐叫将起来。数内一个分说道：'提辖，我们挑着百十斤担子，须不比你空手走的。你端的不把人当人！便是留守相公自来监押时，也容我们说一句。你好不知疼痒，只顾逞办！'杨志骂道：'这畜生不呕死俺，只是打便了。'拿起藤条，劈脸便打去。"（第十六回，203页）

杨志以如此粗暴野蛮的手法对待押送人员，自然不能压服众人，更遑

---

① 朱一玄、刘毓忱编：《〈水浒传〉资料汇编》，南开大学出版社，2012，第174页。

论让他们与自己肝胆相照、共同进退,而众军汉的不满与辩解并非无理取闹,杨志完全没有设身处地地考虑众军汉的难处。故此,生辰纲之失,与杨志领导的团体未能齐心协力、一致对外难脱干系,而团体未能齐心协力、一致对外,与杨志的领队方式又难脱干系。李卓吾评点《水浒传》时即说道:"须以恩结这十四人,方可商量事体,要行便行,要住便住。一味乱打,众人自然拗起来。虽然由你智勇足备,亦不能跳出这七个人圈套了,徒自作恶耳!"①

二、家族意识已经是杨志行事不容逾越的规则,甚至成为他心灵上的阴影

杨志与梁山接触极早。杨志与林冲相斗被梁山寨主王伦劝住后,王伦邀请杨志上山饮酒小叙,随即竭力劝说他入伙梁山(王伦此举并非单纯出于对杨志的敬重,而是试图以武艺高超的杨志牵制同样武艺高超的林冲的私心作祟。故此,他对投奔梁山入伙的林冲冷言冷语、屡屡羞辱,对杨志却礼节周到、执意挽留)。然而,立志保持身家清白的杨志从未想过落草为寇,便以投奔亲戚为由,拒绝了王伦的挽留,匆忙离开梁山,前往东京。

杨志对重返官场的执着颇有"官迷"色彩,然而,杨家历代忠良的深厚门风对他的影响已经融入血液。可以说,家族意识已经是杨志行事不容逾越的规则,甚至成为他心灵上的阴影。考虑到这一因素,杨志对重返官场的执着,更多的还是不愿辱没杨家门楣,而并非单纯的钻营功名富贵。更何况,在中国古代社会,投身官场原本就是成就事业的正途,即便官场暗昧,这一观点在多数人心中仍然是不可动摇的根本信念。

在杨志的行事中,没有路见不平、拔刀相助的行侠仗义(如鲁智深、史进),没有挣脱枷锁、按照个人意愿活出自我的洒脱(如公孙胜、燕

---

① 朱一玄、刘毓忱编:《〈水浒传〉资料汇编》,南开大学出版社,2012,第174页。

青),也没有凭借门第名声与财力,获得显赫的地位(如柴进、卢俊义)。杨志是"三代将门之后",故此,经历无论如何坎坷,他始终"不肯将父母遗体来点污了。指望把一身本事,边庭上一枪一刀,博个封妻荫子,也与祖宗争口气"(第十二回,157页)。应该说,杨志不仅是梁山人物中家族意识最为强烈的一位,论及"封妻荫子""尽忠报国"意念之坚定,也是无人可比。可惜造化弄人,杨志实在命运多舛,他的人生也极其压抑、黯淡。每当他渴望凭借自己的努力,挣扎着爬出人生低谷时,却一次次被甩向更加阴暗的低谷,被迫从头再来——直到最后落草为寇,落得个难以翻身的结局。杨志的一生,确实应对了"天暗星"的"暗"字。这个"暗"字,当是暗淡无光、暗无天日的"暗"。

以押送生辰纲事件而论,如果杨志此行一帆风顺,梁中书必定对他委以重任,他的人生或许就是另一番光景了。杨志的不幸,正是受到了晁盖、吴用等人劫取生辰纲的牵连,再无翻身的机会,只得前往二龙山落草,后又归附梁山。然而,以杨志的耿直个性而论,即便他并未遭逢此难,他在官场似乎也很难一帆风顺。实际上,这并非完全是杨志个人的过错(杨志此前在官场屡遭挫折,与自身性格及行事不当也大有关系),而是朝政昏聩的必然恶果——黄泥冈等地盗贼出没,源于民不聊生,民不聊生,源于朝政昏聩,朝政昏聩,源于奸臣当道,奸臣当道,导致贪官污吏遍布天下、良善隐没。面对如此情境,自然也并非个人所能挽狂澜于既倒。

马克思有言:"不仅活人使我们受苦,而且死人也使我们受苦。死人抓住活人!"[①] 对于这一名言,人们往往结合马克思论著的基调,多从消极方面理解"死人"对"活人"的拖累。而借用这一观点评述杨志的生平行事及遭遇,却让人看到了"死人抓住活人"在积极方面的闪光点:杨志一生坎坷多难,郁郁不得志,直至清白身家不再清白,不得不落草为寇。而杨家("死人")历代忠良的深厚门风,还是让杨志("活人")生平行事尽

---

① 马克思、恩格斯:《马克思恩格斯文集》(第5卷),人民出版社,2009,第9页。

可能不逾矩、不消沉，生逢乱世，又难能可贵地保持了凛然正气与"尽忠报国"之心。

杨志的不幸，在于他生在一个奸臣当道、良善隐没的时代，仕途畅达者多以钻营溜须、剥削欺诈为能事。杨志对两者无一擅长，就只能默默领受奸臣当道时代对人才实行逆向淘汰的必然规律。故此，政治清明时节，"三代将门之后"可能是杨志的傲人资本、晋升跳板，此时却成为他的精神负担。因为杨志始终"不肯将父母遗体来点污了"、极力想要"与祖宗争口气"，实现"封妻荫子""尽忠报国"的夙愿。杨志的执着，使得他的人生相当悲苦。

一方面，政治清明时节，朝廷多为忠臣，颇能举贤任能，以杨志的本事，无论是"封妻荫子"的个人愿望，还是"尽忠报国"的家国情怀，均不无实现的可能。而政治污浊时节，皇帝昏聩，奸臣当道，风光得势者将"尽忠报国"喊得响彻云霄，祸国殃民的却往往正是此辈中人。对于不善钻营溜须、不善剥削欺诈的杨志而言，想要在官场实现"封妻荫子"的个人愿望及"尽忠报国"的家国情怀，终究是水中月，镜中花，如梦幻泡影。

另一方面，梁山虽小，仍然有杨志用武之地，官场极大，却无杨志立锥之地。原因就在于，此时的梁山尚处于生机勃勃的发展初期，颇能举贤任能，杨志念念不忘的重返正途的愿望及实现"封妻荫子""尽忠报国"的夙愿，也只有通过先行入伙梁山做强盗，再接受朝廷招安来实现了。想要走正途实现夙愿而不能，反倒只能先做强盗！虽说这是杨志个人的不幸，终究还是昏聩朝廷的不幸。

梁山接受招安后，终于争取到了为国效力的机会，杨志实现"封妻荫子""尽忠报国"的夙愿如在眼前。梁山征辽期间，杨志多次出战对敌，算得上是"尽忠报国"，也继承、发扬了杨家历代忠良的门风。梁山征方腊时，梁山兵马仅仅过了长江，杨志便因患病被寄留在丹徒县，不久后病逝。杨志意欲"边庭上一枪一刀，博个封妻荫子"的心愿终未达成。"天暗星"的"暗"字，确实贯穿了杨志的一生。悲夫！

三、所谓水浒人物的历史人物原型，更多的只能说是名字巧合而已

《水浒传》研究中，对水浒人物的历史人物原型的探讨始终是重要话题之一，尤其是近代以来，许多研究者在历史文献的发掘、解读方面用力甚勤，收获颇丰，其中以余嘉锡的《宋江三十六人考实》最见功力。对水浒人物的历史人物原型的探讨，既包括人们耳熟能详的宋江、关胜、董平、李逵、张顺等，也包括少有人关注的张横、彭玘、李忠、宋万、张青等，以及并未名列梁山一百单八将的王伦、王进、扈成、李成等。在水浒人物的历史人物原型探讨方面，杨志是相关历史文献发掘相对较多的一位。

南宋徐梦莘《三朝北盟会编》记载："宣和四年六月，童贯至河间府，分雄州、广信军为东西路：以种师道总东路之兵，屯白沟，王禀将前军，杨惟忠将左军，种师中将右军，王坪将后军，赵明、杨志将选锋军。"①《三朝北盟会编》又引《靖康小雅》中记载："始斡离不拥众北还，公（谓种师中）尾袭其后，因令公留屯真定。未几，趣公援太原，乃由土门下井陉，至榆次。金人先屯兵县中，公遣兵击走之，遂入县休士。时军中乏食三日矣，战士人给豆一勺，皆有饥色。翌日，贼遣重兵迎战。招安巨寇杨志为选锋，首不战，由间道径归。"② 有研究者认为，这位"招安巨寇"的"杨志"，正是"青面兽"杨志的历史人物原型。何心甚至斩钉截铁地断定：这杨志是"招安巨寇"，"那无疑的就是梁山英雄青面兽杨志了"③。

平心而论，任何作家，尤其是小说作家创作出的作品，都不可能是闭

---

① 转引自何心：《水浒研究》，上海古籍出版社，1985，第144页。
② 转引自何心：《水浒研究》，上海古籍出版社，1985，第145页。
③ 何心：《水浒研究》，上海古籍出版社，1985，第145页。

门造车的产物，而必然直接、间接受到他所处时代的现实生活及他所知的历史事件的影响，甚至有意将他所处时代的现实生活及他所知的历史事件打乱重组，构思出面目全非的故事情节。然而，《水浒传》作为一部英雄侠义小说，毕竟不同于与历史关系密切的历史小说（如《三国演义》等）或是直接影射现实人物的时事小说（如《官场现形记》等）。故此，探讨、解读水浒人物的历史人物原型，往往很难得到一锤定音的结论。

《水浒传》作者在塑造水浒人物形象时，不可能不会受到一些历史人物、历史事件及民间传说的影响，而如果追踪某位历史人物是某位水浒人物的历史人物原型，纵然不能说全无根据，却证据薄弱，难逃机械牵强之讥，也明显违背"模特儿不用一个一定的人，看得多了，凑合起来的"①小说创作的规律。后人固然可以从大量历史文献中钩沉出许多与水浒人物相关的历史人物的资料，然而，大多数所谓的历史人物原型，事迹简略，且不同记载相互矛盾，其性格、出身、行事与对应的水浒人物实在大相径庭。更何况，这些历史人物原型多是微不足道的历史人物。关于他们的生平事迹，有些是记载在传播广泛的正史上，有些则是记载在鲜为人知的历史文献中，很难确定《水浒传》作者进行创作时必然读到过这些历史文献。故此，除了宋江，大多数水浒人物的历史人物原型可以认定为只是名字巧合而已。

如果说三十六天罡星中的人物，许多还可以追踪历史人物原型的话，那么，七十二地煞星中的人物，则基本上属于空中楼阁，是更加缥缈的存在，与历史绝少有所牵扯，以此连牵强应对的机会都没有。

梁山一百单八将中，七十二地煞星的出现大致晚于三十六天罡星。宋元之际龚圣与的《宋江三十六赞》，以及宋末元初的《大宋宣和遗事》中以宋江为首的三十六人，大致对应于《水浒传》中的天罡星人物。七十二地煞星不见于《宋江三十六赞》《大宋宣和遗事》，也不见于宋元之际的

---

① 鲁迅：《鲁迅全集》（第4卷），人民文学出版社，2005，第373页。

其他历史文献。随着水浒故事在民间的流传、演变，规模日益壮大，元杂剧水浒戏中，梁山好汉从三十六人演变为"聚三十六大伙，七十二小伙"①，且衍生出了千军万马聚集八百里水泊梁山的规模与气势。

然而，传世的元杂剧水浒戏中，并无"七十二小伙"的名单。在《水浒传》成书过程中，作者依据"七十二小伙"的说法，衍生出了七十二地煞星，且为他们编排了篇幅不等的个人故事。七十二地煞星出现后，其人物或是以天罡星人物副将身份出现，或是为推进故事情节发展起穿针引线作用，或是纯粹为凑足一百单八将人数才被虚拟出来的。故此，除了"神机军师"朱武、"病尉迟"孙立、"鼓上蚤"时迁等寥寥可数的几位之外，多数能力有限、出场较少、作用不大，给人们留下的印象自然较为淡薄。

实际上，《水浒传》现有文本中就能找到水浒故事初期是三十六人的证据。江州通判黄文炳向江州知府举报宋江题"反诗"时，提到民间小儿所唱歌谣："耗国因家木，刀兵点水工。纵横三十六，播乱在山东。"（第三十九回，514页）这里只提到三十六人，应是早期水浒故事中的歌谣的延续而未加修改。因为在《水浒传》中，固然有天罡星三十六人、地煞星七十二人的分级及排名，而提及水浒人物，均以一百单八人称之，并无以三十六天罡星代表水浒人物的说法。由此可见，"纵横三十六"显然是水浒人物只有三十六人时的说法。

---

① 朱一玄、刘毓忱编：《〈水浒传〉资料汇编》，南开大学出版社，2012，第50页。

"金枪手"徐宁：

以一技之长引火烧身的悲情人物

《水浒传》中，梁山遭到过朝廷数次征讨，其中呼延灼统帅的"连环马"是对梁山威胁最严重的一次。作为"连环马"克星，"金枪手"徐宁无疑为梁山立下了显赫的功劳。然而，无论是以形象鲜明度、行事精彩度来说，还是以武艺、战功而论，徐宁都显得中规中矩，并无自家特别面目（钩镰枪法让梁山众人见了喝彩不已）。徐宁是为解除梁山遭遇的"连环马"危难而塑造出来的，这样功利化的需求本身就注定了他是为承担特定任务而出现的人物，当这一特定任务完成后，他就必然面临着淡化或消失的命运。故此，《水浒传》中对徐宁的形象塑造没有花费过多的心血，他并未获得充分彰显独特性格、过人才干的机缘。

一、徐宁的上山入伙，是梁山众人"为目的不择手段"的行事风格的具体体现

一个社会必然有其多样性、复杂性，充斥着各色人等，而各色人等之间也必然充满差异性乃至矛盾。故此，无论《水浒传》中如何夸赞梁山兄弟"交情浑似股肱，义气真同骨肉"（第七十一回，932页），梁山作为一个充斥着各色人等的复杂群体（实际上已经形成了一个独立社会），就注定不可能人人平等，而这里的不平等并非是贬义，含义略等于差异化。在一定范围内，不平等恰恰才是合乎情理的，绝对的人人平等看似合乎情理，实际上却流弊无穷。这种不平等既是各色人等的出身、经历、性格、才干的不同造成的，也与梁山（江湖）的体制息息相关。

应该说，"交情浑似股肱，义气真同骨肉"是梁山众人（梁山众人代表着江湖人物的理念）心驰神往的理想境地，也是梁山聚义期间维持团体凝聚力的重要纽带。然而，纵观梁山众人的行事就会发现，他们的某些做法却使得兄弟之情大打折扣。《水浒传》中，确实有不少兄弟情深的代表。如鲁智深对待林冲，张青、孙二娘夫妇对待武松，孙新、顾大嫂夫妇对待解珍、解宝兄弟，燕青对待卢俊义。然而，梁山三番五次强行拉拢他人上

山入伙的行事风格又表明，梁山实际上很少以对待兄弟的手法对待那些并非兄弟或尚未成为兄弟的人，反倒是屡屡"为目的不择手段"。鲁迅评论美国作家赛珍珠的英译本《水浒传》（书名译为《四海之内皆兄弟》）时即一针见血地指出："其书名，取'皆兄弟也'之意，便不确，因为山泊中人，是并不将一切人们都作兄弟看的。"[1]

进一步而论，梁山众人不仅不会将那些并非兄弟或尚未成为兄弟的人当成兄弟，即便在梁山内部，彼此之间也并不总是以兄弟相待的——三十六天罡星、七十二地煞星的"分定次序"，将梁山兄弟划分为"大小二等"，已经赤裸裸地违背了平等原则。分等级还可以以并未违背差异化原则来解释，而排名的不公则是无可讳言的严重缺陷。更何况，梁山一百单八将，出身、经历、性格、才干不同，在团体内相处期间自然差异极大，绝难整齐划一。许多人在入伙梁山前还存在尖锐矛盾，以常理推测，这些矛盾很难彻底烟消云散。比如，卢俊义、李应遭到陷害上山入伙，朱仝照看的小衙内被杀害，李逵不分青红皂白灭了扈三娘满门等。《水浒传》却完全忽略、消解了梁山内部的矛盾。20世纪30年代，南社作家程善之作《残水浒》，共十六回，接续梁山英雄排座次后编排故事情节，即将重点放在排座次后梁山众人的派系冲突、个人恩怨等内部矛盾的揭示方面。而他独出机杼的构思与铺陈，也得到后世不少专家学者的称赞。

"金枪手"徐宁的上山入伙，即是梁山众人"为目的不择手段"的行事风格的具体体现：梁山面对呼延灼统领的"连环马"一筹莫展时，刚刚入伙梁山的"金钱豹子"汤隆向晁盖、宋江举荐自己的表哥徐宁。吴用随即安排汤隆、时迁、乐和下山，赚取徐宁上山入伙，且断绝了他的后路。对梁山而言，赚取徐宁上山，不仅是为了打破"连环马"，解除梁山危难，更是为了"共聚大义"。故此，梁山既不会征询徐宁的意愿，也不会考虑对他造成怎样的负面影响。只要梁山需要，徐宁就必须上山，上山后还必

---

[1] 鲁迅：《鲁迅全集》（第13卷），人民文学出版社，2005，第48页。

须为梁山效命。此时,"共聚大义"已经成为排除一切对梁山构成障碍的人或事最有效、最正义的招牌。徐宁的幸运之处在于,他本人上山入伙时并未遭受多少苦难,妻儿也平安地被接到山寨,一家人还能过着团圆美满的生活。

对关胜等朝廷官吏而言,他们多年屈居下僚,直到梁山坐大,朝廷高官才将他们提拔起来,让他们领兵征讨梁山。而征讨梁山兵败被擒后,在前无可进(不归顺梁山难免一死)、后无退路(返回朝廷难免被追责用刑)之际,归附梁山便是顺理成章之事。虽说关胜等朝廷降将很难接受落草为寇的结果,但他们在朝廷原本就没有风光的地位与优渥的生活,对朝廷自然不会有深厚的感情。更何况,他们还可以借助招安重返正途。徐宁与关胜、呼延灼等人迥然不同。依据《宋史》记载:"禁兵者,天子之卫兵也,殿前、侍卫二司总之。其最亲近扈从者,号诸班直。"宋代殿前禁军诸班直的"诸班",包括殿前指挥使、内殿直、散员、散指挥、散都头、散祗候、金枪、东西、招箭、散直、钧容直等班。①"金枪班"即长枪队,属于皇帝的侍卫亲军,而教师即教头、教练。徐宁"金枪手"的绰号即由此而来。徐宁作为"金枪班"教头,虽说算不上位高权重,绝对是过着风光体面、惬意优渥的生活的。故此,徐宁更有理由排斥落草为寇的结局。

梁山英雄排座次时,徐宁排名天罡星第十八位,名列"马军八骠骑兼先锋使"第二位。

在"马军八骠骑"中,徐宁的作战能力(包括防守能力与攻击能力)并不特别突出,他的最大战功就是打破"连环马",解除了梁山遭遇的危难。然而,这一战功仰仗的是独一无二的"钩镰枪法",而非高超的武艺。故此,打破"连环马"后,徐宁的光芒就黯淡下去了。徐宁入伙梁山后,始终是山寨主力战将之一,多次出战迎敌,多次立下战功。尽管如此,徐宁却再也没有了像打破"连环马"那样,让整个梁山的天空都为之绚丽的

---

① 转引自王军营:《见微而知著:宋代禁军"班直"的名称》,《福建师范大学学报(哲学社会科学版)》2017年第6期。

风光了。

梁山征辽期间，攻打蓟州城时，"番将天山勇见刺了宝密圣，横枪便出，宋江阵里徐宁挺钩镰枪直迎将来。二马相交，斗不到二十来合，被徐宁手起一枪，把天山勇搠于马下"（第八十四回，1092页）。之后，徐宁担任林冲副将，攻破辽国副统军贺重宝布下的太乙混天象阵的木星阵。梁山征方腊期间，攻打苏州时，徐宁大战方腊麾下东厅枢密使吕师囊，交战仅二十余合，便将吕师囊一枪搠下马去。与此同时，徐宁还有多次出战不敌对手的战例：梁山攻打东平府期间，徐宁大战董平，五十回合不分胜败，宋江恐怕徐宁有失，传令鸣金收兵，显然徐宁力有不逮；梁山攻打东昌府期间，徐宁率先出马与张清交战，被张清以飞石打中眉心，负伤落马；梁山征辽期间，攻打密云县时与辽兵初次交战，徐宁对战番将阿里奇，三十余合抵挡不住。这些不敌对手的战例，在很大程度上影响了人们对徐宁武艺的认定。

二、徐宁及梁山众人的死，侧面表明《水浒传》要在有限篇幅内达到梁山英雄十去其七的结局

《水浒传》中，徐宁并无特别面目，他的形象与人气都难居上流。然而，他绝世无双的"钩镰枪法"与"雁翎砌就圈金甲"却让人印象深刻。汤隆献计赚取徐宁时，对宋江等人说道："小可是祖代打造军器为生，先父因此艺上遭际老种经略相公，得做延安知寨。先朝曾用这连环甲马取胜，欲破阵时，须用钩镰枪可破。汤隆祖传已有画样在此，若要打造便可下手。汤隆虽是会打，却不会使。若要会使的人，只除非是我那个姑舅哥哥。他在东京，见做金枪班教师。这钩镰枪法，只有他一个教头，他家祖传习学，不教外人。或是马上，或是步行，都有法则，端的使动神出鬼没。""徐宁先祖留下一件宝贝，世上无对，乃是镇家之宝。汤隆比时曾随先父知寨往东京视探姑姑时，多曾见来，是一副雁翎砌就圈金甲。这一

副甲,披在身上,又轻又稳,刀剑箭矢急不能透,人都唤做赛唐猊。多有贵公子要求一见,造次不肯与人看。这副甲是他的性命,用一个皮匣子盛着,直挂在卧房中梁上。"(第五十六回,740—741页)

"雁翎砌就圈金甲"是绝世无双的宝贝,是徐宁的性命。梁山兄弟通过汤隆的介绍,就抓住了徐宁的命脉。故此,有人将"雁翎砌就圈金甲"当成徐宁遭遇劫难、被迫落草梁山的祸根。李卓吾批评《水浒传》时写道:"人生决不可有所嗜好,如徐宁爱恋这副雁翎甲,并这个身子亦丧却了也,可发一笑。"[1] 人多有嗜好,沉迷于嗜好难以自拔可能给自己带来灾难,而徐宁落草梁山完全是遭到陷害所致,李卓吾的说辞显然是颠倒因果了。

"雁翎砌就圈金甲"固然绝世无双,然而,自徐宁上山入伙后,却再未提及。由此可见,这副宝甲只是赚取徐宁上山入伙的道具而已,一旦徐宁上山入伙的目的达成,就不再顾忌这副宝甲的下落了。而这副宝甲未能在徐宁上阵厮杀中发挥作用,正是对上述观点的验证。依据常理推断,上阵厮杀是风险极高、性命攸关的事情,徐宁应是每次出战都会穿上这副宝甲的。梁山征方腊期间,徐宁却是被对手射中项上(脖子),且又是毒箭,这未免过于凑巧了。较之有宝甲在身的徐宁,梁山其他兄弟项部中箭似乎更加合乎情理。而在徐宁中箭前不久,"神医"安道全又被徽宗皇帝召回东京,这就更加凑巧了。徐宁原本是最有机会逃过战死沙场命运的,即便是战死沙场,也不应是这样的死法。

梁山征方腊期间,有许多梁山兄弟死于临阵对敌,如秦明、索超、阮小二、阮小五、张顺、解珍、解宝等。他们的死固然让人感到意外,却大致有能自圆其说的理由。而更多梁山兄弟的死,却显得极其仓促草率,甚至关于他们的死,只是轻轻一笔带过,对于事情的经过并无任何叙述,且往往一次就有数人死亡。如施恩、孔亮、段景住、侯建(这四个都是步军头领),淹死;史进、石秀、陈达、杨春、李忠、薛永,一道被乱箭射死;

---

[1] 朱一玄、刘毓忱编:《〈水浒传〉资料汇编》,南开大学出版社,2012,第179页。

李立、汤隆、蔡福，各带重伤，医治不痊而死。或许作者也感觉到了直接让梁山兄弟成批战死明显不合逻辑，又给不少梁山兄弟安排了另一种死法：先后病死。如林冲、杨志、张横、穆弘、杨雄、孔明、朱贵、朱富、白胜、时迁。梁山一百单八将中，先后病死的竟然占到十分之一，而他们过的是舞枪弄棒的江湖生活，素来身体强健。

梁山聚义期间，梁山众人屡屡征战厮杀，虽说屡有兄弟受伤，却从未战死一人。梁山征方腊期间，许多梁山兄弟却死得莫名其妙。这既展示了方腊兵马的彪悍善战，也表明《水浒传》要在有限篇幅内达成梁山英雄十去其七的结局，因而忽略了对诸多人物死亡细节的安排。故此，梁山征方腊一役，许多梁山兄弟死得过于仓促，以至于读者根本不愿相信他们心中的英雄就这么轻易地离去了。正如马幼垣所说的：

> 神交已久、过去百战百胜的英雄，现在竟给对方杀得落花流水。可是，对方的实力和辽国、田虎、王庆并无太大分别，将领多而杂，泰半为有名字而无面貌之辈，确称得上骁勇善战者究有几人？假如让他们去征辽、田虎、王庆，就不见得能占什么便宜，现在由他们去几乎灭绝宋江集团（在简本来说，还加上尚存的河北降将），怎不冤枉？
>
> 既然在短短八九回（容与堂本）完成一切，其仓促可想，每一交战总要报销几人，刻不容缓，梁山好汉不论是超级高手（如秦明、董平、武松、张清），还是武功高于一般水准的（如雷横、索超、宣赞、项充），到大限来临，总是在以往不成问题的情况下给杀害。取信程度成了严重问题。这不是说死神碰不了他们。早已花了这么多篇幅（纵然不算辽国、田虎、王庆这些附庸情节）去制造他们神勇灵活的形象，去培养他们丰富的作战经验，怎能在读者并不深信为不可克服的情况下让他们给面貌模糊、并不是前所未见的强敌所集体杀戮？至于武技不算特别的，解决起来更是不费吹灰之力，给马踏毙者有之，中乱箭者有之，淹没者有之，坠陷坑者有之，笼统地死于乱军之中者

有之（如陶宗旺、曹正、施恩、侯健、张青、单廷珪、丁得孙）。①

徐宁等梁山兄弟仓促的死亡，让人始料未及，这样的安排是否合理，留待后人评说。至于《水浒传》必须在有限篇幅内达成梁山英雄十去其七的结局的原因，周思源指出：

> 小说中的征方腊是宣和五年（1123）进行的，而宣和七年（1125）宋徽宗就在金兵进攻汴京的情况下将皇位扔给了儿子，自任太上皇，没几日即仓皇南逃到长江南边。所以梁山军必须在宣和六年（1124）即金兵对汴京构成巨大威胁之前，彻底瓦解，他们的故事基本结束。否则强大的梁山军存在就不可能发生徽宗禅位、南逃之事，更不会发生1127年的"靖康之难"。这些都是历史上的客观存在，是谁都知道而且绝对无法改变的极其重大的历史事实。这是不能戏说的，古人也不会戏说。于是施耐庵、罗贯中只得设法让梁山军尽快彻底瓦解，使他们根本不可能再形成战斗力，此外实在别无良策。所以他们不但虚构了征方腊的故事，并且让梁山头领们在战斗中成批成批地死去，一战就要死好几个。②

《水浒传》固然不像《三国演义》那样与历史有着密切的关系，可毕竟是在大的历史背景下发生的故事。故此，无论《水浒传》如何天马行空地编排故事，如何背离历史真实，甚至不惜违背常识和逻辑，但结局必然要回归历史主线。以此而论，与历史有所关联的小说，无论联系紧密还是松散，都不能挣脱"戴着镣铐跳舞"的规律。

---

① 马幼垣：《水浒论衡》，生活·读书·新知三联书店，2007，第239页。
② 周思源：《周思源新解〈水浒传〉》，中华书局，2007，第81—82页。

三、"连环马"的知名度很高,却很难让人相信它具有惊人的战场杀伤力

徐宁的"钩镰枪法",自然是与"连环马"联系在一起的。而"连环马"的知名度虽然高,却很难让人相信它具有惊人的战场杀伤力,起码依据《水浒传》中对"连环马"的描写是这样。

实际上,"连环马"即相当于现在的装甲部队或特种部队。首先,将一群战马装备起来,以甲裹马,并把甲马用铁索串连在一起冲锋陷阵,如果对手集中对一两匹战马痛下杀手,或是其中一两匹战马出现问题,岂不是要连累一大批战马无法作战?其次,马匹并非像人类那样具有灵性,又如何能做到轻松准确控制其进退行止?如果失控,马匹又岂会只伤对手,不伤自身?古代作战时的"火牛阵",似乎与"连环马"类似。而"火牛阵"的战场应用有以下实例:20世纪20年代国共战争期间,红军攻打长沙,"这时长沙守敌收缩了阵地,我们就把长沙包围起来。长沙有城墙,敌人在城外设防,还有电网,我们没有攻城的重武器,便硬着头皮打,各种手段都使出来,甚至连战国时期田单的'火牛阵'都用上了。说起来也好笑,原以为牛尾巴上挂了响炮,就会驱使牛向前走,冲敌人的电网和防御工事,谁知我们花了一千多块大洋,买了二三十头牛,晚上攻打敌人时,点燃牛尾巴上的响炮后,但受惊的牛根本不受我们操纵,向两边跑,甚至掉回头冲我们自己的阵地,造成混乱。"① 以此推论,"连环马"应用于战场的实际效果与"火牛阵"在伯仲之间。最后,即便"连环马"具有惊人的战场杀伤力,那么,当人们知道"钩镰枪法"可以打破"连环马"后,"连环马"就如同人们已经找到了解药的病症,再使用就不具备太大的杀伤力了,若上阵厮杀对对手也毫无威胁性可言。任何有头脑的军事统帅,决然

---

① 萧克:《萧克回忆录》,人民文学出版社,2018,第123页。

不会再花费巨大的财力、物力、人力，去训练这种已经被世人知道能被打破的"连环马"了。

依据历史文献记载，"连环马"的史实出自南宋初年岳飞打败金兀术的"拐子马"，而"拐子马"的记录，又是岳飞之孙岳珂窃取宋将刘锜、陈规大破金兀术的"铁浮图"的史实，且将原来"重铠全装"的四千单骑的"铁浮图"演变为"皆重铠，贯以韦索，凡三人为联"的"拐子马"。这样的记录转而又被《宋史》等史书收录。① 由此可见，"拐子马"的记录已经与传说无异（《说岳全传》中即有岳家军打破金兀术"连环马"的故事情节）。乾隆皇帝在御批《通鉴辑览》中就对"拐子马"的记录提出了质疑：

> 北人使马，惟以控纵便捷为主。若三马联络，马力既有参差，势必此前彼却；而三人相连，或勇怯不齐，勇者且为怯者所累，此理之易明者。拐子马之说，《金史》本纪、兵志及乌珠（即兀术——引者）等传皆不载，惟见于《宋史》岳飞、刘锜传，本不足为确据。况乌珠战阵素娴，必知得进则进，得退则退之道，岂肯羁绊己马以受制于人？此或彼时列队齐进，所向披靡，宋人见其势不可当，遂从而妄加之名耳。即所云马被重铠，亦徒束缚而不能骋其腾骧之力，尤理所必无。②

梁山征方腊期间，梁山兵临杭州城下，宋江命关胜、徐宁等人作为前队攻打北关门、艮山门。"且说中路大队军兵，前队关胜，直哨到东新桥，不见一个南军。关胜心疑，退回桥外，使人回复宋先锋。宋江听了，使戴宗传令，分付道：'且未可轻进。每日轮两个头领出哨。'头一日是花

---

① 参见马幼垣：《水浒论衡》，生活·读书·新知三联书店，2007，第172页。
② 转引自来俊杰：《也论"拐子马"——读邓广铭先生〈有关"拐子马"的诸问题的考释〉札记》，《杭州师范学院学报（社会科学版）》2004年第1期。

荣、秦明，第二日徐宁、郝思文，一连哨了数日，又不见出战。此日又该徐宁、郝思文，两个带了数十骑马，直哨到北关门来，见城门大开着。两个来到吊桥边看时，城上一声擂鼓响，城里早撞出一彪马军来。徐宁、郝思文急回马时，城西偏路喊声又起，一百余骑马军冲在前面。徐宁并力死战，杀出马军队里，回头不见了郝思文；再回来看时，见数员将校，把郝思文活捉了入城去。徐宁急待回身，项上早中了一箭，带着箭飞马走时，六将背后赶来；路上正逢着关胜，救得回来，血晕倒了。"（第九十四回，1214—1215页）就在徐宁中箭前不久，"神医"安道全被徽宗皇帝召回东京，"天使又将出太医院奏准，为上皇乍感小疾，索取神医安道全回京，驾前委用，降下圣旨，就令来取。"（第九十四回，1211页）徐宁中箭后，"当夜三四次发昏，方知中了药箭。宋江仰天叹道：'神医安道全已被取回京师，此间又无良医可救，必损吾股肱也！'……宋江使人送徐宁到秀州去养病。不想箭中药毒，调治半月之上，金疮不痊身死"（第九十四回，1215页）。徐宁之死，岂非命中注定？

徐宁是第一位战死的天罡星人物。以徐宁的出身及地位而言，如果不是战死于梁山征方腊期间，肯定会再次回归朝廷，且地位或许要比昔日的皇帝近身侍卫更加重要——关胜、呼延灼等人的结局即为明证——他不仅可以再次过上风光体面、惬意优渥的生活，同时也能实现"封妻荫子""尽忠报国"的愿望。

有人说，梁山征方腊期间，"神医"安道全未能随军同行，才导致梁山兄弟死伤惨重，徽宗皇帝在梁山征方腊期间下旨召安道全回京，正是朝廷剪除梁山兄弟的险恶用心的体现。这一说法并非毫无道理。梁山兄弟与方腊兵马血腥厮杀，死伤惨重，安道全的作用不言而喻。而徽宗皇帝仅因"乍感小疾"，即下旨召安道全回京，难免让人对朝廷的用心有所揣测。试想，以朝廷的富有四海，皇宫内院高明的御医自然不可胜数，何缺一安道全？与身居皇宫内院的徽宗皇帝相比，腥风血雨中攻城略地的梁山兄弟似乎更加需要安道全。

然而，只要看看梁山兄弟的死亡原因即可明白，即便"神医"安道全随同梁山兄弟出征方腊，梁山兄弟十去其七的结局也不会改变多少。方腊麾下猛将如云，与梁山兄弟正是棋逢对手，双方厮杀之惨烈，过于梁山以往所有征战，以往征战与征方腊之役相比犹如童稚游戏。梁山兄弟固然有一些死于疾病，多数却并非死于药石可治之症——要么被乱箭射死，要么马踏而死，要么被敌军杀死，要么落水而死，要么在峭壁摔死。即便安道全随军同行，也定然是回天乏术。故此，梁山兄弟之死，与其说是死于安道全未能随军同行，毋宁说是死于方腊兵马的彪悍善战（方腊兵马更是死伤惨重，直至全军覆没）。

尽管如此，徐宁之死，却可以说是完全死于"神医"安道全未能随军同行。以安道全的绝高医术及宋江的叹息推测，如果安道全随军同行，徐宁多半可保性命无虞。徐宁号称"天祐星"，上天似乎并未"保祐"这位原本最有可能全身而退的梁山猛将。

"黑旋风"李逵：

下凡魔君　忠义兄弟

笔者少年时阅读《水浒传》，"黑旋风"李逵是印象最深刻、最钦佩赞赏的水浒人物之一（另外还有鲁智深、武松等，至于林冲，同情其不幸遭遇，又觉得其行事过于窝囊）。随着年龄的增长及阅历的加深，李逵却成为笔者心中感情最复杂（并非简单的厌恶）的人物。这并非是对李逵的性格与行事的评价有所变化，而是出于对他动辄滥杀无辜的痛恶。"两只手握两把板斧""火杂杂地轮着大斧，只顾砍人"（第四十回，533、534页）。

一、以李逵的性格与行事而论，绝非"朴诚""天真烂漫"可以简单概括的

宋江刺配江州结识戴宗后，两人外出吃酒，遇见李逵赌博闹事。戴宗随即引李逵拜见宋江，他向宋江介绍道："这个是小弟身边牢里一个小牢子，姓李名逵，祖贯是沂州沂水县百丈村人氏。本身一个异名，唤做黑旋风李逵。他乡中都叫他做李铁牛。因为打死了人，逃走出来，虽遇赦宥，流落在此江州，不曾还乡。为因酒性不好，多人惧他。能使两把板斧，及会拳棍。见今在此牢里勾当。"（第三十八回，496页）李逵的外貌更是非同寻常，让宋江见了吃惊："黑熊般一身粗肉，铁牛似遍体顽皮。交加一字赤黄眉，双眼赤丝乱系。怒发浑如铁刷，狰狞好似狻猊。天蓬恶煞下云梯。李逵真勇悍，人号铁牛儿。"（第三十八回，495页）

李逵出身卑微、相貌粗陋、力大无穷，冲锋陷阵绝不畏死，两把板斧抡起时凶神恶煞的形象，更凸显出武艺高超、气势不凡。梁山英雄排座次时，李逵排名天罡星第二十二位，名列"步军头领"第五位。

以梁山"替天行道"的宗旨及江湖好汉扶弱济贫的道德标准衡量，李逵的"天杀星"的"杀"字，应为"杀恶除害""杀富济贫"的"杀"。然而，依据《水浒传》中李逵的诸多行事推断，这一"杀"字在包含前一类含义的同时，应当还包含"滥杀无辜"的"杀"，甚至后一类的"杀"还要多于前一类。

金圣叹批读《水浒传》时，将李逵定为"上上人物"，称赞其"朴诚""真是一片天真烂漫到底。看他意思，便是山泊中一百七人，无一个入得他眼"①。以李逵的性格与行事而论，"朴诚""天真烂漫"的成分自然有之，却绝非"朴诚""天真烂漫"可以简单概括的。

李逵性情暴躁、头脑简单，日常行事常常有违江湖道义，甚至影响梁山大局。

晁盖带领梁山兄弟江州劫法场营救宋江时，李逵"轮两把板斧，一昧地砍将来……杀人最多……直杀到江边来，身上血溅满身，兀自在江边杀人，百姓撞着的，都被他翻筋斗都砍下江里去。晁盖便挺朴刀叫道：'不干百姓事，休只管伤人！'那汉那里来听叫唤，一斧一个，排头儿砍将去"（第四十回，534 页）。高唐州知府高廉妻舅殷天锡欺凌柴进时，李逵不听柴进劝阻，一怒之下打死殷天锡，导致柴进被捕入狱，饱受了一番折磨，才被梁山兵马营救上山。梁山三打祝家庄期间，宋江用计使扈家庄保持中立，李逵却不问青红皂白，要砍杀押解祝彪送往宋江营寨的扈成（扈三娘的哥哥），扈成仓促逃跑，幸免一死。为逼迫刺配沧州的朱仝入伙梁山，李逵斧劈沧州知府的小衙内（虽说这是出于吴用的指使）。李逵未奉军令，独自下山迎战魏定国、单廷圭，途经朱贵酒店时，又冒失地将前来投奔梁山的江湖好汉韩伯龙（当时并未入伙，却自称梁山好汉）砍死。这些都是让人气恼的败笔。

无论是江湖好汉还是奸臣恶人，杀人一般都有明确的目的，或为杀恶除害，或为报仇雪恨，或为陷害他人，或为追求功名富贵。对"天杀星"李逵而言，他在杀人时，往往在达成目标或未达成目标之际，总是处于失控疯癫状态，且伴随着触目惊心的"滥杀无辜"，许多场合，杀害的还是根本没有还手之力的围观民众或老弱妇孺。梁山三打祝家庄期间，祝家庄打破后，"李逵正杀得手顺，直抢入扈家庄里，把扈太公一门老幼尽数杀

---

① 施耐庵著、金圣叹批评：《金圣叹批评本〈水浒传〉》，岳麓书社，2006，第 3 页。

了，不留一个。……却回来献纳。""宋江道：'你这厮违了我的军令，本合斩首，且把杀祝龙、祝彪的功劳折过了。下次违令，定行不饶！'黑旋风笑道：'虽然没了功劳，也吃我杀得快活！'"（第五十回，670页）。杀人全家竟然是为了"快活"，李逵似乎是纯粹将杀人当成释放内心亢奋情绪（甚至是兽性）的手段。明无名氏点评梁山兄弟优劣时有言："李逵者……为善为恶，彼俱无意。"① 无名氏评语原本是称赞李逵耿直、率真。然而，以这一评语作为李逵或"杀恶除害"或"滥杀无辜"的解析，似乎也是恰如其分的。

许多人认为，李逵与《三国演义》中的张飞属于同一类型人物，甚至李逵的形象也是模仿张飞而塑造的。应该说，李逵与张飞确有不少相同之处（如相貌粗陋、性情暴躁等），但这两个人物的不同之处也不止一端。正如周思源所指出的：

> 其实张飞与李逵不是一个层面或同一个档次上的人物。张飞确实有"莽"的一面，但是远远不止于"莽"，他的性格内涵比李逵要丰富得多，特别是人品大大高于李逵。张飞与李逵最大的不同是张飞在"仁"上比他强。……张飞的"智"更是远非李逵可比。……张飞有大将眼光大将气度，而李逵只不过是个草莽人物。……至于说到勇，李逵是匹夫之勇，而张飞是猛将之勇。……如果说张飞形象影响了后世，那么李逵形象是从张飞形象那里的一个大倒退。张飞的正义感和嫉恶如仇是李逵所远远不及的，而李逵的嗜杀成性滥杀无辜是不足取的。②

在古典白话小说中，几乎每部都有与李逵同一类型的人物，严格地说，应是与张飞同一类型的人物，这些人物固然面貌粗陋、性情暴躁，却

---

① 朱一玄、刘毓忱编：《〈水浒传〉资料汇编》，南开大学出版社，2012，第185页。
② 周思源：《周思源品鉴三国人物》，中华书局，2006，第86—89页。

绝无李逵的嗜杀成性，如《隋唐演义》中的程咬金、《说岳全传》中的牛皋等。由此可见，李逵这一类型的人物以其淳朴、耿直、粗鲁、简单的性格与行事，在民间始终是颇受人喜爱的。而《三国演义》中的张飞与《水浒传》中的李逵，恰恰是这一类人物形象的精神源头，无论是程咬金，还是牛皋，他们的出身、性格与行事固然有许多不同之处，但他们身上又不同程度地闪烁着张飞与李逵的影子。小说中的张飞有历史人物原型，李逵则完全是虚构人物。需要说明的是，古典白话小说中的一些人物，虽说在历史上真有其人，其形象及行事与真实人物相比已经面目全非了。

二、虽说李逵性情暴躁、行事莽撞，但他嫉恶如仇、好打抱不平的个性却让人赞叹

凶神恶煞、手持两把板斧的李逵，冲锋陷阵时确实威猛无比，以此而论，他的实力不容小觑。然而，李逵冲锋陷阵时，多是以蛮力对付喽啰或一般将领，一旦对手施加暗器或是高手出招，他往往不是受伤就是被捉。李逵还有被"浪子"燕青，乃至于被梁山排名靠后的"没面目"焦挺轻松击倒的记录（虽说是以相扑这种特殊技能）。可以说，李逵给人武艺高超的印象，更多的是由他凶神恶煞的形象以及绝不畏死的气势引发的，他的武艺（尤其是与高手单独过招的实力）实际上并不十分突出——《水浒传》中，李逵确实没有像同为"步军头领"的鲁智深、武松、刘唐等人那样，与一流高手单独过招、且对战时实力惊人的记录。

虽说李逵在梁山排名靠前，而在梁山众人外出行事时，他又屡屡以吴用、戴宗、燕青等人随从身份出现。排名李逵之后的燕青曾多次让李逵以随从身份相伴，且让他言听计从，不敢造次。由此可见，水浒人物的排名与能力、职位之间并不严格等同。进一步而言，无论是陪同吴用到北京大名府赚取卢俊义，还是陪同燕青前往泰安州打擂，李逵的正面作用都是微不足道的，甚至每次外出都会节外生枝，需要他人善后。以此而论，即便

这些人物外出行事需要他人陪同，相貌粗陋、性情暴躁的李逵不仅不是合适的人选，反倒是最不合适的人选——这或许是因为《水浒传》中的不少故事都来源于元杂剧水浒戏，而李逵恰恰是元杂剧水浒戏中的活跃角色。《水浒传》成书时，有意无意中保留了许多关于李逵的个人故事。因此，许多关于李逵的个人故事，如梁山英雄排座次后的"黑旋风乔捉鬼""黑旋风乔坐衙"等，在《水浒传》中显得突兀而多余，不仅与李逵性格不符，且与《水浒传》的主线毫无关系，艺术价值也不高。

然而，李逵身上的优点也不可忽视。

第一、直率、忠诚。李逵的头脑是极其简单的，谁对他好，他便对谁好。戴宗引李逵拜见宋江时，正巧李逵赌钱输了，宋江二话不说，便送给他十两银子。随后得知李逵输钱闹事时，宋江又笑道："贤弟但要银子使用，只顾来问我讨。"（第三十八回，499页）宋江的慷慨大度，让直率、粗鲁的李逵大为折服，当着宋江的面感叹道："真个好个宋哥哥，人说不差了！便知我兄弟的性格！结拜得这位哥哥，也不枉了！"（第三十八回，500页）此后，李逵对宋江可以说是奉若神明、忠心不二，他甚至不惜为了宋江而舍弃自己的性命。李逵直率、忠诚的另一面，表现在他对宋江也并非完全言听计从。宋江在梁山欢庆重阳节时所作《满江红》词中流露出招安之意时，李逵睁圆怪眼，"大叫道：'招安，招安！招甚鸟安！'只一脚，把桌子踢起，撷做粉碎"（第七十一回，934页）。朝廷首次招安梁山时，诏书中有盛气凌人的词句，"只见黑旋风李逵从梁上跳将下来，就萧让手里夺过诏书，扯的粉碎，便来揪住陈太尉，拽拳便打。……李逵道：'你那皇帝正不知我这里众好汉，来招安老爷们，倒要做大！你的皇帝姓宋，我的哥哥也姓宋，你做得皇帝，偏我哥哥做不得皇帝！'"（第七十五回，978页）这些举动显然是并不遂宋江之意的。

第二，嫉恶如仇。李逵陪同燕青泰安州打擂返回梁山途中，在靠近梁山泊的刘太公庄院借住时，听闻梁山头领宋江强抢了刘太公女儿的谣言后，立即奔回山寨，拔出大斧，先砍倒了忠义堂前的杏黄旗，把"替天行道"四字扯得粉碎,又要与宋江大动干戈,且公然怒斥宋江道:"我闲常把你做好汉,你原来却是畜生!你做得这等好事!……我当初敬你是个不贪色欲的好汉,你原正是酒色之徒,杀了阎婆惜便是小样,去东京养李师师便是大样。你不要赖,早早把女儿送还老刘,倒有个商量。你若不把女儿还他时,我早做早杀了你,晚做晚杀了你。""宋江道:'你且不要闹攘,那刘太公不死,庄客都在,俺们同去面对。若还对番了,就那里舒着脖子受你板斧;如若对不番,你这厮没上下,当得何罪?'李逵道:'我若还拿你不着,便输这颗头与你。'"(第七十三回,954页)其实,强抢刘太公女儿的是冒名的江湖强人王江、董海,不是宋江。李逵虽然性情暴躁、行事莽撞,但他嫉恶如仇、好打抱不平的个性却也栩栩如生,让人欣赏赞叹。

三、李逵的反抗意识,与其说是意识到自身使命后的觉悟,毋宁说是性格使然

李逵的性格与行事,与主流社会倡导的理念大相径庭,明显投射着游民文化的影子。其中缘由,在于古典白话小说长期处于"难登大雅之堂"的地位,其作者多是社会地位不高、甚至流落底层的落魄文人。或许是这类作者身上兼具知识分子与游民的特质,或许是这些故事多是民间长期流传演变的题材,框架、气质已经基本定型,即便作者思想正统,在添加血肉的重塑过程中大刀阔斧地进行改造,也难将原有框架、气质改造殆尽。

除了直率、忠诚与嫉恶如仇之外,李逵身上还有着浓厚的反抗意识。

梁山聚义的本质是造反,李逵身为梁山头领,他的反抗意识自然首先针对的是贪官污吏,乃至于大宋朝廷。故此,李逵多次赤裸裸地表达过对大宋朝廷的不恭。例如,宋江带领李逵刚刚入伙梁山,宋江说起自己被陷害一事,李逵跳将起来道:"放着我们有许多军马,便造反怕怎地?晁盖哥哥便做了大皇帝,宋江哥哥便做了小皇帝,吴先生做个丞相,公孙道士

便做个国师,我们都做个将军,杀去东京,夺了鸟位,在那里快活,却不好!不强似这个鸟水泊里!"(第四十一回,551—552页)晁盖中毒箭身亡后,梁山兄弟推举宋江为寨主,宋江以晁盖留有遗言为由,坚决推让,李逵叫道:"哥哥休说做梁山泊主,便做了大宋皇帝却不好!"(第六十回,799页)卢俊义上山入伙后,宋江推让卢俊义为寨主,李逵大为不满,说道:"今朝都没事了,哥哥便做皇帝,教卢员外做丞相,我们都做大官,杀去东京,夺了鸟位子,却不强似在这里鸟乱!"(第六十七回,879页)对于李逵的言行举止,戴宗斥之为"使你那在江州性儿""胡言乱语"(第四十一回,552页)。吴用将他定性为"不识尊卑的人"(第六十回,799页)。在宋江等梁山兄弟眼中,李逵的言行举止虽然鲁莽,却自有可爱之处——他们决然不会将他口无遮拦的话当真的。

然而,李逵的反抗意识,与其说是清醒地意识到自身地位、使命后的高度觉悟,毋宁说是性格使然。李逵的反抗并不是"看人下菜碟",而纯粹是"不知礼数"。故此,他在日常行事中屡屡冒犯他人、违抗军令而又浑然不知。即便是对奉若神明的宋江,他也并非总是言听计从的。正因为李逵身上有着浓厚的反抗意识,才有人说,如果宋江做了皇帝,第一个要被砍头的就是李逵。这话初次听来颇为震惊,甚至有些惊悚,而细细体味,却也自有道理。李逵的反抗意识,从根本上来讲,本质是破坏现行秩序、无视权威,这与统治者的意志是格格不入的。因此,如果宋江做了皇帝,身份逆转,李逵的言行举止就不只是鲁莽这么简单了,自然更无可爱之处可言。中国古代社会,那些开基创业的帝王成就大业前,多有与其同甘共苦、出生入死的部属,彼此之间甚至多有掏心掏肺、直言不讳的亲密关系,上下尊卑气氛并不浓厚,部属放言无忌也屡屡得到宽宥。而这些帝王登基称帝后,却君臣有别,尊卑等级森严,彼此之间再难有促膝交谈之事。昔日的部属大多变得唯唯诺诺,不敢再有当年放言无忌之态。即便如此,这些帝王还是对许多部属深深猜忌,甚至费尽心思地加以剪除。

梁山征方腊班师还朝后,宋江被封为武德大夫、楚州安抚使兼兵马都总管，李逵被封为镇江润州都统制。平心而论，李逵为官地方，显然并不适宜。一方面，以他的才干，很难说有能力造福一方；另一方面，为官深受约束，也不符合他的性格，他的官运定然难以长久。然而，蔡京、高俅等奸臣对于宋江等人的加官晋爵寝食难安，很快便设下毒计。宋江得知自己遭到奸臣陷害即将性命不保时，断定李逵定会因此造反，坏了梁山（自己？）忠义之名，连夜使人往润州唤取李逵来到楚州，置酒相待。"宋江道：'兄弟，你休怪我！前日朝廷差天使赐药酒与我服了，死在旦夕。我为人一世，只主张忠义二字，不肯半点欺心。今日朝廷赐死无辜，宁可朝廷负我，我忠心不负朝廷。我死之后，恐怕你造反，坏了我梁山泊替天行道忠义之名，因此请将你来，相见一面。昨日酒中已与了你慢药服了，回至润州必死。你死之后，可来此处楚州南门外，有个蓼儿洼，风景尽与梁山泊无异，和你阴魂相聚。我死之后，尸首定葬于此处，我已看定了也！'言讫，堕泪如雨。李逵见说，亦垂泪道：'罢，罢，罢！生时伏侍哥哥，死了也只是哥哥部下一个小鬼。'言讫泪下，便觉道身体有些沉重。当时洒泪……回到润州，果然药发身死。"（第一百回，1301—1302页）李逵临死前，嘱咐从人道："我死了，可千万将我灵柩去楚州南门外蓼儿洼，和哥哥一处埋葬。"（第一百回，1302页）李逵死后，从人置备棺木盛贮，扶柩而往，将他与宋江合葬于楚州蓼儿洼，两人常相伴守。

如此结局，怎能不让人唏嘘长叹？大宋朝廷的薄情寡恩自然是一个方面；另一方面，从李逵被害前对待宋江的做法中，让人看到的已经不是兄弟情深，而是"奴仆"对"主人"深入骨髓的"愚忠"。

"神机军师"朱武：
名实相悖的能人异士
第 16 篇

梁山一百单八将中，"神机军师"朱武是排名与能力、功劳明显相悖的三个人物之一（另外两个是武艺与战功不逊于"马军八骠骑"的"病尉迟"孙立，以及机灵干练、屡立功劳，却排名倒数第二位的"鼓上蚤"时迁）。依据《水浒传》的定位，地煞星均为副将性质的人物，能力有限，很难独当一面，"神机军师"朱武排名地煞星之首，职司"参赞军务"，显然有鹤立鸡群的态势。梁山征辽、征方腊期间（此前只是几次小试牛刀，已经展示出非同寻常的谋略），朱武作为卢俊义一路兵马军师，可谓职高任重。

一、朱武"平生足智多谋"，不负"神机"之名，他对阵法的娴熟，更是让人惊叹不已

朱武是继"九纹龙"史进后出场的第二位梁山兄弟，容易让人留下较为深刻的印象。朱武原是定远县人氏，平生足智多谋，而且能使两口双刀。书中更有诗词对他夸赞有加："道服裁棕叶，云冠剪鹿皮。脸红双眼俊，面白细髯垂。智可张良比，才将范蠡欺。军中人尽伏，朱武号神机。"（第五十九回，786页）

《水浒传》中，朱武是最早占山为王的水浒人物。朱武"面白细髯垂"，以着道服为主，明显是文人气质浓厚的智囊类人物，由此可见，朱武虽为文人出身，却有着不亚于武人的胆识与阅历。相比之下，对一个智囊军师而言，武艺反倒类似鸡肋。"足智多谋""智可张良比"才是决定他的地位与作用的关键因素——实际上，《水浒传》中从无朱武使双刀与人对阵的记录，对他的武艺水准自然也难以做出定论。

《水浒传》开篇，即有朱武展示"智可张良比，才将范蠡欺"的智囊军师才干的片段。少华山二当家"跳涧虎"陈达下山前往蒲城县借粮（就是打劫），无视朱武让他回避"九纹龙"史进的提醒，途经华阴县史家庄，被史进擒获。朱武自知武力难敌史进，遂定下苦肉计：他与少华山三当家

"白花蛇"杨春步行来到史家庄，在史进面前跪下哭诉道："小人等三个，累被官司逼迫，不得已上山落草。当初发愿道：'不求同日生，只愿同日死。'虽不及关、张、刘备的义气，其心则同。今日小弟陈达不听好言，误犯虎威，已被英雄擒捉在贵庄，无计恳求，今来一径就死。望英雄将我三人一发解官请赏，誓不皱眉。我等就英雄手内请死，并无怨心。""史进听了，寻思道：'他们直恁义气！我若拿他去解官请赏时，反教天下好汉们耻笑我不英雄。自古道：大虫不吃伏肉。'……史进道：'你们既然如此义气深重，我若送了你们，不是好汉。我放陈达还你如何？'"（第二回，35页）朱武实施苦肉计固然担着风险，却因为对史进的性格、行事把握精准，以此有惊无险。朱武不仅救下陈达，且与史进结交。

梁山英雄排座次后，宋江前往东京寻找招安门路未能奏效，又意外大闹东京，引来童贯、高俅先后领兵征讨梁山。梁山两赢童贯、三败高俅后，众头领商议招安大事，宋江决议安排燕青再往东京，走徽宗皇帝宠妓李师师的门路。朱武点拨宋江道："兄长昔日打华州时，尝与宿太尉有恩。此人是个好心的人。若得本官于天子前早晚题奏，亦是顺事。""宋江想起：九天玄女之言'遇宿重重喜'，莫非正应着此人身上？"（第八十一回，1044页）宋江随即安排分别走李师师与宿太尉的门路，双管齐下。借助于李师师之力，燕青得以面见徽宗皇帝，使其得悉了梁山兄弟"只待招安"的实情；而借助于宿太尉之力，徽宗皇帝下定招安决心，随即颁诏命宿太尉前往梁山招安。梁山招安成功，朱武功不可没，其观察力之敏锐让人钦服。

梁山征辽期间，朱武对阵法的精通，更是让人惊叹不已。梁山兵马攻取幽州时，辽国都统军大元帅兀颜光之子兀颜延寿领兵救援幽州，梁山兵马摆下九宫八卦阵。《水浒传》中写道："兀颜延寿勒马直到阵前，高声叫道：'你摆九宫八卦阵，待要瞒谁！你却识得俺的阵么？'宋江听的番将要斗阵法，叫军中竖起云梯。宋江、吴用、朱武上云梯观望了辽兵阵势，三队相连，左右相顾。朱武早已认得，对宋江道：'此辽兵之阵是太乙三才阵也。'宋江留下吴用同朱武在将台上，自下云梯来，上马出到阵前,挺鞭直指辽将喝道:'量你这太乙三才阵,何足为奇!'兀颜小将军道:'你识吾阵,看俺变法,教汝不识。'勒马入中军,再上将台,把号旗招展,变成阵势。吴用、朱武在将台上看了,此乃变作河洛四象阵,使人下云梯来回复宋江知了。兀颜小将军再出阵门,横戟问道:'还识俺阵否?'宋江答道:'此乃变出河洛四象阵。'那兀颜小将军摇着头冷笑,再入阵中,上将台,把号旗左招右展,又变成阵势。吴用、朱武在将台上看了,朱武道:'此乃变作循环八卦阵。'再使人报与宋江知道。那小将军再出阵前高声问道:'还能识吾阵否?'宋江笑道:'料然只是变出循环八卦阵,不足为奇。'小将军听了,心中自忖道:'俺这几个阵势都是秘传来的,不期却被此人识破。宋兵之中,必有人物。'兀颜小将军再入阵中,下马,上将台,将号旗招展,左右盘旋,变成个阵势,四边都无门路,内藏八八六十四队兵马。朱武再上云梯看了,对吴用说道:'此乃是武侯八阵图,藏了首尾,人皆不晓。'便着人请宋公明到阵中,上将台看这阵法:'休欺负他辽兵,这等阵图皆得传授。此四阵皆从一派传流下来,并无走移。先是太乙三才,生出河洛四象,四象生出循环八卦,八卦生出八八六十四卦,已变为八阵图。此是循环无比,绝高的阵法。'宋江下将台,上战马,直到阵前。小将军搠戟在地,勒马阵前,高声大叫:'能识俺阵否?'宋江喝道:'汝小将年幼学浅,如井底之蛙,只知此等阵法以为绝高。量这藏头八阵图法瞒谁?瞒吾大宋小儿也瞒不过!'兀颜小将军道:'你虽识俺阵法,你且排一个奇异的阵势,瞒俺则个。'宋江喝道:'只俺这九宫八卦阵势,虽是浅薄,你敢打么?'小将军大笑道:'量此等小阵,有何难哉!你军中休放冷箭,看咱打你这个小阵。'"(第八十七回,1120—1121页)

虽说《水浒传》中的斗阵被李卓吾定性为"村俗不可言"[①],朱武娴熟

---

① 朱一玄、刘毓忱编:《〈水浒传〉资料汇编》,南开大学出版社,2012,第183页。

阵法之才却也彰显无疑。① 而朱武不凡的谋略、敏锐的观察力，再加上对阵法的娴熟，显然是一位比吴用更加突出、全面的智囊军师。

二、《水浒传》对朱武的评价颇高，但他的身份与地位却颇为尴尬

梁山一百单八将的排名及职务分配确定于梁山英雄排座次之时，且排名的确定是天降"石碣"。而在此之前，随着梁山兄弟数量不断增加，他们有过数次排座次。这数次排座次所依据的标准及理由并不相同，排名却与梁山英雄排座次时大致相当。与此同时，在"石碣"揭示排名前，梁山众人实际上不仅有着排名先后的观念，且有着明确的等级观念。

宋江等人赚取卢俊义上山入伙时，强行邀请他留在山上做客。"三十余个上厅头领，每日轮一个做筵席。光阴荏苒，日月如梭，早过一月有余。卢俊义寻思，又要告别。"（第六十二回，819 页）次日宋江安排筵席送行时，卢俊义又被留了四五日。此后，"卢俊义坚意要行。只见神机军师朱武，将引一般头领直到忠义堂上，开话道：'我等虽是以次弟兄，也曾与哥哥出气力，偏我们酒中藏着毒药？卢员外若是见怪，不肯吃我们的，我自不妨，只怕小兄弟们做出事来，悔之晚矣！'吴用起身便道：'你们都不要烦恼，我与你央及员外，再住几时，有何不可。常言道：将酒劝人，终无恶意。'卢俊义抑众人不过，只得又住了几日，前后却好三四十日。自离北京是四月的话，不觉在梁山泊早过了四个月有余"（第六十二回，820 页）。"上厅头领"显然是指位列天罡星群体的头领，"以次

---

① 也有人认为，梁山征辽部分是后来增加的内容，在这部分内容中，增加了朱武精通阵法的本事，而在《水浒传》其他部分，并无朱武精通阵法的内容。马幼垣即指出："征辽时，朱武不仅多的是表演排阵本领的机会，其本领还高明得几近出神入化，吴用以及拥有九天玄女娘娘所赐天书的宋江均无法望其项背。……征辽故事尽管是百回本的一部分，这些故事与前此的章回（特别是招安部分的章回）绝不会同出一人之手。这就是说，朱武懂不懂阵法，答案随所说的部分和所用的版本而异。"（马幼垣：《水浒二论》，生活·读书·新知三联书店，2007，314 页）

弟兄"显然是指位列地煞星群体的头领。由此可见，即便尚无天降"石碣"揭示排名之时，梁山兄弟分为天罡星、地煞星两等级，就已经是毫无掩饰的存在，而朱武也已经毫无疑义地以"以次弟兄"的"魁首"自居了。这样，无论是出战还是待遇，都已经与战功不再有任何关联了。

《水浒传》中对朱武评价颇高，然而，朱武的身份与地位却颇为尴尬。从《水浒传》现有文本来看，朱武的智谋绝不在吴用之下，甚至在某些大事的洞察及见识方面，朱武还要高出吴用一筹。无论是《水浒传》开篇时轻松化解与史进的矛盾时的小试牛刀，还是梁山谋划招安时提醒宋江要走宿太尉的门路，都可以看出朱武的不凡谋略。金圣叹批读《水浒传》时即写道："其视史进如戏也，真乃神机军师。""神机军师，亦复名下无虚。"①

然而，朱武的故事显然没有充分展开，这与《水浒传》人物众多，不能人人平均分配篇幅有关，也可能是出于避免塑造一个与吴用完全同质化的人物的考虑。更为重要的是，朱武在《水浒传》中并非主要人物，甚至连重要配角也算不上。故此，《水浒传》中要么忽略朱武的存在，例如：朱武上山入伙后，在梁山内部议事、外部征战时忽隐忽现，甚至在许多理所应当出现的场合也不见他的身影，而在梁山征辽、征方腊期间，也往往是梁山兵马分兵征讨时，他才以卢俊义一路兵马军师身份出现，一旦宋江、卢俊义合兵一处，朱武又几乎总是隐匿不现；要么涉及他的故事情节，与他的性格、能力相互抵牾，例如：仗义救人的史进被华州贺太守抓捕后，朱武一筹莫展，无任何营救措施；朱武与史进等人领兵迎战芒砀山的"混世魔王"樊瑞等三人时，朱武并未料敌先机，在敌我实情不明之际仓促出兵对战，以致被樊瑞等三人轻松击败。

"神机军师"朱武出场时，有一段展露"足智多谋"的独立故事（也只是一闪而过而已），而后《水浒传》中就对他不着一字，直到呼延灼引出三山聚义打青州后，朱武才再次出场。在此之前，还可以说《水浒传》

---

① 施耐庵著、金圣叹批评：《金圣叹批评本〈水浒传〉》，岳麓书社，2006，第25页。

是采用环环相扣的方式,不断以一个水浒人物引出另一个水浒人物,直到完成一百单八将聚集,那么,在三山聚义打青州后,朱武已经随同史进入伙梁山,却在后面的故事情节中仍然忽隐忽现。而再次出场的朱武,无论是史进被华州贺太守抓进监牢后,还是归附梁山后与史进领兵攻打芒砀山时,都未展现出"足智多谋"的"神机军师"的特点,这与朱武在梁山征辽、征方腊期间沉稳多谋的表现简直有天壤之别。据此可知,朱武再次出场后谋略发挥失常,似乎是为了给梁山营救史进留下空间,否则,梁山众人将失去表现机会,这是古典白话小说为了衬托主要人物而牺牲次要人物惯用的笔法,而这种牺牲往往伤害故事逻辑。

梁山英雄排座次时,朱武排名第三十七位,位居地煞星之首,职务为"参赞军务"。然而,无论是梁山招安前的两赢童贯还是三败高俅,只看到吴用在繁忙地用兵布阵——依据《水浒传》中所述,朱武在用兵布阵方面的才能显然是高于吴用的。在吴用随同宋江出战童贯、高俅时,既无朱武看守山寨的交代,也无对他另有安排的记载,似乎根本不存在这个人物。这既是对朱武的忽视,也是行文前后照应不周的体现。

三、从职场因素方面分析朱武的尴尬地位,并不契合《水浒传》的实际情况

《水浒传》中对朱武的忽视,以及由此引出的行文前后照应不周,从梁山接受招安后,梁山兄弟进京参见徽宗皇帝这个细节可以看出。《水浒传》中写道:"众头领都是戎装披挂。惟有吴学究纶巾羽扇,公孙胜鹤氅道袍,鲁智深烈火僧衣,武行者香皂直裰。其余都是战袍金铠,本身服色。"(第八十二回,1064页)由此可见,朱武也是"戎装披挂"。作者似乎忘记了,朱武与史进等人领兵迎战芒砀山的樊瑞等三人时,对他的着装与外貌的描述是:"道服裁棕叶,云冠剪鹿皮。脸红双眼俊,面白细髯垂。"(第五十九回,786页)以此而论,虽说《水浒传》中并未明确指出

朱武文人出身（明确指出吴用为秀才出身），作为"参赞军务"的"神机军师"，朱武也应是异于众头领的"道袍"装扮，身着"战袍金铠"反倒显得不伦不类。

公孙胜与吴用同为梁山军师，公孙胜的作用显然不同于吴用，具备"呼风唤雨、撒豆成兵"之法的他是对抗法术不可或缺的"法师"。因此，朱武才有机会脱颖而出，一展才干——梁山征辽、征方腊期间，每当宋江、卢俊义分兵征讨时，军师吴用辅佐主帅宋江，朱武则以副军师身份辅佐副统帅卢俊义。此时，无论是"马军五虎将""马军八骠骑"，还是水军头领、步军头领，都在他的调遣下立功征战，朱武的作用与战功，甚至让许多天罡星人物黯然失色。而作为副统帅的卢俊义，也多次表达了对朱武的谋略与才智的钦服与赞扬。至于朱武对阵法的精通，更是让卢俊义"称赞不已"（第八十四回，1086页）。然而，一旦宋江、卢俊义合兵一处，朱武又立即从人们视野中消失，梁山决策层议事时，仅是宋江、卢俊义、吴用三人。无论这是《水浒传》中的疏漏还是有意如此，都给人一种对朱武是"召之即来，挥之即去"的感觉。

而梁山征方腊班师还朝后，除了先锋使宋江、卢俊义另行加封之外，"正将十员，各授武节将军，诸州统制；偏将十五员，各授武奕郎，诸路都统领"（第九十九回，1290页）。虽说朱武足智多谋，且承担副军师之责，梁山征辽、征方腊期间作用突出、功劳显赫，却限于地煞星身份，只能受偏将一级的赏赐。无论是梁山英雄排座次将梁山兄弟分为天罡星、地煞星两等级，还是朝廷对生还梁山兄弟的分等级赏赐，都将等级划分当成天经地义之事。梁山英雄排座次时，"铁面孔目"裴宣职务为"掌管定功赏罚"头领。梁山对外征战，尤其是征辽、征方腊期间，屡有标记个人功劳的记载，而征战结束后，梁山及朝廷的赏赐却决然不考虑每个人的功劳大小。这既是对梁山兄弟之情的讽刺，也是对论功行赏理念的违背。对梁山而言，这样的手法绝对不足以维持梁山的兄弟之情；对朝廷而言，这样的手法不足以维持朝廷的长治久安。

今天，许多人都从职场因素方面分析朱武能力突出而排名过低、不受重用的尴尬地位，如朱武排名过低、不受重用，是受到谋略不及朱武的吴用的打压，因为两人均承担梁山军师角色，朱武的存在对吴用的地位威胁极大。这显然并不契合《水浒传》的实际情况。实际上，朱武的尴尬地位更多的还是与《水浒传》的复杂成书过程有关。《水浒传》为世代累积型文学作品，成书过程中，故事情节来源不同，且成于众手，故事情节编排方面前后照应不周，以至于疏漏颇多。而这样的问题不仅存在于朱武这样的次要人物身上，在浓墨重彩塑造的鲁智深、林冲等主要人物身上同样存在，如鲁智深与林冲是结过义且共历生死劫难的"兄弟"，而鲁智深归附梁山后，他与林冲的见面却极为平淡，且对林冲以"教头"而非"兄弟"相称，仿佛两人的生死兄弟之情根本不曾存在过。然而，以朱武在梁山发挥的作用而言，这样的疏漏显然是过于明显的。笔者一直在想，如果《水浒传》不仅将公孙胜塑造成一个能呼风唤雨、广有法术的半仙级的法师人物，又同样是"足智多谋"的军师人物，且一直随同梁山兄弟征战的话，朱武是否还能获得后面的副军师地位与相对较多的出场次数？

梁山征方腊班师还朝后，朱武被封为武奕郎兼诸路都统领。而朱武并无功名富贵之念。"朱武自来投授樊瑞道法，两个做了全真先生，云游江湖，去投公孙胜出家，以终天年"（第一百回，1297页）。

四、在《水浒传》等诸多古典白话小说中，文人即便足智多谋，也很少能成为团体领导者

金圣叹批读《水浒传》时有言："一部书七十回，一百八人，以天罡第一星宋江为主，而先做强盗者，乃是地煞第一星朱武。虽作者笔力纵横之妙，然亦以见其逆天而行也。""次出跳涧虎陈达，白花蛇杨春，盖橐括一部书七十回一百八人为虎为蛇，皆非好相识也。何用知其为是橐括一部书七十回一百八人？曰：楔子所以楔出一部，而天师化现恰有一虎一蛇，

故知陈达、杨春是一百八人之总号也。"①

在古典白话小说难登大雅之堂时，金圣叹致力于《水浒传》评点，且以"第五才子书"称之，断言其与《庄子》《离骚》《杜诗》《史记》并称而无愧色。此论实属石破天惊之言，对于古典白话小说地位的提升居功至伟，称其具有划时代意义绝不为过。金圣叹目光如炬，批读《水浒传》时，不仅"腰斩水浒"，只保留前七十回，且大量删除诗词，又对原文做了较多的修改，同时写下了大量的评点文字。他的评点文字颇多精彩绝伦之处，实为古典白话小说评点第一人。故此，金圣叹批评本《水浒传》问世后，一统天下近三百年，其他版本几乎消亡殆尽。

自然，金圣叹的评点文字中也有不少八股习气、望文生义及穿凿附会之词。"一百八人为虎为蛇，皆非好相识也"固然言之有理，而洪太尉登龙虎山拜请张天师祈禳瘟疫途中恰遇"一虎一蛇"，《水浒传》明言，这是张天师所施的手段，以"试探太尉之心"（第一回，11页）。以此而论，"一虎一蛇"何曾是隐喻陈达、杨春？以陈达、杨春身份之平常、武艺之低微，又何尝有资格隐喻"一百八人"？更何况，既然开篇有隐喻，为何此后直到《水浒传》终了，再未提及隐喻之事？

一般认为，《水浒传》成书于元末明初，而这一说法只是目前通行的说法，随着对古典白话小说发展历史越来越深入的研究，这一说法也不断遭到挑战。实际上，无论是《水浒传》的成书年代，还是《水浒传》的作者，或是《水浒传》的版本，目前都存在多种说法，且不同说法之间也是各执一词，很难将某种说法当成定论。有论者指出，朱武、陈达、杨春三人的命名，暗指或影射明太祖朱元璋（年号洪武）及其麾下的两员大将徐达、常遇春。应该说，即便朱武等三人的命名确实出于暗指或影射，这种命名也与金圣叹提出的"隐喻说"相同，却很难找到一锤定音的佐证之词。更何况，无论是身份、地位，还是排名、行事，朱武等三人均与声名

---

① 施耐庵著、金圣叹批评：《金圣叹批评本〈水浒传〉》，岳麓书社，2006，第13页。

显赫的朱元璋等三人决然不同，甚至缺乏将他们准确联系在一起的基本因素。

而从朱武的文人身份还能引出一个有趣的话题。俗语有云："文无第一，武无第二。"这句话似乎也可以从另一角度做出理解：一般而言，文人为人处世顾忌、算计过多，缺乏成就大事者所必备的冒险精神，即便足智多谋、胆略不凡，也多以做军师、参谋为多，很少能成为团体领导者。这一话题极为有趣，也值得深入探究。萨孟武说："流氓可以做皇帝，地主也可以做皇帝。知识阶级呢？'秀才造反，三年不成。'""流氓和地主何以都有做皇帝的资格？因为在中国社会上，最有势力的，是他们两个阶级。不过流氓要做皇帝，须有地主的德性，地主要做皇帝，须具流氓的德性。地主的德性是什么？是礼贤下士。流氓的德性是什么？是豁达豪爽。""知识阶级呢？'秀才人情本来是纸半张'，这样寒酸气的人物哪里配做皇帝，而且他们知识愈高，顾虑愈多，而丧失冒险的精神。""知识阶级虽然没有做皇帝的资格，然而地主或流氓想做皇帝，却非利用知识阶级不可。"① 由此可见，"文无第一，武无第二"的说法自有其合理性。

不仅小说如此，真实历史也是如此。以汉高祖刘邦及其谋士萧何、曹参为例。《史记》记载：

> 秦二世元年秋，陈胜等起蕲，至陈而王，号为"张楚"。诸郡县皆多杀其长吏以应陈涉。沛令恐，欲以沛应涉。掾、主吏萧何、曹参乃曰："君为秦吏，今欲背之，率沛子弟，恐不听。愿君召诸亡在外者，可得数百人，因劫众，众不敢不听。"乃令樊哙召刘季。刘季之众已数十百人矣。
>
> 于是樊哙从刘季来。沛令后悔，恐其有变，乃闭城城守，欲诛萧、曹。萧、曹恐，逾城保刘季。刘季乃书帛射城上，谓沛父老曰：

---

① 萨孟武：《〈水浒传〉与中国社会》，北京出版社，2013，第158、161、162页。

"天下苦秦久矣。今父老虽为沛令守，诸侯并起，今屠沛。沛今共诛令，择子弟可立者立之，以应诸侯，则家室完。不然，父子俱屠，无为也。"父老乃率子弟共杀沛令，开城门迎刘季，欲以为沛令。刘季曰："天下方扰，诸侯并起，今置将不善，一败涂地。吾非敢自爱，恐能薄，不能完父兄子弟。此大事，愿更相推择可者。"萧、曹等皆文吏，自爱，恐事不就，后秦种族其家，尽让刘季。……于是刘季数让。众莫敢为，乃立季为沛公。①

"文吏"萧何、曹参等人眼光敏锐，认识到了天下大变是不可扭转的趋势，他们在起事之初又预估到风险而留有后路。集"英雄气"与"流氓气"于一身的刘邦显然没有这些顾虑，尽管他在众人推举时一再谦让，而一旦成为众人之主，他却有着舍我其谁的气概。以此而论，刘邦成就帝业（以及像刘邦这样的成就大事者），绝非一个好运气可以解释的。文人往往白白丧失（甚至主动放弃）许多成为团体领导者的机会。

《水浒传》中，较早出场的少华山三位头领中，却是军师类型的人物"神机军师"朱武（文人）坐第一把交椅，朱武也颇有江湖头领的才干与气势。应该说，朱武在少华山三位头领中坐第一把交椅并不违背"文无第一，武无第二"的规律，相比之下，"跳涧虎"陈达、"白花蛇"杨春（武人）武艺有限，更兼谋略欠缺，只能让更具才干的朱武坐第一把交椅。以少华山而论，当有了武艺出众的"九纹龙"史进（武人）入伙后，朱武也就自然而然地退居第二把手（军师）的位置了。

---

① 司马迁：《史记》（第一册），中华书局，2011，第296—297页。

第17篇

"病尉迟"孙立:
光芒难掩的地煞星高手

水浒人物中，除了"神机军师"朱武与"鼓上蚤"时迁之外，排名与武艺、战功明显相悖的就是"病尉迟"孙立。正是这三人的排名让人觉得，许多水浒人物的排名既无规律可循，排名先后也颇不妥当，甚至给人莫名其妙之感。无论是以出身、地位、名气而论，还是以武艺、临阵应战、战功衡量，孙立名列天罡星绝对当之无愧。而朱武、孙立、时迁排名虽然位居人后，梁山行兵对战时，却往往以过人的才干，承担了许多天罡星也难以企及的重任。

一、将名字出现较早、在民间有故事流传的孙立剔除出天罡星颇为不可思议

关于孙立，其弟孙新在向乐和介绍时说道："我的亲哥哥见做本州兵马提辖。如今登州只有他一个了得，几番草寇临城，都是他杀散了，到处闻名。"（第四十九回，658页）孙立出场时，相貌不凡、气势逼人："孙提辖下了马，入门来，端的好条大汉：淡黄面皮，落腮胡须，八尺以上身材，姓孙名立，绰号病尉迟；射得硬弓，骑得劣马，使一管长枪，腕上悬一条虎眼竹节钢鞭，海边人见了，望风而降。"（第四十九回，659页）

孙立等登州八人劫牢解救解珍、解宝兄弟时，《水浒传》中写道："当时顾大嫂手起，早戳翻了三五个小牢子，一齐发喊，从牢里打将出来。孙立、孙新两个把住牢门，见四个从牢里出来，一发望州衙前便走。邹渊、邹润早从州衙里提出王孔目头来。街市上大喊起，行步的人先奔出城去。孙提辖骑着马，弯着弓，搭着箭，压在后面。街上人家都关上门，不敢出来。州里做公的人认得是孙提辖，谁敢向前拦当。众人簇拥着孙立奔出城门去，一直望十里牌来，扶挽乐大娘子上了车儿，顾大嫂上了马，帮着便行。"（第四十九回，661—662页）孙立威震地方的实力与地位由此可见一斑。而他能获得如此地位，主要仰仗的还是非同凡响的武艺。

呼延灼领兵征讨梁山期间，梁山以"车轮战"应对，孙立与呼延灼大

战三十回合不分胜负,《水浒传》中写道:"呼延灼纵马赶来,病尉迟孙立见了,便挺枪纵马,向前迎住厮杀。背后宋江却好引十对良将都到,列成阵势。一丈青自引了人马,也投山坡下去了。""宋江见活捉拿得天目将彭玘,心中甚喜,且来阵前看孙立与呼延灼交战。孙立也把枪带住,手腕上绰起那条竹节钢鞭,来迎呼延灼。两个都使钢鞭,却更一般打扮:病尉迟孙立是交角铁幞头,大红罗抹额,百花点翠皂罗袍,乌油戗金甲,骑一匹乌骓马,使一条竹节虎眼鞭,赛过尉迟恭;这呼延灼却是冲天角铁幞头,销金黄罗抹额,七星打钉皂罗袍,乌油对嵌铠甲,骑一匹御赐踢雪乌骓,使两条水磨八棱钢鞭,左手的重十二斤,右手重十三斤。两个在阵前左盘右旋,斗到三十余合,不分胜败。宋江看了,喝采不已。"(第五十五回,733—734页)

从当场观战的宋江的"喝采不已"可以看出,孙立大战呼延灼三十余合,既未败落下风,更无性命之虞。这样,孙立与呼延灼战至四十余合应不成问题——《水浒传》中,如果两将战至四十余合不分胜负,即可认为两人大致旗鼓相当。梁山英雄排座次时,呼延灼名列"马军五虎将"第四位,跻身梁山一流武将行列。以此而论,孙立的武艺最起码可以名列"马军八骠骑"中游水平。而孙立对战时枪、箭、鞭交替,攻守兼备、智勇双全的综合实力,甚至较之名列"马军五虎将"第三位的"霹雳火"秦明更加突出。

孙立是出现较早的水浒人物。南宋罗烨的《醉翁谈录》中,记录有《石头孙立》,归为公案类话本。① 对于这里的孙立是否为《水浒传》中孙立的人物原型,因话本分类差异较大,历来有不同看法。宋末元初龚圣与的《宋江三十六赞》中,孙立排名第九位,赞词为:"尉迟壮士,以病自名。端能去病,国功可成。"② 宋元之际的《大宋宣和遗事》中,孙立为押运花石纲的十二制使之一,在以宋江为首的三十六人名单中排名

---

① 朱一玄、刘毓忱编:《〈水浒传〉资料汇编》,南开大学出版社,2012,第19页。
② 朱一玄、刘毓忱编:《〈水浒传〉资料汇编》,南开大学出版社,2012,第20页。

第二十四位，且是少有的有单独故事的人物。而《大宋宣和遗事》中的三十六人名单中的人物，基本对应于《水浒传》中的天罡星人物（姓名、绰号、位次差异较大）。《水浒传》中，协助梁山攻破祝家庄的登州八人中，孙立是名副其实的首领人物，另外七人以他马首是瞻。而梁山英雄排座次时，孙立却排名地煞星第三位，与许多并无过人武艺的梁山兄弟并立于"马军小彪将"群体（三十六人名单中的杜迁也落入地煞星）。与此同时，作为跟班追随孙立入伙梁山的解珍、解宝兄弟，反倒一跃而上，名列天罡星，这让人困惑不解——即便从《水浒传》成书过程考察，将名字出现较早、在民间有故事流传的孙立剔除出天罡星也颇为不可思议。

数百年来，梁山一百单八将的排名先后一直是争议热点。在天罡星群体中，人们固然对其中某些人物的排名争议较大，但对入选天罡星的人物，争议相对较小。即便是对某些被认定为名不副实的人物，人们也总能找到几条符合入选标准的理由（即便理由颇为牵强）。然而，对解珍、解宝兄弟入选天罡星，且排名在燕青之前，甚至连牵强的理由也无法找到——相反的理由倒是不胜枚举。

关于解珍、解宝兄弟，《水浒传》中写道："弟兄两个都使浑铁点钢叉，有一身惊人的武艺，当州里的猎户们都让他第一。"（第四十九回，651页）甚至还有赞词夸道："浑铁钢叉无敌手，纵横谁敢拦遮。怒时肝胆尽横斜"（解珍）、"性格忘生拚命，生来骁勇英豪。赶翻麋鹿与猿猱，杀尽山中虎豹"（解宝）（第四十九回，651页）。然而，这些赞词并没有过硬的对战记录的支撑。解珍、解宝兄弟出场时，登州城外山上有猛虎出没，登州知府命猎户们三天之内捉住老虎。解珍、解宝兄弟在山上埋下窝弓，正射中老虎，不料老虎滚到地主毛太公家后花园里，他们前去讨虎不成，反被毛太公安排儿子毛仲义带差人绑了，下到死囚牢里去。解珍、解宝兄弟行事如此不济，与武松景阳冈徒手打死猛虎的壮举相比，实在有天壤之别。

解珍、解宝兄弟在《水浒传》中的唯一作用，就是在梁山攻打祝家庄处于僵持状态时，作为导火索引出了孙立等登州八人登场。此后，登州八人在孙立带领下打入祝家庄内部，协助梁山打破祝家庄。而在打破祝家庄一役中，他们并未发挥任何关键性作用。解珍、解宝兄弟入伙梁山后，在历次出战中都没有过于出彩的对战或斩杀一流高手的记录，自然也并未建立过于耀眼的功劳。解珍、解宝兄弟最后的惨死说明，他们作为猎户确实有一技之长，这却不足以支撑他们成为天罡星人物——不仅在以孙立为首的登州八人中，解珍、解宝兄弟并无任何出色之处，功劳没有太多，即便在地煞星群体中，无论是品行、武艺，还是谋略、战功，他们也算不上出色。以此而论，解珍、解宝兄弟充其量只能居于地煞星中游位置。

二、《水浒传》对孙立的刻画颇为倾心，他的表现甚至让不少天罡星黯然失色

有人对孙立的武艺持怀疑态度，甚至坚持认为孙立排名地煞星第三位是恰如其分的。这完全是认为天罡星人物必然优于地煞星人物的等级观念的体现。许多人认为，孙立的武艺不足以支持其位列天罡星。殊不知，许多天罡星人物都没有展示其足以位列天罡星的武艺。以孙立与祝家庄教头栾廷玉相互比照，孙立与栾廷玉是同门师兄弟，栾廷玉是让梁山颇费了一番周折的狠角色：梁山三打祝家庄期间，"那祝龙当敌秦明不住，拍马便走。栾廷玉也撇了邓飞，却来战秦明。两个斗了一二十合，不分胜败，栾廷玉卖个破绽，落荒即走。秦明舞棍径赶将去，栾廷玉便望荒草之中跑马入去。秦明不知是计，也追入去。原来祝家庄那等去处，都有人埋伏，见秦明马到，拽起绊马索来，连人和马都绊翻了，发声喊，捉住了秦明"（第四十八回，647页）。作为同门师兄弟，孙立的武艺与栾廷玉当在伯仲之间。用孙立的话来说，"栾廷玉那厮，和我是一个师父教的武艺。我学的枪刀，他也知道；他学的武艺，我也尽知"（第四十九回，662页）。

有人认为，孙立作为内应协助梁山打破祝家庄时，算计出卖了同门师兄弟栾廷玉，此举有违江湖道义，让人不齿，这才影响了孙立的排名（这种说法最为常见，且多获认同）。也有人认为，孙立能力突出，极具首领气质，且登州八人关系亲密（彼此有兄弟、亲戚、朋友关系），还能联络其他梁山兄弟，实力不容小觑。故此，宋江颇为忌惮，以至于有意将他贬入地煞星内。

应该说，以上解读（尤其是后一种说法）已经超出了《水浒传》现有文本内容，且颇有以今人观念解析古人言行的色彩。以前者而论，孙立此举虽然有违江湖道义，不足为训，而宋江、吴用先后使计诱骗李应、朱仝、卢俊义等人上山入伙，不仅有违江湖道义，且更为残忍滥杀，使李应等人的身体与心理都备受折磨。实际上，所谓"江湖道义"，并不是约束梁山众人行事的准则。恰恰相反，梁山众人违背"江湖道义"的事例比比皆是，梁山事后并未有人深究其罪过——这里并非有意为孙立辩护，而只是想强调，梁山众人行事时往往奉行"双重标准"，单纯以"江湖道义"的标准来衡量他们的行事，往往难以自圆其说。以后者而论，梁山能力突出、人脉广泛者不乏其人。吴用机智多谋，能力突出自不待言，而他与"阮氏三雄"、戴宗、金大坚、萧让等人相识，人脉广泛无可置疑；林冲武艺高强、资历深厚，与鲁智深有结拜之义，通过鲁智深可以联结二龙山的武松、杨志及少华山的史进、朱武等人，人脉也极为广泛。故此，能力突出、实力不容小觑之类的说辞，反倒更像是孙立应位列天罡星的理由。

然而，无论是始终为孙立名列地煞星抱屈的，还是竞相为孙立排名恰如其分寻找理由的，出现这样的争论已经表明，他的排名确实与他的地位、武艺、战功不相匹配。

《水浒传》中，"镇三山"黄信位列地煞星武将之首，而他丝毫未能展示出地煞星武将之首的特殊性。"神机军师"朱武为地煞星之首，职务为"参赞军务"，算是在一定程度上体现了地煞星之首的特殊性。一方面，黄信受限于地煞星身份，自入伙梁山后再难有独当一面的机会，排名地煞星前列，却不及天罡星之末的正将身份显赫；另一方面，地煞星之首"神机军师"朱武，梁山征辽、征方腊期间，作为卢俊义一路兵马军师，风头之盛让黄信望尘莫及，而排名黄信之后的"病尉迟"孙立，一路斩将杀敌，虽为地煞星，光芒及战功盖过许多天罡星。这两位将夹在中间的黄信衬托得几乎难有立足之地。

虽说孙立排名过低，在梁山征战中屡次以天罡星副将身份出战，而《水浒传》作者对他的刻画还是颇为倾心的。孙立出场后，多次单挑梁山高手或敌方高手（甚至是一流高手），不仅从无败绩，也从未受伤或被俘，堪称梁山奇迹。梁山征辽期间，孙立单挑辽国先锋寇镇远的情节，是平庸的后半部《水浒传》中难得的精彩对战片段之一。孙立在对阵中的表现甚至让不少天罡星黯然失色：

> 那寇先锋望见砍了琼先锋，怒从心上起，恶向胆边生，跃马挺枪，直出阵前，高声大骂："贼将怎敢暗算吾兄！"当有病尉迟孙立飞马直出，径来奔寇镇远。军中战鼓喧天，耳畔喊声不绝。那孙立的金枪神出鬼没，寇先锋见了，先自八分胆丧。斗不过二十余合，寇先锋勒回马便走，不敢回阵，恐怕撞动了阵脚，绕阵东北而走。孙立正要建功，那里肯放，纵马赶去。寇先锋去的远了。孙立在马上带住枪，左手拈弓，右手取箭，搭上箭，拽满弓，觑着寇先锋后心较亲，只一箭。那寇将军听的弓弦响，把身一倒，那枝箭却好射到，顺手只一绰，绰了那枝箭。孙立见了，暗暗地喝采。寇先锋冷笑道："这厮卖弄弓箭！"便把那枝箭咬在口里，自把枪带住了事环上，急把左手取出硬弓，右手箭搭上弦，扭过身来，望孙立前心窝里一箭射来。孙立早已偷眼见了，在马上左来右去，那枝箭到胸前，把身望后便倒，那枝箭从身上飞过去了。这马收勒不住，只顾跑来。寇先锋把弓穿在臂上，扭回身且看孙立倒在马上。寇先锋想道："必是中了箭。"原来孙立两腿有力，夹住宝镫，倒在马上，故作如此，却不坠下马来。寇

先锋勒转马要来捉孙立。两个马头却好相迎着，隔不的丈尺来去，孙立却跳将起来，大喝一声："不恁地拿你，你须走了！"寇先锋吃了一惊，便回道："你只躲的我箭，须躲不的我枪！"望孙立胸前尽力一枪搠来。孙立挺起胸脯，受他一枪，枪尖到甲，略侧一侧，那枪从肋罗里放将过去，那寇将军却扑入怀里来。孙立就手提起腕上虎眼钢鞭，向那寇先锋脑袋上飞将下来，削去了半个天灵骨。那寇将军在镇远做了半世番官，死于孙立之手，尸骸落于马前。孙立提枪回来阵前。宋江大纵三军，掩杀过对阵来。辽兵无主，东西乱窜，各自逃生。（第八十七回，1126—1127页）

这场对战中，孙立枪、箭、鞭交替使用，有攻有守，心思缜密，胆识过人，双方对战过程也是一波三折、扣人心弦。李卓吾评点《水浒传》时即说道："描画……寇镇远、孙立弓马刀剑处，委曲次第，变化玲珑，是丹青上手。"① 这既是《水浒传》笔力雄健的例证，也展示了孙立非同寻常的综合对战实力。在整部《水浒传》中，以如此详细精彩的笔墨描写一场对战，不能说是绝无仅有的，却也是寥寥无几的（可以相提并论的是呼延灼与韩存保旗鼓相当的对战）。而在孙立之前，史进与辽国先锋琼妖纳延对战，描写不足百字，史进对战琼妖纳延更是二三十合即不敌败回。

三、《水浒传》续书为孙立排名过低鸣不平，甚至为他调整位次

孙立的排名与地位、武艺、战功之间矛盾的产生，或许可以从《水浒传》的成书过程中找到答案。众所周知，早期的水浒故事中，只有以宋江为首的相当于天罡星的三十六人名单。《宋江三十六赞》与《大宋宣和遗

---

① 朱一玄、刘毓忱编：《〈水浒传〉资料汇编》，南开大学出版社，2012，第183页。

事》中，三十六人名单及排名存在差别，但大部分人员是相同的）。而从孙立的名字出现得较早的事实来看，他在早期水浒故事中应有一定的地位，且排名不会过低。随着水浒故事的流传、演变，水浒故事的根据地从太行山移到梁山，水浒人物也增至一百零八人（三十六天罡星与七十二地煞星）。在这一过程中，孙立地位下降。到《水浒传》正式成书时，孙立跌落至地煞星行列。《水浒传》成书过程中，必然会对许多水浒人物的故事进行大刀阔斧地修改、增加、删除，而在这一过程中，往往并不能做到前后一致，以至于造成了许多人物的行事、性格、地位前后矛盾的现象。因此，《水浒传》中孙立排名过低而又有不逊色于天罡星人物的表现，或许正是孙立的故事未能彻底改造的结果：一方面，将他从天罡星移到地煞星，降低了地位；另一方面，又保留了他有突出表现的故事。

梁山征方腊期间，孙立也屡立战功。攻取常州时，孙立大战"江南十二神"之一的范畴；攻取苏州时，大战"飞山大将军"甄诚，城市巷战，又单鞭打死方腊麾下"飞虎大将军"张威；梁山攻取杭州昱岭关时，孙立活捉守关副将雷炯；攻取歙州时，孙立与黄信、邹渊、邹润、林冲合力，击杀方腊麾下尚书王寅。孙立能力之突出，战功之卓著，表明《水浒传》几乎是依照"马军八骠骑"的实力对他进行定位的。或许只有这样，才能与孙立在《宋江三十六赞》《大宋宣和遗事》中的排名相符。当然，即便认为孙立有"马军八骠骑"的实力，也只能名列中游，而认为孙立有"马军五虎将"的实力，更是没有有效战例支撑。

梁山征方腊期间，孙立属于毫发未伤、功成身退的少数兄弟之一。梁山征方腊班师还朝后，孙立被封为武奕郎，诸路都统领。"孙立带同兄弟孙新、顾大嫂并妻小，自依旧登州任用。"（第一百回，1297页）

出于对孙立排名过低的不平，许多《水浒传》续书把孙立的能力描写得颇为突出，甚至为他调整位次。

在人物形象、思想观念与《水浒传》基本一脉相承的《水浒后传》中，作者陈忱对孙立的行事有着篇幅不少的描述。梁山征方腊班师还朝后，孙立等人返回登州定居。因遭毛太公之子毛豸威逼陷害，孙新、顾大嫂夫妇及阮小七、扈成等人杀了毛豸一家，累及以"战场风霜，染了痹软的病"为由"辞职在家"①的孙立，导致他被关入监牢，孙新、顾大嫂夫妇等人落草登云山。登州太守杨戬（杨戬之弟）命统制栾廷玉征讨登云山，扈成与孙新、顾大嫂夫妇等人设计，战败栾廷玉，劝说他入伙。而后，众人里应外合，救下孙立。孙立与栾廷玉、阮小七、扈成等人在登云山重新落草，众人排座次时，孙立名列栾廷玉之后、阮小七之前。梁山余人重新聚义后，做出了另一番轰轰烈烈的事业。虽说他们重新聚义造反，而当金兵南侵，以至于国破家亡之际，他们又舍生忘死，奋勇抗金。然而，大宋朝廷昏聩无能，屡战屡败，割地求和，他们回天无力，报国无门，只得转往海外暹罗国与已经在当地自成局面的李俊等人汇合。李俊在暹罗国即王位后分封众将，孙立为左军都督，与中军都督关胜、右军都督呼延灼、前军都督朱仝、后军都督黄信并列。②宋高宗敕封李俊等暹罗国君臣时，"王进、关胜、呼延灼、李应、栾廷玉　五虎大将军，皆封列候。""朱仝、阮小七、黄信、扈成、孙立　兵马正总管，武烈将军，皆封伯爵。"③孙立的职务与地位，相当于梁山英雄排座次时的"马军八骠骑"。

以杀戮梁山好汉为能事的《水浒传》续书《荡寇志》，是接续梁山英雄排座次后衍生出的故事，讲述了宋江等人如何"被张叔夜擒拿正法"④的故事，故此，又名《结水浒传》。此书作者俞万春对孙立排名过低有所疑惑，且为他排名过低编排了一个理由（也借此贬低梁山）。张叔夜、贺太平等人攻破梁山后，将镌刻有梁山一百单八将星座排名的石碣搬到忠义堂上，随即拷问被擒获的"圣手书生"萧让与"玉臂匠"金大坚。张叔夜等人问道："此石碣从何而来？""萧让熬刑不过，只得从实供道：'这石碣上字是小人写的，因楷书恐人识得破绽，所以改写古篆。又特访得那

---

① 陈忱：《水浒后传》，凤凰出版社，2008，第19页。
② 陈忱：《水浒后传》，凤凰出版社，2008，第277页。
③ 陈忱：《水浒后传》，凤凰出版社，2008，第306页。
④ 俞万春：《结水浒传》，岳麓书社，2003，第1页。

道士何元通善识蝌蚪，所以特写蝌蚪古篆，又特邀他设醮，以便认识。至于那年天上认真开眼，认真有火光翻落，万目共睹，却不解其何故。'金大坚也将怎样密镌石碣的话说了，又道：'这是宋江想与卢俊义争位，故与吴用、公孙胜议得此法，特将卢俊义名字镌在第二。此碣自卢俊义一到山泊之后，就已镌定。彼时张清、董平等尚还未到，原想就部下头目中选出几个，以满一百八人之数。后因张清等到来，却好天罡数内余第十五、十六两行未镌，因将张清、董平镌入。所以董平在五虎将之列，名次却在十五，顿与关胜、林冲、秦明、呼延灼离开，实为镌刻已定，难以改易故也。'贺太平又问道：'那董平、张清本位，原拟镌刻那个？'萧让道：'一个拟刻孙立，一个未定，至于地煞数内多有未定，所以龚旺、丁得孙尽有空缺可填。就是蔡福、蔡庆、郁保四、王定六等，也都是临时填上去的。此一事，惟有宋江、吴用、公孙胜及小人等知悉，余人都不晓得。'张公大笑道：'妖言惑众，一至于此。'"①

《荡寇志》中关于石碣预先镌刻的说法破绽甚多，如镌刻石碣既然是"宋江想与卢俊义争位"，那石碣便应在两人位次尚未议定前出现——这样才能证实宋江"天命所归"，为何石碣反倒是在两人位次议定后，甚至是在聚齐一百单八将后才出现？宋江等人私下镌刻石碣，为何天罡星独独空出第十五位、第十六位？又为何仅仅没有镌刻早已入伙梁山的孙立一人？石碣上天罡星内"余第十五、十六两行未镌"，除了孙立，梁山如果有足以位列天罡星的资格与能力的头目，又岂会在镌刻石碣前寂寂无名？当时梁山尚未聚齐一百单八将，宋江等人私下镌刻石碣，为何又能未卜先知，不多不少，确定了一百单八将之数？而《荡寇志》中对孙立原拟名列天罡星第十五、十六位的解释表明，孙立确实与一众地煞星迥然不同。

---

① 俞万春：《结水浒传》，岳麓书社，2003，第613页。

第18篇

"一丈青"扈三娘：
巾帼·美人·木偶

《水浒传》写的是男人造反聚义的故事，自然也主要是写给男人看的故事。故此，女性在《水浒传》中并不占有突出地位。而且，《水浒传》对女性还有着明显的歧视与仇恨情绪。中国古代社会，"男尊女卑"的思想虽然占主导地位，但女性也有其相应的地位，并不像《水浒传》中如此极端。《水浒传》中即便出现重要女性角色，如阎婆惜、潘金莲、潘巧云等，也大多是面目可憎、行事乖张的负面形象，且结局悲惨。不知是有意还是巧合，《水浒传》中有三十六员天罡星，《红楼梦》中则有三级"金陵十二钗"，共三十六位。《水浒传》中是女性不占有突出地位，《红楼梦》中却是男人不占有突出地位，且女性的品行远高于男人。

一、扈三娘的武艺与战功在地煞星中出类拔萃，甚至置之天罡星中也并不逊色

　　《水浒传》中，以武艺与容貌而论，"一丈青"扈三娘是唯一一位让人印象深刻的正面巾帼形象。但她木偶般的性格、受人摆布的命运，使得她的形象鲜明度还不如作为负面人物出现的阎婆惜、潘金莲、潘巧云等。更让人费解的是，《水浒传》中，即便扈三娘屡次出场对战，却绝少开口说话，以至于人称"哑美人"——扈三娘自出场后，屡次领兵出战，却只是在呼延灼领兵征讨梁山期间与花荣说过一句话。在以人物形象塑造及故事情节编排为能事的古典白话小说中，这是极不寻常的现象。

　　扈三娘出身大户人家，家资丰厚、貌美如花，更兼武艺超群。梁山攻打祝家庄前，李家庄管家"鬼脸儿"杜兴向杨雄、石秀介绍扈家庄时说道："西边有个扈家庄，庄主扈太公，有个儿子唤做飞天虎扈成，也十分了得。惟有一个女儿最英雄，名唤一丈青扈三娘，使两口日月双刀，马上如法了得。"（第四十七回，628页）而扈三娘临阵对战时英姿飒爽的气场更是让人赞叹不已："雾鬓云鬟娇女将，凤头鞋宝镫斜踏。黄金坚甲衬红纱，狮蛮带柳腰端跨。霜刀把雄兵乱砍，玉纤手将猛将生拿。天然美

貌海棠花，一丈青当先出马。"（第四十八回，645 页）梁山三打祝家庄期间，扈三娘迎战梁山兵马时，先与"矮脚虎"王英对阵，几个回合即轻松将王英活捉。随后，扈三娘又与"摩云金翅"欧鹏对阵。《水浒传》中写道："原来欧鹏祖是军班子弟出身，使得好大滚刀，宋江看了，暗暗的喝采。怎的一个欧鹏刀法精熟，也敌不得那女将半点便宜。"（第四十八回，646 页）梁山攻打北京大名府期间，《水浒传》中再次对扈三娘的外貌与风姿大加渲染："玉雪肌肤，芙蓉模样，有天然标格。金铠辉煌鳞甲动，银渗红罗抹额。玉手纤纤，双持宝刀，恁英雄烜赫。眼溜秋波，万种妖娆堪摘。　谩驰宝马当前，霜刃如风，要把官兵斩馘。粉面尘飞，征袍汗湿，杀气腾胸腋。战士消魂，敌人丧胆，女将中间奇特。得胜归来，隐隐笑生双颊。"（第六十三回，839 页）

扈三娘如此才貌不凡，以至于无论她身在何处，都会成为亮丽的风景线。梁山有三位女将，论出身、武艺、相貌、战功，扈三娘都让另两位女将（顾大嫂与孙二娘）黯然失色。扈三娘的一对日月双刀使得神出鬼没，更有阵前以红绵套索捉人的绝技。她的武艺在地煞星中出类拔萃，甚至置之天罡星中也并不逊色。

梁山二打祝家庄期间，扈三娘先是生擒"矮脚虎"王英，而后在对阵"摩云金翅"欧鹏时也不落下风。呼延灼领兵征讨梁山期间，扈三娘以红绵套索擒获呼延灼副先锋"天目将"彭玘后，《水浒传》中写道："呼延灼看见大怒，忿力向前来救，一丈青便拍马来迎敌。呼延灼恨不得一口水吞了那一丈青。两个斗到十合之上，急切赢不得一丈青，呼延灼心中想道：'这个泼妇人在我手里斗了许多合，倒恁地了得！'心忙意急，卖个破绽，放他入来，却把双鞭只一盖，盖将下来，那双刀却在怀里。提起右手铜鞭，望一丈青顶门上打下来。却被一丈青眼明手快，早把刀只一隔，右手那口刀望上直飞起来，却好那一鞭打将下来，正在刀口上，铮地一声响，火光迸散，一丈青回马望本阵便走。"（第五十五回，733 页）扈三娘竟然能让后来名列梁山"马军五虎将"第四位的呼延灼"急切赢不得"，且称赞其"恁地了得",甚至"卖个破绽"的绝杀招式也被"眼明手快"的扈三娘化解。扈三娘的武艺水准由此可见一斑。

二、古典白话小说中,真正的爱情故事是严重缺失的,扈三娘的遭遇即是典型

或许是扈三娘作为女性过于完美了(她的人物形象塑造实际上并不成功),《水浒传》又从歧视与仇恨女性的立场出发,为她安排了一个让人大跌眼镜的结局——全家惨遭李逵灭门(大哥扈成侥幸逃脱,她入伙梁山后对全家惨遭灭门一事竟然毫无表示),宋江认她为义妹,又做主将她许配给了武艺平凡、相貌丑陋,更兼品行低劣的"矮脚虎"王英。

关于王英的经历与品行,《水浒传》中写道:"这个好汉祖贯两淮人氏,姓王名英。为他五短身材,江湖上叫他做矮脚虎。原是车家出身,为因半路里见财起意,就势劫了客人,事发到官,越狱走了,上清风山,和燕顺占住此山,打家劫舍。"(第三十二回,422页)王英"见财起意"的行事,且不说违背社会道德,即便在江湖人物眼中也是相当让人不齿的。宋江与清风山头领燕顺等人擒获清风寨文知寨刘高之妻后,王英将她藏在自己房内,要纳为压寨夫人。宋江到王英房内责问刘高之妻为何恩将仇报时,燕顺顺势杀了刘高之妻。王英"见砍了这妇人,心中大怒",竟然不顾兄弟之情,"夺过一把朴刀,便要和燕顺交并。宋江等起身来劝住",宋江以"贤弟你留在身边,久后有损无益"劝解,且承诺"宋江日后别娶一个好的,教贤弟满意",王英才"默默无言"(第三十五回,454页)。相比之下,扈三娘入伙梁山前的未婚夫为祝家庄的祝彪,武艺不俗、年少英俊,与扈三娘门当户对,王英根本不足以与之相提并论。以梁山立场而论,祝家庄属于邪恶的一方,跳出梁山本位立场,祝家庄与梁山对抗,也是为维护自己的利益(在中国古代社会,祝家庄这样的村庄拥有武装是典型的村民自卫形式)。

王英与扈三娘差距如此悬殊，她不愿嫁给王英完全是人之常情。故此，宋江担心扈三娘不从，于是"亲自与他陪话，说道：'我这兄弟王英，虽有武艺，不及贤妹。是我当初曾许下他一头亲事，一向未曾成得。今日贤妹你认义我父亲了，众头领都是媒人，今朝是个良辰吉日，贤妹与王英结为夫妇。'一丈青见宋江义气深重，推却不得，两口儿只得拜谢了"（第五十一回，675—676页）。"宋江义气深重"，是否在婚姻上也必然要无条件顺从呢？这原本就是风马牛不相及之事，《水浒传》中却将其当成天经地义之事。在扈三娘匹配王英一事中，更多的是成全了王英（也成全了宋江，他践行了承诺），扈三娘则仿佛一个无力自主、任人处置的物品。她的窝囊屈从与临阵对战时的英姿飒爽形成了强烈的反差。扈三娘答应嫁给王英后，《水浒传》中写道："晁盖等众人皆喜，都称贺宋公明真乃有德有义之士。当日尽皆筵宴，饮酒庆贺。"（第五十一回，676页）梁山众人如此称赞宋江，反而让人对"有德有义"的标准产生困惑。

　　虽说不应该严格讲究门当户对，男子品行的好坏也不完全取决于相貌，扈三娘与王英的结合还是极不登对的（似乎扈三娘与擒住她的林冲更为登对）。即便王英与扈三娘后来伉俪情深，也不能挽回人们的不平与惋惜。这是对人们美好诉求的挑战，这样的事例在古典白话小说中也不是孤立存在的——赵兴勤即指出，《封神演义》中，"邓婵玉、土行孙夫妇故事，似从《水浒传》中一丈青扈三娘与王矮虎王英故事蜕化而来"[1]。除此之外，即便是许多门当户对的婚姻，也往往流露着浓厚的忽略女性意愿的色彩。

　　在中国古代社会，女性缺乏独立的社会地位，故此，男女爱情总是处于附庸地位，处于另外的强大力量的掌控下，甚至受其任意摆布。这里的另外的强大力量，一是凌驾于一切之上的政治力量。古代的皇子定亲、娶亲，公主招亲、和亲，总是以婚姻作为政治的牺牲品，且不说真正的爱情很少存在，

---

[1] 赵兴勤：《话说〈封神演义〉》，江苏人民出版社，2012，第90页。

甚至正常的婚姻也是很少存在的。二是越俎代庖的家族力量。儿女在未出娘胎或刚刚蹒跚学步时，就会有指腹为婚、亲上加亲等事件出现。即便儿女成年后心怀不满，大多也无力摆脱家族力量强加在自己身上的意志。

中国古代社会的现实如此，小说是现实生活的折射，女性在古典白话小说中自然也难有独立的地位，扈三娘的遭遇即是典型。在古典白话小说中，有历史小说（如《三国演义》），有英雄侠义小说（如《水浒传》），有神魔小说（如《西游记》），有人情小说（如《红楼梦》），有谴责小说（如《官场现形记》），等而下之，有被称为"嫖学教科书"①的狭邪小说（如《九尾龟》），这些小说中出现的人物成千上万，涉及的社会阶层，上至皇室贵胄，下至平头百姓，而大多缺少真正的爱情故事。这并非说这些小说中没有爱情故事，而是说，真正建立在男女相互爱慕、理解、平等基础之上的饱含人情味的爱情故事是严重缺失的。古典白话小说中，在对待女性的态度方面，《红楼梦》完全是另类的存在。

三、《水浒传》中包含浓厚的歧视与仇恨女性的情绪是无可置疑的

依照《水浒传》的标准，江湖好汉全都应对女人毫无兴趣，当有人流露出喜欢女性的情绪时（甚至不是喜欢，仅仅是满足性欲的"好色"），往往遭到其他江湖人物的耻笑。例如：王英将清风寨文知寨刘高之妻抢到清风山上，意欲纳为压寨夫人，宋江听闻后说道："原来王英兄弟要贪女色，不是好汉的勾当。"（第三十二回，424页）而梁山众人在杀害那些水性杨花、心思歹毒的女性时（武松杀潘金莲，杨雄杀潘巧云），手段极其残忍，且让她们死前备受羞辱。无论这些女性如何心思歹毒、如何罪有应得，这样的处置手法都是让人极其反感、不适的。关于《水浒传》对待

---

① 鲁迅：《鲁迅全集》（第4卷），人民文学出版社，2005，第299页。

女性的态度，周作人指出："《水浒》中杀人的事情也不少，而写杀潘金莲尤其是杀潘巧云迎儿处却是特别细致残忍，或有点欣赏的意思。"①《水浒传》如此对待女性，似乎正是"向来看不起女人的社会里"②人们对待女性的态度（歧视女性）极端化发展（仇恨女性）的体现。故此，《水浒传》中包含着浓厚的歧视与仇恨女性的情绪是无可置疑的。

梁山一百单八将中，扈三娘、顾大嫂与孙二娘是仅有的三名女将。对梁山三名女将而言，《水浒传》显然是将她们当成英雄人物塑造的。尤其是顾大嫂，虽说排名靠后，却有篇幅不少的个人故事，其性格、行事也凸显出江湖人物的过人手段。以孙立为首的登州八人劫牢反叛事件由解珍、解宝兄弟引发，推进故事发展、掌控局面的却非孙新、顾大嫂夫妇莫属。登州八人中，以孙立为首脑，以孙新、顾大嫂夫妇为辅弼，解珍、解宝兄弟最多算是爪牙。顾大嫂行事之豪迈，决断之利索，不在男子之下，相比之下，孙立、孙新兄弟反倒黯淡不少。李卓吾评点《水浒传》时说道："顾大嫂一妇人耳，能缓急人如此。如今竟有戴纱帽的，国家若有小小利害，便想抽身远害，不知可为大嫂作婢否也？"③李卓吾的评语直指贪官污吏，对顾大嫂的赞赏之意却也表露无遗。金圣叹批读《水浒传》时写道："一篇写顾大嫂，全用不着'窈窕淑女'四字""亦可号之为'母旋风'，意思实与李逵无二""写顾大嫂，活是黑旋风"④。

然而，顾大嫂与孙二娘又都是丑陋的、粗鄙的，她们的外貌与行事也完全是"男性化"的，身上已经没有丝毫的女人味，在她们内心，似乎也没有女性的性别意识——顾大嫂绰号"母大虫"，"眉粗眼大，胖面肥腰。插一头异样钗环，露两臂时兴钏镯。……有时怒起，提井栏便打老公头；忽地心焦，拿石碓敲翻庄客腿。生来不会拈针线，正是山中母大虫"（第四十九回，656页）。孙二娘绰号"母夜叉"，"眉横杀气，眼露凶光。辘轴

---

① 周作人著、止庵校订：《知堂回想录》，北京十月文艺出版社，2013，第811页。
② 周作人著、止庵校订：《知堂回想录》，北京十月文艺出版社，2013，第811页。
③ 朱一玄、刘毓忱编：《〈水浒传〉资料汇编》，南开大学出版社，2012，第179页。
④ 施耐庵著、金圣叹批评：《金圣叹批评本〈水浒传〉》，岳麓书社，2006，第567、568页。

般蠢坌腰肢，棒槌似桑皮手脚。厚铺着一层腻粉，遮掩顽皮；浓揉就两晕胭脂，直侵乱发。红裙内斑斓裹肚，黄发边皎洁金钗。钏镯牢笼魔女臂，红衫照映夜叉精"（第二十七回，360页）。相比之下，扈三娘倒是容貌过人、英姿飒爽，且女人味十足，而她却又毫无独立意识与个人尊严。在个人婚姻问题上，她更是一个任人处置的物品。从某种角度而言，扈三娘也是基于男性立场塑造的女性形象，且是基于狭隘而不平等的男性立场塑造的女性形象——具体而言，甚至可以说是基于游民立场。

故此，《水浒传》中出现的较为重要的女性，大多是水性杨花、见利忘义、心思歹毒之人（如阎婆惜、潘金莲、潘巧云，乃至王婆、刘高之妻等），最后也都难得善果（以这些较为重要的女性的品行与行事而言，她们难得善果的悲惨结局，也可以说是咎由自取）。梁山一百单八将中，仅有的三名女将虽然算是正面人物，却并未占据重要地位，她们还全部都没有名字，只是称为"大嫂""二娘""三娘"。

四、扈三娘的婚姻匹配不如人意，她的排名与武艺及战功也不相称

扈三娘归附梁山后，屡次出战厮杀，且多有上乘表现。呼延灼领兵征讨梁山期间，梁山以"车轮战"应对。继秦明、林冲、花荣后，扈三娘先是与呼延灼副先锋"天目将"彭玘相斗，以红绵套索将其擒获，随之呼延灼与她相斗，"两个斗到十合之上，急切赢不得一丈青"；关胜领兵征讨梁山期间，扈三娘以红绵套索擒获关胜副将"井木犴"郝思文；梁山攻打东平府期间，她与"母夜叉"孙二娘活捉了"双枪将"董平。而梁山英雄排座次时，扈三娘排名第五十九位，地煞星中位居第二十三位，在其丈夫"矮脚虎"王英之后。曾被扈三娘阵上活捉的"天目将"彭玘、"井木犴"郝思文，排名分别比她高出十六位、十八位。

扈三娘在梁山的排名与武艺及战功不相称。以武艺而论，扈三娘与孙立

是地煞星中耀眼的双子星座，综合扈三娘的武艺及战功，似乎应名列天罡星才对。当然，这并非说扈三娘的武艺足以与"马军五虎将""马军八骠骑"等天罡星战将一较高下，而是说，她的武艺与战功在地煞星中颇有鹤立鸡群的态势。如果扈三娘名列天罡星，不仅不会辱没天罡星名号，且可以弥补天罡星没有女将的不足，而这并非全然是对女性的照顾，而是天罡星中不乏充数人物。

扈三娘的排名与武艺及战功不匹配自有其缘由。梁山英雄的排名，师在徒前，兄在弟前，夫在妻前，叔在侄前，是铁定规律。以此而论，扈三娘的排名难以尽如人意，在很大程度上是受到其丈夫王英的拖累。

进一步而论，梁山英雄的排名存在于小说中，即便因为排名不合理及不公平，充其量也就是引起人们的激烈争论而已，现实生活中是断不会如此的。可以毫不夸张地说，现实生活中如果某个团体如此排名，非但不能达到确定秩序、凝聚团体的作用，反而是排名确定之际，便是团体走向分崩离析之时。

梁山英雄排座次时，扈三娘的职务为"三军内探事马军头领"（另一位头领是"矮脚虎"王英）。

梁山两赢童贯、三败高俅期间，王英、扈三娘领兵出战，为战败朝廷兵马立下战功。梁山征辽期间，攻打太乙混天象阵时，扈三娘与天寿公主答里孛交战，两个打成一团，王英趁机将天寿公主活捉。梁山征方腊期间，扈三娘活捉"江南十二神"之一的范畴，在桐庐县，她又活捉了"杭州二十四将"之一的温克让。尽管如此，扈三娘的行事、战功与她入伙梁山前后颇为耀眼的表现相比，光彩终究是黯淡了许多。

梁山征方腊期间，攻取睦州时，扈三娘与王英同时死于方腊麾下的殿帅太尉郑彪（郑魔君）法术之下："宋江兵将攻打睦州，未见次第，忽闻探马报来，清溪救军到了。宋江听罢，便差王矮虎、一丈青两个出哨迎敌。夫妻二人，带领三千马军，投清溪路上来。正迎着郑彪，首先出马，便与王矮虎交战。两个更不打话，排开阵势，交马便斗。才到八九合，只见郑彪口里念念有词,喝声道:'疾!'就头盔顶上流出一道黑气来。黑气之中,立着一个金甲天神,手持降魔宝杵,从半空里打将下来。王矮虎看见,吃了一惊,手忙脚乱,失了枪法,被郑魔君一枪戳下马去。一丈青看见戳了他丈夫落马,急舞双刀去救时,郑彪便来交战。略斗一合,郑彪回马便走。一丈青要报丈夫之仇,急赶将来。郑魔君歇住铁枪,舒手去身边锦袋内摸出一块镀金铜砖,扭回身,看着一丈青面门上只一砖,打落下马而死。"(第九十七回,1252页)

王英、扈三娘夫妇以世俗武将身份对战法术在身的郑彪,落得如此结局根本不出意料。梁山征方腊出师前,公孙胜辞别梁山兄弟,飘然而去,以至于梁山兄弟面对方腊兵马的法术时完全没有招架之力。

扈三娘战死沙场后,《水浒传》中写道:"可怜能战佳人,到此一场春梦!"(第九十七回,1252页)对扈三娘的惋惜怜爱之情溢于言表——这是《水浒传》中难得地对女性角色流露出正常的感情。

第19篇

"鼓上蚤"时迁：

排名与能力、功劳反差最大的卑微人物

金圣叹批读《水浒传》时写道："别一部书，看过一遍即休，独有《水浒传》，只是看不厌。无非为他把一百八个人性格，都写出来。《水浒传》写一百八个人性格，真是一百八样。若别一部书，任他写一千个人也只是一样，便只写得两个人也只是一样。"① 金圣叹这一评说显然颇为夸张。细细盘点水浒人物，形象鲜明、事功显赫，让人印象深刻的，大概有三十多个（这已经是十分惊人的文学成就了）。而让人印象深刻的水浒人物中，排名倒数第三位的"鼓上蚤"时迁，以其鲜明的形象及精彩的行事，尤其让人难忘。他在民间的知名度，更是为几乎全部地煞星乃至许多天罡星远远不及的。时迁甚至被盗贼尊奉为祖师爷，许多地方还建有"贼神菩萨"时迁的庙宇，这在水浒人物中可以说是绝无仅有的。

一、投靠梁山依托大寨，"大块吃肉，大碗喝酒"，就是时迁向往的快意生活

时迁身份卑微，祖贯是高唐州人氏，流落在蓟州，"一地里做些飞檐走壁，跳篱骗马的勾当。曾在蓟州府里吃官司，却得杨雄救了他。人都叫他做鼓上蚤"（第四十六回，621页）。以官方标准衡量，时迁的行径自然为法度所不容；以江湖好汉的是非观念而论，时迁的行事也是难上台面的。故此，在水浒人物中，时迁的名声极为不堪。时迁与杨雄、石秀结伴投奔梁山途中，时迁偷了祝家庄酒店的报晓鸡，杨雄揶揄他道："你这厮还是这等贼手贼脚！"（第四十六回，624页）时迁被祝家庄捉住后，杨雄、石秀赶往梁山报信，晁盖指责杨雄、石秀道："新旧上山的兄弟们，各各都有豪杰的光彩。这厮两个把梁山泊好汉的名目去偷鸡吃，因此连累我等受辱。"（第四十七回，633页）随即下令要斩杀两人，被宋江劝住。而宋江的劝说之词显然是将杨雄、石秀与时迁区别看待的："那个鼓上蚤

---

① 施耐庵著、金圣叹批评：《金圣叹批评本〈水浒传〉》，岳麓书社，2006，第2页。

时迁，他原是此等人，以致惹起祝家那厮来，岂是这二位贤弟要玷辱山寨。"（第四十七回，634 页）即便后来梁山屡屡用到时迁的绝好身手，他的地位也不曾有丝毫改变。后世对时迁也多有鄙薄不堪之词。金圣叹批读《水浒传》时，就将时迁定考为"下下"[①] 人物。

像时迁这样的人物，他的出身及所做勾当都为江湖好汉所不齿，他自己对此是心知肚明的。或许正因为如此，时迁并无远大的抱负。他投靠梁山的根本动机，实际上是最为单纯的，也是最具个人利益考量的，正如他请求杨雄、石秀"带挈"自己一道入伙梁山时所说的，"节级哥哥听禀：小人近日没甚道路，在这山里掘些古坟，觅两分东西。因见哥哥在此行事，不敢出来冲撞，却听说去投梁山泊入伙。小人如今在此，只做得些偷鸡盗狗的勾当，几时是了。跟随二位哥哥上山去，却不好！未知尊意肯带挈小人么？"石秀说道："既是好汉中人物，他那里如今招纳壮士，那争你一个！若如此说时，我们一同去。"（第四十六回，621—622 页）投靠梁山依托大寨，"大块吃肉，大碗喝酒"，就是时迁向往的快意生活。至于"替天行道""尽忠报国""青史留名"，都离时迁这样身份卑微、生计艰难的人物过于遥远。他未必理解这些，也未必乐意为这些崇高理念的实现而奔走劳碌。可以说，时迁与许多水浒人物属于不同的世界。然而，既然时迁投靠梁山，自然无法只凭一己意愿行事。时迁机灵干练的性格，再加上翻墙越壁如履平地的绝好身手，又成为梁山行事时不可或缺的角色（不仅是探听情报）。

杨雄、石秀在翠屏山怒杀潘巧云后，商量去投奔梁山入伙，恰好被时迁撞见（正在干盗墓的勾当）。杨雄等三人投奔梁山途中，路经祝家庄酒店，时迁偷了祝家庄酒店的报晓鸡，被祝家庄人马捉去，进而引出了梁山三打祝家庄的大文章。

梁山与祝家庄的冲突由时迁的冒失行事所引发。然而，即便没有时

[①] 施耐庵著、金圣叹批评：《金圣叹批评本〈水浒传〉》，岳麓书社，2006，第 2 页。

的冒失行事，梁山与祝家庄的冲突也是无可避免的。时迁的冒失行事，充其量只是双方合理冲突的导火索而已：梁山与祝家庄都视对方为心腹之患，又都兵强马壮、磨刀霍霍，双方之间迟早必有一战。关于这一点，杨雄、石秀赶到梁山报信后，宋江在劝说晁盖而决意亲自领兵攻打祝家庄的话中已经表露无遗："我也每每听得有人说，祝家庄那厮要和俺山寨敌对。即目山寨人马数多，钱粮缺少，非是我等要去寻他，那厮倒来吹毛求疵，因而正好乘势去拿那厮。若打得此庄，倒有三五年粮食。非是我们生事害他，其实那厮无礼。哥哥权且息怒，小可不才，亲领一支军马，启请几位贤弟们下山去打祝家庄。若不洗荡得那个村坊，誓不还山。一是与山寨报仇，不折了锐气；二乃免此小辈，被他耻辱；三则得许多粮食，以供山寨之用；四者就请李应上山入伙。"（第四十七回，634页）

梁山攻打祝家庄是宋江入伙后首次领兵出战，事关他地位、声望的建立，因此相当重要。当宋江一打祝家庄失利后，看到祝家庄前挂出的"填平水泊擒晁盖，踏破梁山捉宋江"两面旗子，发誓道："我若打不得祝家庄，永不回梁山泊！"（第四十八回，645页）自梁山攻打祝家庄后，晁盖便再也难以有所作为。

由此可见，宋江领兵攻打祝家庄，又岂是仅仅救出被祝家庄捉去的"鼓上蚤"时迁那么简单？或许时迁闯出祸端（祝家庄嚣张跋扈也是诱因），恰恰是梁山求之不得的。所谓"人不犯我，我不犯人；人若犯我，我必犯人"[①]。时迁的冒失行事，恰恰为梁山找到了一个铲除心腹之患的机会。而宋江把握的机会，还并非"人若犯我，我必犯人"，而是"听说人要犯我"："我也每每听得有人说，祝家庄那厮要和俺山寨敌对。"

---

① 毛泽东：《毛泽东选集》（第二卷），人民出版社，1991，第590页。

二、时迁头脑灵活、精明干练，他所建立的功劳，没有任何梁山兄弟可以替代

呼延灼领兵征讨梁山期间，以"连环马"大败梁山兵马。刚刚入伙的"金钱豹子"汤隆推荐其表亲、"连环马"克星"金枪手"徐宁。"汤隆道：'徐宁先祖留下一件宝贝，世上无对，乃是镇家之宝。……是一副雁翎砌就圈金甲。……多有贵公子要求一见，造次不肯与人看。这副甲是他的性命，用一个皮匣子盛着，直挂在卧房中梁上。若是先对付得他这副甲来时，不由他不到这里。'吴用道：'若是如此，何难之有。放着有高手弟兄在此，今次却用着鼓上蚤时迁去走一遭。'时迁随即应道：'只怕无有此一物在彼，若端的有时，好歹定要取了来。'"（第五十六回，740—741页）随后，时迁前往东京，轻松盗得徐宁宝甲，又与汤隆、乐和一道，沿途相互配合，将心急火燎的徐宁骗上梁山，为打破"连环马"立下大功。

梁山攻打北京大名府营救卢俊义期间，时迁向吴用建议：北京"城内有座楼，唤做翠云楼，楼上楼下大小有百十个阁子。眼见得元宵之夜，必然喧哄，乘空潜地入城。正月十五日夜，盘去翠云楼上，放起火来为号，军师可自调人马劫牢，此为上计"（第六十六回，867—868页）。吴用对时迁的建议甚为认同。在梁山兵马攻打北京大名府时，时迁瞅准时机，火烧翠云楼，扰乱城中秩序，再次为山寨立下大功。

在北京大名府潜伏期间，时迁又指出伪装成乞丐的孔明、孔亮兄弟扮相的纰漏，且提醒他们立时回避：

> ……时迁当日先去翠云楼上打一个盹，只见孔明披着头发，身穿羊裘破衣，右手拄一条杖子，左手拿个碗，腌腌臜臜在那里求乞。……时迁道："哥哥，你这般一个汉子，红红白白面皮，不象叫化的。北京做公的多，倘或被他看破，须误了大事，哥哥可以躲闪回

避。"说不了，又见个丐者从墙边来，看时，却是孔亮。时迁道："哥哥，你又露出雪也似白面来，亦不象忍饥受饿的人。这般模样，必然决撒。"（第六十六回，871页）

时迁一针见血的观察力，绝非仅仅依赖江湖阅历的多寡，更仰仗头脑的灵活与思路的缜密。

梁山攻打曾头市期间，宋江安排时迁与戴宗分别前往曾头市打探消息。戴宗返回向宋江回报道："这曾头市要与凌州报仇，欲起军马。见今曾头市口扎下大寨，又在法华寺内做中军帐，五百里遍插旌旗，不知何路可进。"（第六十八回，892页）戴宗打探消息之行可谓是一无所获。数日后，时迁返回，他的答复与戴宗的回报相比高下自判："小弟直到曾头市里面，探知备细。见今扎下五个寨栅，曾头市前面，二千余人守住村口。总寨内是教师史文恭执掌，北寨是曾涂与副教师苏定，南寨内是次子曾参，西寨内是三子曾索，东寨内是四子曾魁，中寨内是第五子曾升与父亲曾弄守把。这个青州郁保四，身长一丈，腰阔数围，绰号险道神，将这夺的许多马匹都喂养在法华寺内。"（第六十八回，892页）时迁从事情报工作本领之高由此可见一斑。

通过赚取徐宁上山、攻打北京大名府及曾头市期间几次行事，时迁以其飞檐走壁的绝好身手与机灵干练的性格，立下了颇为卓著的功劳，确实让人刮目相看。而时迁凭借精彩的行事，也让人们对他印象深刻。对时迁的外貌及才干，《水浒传》中写道："骨软身躯健，眉浓眼目鲜。形容如怪族，行步似飞仙。夜静穿墙过，更深绕屋悬。偷营高手客，鼓上蚤时迁。"（第四十六回，621页）虽说时迁相貌丑陋（甚至是猥琐）、身份卑微，但他飞檐走壁的身手，却是《水浒传》中屈指可数的。

梁山三败高俅期间，宋江安排时迁、段景住潜入济州城内，协助张青、孙二娘夫妇及孙新、顾大嫂夫妇火烧造船厂。"时迁、段景住先到了厂内。两个商量道：'眼见的孙、张二夫妻，只是去船厂里放火，我和你也去那里，不显我和你高强。我们只伏在这里左右。等他船厂里火发，我便却去城门边伺候，必然有救军出来，乘势闪将入去，就城楼上放起火来。你便却去城西草料场里，也放起把火来，教他两下里救应不迭，教他这场惊吓不小。'两个自暗暗地相约了，身边都藏了引火的药头，各自去寻个安身之处。"（第八十回，1033页）果不其然，高俅兵马被各处放火搅扰得不得安生，在梁山兵马攻击下再次惨败。事后，"张青、孙新夫妻四人，俱各欢喜；时迁、段景住两个，都回旧路。六人已自都有部从人马，迎接回梁山泊去了。都到忠义堂上，说放火一事。宋江大喜，设宴特赏六人"（第八十回，1035页）。时迁此次行事，既未违背宋江将令，又有个人决断，另立新功，实在难能可贵。时迁如此精明干练，在梁山兄弟中可谓凤毛麟角。

梁山英雄排座次时，时迁排名第一百零六位，名列"梁山泊军中走报机密步军头领"第二位。

梁山征辽期间，攻打蓟州时，时迁与石秀提前混入城内，意欲放火为号，与梁山兵马里应外合。梁山兵马攻城时，时迁先是在宝严寺塔上放火，"火光照的三十余里远近，似火钻一般"（第八十四回，1093页）。又在佛殿、山门各放了火，同行的石秀只是在州衙前放了火。梁山征方腊期间，卢俊义率领梁山兵马攻打杭州昱岭关时，对阵江南悍将"小养由基"庞万春时损兵折将，行军受阻，军师朱武派遣时迁潜入关内，寻机扰乱敌军阵脚。"时迁一步步摸到关上，扒在一株大树顶头，伏在枝叶稠密处，看那庞万春、雷炯、计稷都将弓箭踏弩，伏在关前伺候。看见宋兵时，一派价把火烧将来。……南军庞万春等却待要放箭射时，不提防时迁已在关上。那时迁悄悄地溜下树来，转到关后，见两堆柴草。……点着那两边柴草堆里一齐火起，火炮震天价响。关上众将不杀自乱，发起喊来，众军都只顾走，那里有心来迎敌。……时迁就在屋脊上又放起炮来……吓得这南兵都弃了刀枪弓箭，衣袍铠甲，尽望关后奔走。时迁在屋上大叫道：'已有一万宋兵先过关了，汝等及早投降，免汝一死！'庞万春听了，惊得魂不附体，只管跌脚。雷炯、计稷惊得麻木了，动掸不得。"（第九十八回，

1264—1265页）林冲、呼延灼又率领大批兵马冲锋厮杀，从而里应外合，夺了关隘。

《孙子兵法》有云："不战而屈人之兵，善之善者也。"① 时迁的所作所为正与此相符。时迁的能力与功劳，绝不亚于冲锋陷阵的"马军五虎将""马军八骠骑"。与此同时，梁山武将斩将夺关的功劳，"马军五虎将""马军八骠骑"几乎都可以相互替代。时迁所建立的功劳，却没有任何梁山兄弟可以替代。

三、时迁的排名与能力、功劳反差过大，与《水浒传》复杂的成书过程有关

时迁能力强、功劳高，甚至不少天罡星人物的行事也不及他出彩。然而，时迁却在梁山一百单八将中排名倒数第三位，落在许多滥竽充数的人物之后，可谓不公之至。而时迁所建立的功劳，并非都是在梁山英雄排座次后。这是梁山众人的排名与能力、功劳之间并无绝对关联的另一例证。数百年来，为时迁排名倒数第三位抱屈不平的大有人在。甚至许多人从出身、地位、职场等因素方面，为他落得如此排名寻找依据。

实际上，抛开出身因素的影响，时迁的排名与能力、功劳反差过大，与《水浒传》复杂的成书过程有关。《水浒传》成书期间，时迁在原本《水浒传》中"是个等闲得很的角色，极少可述之事，故名压榜尾。今本教他脱胎换骨，抢尽镜头，且屡次让其替山寨解除危机，却不调整其名位"②，于是造成了排名与能力、功劳之间的格格不入。

不仅是时迁，许多水浒人物的排名与能力、功劳反差过大，似乎都可以如此做出解释，如名列天罡星第二十四位的"没遮拦"穆弘排名偏高，恰好与时迁排名过低的原因相反："在原本《水浒》里，穆弘有一番

---

① 骈宇骞等译注：《孙子兵法·孙膑兵法》，中华书局，2006，第17页。
② 马幼垣：《水浒二论》，生活·读书·新知三联书店，2007，第246页。

作为，名次相应地排得很高。在原本被改编成今本的过程中，他的故事几乎被全删了，弄到他单靠姓名来维持生存。编写今本者却阴差阳错地保留他在原本里的崇高名位，以致产生极难解释的矛盾。"①

《水浒传》中，时迁与穆弘等人的排名与能力、功劳之间反差过大自然是纰漏，以至于引起许多人的质疑与猜测，这种纰漏又成为考察《水浒传》文本演变过程的"活化石"——从《水浒传》现有文本各处的差异、纰漏的蛛丝马迹中，探寻、梳理出《水浒传》成书过程的线索。进一步而言，许多人不了解复杂的成书过程对文本的影响，反而以水浒人物的排名与能力、功劳之间反差过大而断定排名存在莫大的阴谋，甚至以此赞美排名过高的水浒人物的为人处世风格（实际上就是投领导所好，以此获取原本不应或不能获得的名利），似乎又有解读过度及庸俗化的嫌疑。

数百年来，对时迁的绝好身手和过人功劳大为赞赏之人不在少数，张恨水在论及时迁时，即对金圣叹将时迁定考为"下下"人物的论点难以苟同。他认为："偷儿出身"的时迁"昼伏夜动，取人财物"，"较之杀人劫货，而以人肉作馒首馅者，质之道德法律，皆觉此善于彼"。"吾以为就道德法律论，时迁较之宋江、吴用之罪，犹可减少。"与此同时，张恨水也注意到了时迁的排名与个人故事、能力、战功之间巨大的反差，以至于对此困惑不解：《水浒传》中"何独为时迁亦著如许笔墨哉？""就本领论，时迁较之宋清、萧让、郁保四等，又超过若干倍也，奈之何而曰下下哉！"②张恨水的困惑不解，正是由《水浒传》成书过程中发生了重大变化导致的。

尽管人们对时迁排名偏低感到不平，但以时迁的出身及秉性，他倒未必在意排名先后。试想，时迁出身低微、声名不佳，他投靠梁山的根本动机，就是为依托大寨，过上"大块吃肉，大碗喝酒"的快意生活。故此，名声对时迁似乎更多的还是身外之物。进一步而言，虽说时迁出身卑微，而他有飞檐走壁的绝好身手，又有灵活的头脑，随机应变的才干，梁山显

---

① 马幼垣：《水浒二论》，生活·读书·新知三联书店，2007，第239页。
② 张恨水：《水浒小札》，中国青年出版社，2018，第70、72页。

然不会因他排名偏低而无视他的存在。时迁上山入伙后，时时承担许多天罡星也无力承担的重任。时迁的风光，又岂是那些排名靠前却才干不足的梁山兄弟可以企及的？故此，时迁以真本事所获得的风光相比靠后的排名，似乎也算不上什么委屈。

梁山征辽、征方腊期间，时迁功劳不少。他的功劳的建立更多的还是成就兄弟大义，并非单纯的"尽忠报国""青史留名"。鸡鸣狗盗出身的时迁，断然不会让自己像宋江那样，活得如此疲惫、如此纠结。与时迁相比，宋江身上既有贪污受贿、八面玲珑的官府小吏气质，又有慷慨仗义的江湖人物气质，还有深受儒家思想约束的正统知识分子气质，几种不同气质互相交融、冲突，以至于宋江的性格与行事反倒显得颇为矛盾，他的复杂性也是其他梁山人物不能相比的。可惜的是，梁山兵马破了方腊后，"宋江等随即收拾军马回京。比及起程，不想林冲染患风病瘫了，杨雄发背疮而死，时迁又感搅肠沙而死。宋江见了，感伤不已"（第九十九回，1285页）。原本追求过上"大块吃肉，大碗喝酒"的快意生活，也应该过上"大块吃肉，大碗喝酒"的快意生活的时迁，最终却未能等到过上快意生活的那一刻。这或许是时迁生平最大的遗憾。

梁山众人的星座命名，有揭示地位的，有贴合身份的，有匹配绝技的，也有许多不知所云的，更有几个又是极为不雅的，"鼓上蚤"时迁对应的"地贼星"，"金毛犬"段景住对应的"地狗星"，"白日鼠"白胜对应的"地耗星"，即是极为不雅的典型。如此命名，完全是将他们归入不入流的另类人物看待的。以笔者浅见，改"地贼星"为"地盗星"，虽说意义不变，却似乎较为雅驯些，殊不知，"盗帅"亦为盗贼，其名号较之时迁，何止强过百倍？进一步而论，偷盗固然是时迁入伙梁山前的主要谋生手段，而他入伙梁山后，偷盗已经成为他行事时的辅助手段。他的主要工作，是探听情报，打入敌方内部，里应外合。故此，以偷盗而论，尤其是以时迁上山入伙后屡屡从事探听情报工作而论，称之为"地探星"似乎更为名副其实。

第20篇

"白衣秀士"王伦：

落寞而骂名随身的梁山开山寨主

与梁山渊源深厚而未能名列梁山一百单八将的人物,唯有梁山开山寨主"白衣秀士"王伦与梁山走向兴旺发达的过渡性寨主"托塔天王"晁盖。晁盖未能与梁山聚义大业相始终固然让人惋惜,他却得到梁山兄弟的高度敬仰,忠义堂上设有"晁天王"灵位,称之为梁山的精神寄托并不为过。至于王伦,虽说有开创梁山基业之功,却在水浒故事开篇不久即死于林冲刀下,不仅在梁山兄弟心目中毫无地位可言,在后人眼中,也以嫉贤妒能成为茶余饭后的笑谈。而细细想来,王伦的遭遇却并非仅是笑谈那么简单。

一、王伦最大的功绩,不是开创梁山基业,而是为梁山聚义发掘了得天独厚的根据地

《水浒传》中,除去作为"引子"的"洪太尉误走妖魔",最先出场的人物是浪荡子弟出身而骤然身居高位的高俅,以揭示奸臣变乱天下,"乱自上作"[①]。最先出场的梁山人物是"九纹龙"史进,此后以环环相扣方式,逐一引出各个梁山兄弟,直至形成一百单八将聚义梁山的壮阔局面。而最早落草梁山的人物,却是王伦、杜迁。林冲火烧草料场后无路可走,柴进举荐他前往梁山落草,说道:"既是兄长要行,小人有个去处,作书一封与兄长去,如何?""是山东济州管下一个水乡,地名梁山泊,方圆八百余里,中间是宛子城、蓼儿洼。如今有三个好汉在那里扎寨。为头的唤做白衣秀士王伦,第二个唤做摸着天杜迁,第三个唤做云里金刚宋万。那三个好汉聚集着七八百小喽啰,打家劫舍,多有做下迷天大罪的人,都投奔那里躲灾避难,他都收留在彼。三位好汉亦与我交厚,常寄书缄来。"(第十一回,144—145页)林冲来到梁山脚下的酒店后,与朱贵相识,从朱贵口中得知梁山与柴进的关系,书中写道:"原来是王伦当初不得地之时,

---

① 施耐庵著、金圣叹批评:《金圣叹批评本〈水浒传〉》,岳麓书社,2006,第12页。

与杜迁投奔柴进，多得柴进留在庄子上住了几时，临起身又赍发盘缠银两，因此有恩。"（第十一回，148页）《水浒传》中，林冲故事的时间点相当靠前，王伦、杜迁等人落草梁山，在当时确实是开风气之先的举动。

王伦等人落草梁山时，梁山人数有限，与后来十万军马聚集梁山的规模完全不可同日而语。然而，环视当时各地山头，梁山的规模并无丝毫逊色之处。当时，啸聚山林的山头，有少华山、二龙山。少华山的规模，李吉向史进介绍时说道："如今近日上面添了一伙强人，扎下个山寨，在上面聚集着五七百个小喽啰，有百十匹好马。为头那个大王唤做神机军师朱武，第二个唤做跳涧虎陈达，第三个唤做白花蛇杨春。这三个为头，打家劫舍。华阴县里不敢捉他，出三千贯赏钱召人拿他。谁敢上去惹他？因此上小人们不敢上山打捕野味，那讨来卖！"（第二回，30—31页）二龙山的规模，曹正向杨志介绍时说道："小人此间，离不远却是青州地面，有座山唤做二龙山，山上有座寺，唤做宝珠寺。那座山生来却好裹着这座寺，只有一条路上的去。如今寺里住持还了俗，养了头发，余者和尚，都随顺了。说道他聚集的四五百人，打家劫舍。为头那人，唤做金眼虎邓龙。"（第十七回，212页）至于后面出现的清风山、桃花山、白虎山，也都是数百人的规模。这样的规模在当地足以垄断资源、打家劫舍、肆意妄为，官府也不敢轻视。

在当时啸聚山林的山头中，聚集数百人是常态规模。一方面，自身实力有限，规模过大，容易遭到官府过度关注，反倒有害无益；另一方面，则受所占据山头地形风貌的限制，无法容纳太多人员聚集。梁山的地形风貌则完全不同，而梁山维持七八百人的规模，完全是王伦并无招纳贤才、扬名天下的雄心与气度所致。吴用撺掇"阮氏三雄"参与劫取生辰纲时，"阮氏三雄"对梁山"大块吃肉，大碗喝酒"的快意生活极为羡慕。阮小七说道："人生一世，草生一秋。我们只管打鱼营生，学得他们过一日也好。"（第十五回，190页）而他们却又不愿落草梁山。阮小二说道："我弟兄们几遍商量，要去入伙，听得那白衣秀士王伦的手下人，都说道他心地窄狭，安不得人。前番那个东京林冲上山，呕尽他的气。王伦那厮不肯胡乱着人，因此我弟兄们看了这般样，一齐都心懒了。"（第十五回，191页）王伦"心地窄狭"名声在外，自然堵塞了江湖好汉投奔梁山的门路。与此同时，王伦毕竟是文人出身。对他而言，落草梁山，或许不过是无可奈何之际暂居水洼而已，一旦时来运转，自当另谋出路；或许只是想关起门来称王称霸，并无扬名天下、号令群雄之志。王伦认知的误区在于，即便是暂居水洼或是关起门来称王称霸，而落草梁山，毕竟已经身入江湖，自当依据江湖规则行事，他却是"心地窄狭"，为人处世风格自然与江湖好汉义气当先的行事迥然不同。可以说，王伦落得身首异处的结局，除了自身才干、格局无足称道之外，也与他犯了江湖大忌息息相关。

王伦等人占据"八百里水泊梁山"如此优越的地理条件，规模却与少华山、二龙山等山头相差无几，王伦实在难辞其咎。故此，王伦最大的功绩，不是开创梁山基业，而是为梁山聚义发掘了得天独厚的根据地，为后来晁盖等人入伙及梁山扬名天下奠定了基础。梁山优越的地理条件体现在：首先，地面广阔，能容纳千军万马；其次，四面环水，陆地居中，易守难攻；最后，东南西北，均能设置水寨、旱寨，便于布防。梁山数次战败围剿的朝廷兵马，除了强悍的实力之外，地理条件的优越也是不可或缺的要素。林冲落草梁山时，《水浒传》中借助于他的眼睛，对梁山的地形风貌有过较为详细的勾勒：

> 没多时，只见对过芦苇泊里，三五个小喽啰自摇着一只快船过来，径到水亭下。朱贵当时引了林冲，取了刀仗、行李下船。小喽啰把船摇开，望泊子里去，奔金沙滩来。林冲看时，见那八百里梁山水泊，果然是个陷人去处。……
> …………

当时小喽啰把船摇到金沙滩岸边，朱贵同林冲上了岸，小喽啰背了包裹，拿了刀仗，两个好汉上山寨来。那几个小喽啰自把船摇去小港里去了。林冲看岸上时，两边都是合抱的大树，半山里一座断金亭子。再转将上来，见座大关，关前摆着刀枪剑戟，弓弩戈矛，四边都是擂木炮石。小喽啰先去报知。二人进得关来，两边夹道遍摆着队伍旗号。又过了两座关隘，方才到寨门口。林冲看见四面高山，三关雄壮，团团围定，中间里镜面也似一片平地，可方三五百丈；靠着山口才是正门，两边都是耳房。（第十一回，149 页）

正是借助于如此优越的地理条件，王伦等人才能抗拒官府，自成局面。晁盖、吴用等人劫取生辰纲事发后，吴用提议前往石碣村"阮氏三雄"家里，他说："石碣村那里，一步步近去，便是梁山泊。如今山寨里好生兴旺，官军捕盗，不敢正眼儿看他。若是赶得紧，我们一发入了伙！"（第十八回，230 页）然而，王伦等人能无拘无束、肆意妄为，以至于"官军捕盗，不敢正眼儿看他"，更多的还不是他们胆大包天、实力强悍，而在于官府贪腐无能，军士不愿效命。吴用撺掇"阮氏三雄"参与劫取生辰纲时，阮小二说道："那伙强人，为头的是个秀才，落科举子，唤做白衣秀士王伦；第二个叫做摸着天杜迁；第三个叫做云里金刚宋万；以下有个旱地忽律朱贵，见在李家道口开酒店，专一探听事情，也不打紧。如今新来一个好汉，是东京禁军教头，甚么豹子头林冲，十分好武艺。……这几个贼男女聚集了五七百人，打家劫舍，抢掳来往客人。我们有一年多不去那里打鱼。如今泊子里把住了，绝了我们的衣饭，因此一言难尽！""吴用说道：'小生实是不知有这段事。如何官司不来捉他们？'阮小五道：'如今那官司，一处处动掸便害百姓。但一声下乡村来，倒先把好百姓家养的猪羊鸡鹅，尽都吃了，又要盘缠打发他。如今也好，教这伙人奈何，那捕盗官司的人，那里敢下乡村来。若是那上司官员差他们缉捕人来，都吓得尿屎齐流，怎敢正眼儿看他。'"（第十五回，

190页）若非如此，以王伦、杜迁并不出众的武艺与谋略而论，他们怕是早已成为官府荡平梁山后的刀下之鬼了。

二、王伦落得身首异处、骂名随身的结局，与自身才干、格局欠缺难脱干系

王伦因不愿接纳江湖好汉入伙而身首异处、骂名随身，数百年来，随着水浒故事广泛传播，他几乎成为小肚鸡肠、嫉贤妒能的小人的代名词。平心而论，王伦落得如此结局，与自身才干、格局欠缺难脱干系。

朱贵引林冲到山寨拜见王伦时，"林冲怀中取书递上。王伦接来拆开看了，便请林冲来坐第四位交椅，朱贵坐了第五位。一面叫小喽啰取酒来，把了三巡，动问柴大官人近日无恙。林冲答道：'每日只在郊外猎较乐情。'""当下王伦叫小喽啰一面安排酒食，整理筵宴，请林冲赴席，众好汉一同吃酒。将次席终，王伦叫小喽啰把一个盘子托出五十两白银，两匹纻丝来。王伦起来说道：'柴大官人举荐将教头来敝寨入伙，争奈小寨粮食缺少，屋宇不整，人力寡薄，恐日后误了足下，亦不好看。略有些薄礼，望乞笑留，寻个大寨安身歇马，切勿见怪。'林冲道：'三位头领容复：小人千里投名，万里投主，凭托柴大官人面皮，径投大寨入伙。林冲虽然不才，望赐收录，当以一死向前，并无谄佞，实为平生之幸。不为银两赍发而来，乞头领照察。'王伦道：'我这里是个小去处，如何安着得你。休怪，休怪！'朱贵见了，便谏道：'哥哥在上，莫怪小弟多言。山寨中粮食虽少，近村远镇，可以去借；山场水泊，木植广有，便要盖千间房屋却也无妨。这位是柴大官人力举荐来的人，如何教他别处去？抑且柴大官人自来与山上有恩，日后得知不纳此人，须不好看。这位又是有本事的人，他必然来出气力。'杜迁道：'山寨中那争他一个。哥哥若不收留，柴大官人知道时见怪，显的我们忘恩背义。日前多曾亏了他，今日荐个人来，便恁推却，发付他去。'宋万也劝道：'柴大官人面上，可容他在这里

做个头领也好。不然见的我们无意气，使江湖上好汉见笑。'王伦道：'兄弟们不知，他在沧州虽是犯了迷天大罪，今日上山，却不知心腹。倘或来看虚实，如之奈何？'林冲道：'小人一身犯了死罪，因此来投入伙，何故相疑。'"（第十一回，150—151页）

晁盖等人上山入伙后，梁山不断接纳江湖好汉，直至聚集一百单八将，同时容纳数万军马，也并无粮食、房屋缺少问题。由此可见，"粮食缺少，屋宇不整"的说法纯属胡扯乱弹。朱贵所说的"山场水泊，木植广有，便要盖千间房屋却也无妨"才是实情。王伦以"粮食缺少，屋宇不整"为由拒绝接纳林冲入伙，不仅显出格局不高，更显出才干不足。即便是不愿接纳林冲入伙，他也未能找出一个让林冲知难而退的理由。

朱贵、杜迁、宋万等人轮番劝谏，王伦难以继续坚持己见。为刁难林冲，让他知难而退，自行离开梁山，又要他交上投名状。关于投名状，朱贵向林冲介绍道："但凡好汉们入伙，须要纳投名状。是教你下山去杀得一个人，将头献纳，他便无疑心。这个便谓之投名状。"王伦道："与你三日限。若三日内有投名状来，便容你入伙；若三日内没时，只得休怪。"（第十一回，151页）这样浅陋的说辞，完全是自曝其丑而已。第一日，林冲一无所获，回到山寨后，王伦问道："投名状何在？"林冲答道："今日并无一个过往，以此不曾取得。"王伦说道："你明日若无投名状时，也难在这里了。"第二日，林冲依然一无所获，王伦说道："今日投名状如何？"林冲不敢答应，只叹了一口气。王伦笑道："想是今日又没了。我说与你三日限，今已两日了。若明日再无，不必相见了，便请那步下山，投别处去。"（第十一回，151—152页）其奸计将成时的小人得志嘴脸如在眼前。而王伦面对无路可走的林冲的苦苦哀求始终无动于衷，其心性之冷酷亦由此可见一斑。

无论是小说中，还是真实历史上，像王伦这样无"德"、无"才"的人物还是为数不少的。有一副对联写道："墙上芦苇，头重脚轻根底浅；

山间竹笋，嘴尖皮厚腹中空。"[1] 用这副对联形容王伦，虽说尖酸刻薄，却也颇为生动形象。凡是与王伦打过交道的，都能看清其"没十分本事"的底细。毛泽东引用这副对联，批评的是"徒有虚名并无实学的人"[2]，王伦更是等而下之，不仅没有"实学"，也没有"虚名"。

而王伦之所以嫉贤妒能，则源于自身才干实在不济，因此时刻担心他人鸠占鹊巢。

林冲上山入伙时，王伦动问了一回，蓦然寻思道："我却是个不及第的秀才，因鸟气合着杜迁来这里落草，续后宋万来，聚集这许多人马伴当。我又没十分本事，杜迁、宋万武艺也只平常。如今不争添了这个人，他是京师禁军教头，必然好武艺。倘若被他识破我们手段，他须占强，我们如何迎敌。不若只是一怪，推却事故，发付他下山去便了，免致后患；只是柴进面上却不好看，忘了日前之恩。如今也顾他不得。"（第十一回，150页）可见，王伦拒绝接纳林冲入伙，正是源于林冲非同寻常的实力。如果林冲与杜迁、宋万一般武艺平常，或是杜迁、宋万与林冲一般武艺高超，王伦或许不会断然拒绝林冲入伙。晁盖等人上山入伙时，王伦继续以"粮食缺少，屋宇不整"为由，拒绝晁盖等人入伙。而后，林冲火并王伦，推举晁盖为梁山寨主。林冲如此行事，被认为是符合江湖道义的，而王伦时刻担心的鸠占鹊巢的事情还是发生了，只是他才干不足，没有能力避免而已。

为巩固自身地位，以及平衡不得不接纳林冲入伙后的实力差距，确保自己能掌控局面，王伦并非没有筹划。林冲下山寻找投名状时，抢了途经梁山的杨志的财物，两人相斗，被王伦劝住。王伦安排筵宴管待杨志。"酒至数杯，王伦指着林冲对杨志道：'这个兄弟，他是东京八十万禁军教头，唤做豹子头林冲。因这高太尉那厮容不得好人，把他寻事刺配沧州，那里又犯了事，如今也新到这里。却才制使要上东京干勾当，不是王伦纠

---

[1] 转引自毛泽东：《毛泽东选集》（第三卷），人民出版社，1991，第800页。
[2] 毛泽东：《毛泽东选集》（第三卷），人民出版社，1991，第800页。

合制使，小可兀自弃文就武，来此落草。制使又是有罪的人，虽经赦宥，难复前职。亦且高俅那厮见掌军权，他如何肯容你？不如只就小寨歇马，大秤分金银，大碗吃酒肉，同做好汉。不知制使心下主意若何？'杨志答道：'重蒙众头领如此带携，只是洒家有个亲眷，见在东京居住。前者官事连累了他，不曾酬谢得他，今日欲要投那里走一遭。望众头领还了洒家行李，如不肯还，杨志空手也去了。'王伦笑道：'既是制使不肯在此，如何敢勒逼入伙。且请宽心住一宵，明日早行。'"（第十二回，156页）

王伦邀请杨志入伙，正是想要以同样武艺高超的杨志制约林冲。一百二十回本《水浒传》中，对王伦的心思有着明确的描写："酒至数杯，王伦心里想道：'若留林冲，实形容得我们不济，不如我做个人情，并留了杨志，与他作敌。'"① 这显然并非贸然添加之笔。然而，虽说王伦知道杨志大名，与他却无旧谊，对他也不知根底。他根本无法确保杨志入伙后是否会站在自己一方而与林冲作对。假设杨志与林冲惺惺相惜，且相互支援，王伦将陷入更加难以掌控局面的境地——以林冲与杨志的武艺、出身、品行、经历而论，如果王伦留他们同在山寨，他们惺惺相惜的概率似乎要远远大于相互敌对。更何况，林冲与杨志都不是那种头脑简单、轻易受人利用之人，王伦的挑拨拉拢反而可能适得其反。由此可见，王伦的筹划，既不知己，复不知彼。这样的小算计，不仅是竹篮打水一场空，还被他刻意防范的林冲看在眼里，最终为林冲火并王伦添油加料。

林冲火并王伦时，王伦根本没有还手之力，只能血流当场。"林冲拿住王伦，骂道：'你是一个村野穷儒，亏了杜迁得到这里。柴大官人这等资助你，周给盘缠，与你相交，举荐我来，尚且许多推却。今日众豪杰特来相聚，又要发付他下山去。这梁山泊便是你的？你这嫉贤妒能的贼，不杀了要你何用！你也无大量之才，也做不得山寨之主！'杜迁、宋万、朱贵本待要向前来劝，被这几个紧紧帮着，那里敢动。王伦那时也要寻路

---

① 施耐庵著、郭皓政辑评：《百家汇评本〈水浒传〉》，长江文艺出版社，2007，第93页。

走,却被晁盖、刘唐两个拦住。王伦见头势不好,口里叫道:'我的心腹都在那里?'虽有几个身边知心腹的人,本待要来救,见了林冲这般凶猛头势,谁敢向前。林冲拿住王伦,骂了一顿,去心窝里只一刀,肐察地搠倒在亭上。可怜王伦做了半世强人,今日死在林冲之手,正应古人言:量大福也大,机深祸亦深。"(第十九回,246页)王伦死于林冲刀下,不仅丢掉了性命,也导致后世声名狼藉。

　　王伦被杀,人们多认为纯属咎由自取,不值得同情。然而,王伦被杀,固然有咎由自取成分在内,如此结局,却并非理所当然之举。王伦嫉贤妒能是事实,才干不足也是事实,他的品行更是让人不齿。但梁山毕竟是王伦等人筚路蓝缕开创的基业,以先来后到而论,即便王伦才干不足,也绝无将基业轻易拱手让人的义务。更何况,王伦对林冲的猜忌、防范,固然是捕风捉影、自曝其丑,而真实历史上,引狼入室、鸠占鹊巢的事例也是屡见不鲜,不能以杞人忧天视之。林冲火并王伦时,义正辞严地质问道:"这梁山泊便是你的?你这嫉贤妒能的贼,不杀了要你何用!你也无大量之才,也做不得山寨之主!"实际上,虽说梁山泊不是王伦的私产,而他的先到,已经让梁山烙上了王伦的印记。他人以其才干不足而强行夺取,反倒名不正言不顺。林冲火并王伦,推举晁盖为梁山寨主时固然理直气壮、行无愧怍,终究未脱离实力决定一切的强权色彩。以此而论,后来宋江取代晁盖似乎也是不足为奇的。

　　王伦被杀,也在于他拥有了与自身才干绝不匹配的地位,以致招来杀身之祸。

　　王伦为梁山聚义开风气之先的人物,而开风气之先的人物往往未必有好的结局。最为典型的,当是中国古代历史上改朝换代之际那些最先起义的人物,他们最先起义,获得显赫地位,却大多结局悲惨。例如:秦末最先起义的是陈胜、吴广,接着是项羽、刘邦争雄,最终成就帝业的是刘邦。东汉末年,最先扰乱天下的是黄巾军,而后董卓乱政、袁绍称雄、袁术称帝,三分天下的是曹操、刘备、孙权。隋末唐初,最先起义的是王薄，而后群雄征战，有王世充、窦建德等，最终荡平天下的则是李渊。元末明初，最先起义的是韩山童、刘福通，而后朱元璋、陈友谅、张士诚争夺天下，扫灭群雄的是朱元璋。而那些最先起义的人之所以结局悲惨，首先，取决于对手的强大、英明；其次，则是自身弱点明显；最后，他们最先起义，固然让他们取得了优越的地位，而"木秀于林，风必摧之"，所有矛盾都会集中于他们的身上，反倒为最终成就帝业的人做了挡箭牌。另一条重要的原因则是，他们与王伦一样，拥有了与自身才干绝不匹配的地位。太平时节，"才""位"不称未必立时引发危机，"才""位"不称者未必总能暴露面目。而非常时期，非常事务的处理能力成为检验"才""位"是否相称的试金石。一切滥竽充数、投机取巧者，终将无所遁形。

三、《水浒传》中的梁山坐落于山东境内，却并不等同于现实中的梁山

随着水浒故事的广泛传播（尤其是《水浒传》问世后的传播），王伦等人开基创业的梁山也成为名声显赫的地方。实际上，梁山作为梁山兄弟的根据地完全是后起的，传说中他们最早的根据地是太行山。

在《宋史》的《徽宗本纪》《侯蒙传》《张叔夜传》等历史文献中，均只有关于宋江一伙一鳞半爪的记载，且不同历史文献的记载多有相互矛盾之处。而在这些记载中，宋江一伙时而出没淮南、京东、河北，时而流窜齐、魏，时而又转掠楚州、海州。由此推断，他们应是一支流动性队伍，并无固定根据地，自然与梁山泊毫无关系。在宋末元初龚圣与的《宋江三十六赞》中，多处提到太行山，却没有一处提到梁山泊："太行春色"（燕青）、"太行好汉"（张横）、"敢离太行"（戴宗）。① 由此可见，水浒故事中的宋江等人最早应是出没于太行山一带的。在宋元之际的《大宋宣和

---

① 周密撰、吴企明点校：《癸辛杂识》，中华书局，1988，第 146、147、148 页。

遗事》中，宋江等人的落草之地也是太行山，其中写道："李进义同孙立商议，兄弟十一人，往黄河岸上，等待杨志过来，将防送军人杀了，同往太行山落草为寇去也。""且说那晁盖八个，劫了蔡太师生日礼物，不是寻常小可公事，不免邀约杨志等十二人，共有二十个，结为兄弟，前往太行山梁山泊去落草为寇。""宋江为此，只得带领得朱仝、雷横，并李逵、戴宗、李海等九人，直奔梁山泺上，寻那哥哥晁盖。"①《大宋宣和遗事》中，"梁山泊""梁山泺"均为太行山的地名，和《水浒传》中对梁山泊的记载与描述截然不同。

传世的元杂剧水浒戏《黑旋风双献功》中，对梁山泊独特、壮阔的地形风貌有如下描述："寨名水浒，泊号梁山。纵横河港一千条，四下方圆八百里。东连大海，西接济阳，南通巨野、金乡，北靠青、齐、兖、郓。有七十二道深河港，屯数百只战舰艨艟；三十六座宴楼台，聚百万军粮马草。"②如此描述，已经基本构建出了《水浒传》中梁山泊的布局与气势。而此时的梁山泊已经位于山东境内，与太行山再无关涉。

水浒故事经过长期的流传、演变，到《水浒传》成书时，最终形成了壮阔的八百里水泊梁山的布局与气势。梁山英雄排座次后，宋江号令大小头领，对梁山兄弟分派职务，从山寨各处建筑及梁山众人居所，就能感受到梁山的布局与气势。守把山寨各处梁山兄弟的安排如下：

> 宋江与军师吴学究、朱武等计议。堂上要立一面牌额，大书"忠义堂"三字，断金亭也换个大牌匾，前面册立三关。忠义堂后建筑雁台一座，顶上正面大厅一所，东西各设两房。正厅供养晁天王灵位；东边房内，宋江、吴用、吕方、郭盛；西边房内，卢俊义、公孙胜、孔明、孔亮。第二坡左一带房内，朱武、黄信、孙立、萧让、裴宣；右一带房内，戴宗、燕青、张清、安道全、皇甫端。忠义堂左边，掌

---
① 朱一玄、刘毓忱编：《〈水浒传〉资料汇编》，南开大学出版社，2012，第39、40、43页。
② 朱一玄、刘毓忱编：《〈水浒传〉资料汇编》，南开大学出版社，2012，第50页。

管钱粮仓廒收放,柴进、李应、蒋敬、凌振;右边花荣、樊瑞、项充、李衮。山前南路第一关,解珍、解宝守把;第二关,鲁智深、武松守把;第三关,朱仝、雷横守把。东山一关,史进、刘唐守把;西山一关,杨雄、石秀守把;北山一关,穆弘、李逵守把。六关之外置立八寨,有四旱寨,四水寨。正南旱寨,秦明、索超、欧鹏、邓飞;正东旱寨,关胜、徐宁、宣赞、郝思文;正西旱寨,林冲、董平、单廷圭、魏定国;正北旱寨,呼延灼、杨志、韩滔、彭玘。东南水寨,李俊、阮小二;西南水寨,张横、张顺;东北水寨,阮小五、童威;西北水寨,阮小七、童猛。(第七十一回,928—929页)

对于守把山寨各处梁山兄弟的安排(部署行政防务),马幼垣结合梁山的地形风貌提出了意见:

> 这样整齐的部署要有同样整齐的地理环境配合才能实现的。天壤间何处有一块如此随心塑造的土地?梁山是湖中一个山岛,岛上的地形何处高,何处低,何处平,怎可能正是梁山诸人所需求的四方八面依样制件式的平均分布?现在梁山一带,不管水位如何(湖水浩荡连天时的地理情况可以用电脑模拟还原),果然根本就丝毫不像那样子。[①]

实际上,历史上的山东境内确实存在过壮阔的八百里水泊梁山的地形风貌。唐宋时期,由于黄河多次溃决,梁山一带形成了面积广阔的水域,最终围绕梁山出现了港汊纵横、山水交错的八百里水泊,梁山则成为水泊中的孤山。明末清初顾炎武《日知录》记载:"晋开运元年(944)五月丙辰,滑州河决,浸汴、曹、濮、单、郓五州之境,环梁山,合于汶水,与南旺、蜀山连,弥漫数百里。"[②] 依据《宋史》记载:"真宗天禧三年

---

① 马幼垣:《水浒二论》,生活·读书·新知三联书店,2007,第325页。
② 转引自何心:《水浒研究》,上海古籍出版社,1985,第181页。

(1019）六月，河决滑州，漫溢州城，历澶、曹、郓，注梁山泊。又合清水古汴渠，东入于淮。州邑罹患者三十二。"①宋徽宗时，梁山泊水域面积最为广阔、水势最为浩荡。

然而，梁山泊如今早已不复存在。自北宋末年起，黄河又多次溃决，"黄河与其他河流不同，其中最大的不同就是黄河水携带大量的泥沙。……这样就催生了一个特殊现象，就是黄河所灌水的地方，并不是越灌水、水就越多，恰恰是越灌水、水越少；因为在灌水的同时也会输入大量泥沙，泥沙会填平河水所经过的低洼之处，并且越积越高，高到无处存水为止。历史有资料可查的黄河泥沙淤积之处，可平地增高三十米；直到水流受阻，另辟蹊径；因此，黄河泥沙不但填平了八百里水泊，就连梁山脚下的巨野泽也被填平了；所以，原来的菏泽之地日久竟演变成了高地，不但在梁山脚下找不到水，就连黄河也改道了"②。八百里梁山泊泥沙不断沉积，到清朝时，八百里梁山泊已经不复存在，梁山周围的湖泊完全变成了耕地。

由此可见，《水浒传》中的梁山坐落在山东境内，却并不等同于现实中的梁山，即便水浒故事的创作者（元杂剧水浒戏作者及《水浒传》作者）在构建梁山的地形风貌时受到过现实中的梁山的影响，不过这种影响充其量只是给作者提供一点灵感而已，两者形态完全不同。《水浒传》中梁山的地形风貌，完全可以断定是创作者虚构的。故此，现实中的梁山自然就没有过一百单八将"啸聚山林"的辉煌历史了。

四、论及王伦，就不能不提及同样落寞的梁山奠基人宋万与杜迁

"云里金刚"宋万、"摸着天"杜迁为梁山开山元老，分别是梁山一百单八将中第二位、第一位落草梁山的，资历确实无人可及。而梁山英雄排

---

① 转引自何心：《水浒研究》，上海古籍出版社，1985，第182页。
② 钱树：《梁山水泊在哪里？》，《中华读书报》2013年9月11日。

座次时,宋万与杜迁排名第八十二位、八十三位。虽说有人对他们排名过低心有不平,认为忽略了他们的山寨开创之功,但终究尚无太大争议。实际上,宋万与杜迁排名过低,确实与他们自身能力(武艺、谋略)微不足道大有关系,且在他们啸聚梁山时,梁山并无太大规模,声望也一般,两人的开创之功自然颇为有限(他们各自的绰号倒是相当霸气)。

细细盘点宋万与杜迁的经历,除了山寨开创之功之外,无论是能力还是战功,都乏善可陈。对宋万与杜迁知根知底的梁山开山寨主王伦明言道:"我却是个不及第的秀才,因鸟气合着杜迁来这里落草,续后宋万来,聚集这许多人马伴当。我又没十分本事,杜迁、宋万武艺也只平常。"(第十一回,150页)由此可见,王伦为梁山寨主时期,梁山排名原则显然是"先来后到",这也算是"论资排辈"。林冲入伙梁山遭到王伦的拒绝,正是因为他具有挑战、颠覆这一排名原则的实力。王伦为维护一己私利,自然对林冲百般刁难。与王伦称兄道弟的关系及排名原则,无疑是让宋万与杜迁占据高位的傲人资本。王伦死于林冲刀下后,宋万与杜迁就注定了地位难保。而宋万与杜迁的几次立功,都是随同梁山众人行事。故此,宋万与杜迁在梁山的湮没无闻,更多的还应归咎于能力微不足道,即便资历无人可及,终究不可单凭资历保持优越地位。

太平时节,不仅社会上的平常行业,即便是某些专业性极强的领域,也并无太多展示专业能力的机会。故此,处理日常事务时,由平庸中资之人主持,虽说不能事事处理得当,未必不能维持局面,即便出现纰漏,也能设法补救。这时,个人专业能力高低、贡献大小确实不易区分。个人的升迁起浮,往往离不开资历、人脉、性格等因素,对专业能力高低、贡献大小的要求反倒不那么突出了。而非常时期,专业能力高低则会成为超越资历、人脉、性格等因素的核心因素。例如:战时主持军事工作,军事能力不足,可能会拖累团队,导致战败和临阵换将。这时,专业能力突出的,更有机会声名鹊起、一展宏才,那些仅仅资历深厚的,往往会退出舞台中心(当然,非常时期过后,这些人物命运如何自应另当别论)。进一步而论，过度抬高资历、人脉、性格等因素，往往压抑团体成员的主动性及才干的发挥，对团体的拖累远大于促进。以梁山众人所处征战不断的特殊环境而言，宋万与杜迁排名在当前位置，似乎并无太多冤屈之处。

林冲火并王伦后，推举晁盖为梁山寨主，晁盖、吴用、公孙胜、林冲等人坐了前四把交椅。"晁盖道：'今番须请宋、杜二头领来坐。'那杜迁、宋万见杀了王伦，寻思道：'自身本事低微，如何近的他们？不若做个人情。'苦苦地请刘唐坐了第五位，阮小二坐了第六位，阮小五坐了第七位，阮小七坐了第八位，杜迁坐了第九位，宋万坐了第十位，朱贵坐了第十一位。"（第二十回，249页）

宋万与杜迁也算是看得清形势的明白人，虽说"强龙不压地头蛇"，而在"强龙"过强时，"地头蛇"又岂能肆意纵横？宋万与杜迁作为王伦时期的旧头领，如果本人武艺高超，或许还能凭借一身本事争得一个较好的位置，偏偏两人"武艺也只平常"。故此，随着梁山兄弟不断增添，宋万与杜迁的排名也是一路下滑，即便梁山仍然有他们容身之地，最后只能沦落到吃闲饭的群体之中，毫无昔日的风采神气可言。

宋万与杜迁都死得极其悲惨。梁山征方腊期间，宋万是第一批阵亡的梁山兄弟之一，攻打润州时"乱军中被箭射死，马踏身亡"（第九十一回，1179页）。杜迁则是最后一批阵亡的梁山兄弟之一，同样是"马军中踏杀"（第九十八回，1273页）。梁山兄弟之死，以宋万开头，以杜迁收尾，不乏象征意义。

梁山征方腊前，屡次对外征战，虽说屡有败绩，头领多有受伤或被捉的，最终都能扭转局面，大胜而归，从未折损一人。征方腊一役，梁山兄弟与方腊兵马实力相当，最终死伤惨重。梁山征方腊班师还朝后，梁山兄弟十去其七，这固然让人无限伤感，却恰恰符合真实战争的惨烈特征。梁山征辽等对外征战，梁山兄弟无一人阵亡，这固然符合人们的心理期待，却将战争写得过于轻巧了——应该说，将战争写得过于轻巧，几乎是古典白话小说的通病，仿佛战争胜败真是取决于神机人物的"掐指一算"，而这些人物在战前也是闲庭信步、胜券在握，从而将惨酷激烈、惊心动魄的战争化为轻巧的童稚游戏。实际上，对那些指挥过战争的军事人物而言，他们在指挥战争时，绝对是严阵以待，精神高度紧张，且在胜负未决前心中始终是忐忑不安的——将战争写得过于轻巧，正说明这些关于战争的描写是出自未经战事的文人的臆想。

梁山兵马攻下润州后，宋江得知宋万与"没面目"焦挺、"九尾龟"陶宗旺阵亡，伤感地说道："我等一百八人，天文所载，上应星曜。当初梁山泊发愿，五台山设誓，但愿同生同死。回京之后，谁想道先去了公孙胜，御前留了金大坚、皇甫端，蔡太师又用了萧让，王都尉又要了乐和。今日方渡江，又折了我三个弟兄。想起宋万这人，虽然不曾立得奇功，当初梁山泊开创之时，多亏此人，今日作泉下之客！""宋江传令，叫军士就宋万死处，搭起祭仪，列了银钱，排下乌猪白羊，宋江亲自祭祀奠酒。……收拾三个偏将尸骸，葬于润州东门外。"（第九十一回，1179—1180页）一百单八将聚义梁山，源于宋万与杜迁的开创之功，故此，宋江有如此伤感的感慨与举动并不意外，而这也意味着梁山兄弟前景不妙。

梁山英雄对应的星座名称，有不少贴切的，也有许多名不副实的。其中名不副实的，就有宋万的"地魔星"与杜迁的"地妖星"。梁山一百单八将原本为下凡的"一百单八个魔君"，自然多为争狠斗勇之辈，而宋万与杜迁武艺平常、生性谦和，既无铲妖除魔能耐，又无颠倒乾坤胆识，生平行事也无任何乖张之处，何曾有半点"妖""魔"气质？唯一可以将两者关联在一起的理由，就是他们是一百单八将中最早落草梁山的，故此，他们象征着洪太尉放出的"一百单八个魔君"——因为杜迁与宋万的星座名称中的"妖""魔"连在一起恰好是"妖魔"。

需要说明的是，评价宋万与杜迁"武艺也只平常"，是以一个较高的江湖好汉的标准衡量的。实际上，除了"白日鼠"白胜、"金毛犬"段景住等可数的几个几乎从未明白展示过武艺的闲汉人物，以及"玉臂匠"金大坚、"神医"安道全、"圣手书生"萧让、"紫髯伯"皇甫端等"术业有专攻"的专门人才，梁山兄弟能力再差的，也有"几十人近不得身"的武艺（以"母大虫"顾大嫂为例）。地煞星中上水平，则能"百十人近他不得"（以"铁笛仙"马麟为例）。至于天罡星中的林冲、鲁智深、武松、刘唐等人物，则如刘唐所说的，"休道三五个汉子，便是一二千军马队中，拿条枪也不惧他"（第十四回，178页）。这已经是梁山兄弟中的最高水平了。当然，这里仅就小说中而言，真正的两军对阵如何，则另当别论。同样，梁山一百单八将各自的武艺水准也是就小说中而言，现实生活中断然不会如此。现实生活中如果有如此彪悍兄弟，莫说聚义梁山，官军对之也无可奈何，即便攻破朝廷，君临天下，也如探囊取物。

第 21 篇

"托塔天王"晁盖：

命中注定的过渡性人物

《水浒传》中，梁山聚义前后持续十余载。几乎成为小肚鸡肠、嫉贤妒能代名词的"白衣秀士"王伦为梁山开山寨主，"呼保义"宋江为梁山扬名天下及走向覆灭的寨主，"托塔天王"晁盖则是梁山走向兴旺发达的关键性人物。金圣叹批读《水浒传》时甚至写道，《水浒传》"前后凡叙一百八人，而晁盖则其提纲挈领之人也"[1]。然而，晁盖未能与梁山聚义大业相始终，他也就是王伦与宋江之间的过渡性寨主。故此，晁盖在后人心目中的地位与分量，始终难以与其身份相匹配。数百年来，专门探讨晁盖的形象、作用、地位、遭遇等方面的文章屈指可数。即便是专门探讨晁盖的文章，也多持"尊宋贬晁"立场，以至于人们对晁盖的认知长期处于片面、粗略的状态，从而也在很大程度上影响着对宋江，乃至于对《水浒传》的认知。

一、晁盖慷慨豪迈、声望甚高，而认为他作为梁山寨主不及宋江绝非污蔑偏见之论

《水浒传》中，"托塔天王"晁盖是一个相当尴尬的存在。一方面，他中毒箭身亡于梁山英雄排座次前，并未名列梁山一百单八将，人们谈论他的兴致自然淡了许多，甚至不及对某些地煞星人物的关注；另一方面，宋江作为梁山寨主，带领梁山发扬壮大，成就了一番轰轰烈烈的事业，而晁盖作为梁山寨主，为时甚短，成就有限，形象、功业被宋江遮掩得毫无光彩。因此，无论是晁盖作为梁山寨主时还是阵亡后，尽管人们从未忽略他的存在与贡献，甚至对他中毒箭身亡充满同情，而在估量他的作用与地位时，又往往用语苛刻，在将他与宋江置于同一平台加以对比后，对他多有批评指责之词。在《水浒传》研究史上，对晁盖既没有较为深入、公正的评价，也没有像评价宋江时那种毁誉交加、争论激烈的现象。

---

[1] 施耐庵著、金圣叹批评：《金圣叹批评本〈水浒传〉》，岳麓书社，2006，第147页。

晁盖入伙梁山前，为济州府郓城县东溪村保正。依据南宋李焘《续资治通鉴长编》记载，宋神宗熙宁三年（1070），朝廷（主政的是王安石）推行"保甲法"，制定的《畿县保甲条制》规定："凡十家为一保，选主户有材干、心力者一人为保长；五十家为一大保，选主户最有心力及物产最高者一人为大保长；十大保为一都保，仍选主户有行止、材勇为众所伏者二人为都、副保正。"① 在中国古代社会，朝廷权力大多延伸至县级，县以下的广大乡村基本上由乡绅、宗族长老等地方知名人物支配。晁盖正是这样的地方知名人物。关于晁盖平日里的为人与做派，《水浒传》中写道，晁盖"祖是本县本乡富户，平生仗义疏财，专爱结识天下好汉。但有人来投奔他的，不论好歹，便留在庄上住；若要去时，又将银两赍助他起身。最爱刺枪使棒，亦自身强力壮，不娶妻室，终日只是打熬筋骨。……晁盖独霸在那村坊，江湖上都闻他名字"（第十四回，174—175页）。

晁盖为朝廷基层管理人员，也算是朝廷政治体系中的一员，而他平日里却甚少尽心竭力于乡民管理及下情上达等本职事务，他的朝廷基层管理人员身份几乎被他的江湖声望所遮蔽。晁盖平日里甚少尽心竭力于本职事务固然不足为训，朝廷政治体系之混乱无序更是让人感慨良多。

作为声名远播的江湖人物，晁盖自是胆识、气力过人。刘唐拜见他后，称赞他"是个真男子，武艺过人"（第十四回，178页）。晁盖、吴用等人商议劫取生辰纲时，吴用也认为晁盖与刘唐"十分了得"（第十四回，183页）。这里的"了得"自然指的是武艺。而晁盖武艺水准究竟如何，却难以下定结论——《水浒传》中没有晁盖与人交手的记录（无独有偶，宋江也没有与人交手的记录。以晁盖的行事而论，即便谋略非其所长，胆识、气力、武艺也是绝对强于宋江的），他的"托塔天王"的绰号则是来自力托青石宝塔一事："郓城县管下东门外有两个村坊，一个东溪村，一个西溪村，只隔着一条大溪。当初这西溪村常常有鬼，白日迷人下水在溪

---

① 转引自刁培俊：《宋朝"保甲法"四题》，《中国史研究》2009年第1期。

里，无可奈何。忽一日，有个僧人经过，村中人备细说知此事。僧人指个去处，教用青石凿个宝塔，放于所在，镇住溪边。其时西溪村的鬼，都赶过东溪村来。那时晁盖得知了大怒，从溪里走将过去，把青石宝塔独自夺了过来东溪边放下，因此人皆称他做托塔天王。"（第十四回，174 页）

晁盖为人慷慨豪迈、仗义疏财，"人物轩昂，语言洒落"（第十五回，193 页）。由此可见，他绝非一般的江湖草莽，而是有着非凡号召力的江湖大哥。然而，对于晁盖这样的江湖大哥而言，奠定江湖地位靠的是"平生仗义疏财，专爱结识天下好汉"，而非"最爱刺枪使棒""武艺过人"（宋江成为江湖大哥更是如此）。故此，无论晁盖武艺水准如何，都与他后来的遭遇无关。晁盖为梁山寨主期间，确实也具备除弊兴利、领袖群伦的才干。林冲拥立晁盖为梁山寨主后，晁盖对众人说道："你等众人在此，今日林教头扶我做山寨之主，吴学究做军师，公孙胜同掌兵权，林教头等共管山寨。汝等众人各依旧职，管领山前山后事务，守备寨栅滩头，休教有失。各人务要竭力同心，共聚大义。"（第二十回，249 页）林冲也认为："晁盖作事宽洪，疏财仗义。"（第二十回，250 页）《水浒传》中写道："梁山泊自从晁盖上山，好生兴旺。"（第二十回，254 页）故此，在宋江上山入伙前，即便晁盖不无缺陷，但他的能力还是相当突出的，从而奠定了梁山走向兴旺发达的基础，他的寨主地位自然也是众望所归。

然而，晁盖在梁山的崇高地位，恰恰是以宋江未入伙梁山为前提条件的。如果将晁盖与宋江置于同一平台加以对比就会发现，晁盖作为梁山寨主远远不及宋江，这绝非污蔑偏见之论。

论政治眼光，宋江自入伙梁山后，始终有种危机感与责任感，他并不认为"啸聚山林"是梁山兄弟的明智选择。他屡屡明言或暗示，只有接受招安、"尽忠报国"才是梁山兄弟的最终归宿。而晁盖带领梁山兄弟落草为寇的初衷则是过上"大块吃肉，大碗喝酒"的快意生活。故此，与其说晁盖从未过多虑及梁山兄弟的最终归宿，毋宁说他与许多梁山兄弟一样，将过上"大块吃肉，大碗喝酒"的快意生活当成了最终归宿。晁盖自成为梁山寨主后，以寨主之尊，始终坐镇山寨，极少下山走动。此后，除了智取生辰纲时的吴用、公孙胜、刘唐、"阮氏三雄"等人与晁盖别有渊源、交情深厚之外，其他梁山兄弟，或是宋江引荐上山入伙的，或是慕宋江之名投奔梁山的，这些人对待晁盖与宋江自然难以一视同仁。宋江上山入伙后，山寨内部发展规划、外部征战用兵，多由宋江发号施令，梁山兄弟对他也是唯命是从。

论处事手腕，晁盖为富户出身，秉性耿直，江湖气息浓厚，生平行事以义气为重，谋略心机自然非其所长。因此，在与江湖各色人物交往时，往往直来直去，既无欺人之念，也无防人之心。杨雄、石秀投奔梁山报信时，晁盖听闻与他们同行的时迁偷了祝家庄的报晓鸡，以致被祝家庄捉拿，大怒道："俺梁山泊好汉，自从火并王伦之后，便以忠义为主，全施仁德于民。一个个兄弟下山去，不曾折了锐气。新旧上山的兄弟们，各各都有豪杰的光彩。这厮两个把梁山泊好汉的名目去偷鸡吃，因此连累我等受辱。今日先斩了这两个，将这厮首级去那里号令，便起军马去，就洗荡了那个村坊，不要输了锐气。如何？孩儿们，快斩了报来！"（第四十七回，633页）后经宋江求情，晁盖才赦免了两人。以理而论，晁盖作为梁山寨主，法令严明，如此处事并无不当。以情而论，宋江求情免死，更能体现江湖兄弟情义，自然让被救之人铭记于心。

而在领袖群伦、领兵征战方面，晁盖更是远远不及宋江。晁盖领兵攻打曾头市一役（这是他首次也是最后一次领兵出战），不仅领兵下山时不带军师，临阵决策多有失误，不明底细之际一意孤行在先（为晁盖引路的僧人来路可疑，晁盖竟然毫无怀疑），后又不听林冲等人劝阻，以至于最后冒失进兵，头中毒箭不治身亡。宋江领兵攻打祝家庄期间，首次攻打祝家庄，因不明底细损兵折将后，他先是听从杨雄的提醒，亲自拜访与祝家庄有隙的李家庄庄主李应，李应承诺不再相助祝家庄，二次攻打祝家庄，遇扈家庄阻拦，林冲擒获扈三娘，扈家庄扈成（扈三娘兄长）求和，经宋江劝说，扈成承诺不再相助祝家庄，从而拆散了独龙冈三村"但有吉凶，递相救应"的联盟。此后，宋江又采纳军师吴用之计，安排刚刚前来投奔梁山入伙的孙立等登州八人假意投奔祝家庄（孙立与祝家庄教师栾廷玉为师兄弟），从而里应外合，最终攻下祝家庄。

晁盖与宋江作为梁山寨主的优劣高下由此可见一斑。

二、晁盖与宋江领导梁山期间的不同理念，不能简单论定高下

长久以来，许多人评论晁盖与宋江时，多认为晁盖虽然将梁山引向兴旺发达，但他缺乏长远眼光，被更具才干的宋江代替无可避免。然而，以梁山兄弟的经历及思想状态而论，晁盖让梁山兄弟过上"大块吃肉，大碗喝酒"的快意生活，未必不是多数梁山兄弟向往的生活，宋江以"封妻荫子""尽忠报国""青史留名"相号召，虽说将梁山聚义的境界提升了一个层次，但这未尝不是宋江将个人意志强加于多数梁山兄弟的结果，因为许多梁山兄弟对招安前景并不看好，他们并非反对招安，不愿"尽忠报国"，而是对把持朝政、为非作歹的奸臣不抱期望。两相对照，晁盖带领梁山兄弟所过的快意生活能持续多久固然难以推测，宋江带领梁山兄弟走上招安之路，短短时间导致梁山兄弟十去其七却是事实，似乎也很难说是英明之举（从国家立场而论，梁山征辽、征方腊，自然是立下了盖世功劳，"青史留名"当之无愧）。然而，不接受招安，梁山迟早逃不过遭到朝廷围剿的命运，梁山兄弟不仅会死伤惨重，且无法摆脱"贼寇"恶名，或者因为内部矛盾爆发而自相残杀、分崩离析；接受招安，征战沙场，梁山兄弟同样会死伤惨重。相比之下，征战沙场，为"尽忠报国"而死，意义则要重大得多，称得上是"重于泰山"。

进一步而言，晁盖反对招安也只是人们一般的认知。《水浒传》中，晁盖确实没有明确提出招安。梁山提出招安、寻求招安，确实也是在宋江的梁山寨主地位确立后，甚至是在梁山英雄排座次后。实际上，宋江始终

主张招安是有明确证据的。武松前往二龙山落草途中，偶遇宋江，宋江对他说道："如得朝廷招安，你便可撺掇鲁智深、杨志投降了，日后但是去边上，一枪一刀，博得个封妻荫子，久后青史上留得一个好名，也不枉了为人一世。"（第三十二回，420页）宋江在梁山欢庆重阳节时所作《满江红》词中有"望天王降诏早招安，心方足"的句子，引起了武松、李逵、鲁智深等人的不满，众人搅扰了现场，引起宋江不快，宋江则坚持认为："今皇上至圣至明，只被奸臣闭塞，暂时昏昧。有日云开见日，知我等替天行道，不扰良民，赦罪招安，同心报国，竭力施功，有何不美？因此只愿早早招安，别无他意。"（第七十一回，935页）至于晁盖，无论是入伙梁山前，还是入伙梁山后，对于招安确实从未明确表态。

尽管晁盖对待招安不像宋江那样态度明朗、立场坚定，却也有一些蛛丝马迹，证明他起码并非完全反对招安。例如，呼延灼领兵征讨梁山期间，呼延灼麾下的"轰天雷"凌振被擒获上山后，"宋江便同满寨头领下第二关迎接。……到大寨，见了彭玘已做了头领，凌振闭口无言。彭玘劝道：'晁、宋二头领替天行道，招纳豪杰，专等招安，与国家出力。既然我等到此，只得从命。'……晁盖道：'且教做筵席庆贺。'"（第五十五回，第739页）宋江等人为打破呼延灼统领的"连环马"，派遣时迁、汤隆赚取"金枪手"徐宁上山后，"宋江执杯向前陪告道：'见今宋江暂居水泊，专待朝廷招安，尽忠竭力报国，非敢贪财好杀，行不仁不义之事。万望观察怜此真情，一同替天行道。'……晁盖、吴用、公孙胜都来与徐宁陪话，安排筵席作庆"（第五十六回，750页）。与此同时，晁盖也没有说过与大宋朝廷势不两立、始终敌对的话。晁盖、吴用等人劫取生辰纲后，遭官府追捕意欲入伙梁山时，在梁山泊内大败济州府缉捕使臣何涛。当时，"阮氏三雄"的阮小五、阮小七驾船迎敌，各自唱了一首歌："打鱼一世蓼儿洼，不种青苗不种麻。酷吏赃官都杀尽，忠心报答赵官家。""老爷生长石碣村，禀性生来要杀人。先斩何涛巡检首，京师献与赵王君！"（第十九回，237页）这一态度被归纳为"只反贪官，不反皇帝"。实际上，无论是宋江还是晁盖，甚至大部分梁山兄弟，都是坚持这样的态度的。他们反抗官府、啸聚山林，又向往正途。在朝廷示好后，多有愿意接受招安的。这正是"只反贪官，不反皇帝"的传统理念的忠实践行。在中国古代社会，很少有人能跳出当时社会普遍的认知。"没有人能够真正地超出他的时代，正如没有人能够超出他的皮肤。"①更何况，公开宣扬"反皇帝"的观点，风险极高，故此，无论人们内心的想法如何，公开场合往往是刻意回避的。

尽管如此，晁盖与宋江对待招安的态度还是有着明显区别的。最起码，在宋江掌握梁山决策权后，他立即将自己寻求招安的理念付诸实践。而在晁盖掌握梁山决策权时，他对于招安却并无积极的谋划。

无论是太平时节，还是战乱之世，只要不祸害他人，追求"大块吃肉，大碗喝酒"的快意生活并非违法乱纪，而"尽忠报国"在境界上毫无疑问要高出许多（"尽忠报国"应是国人义不容辞的义务）。然而，人们对梁山接受招安的质疑，并非反对"尽忠报国"，更多的还是出于对梁山兄弟悲惨命运的同情，以及对朝廷未能任人唯贤、励精图治，反而屡屡残害忠良的倒行逆施行为的痛恨。朝廷如此作为，使得梁山接受招安的正面意义大打折扣——梁山接受招安后，即便立下征辽、征方腊两件盖世功劳，朝廷也未善待梁山兄弟。更值得关注的是，他们对朝廷走向正途不但没有丝毫影响力，反倒备受掣肘陷害。梁山征方腊班师还朝后，即便生还的梁山兄弟加官晋爵，成为朝廷命官，仍然难以逃脱奸臣的打击陷害，"尽忠报国"夙愿也是中道而殁。因此，无论是梁山接受招安后，还是征方腊班师还朝后，奸臣当道、民不聊生的现状不仅没有任何改变，反倒有变本加厉的趋势。以此而论，梁山众人的牺牲并非简单的"舍小义"而"就大义"。

故此，晁盖与宋江领导梁山期间的不同理念，不能简单论定高下。宋

---

① 黑格尔著、贺麟等译：《哲学史讲演录》（第1卷），商务印书馆，1978，第57页。

江取代晁盖，主要取决于人脉、谋略与机缘等，而并非简单取决于长远眼光及政治理念。

晁盖的入伙梁山，得益于宋江的通风报信，他对此心存感激。宋江江州蒙难，晁盖亲率梁山兄弟涉险劫了法场，营救宋江上山。晁盖此举固然是感恩图报（晁盖也是一位宅心仁厚、屡屡将平民百姓生死记挂在心的江湖人物，这是相当难能可贵的道德品质），而宋江上山入伙后，以其才干及带领的大批人马为依靠，逐渐使晁盖陷入尴尬的境地（最初未必意识到）。即便晁盖与宋江兄弟情深、相互礼让，而在中国传统文化的影响下，他们不可能长久和平共处。在此期间，梁山每次出战均由宋江领兵，晁盖则被宋江以"哥哥是山寨之主，如何使得轻动"（第五十二回，696页）为由，留守山寨，梁山兄弟对宋江也是心悦诚服、唯命是从。无论宋江是关心晁盖的安危，还是有意如此，此举对晁盖地位的不利影响都是显而易见的，这不仅剥夺了他与梁山兄弟共患难的机会，也切断了他与外界的联系。此后，宋江功业日盛、声望日隆，直至凌驾于晁盖之上，作为梁山走向兴旺发达的关键性人物的晁盖反倒难有容身之地。这就是后人解读出的"宋江架空晁盖"。

晁盖为梁山寨主期间，二号人物宋江人脉广泛、权势煊赫，时时凌驾于晁盖之上。宋江为梁山寨主期间，二号人物卢俊义势单力孤，只有象征性地位，远远不足以与宋江相抗衡。以常理及历史事实而论，后者或许才是中国古代社会一号人物与二号人物共处的正常模式（即便如此，一号人物与二号人物相处有始无终的也比比皆是），前者则存在严重隐患。故此，以梁山的情势而论，即便晁盖未在领兵攻打曾头市一役中毒箭不治身亡，迟早有一天也会被宋江取而代之的，取而代之的手段或许还会相当血腥——李密、翟让之变即是前车之鉴：隋末唐初，瓦岗军创始首领翟让，自认能力、贡献、威望均不及后来加入的李密，便推举李密为瓦岗军首领，李密则任命翟让为司徒。翟让的一些亲友、下属对让位心有不满，翟让也屡屡口出狂言，以致李密猜忌翟让，两人嫌隙日渐加重。后于饮宴时，李密命人杀害翟让及其亲友、下属数百人。

三、从水浒故事演变过程中晁盖身份与地位的变化，人们能感受到晁盖的过渡性色彩

从水浒故事演变过程中晁盖身份与地位的变化（至《水浒传》成书为止），人们能明显感受到晁盖的过渡性色彩。正是这种过渡性色彩，注定了晁盖非死不可的命运。而人们关注、猜测较多的，正是晁盖是否反对招安？"宋江架空晁盖"是否存在？晁盖为什么非死不可？晁盖曾头市中毒箭身亡是否隐藏着阴谋？尽管这样的探讨不无过度解读的嫌疑，而数百年来，尤其是自金圣叹起，即便人们得出的结论往往大相径庭，却又对这样的探讨乐此不疲。而这，或许是《水浒传》作者在塑造晁盖这一人物形象时并未预料到的。

众所周知，宋江起义是发生于北宋末年的真实事件。由于历史文献记载简略及彼此矛盾，人们对这次起义的经过、规模、结局存在争议，却没有人否认这次起义的真实性。在关于宋江起义的历史文献中，有宋江"以三十六人横行齐、魏"[①]的记载，而历史文献中并无晁盖的名字。宋末元初龚圣与的《宋江三十六赞》中，晁盖的绰号为"铁天王"，在三十六人名单中排名第三十四位，可见并非核心人物，更未提及晁盖为众人首领。[②]宋元之际的《大宋宣和遗事》中，晁盖与吴加亮（吴用）等人劫取生辰纲后，在官府派人缉拿时，得到宋江通风报信，晁盖等人落草梁山，而后晁盖成为梁山首领。宋江怒杀阎婆惜后，官府派人缉拿，他在玄女娘娘庙中躲避时，"香案上一声响亮，打一看时，有一卷文书在上。宋江才展开看了，认得是个天书；又写着三十六个姓名"[③]。随后，宋江带领朱仝、雷横

---

① 朱一玄、刘毓忱编：《〈水浒传〉资料汇编》，南开大学出版社，2012，第31页。
② 朱一玄、刘毓忱编：《〈水浒传〉资料汇编》，南开大学出版社，2012，第22页。
③ 朱一玄、刘毓忱编：《〈水浒传〉资料汇编》，南开大学出版社，2012，第41页。

等人投奔梁山，此时晁盖已死，"宋江把那天书说与吴加亮等道了一遍。吴加亮和那几个弟兄，共推让宋江做强人首领"①。《水浒传》中，晁盖自林冲火并王伦后，长期为梁山寨主，即便宋江入伙梁山后很长一段时间，宋江也是名列晁盖之后。

随着水浒故事规模日益庞大、情节日益复杂，宋江作为灵魂人物，需要经历一番挫折、需要结交更多江湖人物，不能立即上山，此时梁山又不能群龙无首，因而就需要一位主持梁山大计的领导人物。这样，晁盖成为梁山寨主。由此可见，晁盖作为梁山寨主完全是暂代宋江的。从某种角度而言，晁盖固然地位尊崇、声望煊赫，他的作用却极为有限（尤其是林冲火并王伦后作为梁山寨主期间），甚至可以把他归入为推进故事情节发展而出现的梁山兄弟的行列。如此功利性的需求，注定了晁盖必然是一位难以与梁山聚义相始终的过渡性人物，也就成为一位带悲剧色彩的人物。实际上，自宋江入伙梁山后，晁盖的历史使命已经完成。

自宋江入伙梁山后，梁山在很长时间里都处于"二主并立"的尴尬局面。晁盖为梁山寨主自无疑义，名列第二位的宋江却气势逼人，屡屡有意无意间喧宾夺主，甚至直接发号施令。更何况，上山入伙的梁山头领（尤其是晁盖成为梁山寨主后），多是由宋江引荐或带领上山的，他们对宋江唯命是从，对晁盖则几乎视为无物。梁山已经不再有他的容身之地了，他的去世只是时间问题。宋江入伙梁山后，孤身返乡接父亲宋太公及弟弟宋清上山，中途遇险，得九天玄女娘娘相救，九天玄女娘娘当面称宋江为"星主"，又以三卷天书相赠。这已经毫无悬念地揭示出宋江成为梁山寨主是"上承天命"。

既然宋江的梁山寨主地位是"上承天命"，晁盖、宋江"二主并立"的尴尬局面自然不能长久维持。为解决晁盖与宋江的名位问题，起穿针引线作用的"金毛犬"段景住恰到好处地出现，引发了梁山与曾头市的战

---

① 朱一玄、刘毓忱编：《〈水浒传〉资料汇编》，南开大学出版社，2012，第43页。

争,而晁盖又执意亲自领兵下山攻打曾头市。宋江入伙梁山后,多次领兵出战,虽说屡屡遭遇挫折险阻,最后都能化险为夷、大获全胜。晁盖在宋江上山入伙后首次领兵下山,先是不听宋江等人苦苦劝谏之词,执意亲自领兵攻打曾头市,后又如妖魔附体一般,领兵出战期间屡屡犯下兵家大忌,最后头中毒箭不治身亡。晁盖中箭身亡为宋江成为梁山寨主清除了政治障碍,梁山自此"天无二日"。

央视版《水浒传》电视剧中,段景住并未出现,梁山与曾头市的战争改为由"赤发鬼"刘唐引发(这一改编似乎也是意味深长的):曾头市夺去了梁山兄弟想要献给晁盖的好马,又将刘唐打伤,梁山兄弟饮酒欢聚时,晁盖不见刘唐,大发其火,这才有了亲自领兵下山一事。以晁盖与刘唐的渊源而论,这一改编自然较之原著更加合乎情理,说明了晁盖为何怒火中烧,而后非理性状态下的决策,直接导致了中箭身亡的悲剧。

在宋元之际的《大宋宣和遗事》中,晁盖死于宋江入伙梁山前(并未说明死因);元杂剧水浒戏中,晁盖死于攻打祝家庄期间;《水浒传》中,晁盖则死于攻打曾头市期间。晁盖死亡时间以《水浒传》中最晚。《水浒传》中如此选择晁盖的死亡节点,一方面,是为了让晁盖尽快给宋江让位,让宋江成为名副其实的梁山寨主;另一方面,如果宋江上山入伙后立即取代晁盖的地位,不仅不符合"兄弟义气",且显得过于仓促突兀了。尽管如此,《水浒传》中自宋江上山入伙后,晁盖的地位还是显得极为尴尬而多余的。

以《水浒传》现有文本解读,自宋江入伙梁山后,无论有意还是无意,确实有"宋江架空晁盖"的嫌疑。而晁盖执意亲自领兵攻打曾头市中箭身亡,却似乎并无太多"微言大义",据此推断晁盖与宋江的微妙关系,难免会陷入"索隐式"的附会或"猜谜式"的臆测。《红楼梦》作者明言"曾历过一番梦幻之后,故将真事隐去"[①],其中的人物塑造、情节编排、谋

---

① 曹雪芹、高鹗:《红楼梦》,江苏文艺出版社,2004,第1页。

篇布局、诗词等，真真假假、虚虚实实，确实有许多隐语，"索隐""猜谜"自有道理，甚至必不可少，而《水浒传》却未必如此。即便是对宋江屡屡阻止晁盖领兵出战一事，也有人从正面做出理解："宋江替晁盖出征，决非为了夺权而架空晁盖，相反，却是出于对晁盖的关心与爱护，因为挂帅出征、身先士卒，不是一件美差事，而是需要以性命相搏的。宋江愿意赴汤蹈火，主要是为晁盖的安全着想，同时也是从梁山的大局出发。如果作为山寨之主的晁盖亲自出征，万一有失，就会给梁山革命事业带来巨大的损失。所以，宋江替晁盖出征，乃是一种义举，个中根本不可能含有任何阴谋夺权的成分。"① 应该说，许多人在阅读《水浒传》时，往往会在有意无意间脱离文本（这是正常现象），而从不同角度做出延伸性的解读。依据《水浒传》现有文本理解，这样正面做出理解的观点还是颇有道理的。

《水浒传》中的"宋江架空晁盖"现象以及由此引发的联想，与其说是存在"宋江架空晁盖"的事实，毋宁说是《水浒传》中晁盖曾头市中箭身亡的故事情节太不合逻辑，以至于给人们留下了遐想的空间。而以"宋江架空晁盖"的遐想衡量现实生活中的人事关系，更是颇多值得玩味之处。许多人指责宋江未能善待晁盖，往往也是基于现实生活中人事关系的更迭有感而发的。以晁盖的秉性与为人判断，他是梁山寨主，绝非孟浪无谋之人，然而晁盖领兵攻打曾头市之战，不明底细、仓促下山在先，听信谎言、冒失进兵在后，实在颇为蹊跷。晁盖领兵攻打曾头市的唯一作用，似乎是晁盖战死。晁盖临终前还留有遗言："若那个捉得射死我的，便叫他做梁山泊主。"（第六十回，798 页）晁盖的遗言固然成为梁山拉拢"玉麒麟"卢俊义上山入伙的引子，又因为故事情节编排过于刻意而更加不合逻辑——晁盖临终前直接将寨主之位传给宋江原本顺理成章，留下如此临终遗言反倒是孟浪自私之举，将梁山聚义大业视同童稚游戏。与此同时，

---

① 陈东林：《宋江并非想架空晁盖》，《南京理工大学学报（社会科学版）》2006 年第 5 期。

按照常理揣测，已经入伙梁山的兄弟，断无取代宋江的念头与实力，至于外来的人物，即便擒获了史文恭，而在梁山毫无根基，自然更无取代宋江的任何可能性。故此，晁盖为何执意亲自领兵攻打曾头市？为何对曾头市引路的僧人毫无怀疑？为何下山后头中毒箭不治身亡？杀害晁盖的凶手究竟是否为史文恭？为何晁盖临终前没有直接将寨主之位传给宋江？数百年来这些疑问成为人们心中难解的谜团，不少人也往往据此对宋江的品行及行事进行责难，对宋江的指责虽然并不全然合乎情理，却也并非毫无缘由。

四、"宋江架空晁盖"，以之解读现实生活中的人事关系，并非捕风捉影

宋江与晁盖的关系，颇似初唐时期的李世民与李建成。

平心而论，无论是秉性、气度，还是能力、战功，李建成也都颇为突出，他做天子未必不能成就一番功业。他的不幸在于，他的弟弟偏偏是一个各方面更加突出（简直是不世出）的政治、军事统帅，弟弟的能力与战功，让这位原本地位稳如泰山的太子越来越如坐针毡、不安于位。也正因为太子地位的尊贵，他就很少以身犯险，也不轻易走上战场，这样，继续建功立业的机会自然更加渺茫，大权也日渐旁落，直至"玄武门事变"发生，身首异处，祸及子女。李世民在位期间，又对相关历史文献有所篡改，流传后世的史书中关于李建成的事迹，贬低污蔑之词不少。

俗语有云："一山难容二虎。"故此，在李氏兄弟之间，有惨烈的"玄武门之变"，在梁山兄弟之间，有蹊跷的"曾头市中箭"。在前者，是李世民痛下狠手、有意为之；在后者，是晁盖不听劝谏、鲁莽行事所致，而结局都是"兄终弟及"。在此之前，"玄武门之变"因为唐高祖李渊在长子李建成与次子李世民之间的犹豫、平衡而延后发生，"曾头市中箭"因为宋江多次劝阻晁盖领兵出战而延后发生。然而，无论如何压制、平衡、调

和，在中国古代社会，这样的冲突似乎都只能是延后发生，而最终都是无可避免的。

有论者认为，晁盖"曾头市中箭"是宋江指使人为之，又嫁祸于史文恭，甚至指出只有"小李广"花荣才有如此能耐，这就是在"宋江架空晁盖"基础上衍生的"宋江弑杀晁盖"。然而，此事在《水浒传》中并无明言或暗示。即便此事确有蹊跷，如此推测合乎情理，终究是查无实据，难以遽下定论。

自《水浒传》广泛传播后，论述宋江与晁盖关系的文字即时有出现，"宋江架空晁盖"的观点也随之产生。在金圣叹批读《水浒传》的大量文字中，即处处暗含"宋江架空晁盖"的认知。晁盖领兵攻打曾头市出征时，大风吹折了晁盖新制的认军旗，吴用出面劝谏，宋江并无言语。金圣叹批道："上文若干篇，每动大军，便书晁盖要行，宋江力劝。独此行宋江不劝，而晁盖亦遂以死。深文曲笔，读之不寒而栗。"① 实际上，《水浒传》原文中此处宋江是有劝阻的话的："哥哥是山寨之主，不可轻动，小弟愿往。"只不过金圣叹批评本《水浒传》恰恰删除了此处宋江所说的话。金圣叹为了证实个人观点，屡屡删改原文，甚至不惜使之意思完全相反。晁盖头中毒箭后，金圣叹批道："十个人入去，却偏是五个初聚义人（三阮、刘唐、白胜——引者）死救出来，生死患难之际，令人酸泪迸下。单写初聚义五人死救晁盖，便显出满山人无不心在宋江，而视晁盖如无也。"② 金圣叹甚至认为，不仅是"宋江架空晁盖"，且还是"宋江弑杀晁盖"，而这一切都是蓄谋已久之事。晁盖头中毒箭不治身亡后，林冲、吴用等人推举宋江为梁山寨主，宋江说道："小可今日权居此位，全赖众兄弟扶助，同心合意，同气相从，共为股肱，一同替天行道。如今山寨人马数多，非比往日，可请众兄弟分做六寨驻扎。聚义厅今改为忠义堂。前后左右立四个旱寨，后山两个小寨，前山三座关隘，山下一个水寨，两滩两个小寨，今

---

① 施耐庵著、金圣叹批评：《金圣叹批评本〈水浒传〉》，岳麓书社，2006，第688页。
② 施耐庵著、金圣叹批评：《金圣叹批评本〈水浒传〉》，岳麓书社，2006，第690页。

日各请弟兄分投去管。"（第六十回，799页）对于宋江刚刚暂接寨主之位就大张旗鼓地发布人事调整令一事，金圣叹批道："岂是临时猝办之言？前书谦让，后书分拨，以深表宋江之权诈也。"①

金圣叹论述"宋江架空晁盖"，基本上未脱离文本解读。故此，无论是恼怒宋江也好，还是同情晁盖也罢，更多的还是文人的高谈阔论，人们听后无论赞同与否，均可一笑置之。伴随着文本解读的同时，也有许多人将《水浒传》当成包含微言大义的政治小说（起码是包含着浓重的政治色彩），甚至将"宋江架空晁盖"与现实政治牵扯在一起，从而得出了意味深长的结论。这自然也是作为文学名著的《水浒传》的多义性的体现。

---

① 施耐庵著、金圣叹批评：《金圣叹批评本〈水浒传〉》，岳麓书社，2006，第693页。

第 22 篇

朝廷降将：

游走在聚义与招安之间

梁山兄弟以劫富济贫、造反聚义驰名天下。然而，朝廷降将却是梁山兄弟中数量最为庞大的群体。朝廷降将数量如此庞大，也成为人们对梁山聚义性质提出不同看法的重要证据。"大刀"关胜、"霹雳火"秦明、"双鞭"呼延灼、"双枪将"董平、"没羽箭"张清等梁山一流武将，都是朝廷降将。除此之外，位居地煞星的"丑郡马"宣赞、"井木犴"郝思文等几对行事时往往共同进退、区分度又极其模糊的地煞星人物也是朝廷降将。

一、行事时共同进退的梁山兄弟组合中，论及形象的模糊，几对朝廷降将堪称样本

梁山一百单八将中，形象较为鲜明的人物，大概有三十多人。至于形象塑造栩栩如生、让人印象深刻的人物，大致有十余人，如林冲、鲁智深、武松、时迁等。而这些形象较为鲜明的人物，又毫无例外地是行事较为精彩的人物，那些形象模糊的人物，也基本上是行事无足称道的人物，不仅包括那些出场较少、个人故事简略的人物，也有一些重点塑造而个人故事始终毫无亮点的人物。

故此，形象模糊的梁山人物占据绝对多数，如天罡星中的"玉麒麟"卢俊义、"扑天雕"李应、"美髯公"朱仝、"双枪将"董平等。这类人物在地煞星中更是比比皆是，如"镇三山"黄信、"圣手书生"萧让、"锦毛虎"燕顺、"铁笛仙"马麟、"丧门神"鲍旭、"混世魔王"樊瑞、"金毛犬"段景住等。之所以造成这一情形，一方面，水浒故事流传数百年，《水浒传》成书过程中必然受其既定格局与素材的制约；另一方面，水浒人物数量过于庞大，作者根本无力一一精心塑造。因此，胡适的下述说法是颇有道理的："倘使施耐庵当时能把那历史的梁山泊故事完全丢在脑背后，倘使他能忘了那'三十六大伙，七十二小伙'的故事，倘使他用全副精神来单写鲁智深、林冲、武松、宋江、李逵、石秀等七八个人，他这部书一定格外有精采，一定格外有价值。可惜他终不能完全冲破那

历史遗传的水浒轮廓，可惜他总舍不得那一百零八人。但是一个人的文学技能是有限的，决不能在一部书里创造一百零八个活人物。"①

在形象模糊的梁山兄弟中，那些行事时往往共同进退的梁山兄弟的组合，不仅其单独形象更难彰显，每组人物的区分度也更加模糊，从而成为比形象模糊的类型化人物更加单薄的标签式人物，如天罡星中的"两头蛇"解珍、"双尾蝎"解宝等，地煞星中的"小温侯"吕方、"赛仁贵"郭盛，"毛头星"孔明、"独火星"孔亮，"跳涧虎"陈达、"白花蛇"杨春，"摸着天"杜迁、"云里金刚"宋万等。对于这些梁山兄弟的组合，人们除了能从服饰、外貌方面对他们略作区分之外，对他们的单独形象根本捉摸不透。

而在行事时往往共同进退的梁山兄弟的组合中，论及形象的模糊，几对朝廷降将堪称样本：随同"大刀"关胜征讨梁山的"丑郡马"宣赞、"井木犴"郝思文，作为"双鞭"呼延灼征讨先锋的"百胜将"韩滔、"天目将"彭玘，"没羽箭"张清的副将"花项虎"龚旺、"中箭虎"丁得孙，以及单独领兵征讨梁山的"圣水将军"单廷圭、"神火将军"魏定国。几对朝廷降将入伙梁山前，"丑郡马"宣赞为兵马保义使、"井木犴"郝思文无官职，"百胜将"韩滔为陈州团练使、"天目将"彭玘为颍州团练使，"圣水将军"单廷圭与"神火将军"魏定国均为凌州团练使，"花项虎"龚旺、"中箭虎"丁得孙为东昌府守将张清副将。

尽管宣赞、郝思文等几对朝廷降将形象模糊、行事简略，而在能力、品行参差不齐的地煞星人物中，他们的整体素质还是相当不错的。这既包括出身与地位，也包括武艺。梁山英雄排座次时，除了龚旺、丁得孙之外，宣赞、郝思文，韩滔、彭玘，单廷圭、魏定国等三对朝廷降将在地煞星中都排名较高。

按照一般情形推测，朝廷降将的出身与地位，决定了他们支持招安的

---

① 胡适著、李小龙编：《中国旧小说考证》，商务印书馆，2014，第55页。

呼声必然高于与朝廷无甚瓜葛的其他梁山兄弟，这也被认为是宋江主动接纳大量朝廷降将入伙梁山的主要原因——此举是为梁山接受招安奠定思想基础。对他们而言，接受招安后恢复以前的地位及获得更好发展前途的概率更高。相比之下，朝廷及高官也更容易信任他们、使用他们；至于官府小吏宋江、乡村书生吴用、渔夫"阮氏三雄"等梁山兄弟，朝廷及高官对他们有着本能的不信任感与排斥情绪，他们重返正途、成就功业无疑要艰难得多。更何况，朝廷降将除了兵败归顺梁山之外，并无朝廷及高官眼中的其他"劣迹"。

二、朝廷降将对朝廷没有深厚的感情，期望他们为朝廷尽忠，无异于缘木求鱼

《水浒传》中有个明显的现象：那些奉命征讨梁山的朝廷军官，出征前或与梁山兵马首次对战时，几乎无一例外地宣示与梁山"贼寇"势不两立，以剿灭梁山"贼寇"为己任。而这些朝廷军官兵败被俘后，无论他们此前表现得如何慷慨正气，在宋江等人有些虚伪，又有些千篇一律的劝说下，又都是立即感于宋江的"忠义"，毫无愧怍地背弃朝廷，归附梁山，在梁山地位显赫的"大刀"关胜就是典型的例子。

关胜领兵征讨梁山，与梁山兵马首次对阵时，关胜义正辞严地质问宋江："汝为俗吏，安敢背叛朝廷？"宋江答道："盖为朝廷不明，纵容奸臣当道，谗佞专权，设除滥官污吏，陷害天下百姓。宋江等替天行道，并无异心。"关胜大喝道："天兵到此，尚然抗拒，巧言令色，怎敢瞒吾！若不下马受降，着你粉骨碎身！"（第六十四回，851页）关胜兵败被俘后，与副将宣赞、郝思文一道被押解到忠义堂。"宋江见了，慌忙下堂，喝退军卒，亲解其缚，把关胜扶在正中交椅上，纳头便拜，叩首伏罪，说道：'亡命狂徒，冒犯虎威，望乞恕罪。'关胜连忙答礼，闭口无言，手足无措。呼延灼亦向前来伏罪道：'小可既蒙将令，不敢不依，万望将军免

恕虚诳之罪。'关胜看了一般头领义气深重，回顾与宣赞、郝思文道：'我们被擒在此，所事若何？'二人答道：'并听将令。'关胜道：'无面还京，俺三人愿早赐一死。'宋江道：'何故发此言？将军倘蒙不弃微贱，一同替天行道。若是不肯，不敢苦留，只今便送回京。'关胜道：'人称忠义宋公明，话不虚传。今日我等有家难奔，有国难投，愿在帐下为一小卒。'宋江大喜。"（第六十四回，854—855 页）

不少人指责这些朝廷降将丧失气节，轻易将出征前信誓旦旦的为朝廷剿灭梁山"贼寇""尽忠报国"的誓言抛诸脑后。这些朝廷降将的做法固然不足为训，而分析他们的选择时，似乎还应考虑到这样一种因素：这些朝廷降将奉命征讨梁山时，自然颇受朝廷重用，士卒粮饷充足、兵器精锐，朝廷对他们各方面的要求也几乎是有求必应。举荐他们的也多是朝廷高官，如举荐呼延灼的是殿帅府太尉高俅，举荐关胜的是兵马保义使宣赞，认可他的举荐的则是太师蔡京，举荐"圣水将军"单廷圭、"神火将军"魏定国的是太师蔡京。然而，他们在奉命征讨梁山前，除了呼延灼的职务、地位较高以外，其他人没有受到朝廷的赏识和重用，常年屈居下僚，郁郁不得志。像关胜，"幼读兵书，深通武艺，有万夫不当之勇"，却多年"做蒲东巡检，屈在下僚"（第六十三回，844 页）。明言"做蒲东巡检"是"屈在下僚"，表明巡检只是卑微的官职而已。宣赞，"使口钢刀，武艺出众。先前在王府曾做郡马……郡主嫌他丑陋，怀恨而亡，因此不得重用，只做得个兵马保义使"（第六十三回，843 页）。韩滔，陈州团练使，彭玘，颍州团练使，单延圭、魏定国，凌州团练使。依据宋朝官制，团练使仅是虚衔，"虽带某州之名，但并不履某州之任，名为'遥郡'"[①]。由此可见，团练使也是位低权轻的职务。

可以说，朝廷征调这些人征讨梁山，完全是"临时抱佛脚"的实用主

[①] 陈茂同：《中国历代职官沿革史》，昆仑出版社，2013，第 250 页。

义选择。他们出征顺利剿灭梁山"贼寇",朝廷因剪除心腹之患而化险为夷,高官自可高枕无忧(高官事后未必会重用他们);他们出征不利,朝廷也不会伤及筋骨,高官只会另行派遣朝廷军官征讨梁山而已。故此,这些朝廷降将从未享受过朝廷的恩惠,对朝廷根本就没有深厚的感情,期望他们兵败后为朝廷尽忠,岂非缘木求鱼?

作为朝廷子民,"尽忠报国"应是人人本分,原本不应与朝廷待遇的好坏相关联。然而,人毕竟是感情的动物,并非人人都能达到圣贤境界。故此,多数人(无论是高官还是普通民众)生平行事,很难脱离个人利害计算(正常合理的个人利害计算无可厚非)。更何况,朝廷奸臣当道,每每处事不公、自毁法度,以至于奉公守法者迭遭打击,投机取巧者安享富贵,长此以往,奉公守法者难免对朝廷心怀怨言,乃至于感到寒心。更有奉公守法者反其道而行之,转变为更加肆无忌惮、私欲无边的投机取巧者。

朝廷官员大批归附梁山,既是梁山以"替天行道"的名义号召江湖,占据道德制高点的体现,也说明朝廷的用人机制与人才筛选机制存在严重弊病。一方面,朝廷奸臣当道,各级官职的授予,并非取决于个人才干,而是取决于个人与各级官员的关系亲疏,这样,仕途顺达者,多为阿谀奉承、口蜜腹剑之辈,而心忧天下、满腹经纶之士,或屈居下僚,或远避乡野,朝廷上下弥漫着歌功颂德、莺歌燕舞之气,铁骨铮铮之人,或拼死纳谏,或明哲保身,或随波逐流;另一方面,朝廷各级官员的国家、民族意识日益淡薄,他们与朝廷的联络纽带只有利益——朝廷为他们提供加官晋爵、贪污受贿的机会,他们则费尽心思地保持朝廷现行体制与局面不被外力冲击。当朝廷无法满足他们的利益时,他们平日大肆宣扬的"尽忠报国""忧国忧民"等慷慨激昂之词,则立时被抛至九霄云外,或是在朝廷遭遇劫难时望风而逃,或是为获得利益而毫无愧疚地向外敌出卖朝廷。这样的事例在中国古代历史上层出不穷,让人痛心。

三、诸多朝廷军官常年屈居下僚,不是个别人的遭遇,而是宋朝武将地位的缩影

在宋朝,诸多朝廷军官常年屈居下僚,郁郁不得志,对朝廷没有深厚的感情,这不是个别人的遭遇,而是武将受压制、受歧视的尴尬地位的缩影。

后周显德七年(960),禁军将领赵匡胤在开封附近的陈桥驿发动兵变,黄袍加身,轻而易举地从周世宗之子柴宗训(周恭帝)手中夺得帝位,建立宋朝。一方面,唐末五代,皇室衰微,军阀飞扬跋扈,武将篡夺皇位的事件屡屡发生,以至于混战不断,民众死伤惨重,经济凋敝,严重影响政局稳定。另一方面,宋太祖赵匡胤以武力夺得帝位,这样的事件此前已经屡屡发生(五代各朝政权都是以武力从前朝夺得的),他自然不愿这样的骇人事件在自己身上重演,而他从后周孤儿寡母手中夺得帝位,又显得不是那么堂堂正正。故此,宋太祖登基后,苦心积虑地寻求根本解决之策。不久,他采纳宰相赵普的建议,"杯酒释兵权",收回各地节度使的军权,又将各地精兵选调到京城,列入"禁军",由朝廷统一指挥。而后,宋朝统治者为扭转五代风气,推行"重文轻武,重内轻外"等国策,宋太祖还留下"不得杀士大夫及上书言事人"[①]的遗训。

宋太祖制定的"重文轻武,重内轻外"等国策也为宋代后世皇帝所奉行,影响贯穿整个宋代(南北宋)。有宋一代,推行了一系列尊崇文人的措施,且大力提倡科举,彻底取消了门第限制,社会各阶层优秀子弟都被允许应试入仕。在朝廷的大力鼓励下,寒门子弟也能凭借科举出人头地。宋代文官数量极为庞大,俸禄也极为丰厚。后世多称宋朝为"士大夫政治"。一系列"重文事"政策的大力推行,宋朝开始盛行读书风气,北宋

---

① 转引自李国文:《宋朝的誓碑》,《文学自由谈》2011年第1期。

流传广泛的儿童启蒙读物《神童诗》开篇写道："天子重英豪，文章教尔曹。万般皆下品，惟有读书高。少小须勤学，文章可立身。"优秀子弟寒窗苦读的结果是："满朝朱紫贵，尽是读书人。"[1] 配合"重文事"政策，宋朝统治者又"轻武事"，大刀阔斧地改变了军事权领导体制，将调兵权与统兵权分而为二：殿前都指挥使司、侍卫亲军马军都指挥使司、侍卫亲军步军都指挥使司分立，号称"三衙"，握有统兵权，却无调兵权，调兵权由枢密院掌握，枢密院长官枢密使多由文官出任。这样，通过统兵权与调兵权分离，实现了军权制约，而两者都由皇帝直接掌握，保证军权从属于皇帝[2]。与此同时，军队又实行更戍法，让掌握统兵权的将帅定期调动、互换防区，有意造成"兵不识将，将不识兵"的局面，避免将帅有机会培植个人势力。大宋朝廷如此煞费苦心，社会风气自然大为转变：不仅武将坐大、军阀割据的隐患完全得以消除，且朝廷内士大夫出身的文官均极为鄙视武将，武将自身也毫无荣誉感可言，武将素质自然日益低下。宋朝对外战争屡屡败绩，绝对是另有原因，而非武将畏战怕死或军事素养低下。

宋朝武将地位低下及文官荣耀无比、以改任武职为耻辱的状况，从两个事例中可见一斑。

宋真宗咸平年间，陈尧咨状元及第，名噪一时，仕途顺畅。陈尧咨不仅文辞出众，且以箭术精湛闻名于当世，有"小由基"美誉（养由基为春秋时期著名神箭手）。宋辽"澶渊之盟"签订后，双方保持较为频繁的来往，而辽国使者到达开封后，常以能骑善射特长蔑视宋朝。宋真宗为挽回颜面，打算在文臣中寻觅"善弓矢、美仪彩"之人，以陪伴辽国使者出入靶场，有人推荐陈尧咨。之后，宋真宗有意让陈尧咨转任武职，便托人向他传话道："若肯改武，当授节钺。"节钺即节度使，节度使为当时武将最高荣衔，俸禄甚至优于宰相。然而，当陈尧咨将此事禀告其母后，陈母大怒，一面杖打其子，一面愤愤责备道："汝策名第一，父子以文章立朝为

---

[1] 转引自王文承：《古代的学与仕——读书笔记》，《文史杂志》2018年第3期。
[2] 袁庭栋：《古代职官漫话》，山东画报出版社，2007，第70页。

名臣，汝欲叨窃厚禄，贻羞于阀阅，忍呼？"① 宋真宗也就不再强人所难。

宋仁宗庆历年间，左司郎中、龙图阁直学士范仲淹与韩琦、庞籍、王沿等四位文职官员共同主持西北四路对西夏战事。或许是出于鼓励军队士气的考虑，朝廷下令将范仲淹等四位文职官员的官职同时改为属于武职的观察使。范仲淹接到任命后，上书坚决推辞。他向皇帝陈说道："观察使班待制下，臣守边数年，羌人颇亲爱臣，呼臣为'龙图老子'。今退而与王兴、朱观（二人均为观察使衔带兵将领）为伍，第恐为贼所轻。"史书中称其言辞"甚切"。庞籍、王沿也先后上表坚辞，不肯改任武职。韩琦虽说接受了任命，却认为此举是"忍辱负重"。不久，宋仁宗又下令恢复了范仲淹、韩琦等四人的文职。②

在中国古代社会，大臣公然违背朝廷之命已经是少而又少的事例，而朝廷竟然并未治其抗旨之罪，这更是少而又少的事例。由此可见，宋朝文官鄙视武将早已成为社会风气，朝廷见怪不怪，并不以此为大不敬。朝廷基本国策如此，且不说那些常年屈居下僚、郁郁不得志的朝廷军官心有怨愤，那些身居高位的武将，也常常受制、受辱于文官，难以大有作为。在这样的政治氛围下，即便有些武将胸怀壮志，想要像前朝名将一般建立不朽功业，实在是难于上青天。有宋一代，在对外战争中屡屡败绩，以致为后世所耻笑，名将的地位与功勋相比前朝自然也大为逊色。例如：狄青功勋卓著，位至枢密使，由于出身武将，迭遭文官排挤，只能外调，最后抑郁而终；南宋抗金名将岳飞，甚至被宰相秦桧奉命以"莫须有"罪名杀害。以此而论，有宋一代的武将对朝廷的忠义之心不如文官也并不出人意料。

---

① 陈峰：《从"文不换武"现象看北宋社会的崇文抑武风气》，《中国史研究》2001年第2期。
② 陈峰：《从"文不换武"现象看北宋社会的崇文抑武风气》，《中国史研究》2001年第2期。

主要参考书目

施耐庵、罗贯中:《水浒传》,人民文学出版社1997年版。

施耐庵著、金圣叹批评:《金圣叹批评本〈水浒传〉》,岳麓书社2006年版。

施耐庵著、郭皓政辑评:《名家汇评本〈水浒传〉》,长江文艺出版社2007年版。

俞万春:《结水浒传》,岳麓书社2003年版。

陈忱:《水浒后传》,凤凰出版社2008年版。

朱一玄、刘毓忱编:《〈水浒传〉资料汇编》,南开大学出版社2012年版。

罗贯中:《三国演义》,人民文学出版社1973年版。

欧阳修:《新五代史》(第一册),中华书局1974年版。

黑格尔著、贺麟等译:《哲学史讲演录》(第1卷),商务印书馆1978年版。

陈曦钟、侯忠义、鲁玉川辑校:《水浒传会评本》,北京大学出版社1981年版。

何心:《水浒研究》,上海古籍出版社1985年版。

王利器:《耐雪堂集》,中国社会科学出版社1986年版。

周密撰、吴企明点校:《癸辛杂识》,中华书局1988年版。

毛泽东:《毛泽东选集》(第二卷、第三卷),人民出版社1991年版。

张爱玲:《红楼梦魇》,上海古籍出版社1995年版。

曲家源：《水浒传新论》，中国和平出版社1995年版。

施正康、施惠康：《水浒纵横谈》，学林出版社1996年版。

郑振铎：《郑振铎全集》（第四卷），花山文艺出版社1998年版。

王学泰：《〈水浒〉与江湖》，中国工人出版社2004年版。

曹雪芹、高鹗：《红楼梦》，江苏文艺出版社2004年版。

李开先著、卜键笺校：《李开先全集》（中），文化艺术出版社2004年版。

鲁迅：《鲁迅全集》（第4卷、第9卷、第10卷、第13卷），人民文学出版社2005年版。

骈宇骞等译注：《孙子兵法·孙膑兵法》，中华书局2006年版。

牛牧野：《水浒一百零八将图赞》，天津人民美术出版社2006年版。

周思源：《周思源品鉴三国人物》，中华书局2006年版。

马幼垣：《水浒论衡》，生活·读书·新知三联书店2007年版。

马幼垣：《水浒二论》，生活·读书·新知三联书店2007年版。

马幼垣：《水浒人物之最》，生活·读书·新知三联书店2007年版。

袁庭栋：《古代职官漫话》，山东画报出版社2007年版。

周思源：《周思源新解〈水浒传〉》，中华书局2007年版。

赵翼撰、曹光甫校点：《廿二史劄记》，凤凰出版社2008年版。

马克思、恩格斯：《马克思恩格斯文集》（第5卷），人民出版社2009年版。

侯会：《〈水浒〉〈西游〉探源》，学苑出版社2009年版。

聂绀弩：《〈水浒〉四议》，北京大学出版社2010年版。

司马迁：《史记》（第一册、第三册、第四册），中华书局2011年版。

曹雪芹著、脂砚斋评：《〈石头记〉脂汇本》，岳麓书社2011年版。

孙述宇：《水浒传：怎样的强盗书》，上海古籍出版社2011年版。

余嘉锡：《宋江三十六人考实》，浙江古籍出版社2012年版。

樊树志：《明史讲稿》，中华书局2012年版。

赵兴勤：《话说〈封神演义〉》，江苏人民出版社2012年版。

孟超:《水泊梁山英雄谱》,北京出版社2013年版。

萨孟武:《〈水浒传〉与中国社会》,北京出版社2013年版。

陈茂同:《中国历代职官沿革史》,昆仑出版社2013年版。

司马光:《资治通鉴》(第一册、第四册、第八册),中华书局2013年版。

周作人著、止庵校订:《知堂回想录》,北京十月文艺出版社2013年版。

胡适著、李小龙编:《中国旧小说考证》,商务印书馆2014年版。

王学泰:《游民文化与中国社会》,山西人民出版社2014年版。

沈起炜、徐光烈编著:《简明中国历代职官辞典》,上海辞书出版社2014年版。

茅盾:《茅盾文集》(第10卷),中华工商联合出版社2015年版。

陈洪、孙勇:《亦侠亦盗说水浒》,天津人民出版社2016年版。

胡菊人:《小说水浒》,江西教育出版社2017年版。

陈寿撰、裴松之注:《三国志》,岳麓书社2017年版。

萧克:《萧克回忆录》,人民文学出版社2018年版。

易中天:《品三国》,上海文艺出版社2018年版。

张恨水:《水浒小札》,中国青年出版社2018年版。

后 记

笔者少年时偶读《水浒传》，此后即痴迷此书，不能自已。当时喜爱的，是故事情节的精彩纷呈及梁山好汉劫富济贫的壮举，对其作者、成书年代、故事演变、版本差异及宋江等人"横行齐、魏"[①]的史实、性质等复杂学术问题一无所知。最着迷时，不仅梁山一百单八将的姓名、绰号、排名能一一道出，几无差错（许多"水浒迷"应该都能做到这点），甚至全书回目及不少精彩片段也能朗朗背诵（如今阅读次数更多、体味更深刻，反倒没了这等本事），对水浒人物的性格及行事的熟悉，自然更是不在话下。

少年时，喜爱《水浒传》故事情节的精彩纷呈，又崇拜武艺高超的江湖好汉，自然不会有过于复杂的感触与联想，故此，爱憎分明，好坏绝对。对"好人"的遭遇，颇多同情，对"坏人"的作恶，深恶痛绝。随着年龄增长及阅历渐深，笔者对《水浒传》的感情变化甚大，早已不复少年时的简单热血，对水浒人物的观感也多有改变，甚至对某些水浒人物的观感发生了逆转。原来喜爱的，此时评价不高，甚至心生厌恶，原来厌恶的，此时却颇能理解其处境、同情其作为。此可谓成长后的见地，自然与少年时迥然有别。

如今，虽说笔者对《水浒传》早已不复少年时的简单热血，而对《水浒传》的喜爱程度，仍然是其他小说难望项背的（至今时时阅读，且对比

---

① 朱一玄、刘毓忱编：《〈水浒传〉资料汇编》，南开大学出版社，2012，第31页。

阅读不同版本，深感乐趣无限）。《水浒传》中的人物形象、故事情节，常常萦绕心头。笔者对水浒人物的观感，在阅读中也不断有新的感悟。读《水浒传》颇给人以"常读常新"之感，无论同一人或不同人读《水浒传》，由于年龄、阅历、知识结构、心态的差异及变化，往往观感与评价会大异其趣。实际上，凡名著都有此魔力，笔者对《水浒传》最为偏爱，故感觉尤甚。

阅读《水浒传》期间，由于兴趣所在，笔者接触到了大量关于《水浒传》的研究著作与文章，其中既有作者、成书考证类，也有文本、人物品评类。受这些研究著作与文章的启发，笔者萌生了将积聚心头的对水浒人物的观感诉诸笔墨的念头。此后，即选定人物、拟定提纲、动笔撰写，乐在其中。所谓"集腋成裘"，经过五年多的积累，就有了这部《读奇书，论奇人——水浒人物揭秘》。

古典白话小说在传播、成书期间，因受诸多因素的影响，各自形成了繁复的版本系统，《水浒传》即是典型。传世的《水浒传》版本，既有繁本、简本之分，又有七十回本、一百回本、一百二十回本（以上繁本）、一百零三回本、一百零九回本、一百一十回本、一百一十四回本、一百一十五回本、一百二十四回本（以上简本）之别。且不说简本、繁本之间孰先孰后存在争议（当前多认为繁先简后），即便是繁本，不同版本回目、故事情节不同，相同回目诗词多寡不同，甚至相同回目相同故事情节字句也差异甚大。这一现象给《水浒传》研究造成了诸多障碍，自然也影响着对不同水浒人物的性格及行事的解读（当然，人们平日接触、阅读最多的，是属于繁本系统的七十回本、一百回本、一百二十回本）。

在本书中，笔者评述水浒人物选取的《水浒传》版本，是人民文学出版社1997年第2版的一百回本（故此，也基本不会涉及梁山征田虎、征王庆期间梁山好汉的行事）。正如朱一玄所指出的，只有一百回本，"可能是《水浒》故事定型成书的最早本子，也最接近传说故事的原貌"[①]。人民文学出版社1997年出版的一百回本《水浒传》，以容与堂本为底本，同时参照天都外臣序本、杨定见序本等整理而成。本书中所引《水浒传》文字，如无单独注释，均出自这一版本（所引文字只标明回目及页数）。

本书中各篇，除了《"托塔天王"晁盖：命中注定的过渡性人物》发表于《菏泽学院学报》2019年第6期之外（收入本书时又有所修改），其他各篇均未发表过。特此说明。

本书成稿后，笔者进行了多次的修改、充实，虽说不能尽善尽美，但力求减少舛误。尽管如此，由于笔者水平有限，拙作只是一孔之见而已，疏漏之处还望读者诸君不吝指正赐教。

冰　云
2021年8月25日

[①] 施耐庵、罗贯中：《水浒传》，人民文学出版社，1997，第2页。